문학, 무엇을 할 것인가

문학, 무엇을 할 것인가

우리 시대 지성 10인이 전하는 살아 있는 인+문학 강의
ⓒ 한국작가회의, 2011

펴낸날 | 2011년 8월 12일

엮은이 | 한국작가회의 자유실천위원회
펴낸이 | 이건복 **펴낸곳** | 도서출판 동녘

전무 | 정락윤
주간 | 곽종구
편집 | 이상희 김옥현 박상준 구형민 이미종 윤현아
영업 | 이상현 **관리** | 서숙희 장하나

인쇄 | 영신사 **제본** | 영신사 **라미네이팅** | 북웨어 **종이** | 한서지업사

등록 | 제311-1980-01호 1980년 3월 25일
주소 | (413-756) 경기도 파주시 교하읍 문발리 파주출판도시 532-5
전화 | 영업 031-955-3000 편집 031-955-3005 **전송** | 031-955-3009
홈페이지 | www.dongnyok.com **전자우편** | editor@dongnyok.com

ISBN 978-89-7297-653-0 03800

* 잘못 만들어진 책은 바꿔 드립니다.
* 책 값은 뒤표지에 있습니다.
* 이 책에 있는 사진은 '녹색연합 김성만', '박용훈'님께서 제공해주었습니다.
* 이 도서의 국립중앙도서관 출판시도서목록(CIP)은 e-CIP 홈페이지(http://www.nl.go.kr/ecip)에서 이용하실 수 있습니다.
(CIP 제어번호: CIP2011003129)

* 이 책은 서울문화재단의 '2010년 예술연구서적발간 지원사업' 선정 저서로,
서울문화재단과 한국문화예술위원회의 후원을 받아 제작되었습니다.

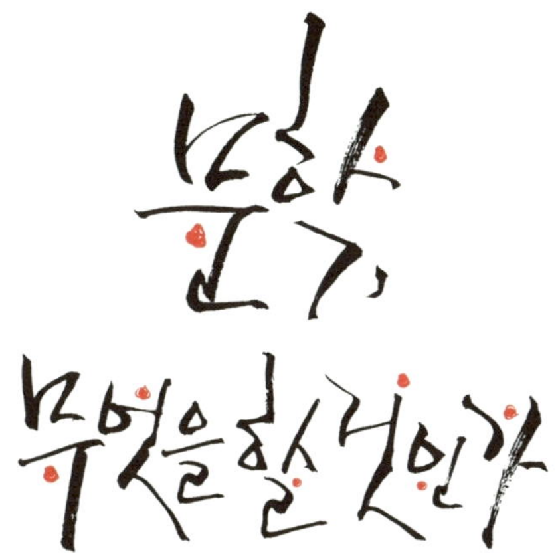

문학, 무엇을 할 것인가

우리 시대 지성 10인이 전하는
살아 있는 인+문학 강의

한국작가회의 자유실천위원회 엮음

동녘

새로운 문학의 실천을 모색하다

한국작가회의의 전통 중 가장 근간이 되는 것은 누가 뭐래도 세계에 대한 구체적 발언과 실천일 것이다. 박정희 군사정권 시절에 탄생한 작가회의의 모태가 '자유실천문인협의회'라는 이름이었다는 사실은 작가회의의 성격을 명확히 규정하고 있다. 하지만 여느 시민단체나 대안 운동 조직과는 달리 작가회의는 자체에 분절점을 가지고 있으니 그것은 당연히 문학을 실천의 지반으로 삼고 있다는 점이다. 아마도 작가회의에 중층적 문양 紋樣이 존재한다면 이런 독특성 때문일 것이다. 반인간적·반생명적 현실 사회에 대한 작가회의의 실천 활동은 문학이라는 거울에 자신의 실존을 한 번 더 되묻는 내적 과정을 거쳐왔다. 이런 모습이 보기에 따라서 좌고우면하는 모양새로 비쳤을 수도 있고 다르게는 작가의 실천이 갖는 한계를 어찌할 수 없이 고백하는 일이었을지도 모르겠다. 그 진실이 무엇이든 작가회의가 가진 이런 태도는 결코 타자를 의식하는 포즈였거나 사사로운 목적을 은폐 혹은 위장하기 위한 것은 아니었으며, 시대에 따라서 약간의 변화는 있었을지언정 전혀 딴판인 태도를 연출한 적 없다고 부끄럼 없이 말할 자신이 있다. 역설적으로 직접적인 실천 행위를 버리지 않으면서 동시에 문학적 감성과 지성에 그것을 되비췄던 유구한 전통이 작가회의의 생명력은 아니었을까.

2009년 가을 한국작가회의 자유실천위원회에서 그간의 행동 있는 실천 행위와 작품의 진도를 바탕 삼아 새로운 문학적 실천을 모색하려 했던 것은 작가회의의 힘과 한계를 함께 성찰하면서 동시에 그것이 우리 사회와 문학에 공유되어야 한다는 문제의식에서였다. 문학계 내부의 일각은 빠르게 상품 사회로 편입되어 가고 있고 우리 사회가 추구해야 할 가치는 점점 더 소실되어서 급기야 어떤 임계점에 도달했다는 위기의식이 '통찰과 연대'라는 포럼을 시작하게 했다. 그리고 이 고민과 사색을 모두와 공유하자는 내부 합의가 자연스레 이루어졌다. 그렇다고 해서 자유실천위원회의 '통찰과 연대'가 감히 우리 사회와 문학을 완벽하게 감당해내리라 자신하는 것은 아니다. 우리의 진단대로 우리 사회와 문학이 위험 상태인 것이 맞다면 그것은 타자에 대한 성찰이나 연대를 불가능하게 하는 독선과 오만이 핵심 이유일지도 모른다. 우리는 포럼을 통해 발현된 의견과 반성, 그리고 주장과 경청 등에 포럼에 참석지 못한 다른 관점들을 더해 발간 사업을 진행하기로 했다.

포럼 및 발간 사업의 가장 큰 줄거리는, 문학은 문학 자체로 성립한다는 우리에게 내면화된 신화를 해체하는 일이었다. 우리 문학사의 전통 중 하나가 바로 문학을 가운데에 둔 일종의 영역 분쟁이었다고 한다면 지나친 단순화일까? 우리가 판단컨대 이러한 와중에서 문학은 신비화되었다. 문학에 종사하는 '업자들'이 문학을 우상화하는 사이에 문학은 우리 사회에서 빠르게 그 영향력을 잃어갔다. 이런 사태를 해석하는 관점은 다양하게 제시될 수 있지만, 우리를 정작 가로막고 있는 게 문학을 우상화하는 문학 중심주의일지도 모른다고 판단했던 것이다. 우리의 판단을 또 다른 당파주의라 비난해도 어쩔 수 없는 일, 우리는 이번 기획에 문학 외부에 과감히 문을 열기로 했다. 나아가 예전에는 문학장 안에서 활발한 생산 활동을 했으나 문학이 업자들의 잔치판이 된 이후 문학과 문학 외부의 경계에서 노래하는 뜨거운 가객들에게도 초청장을 서둘러 발송했다. 문학에 대한 사유를 혼성화시키는 과정에서 문학이 문학의 심연에서 분명히 관계하고 있을 외부를 우리가 임의로 정하면서 불가피하게 우리의 한계가 노출되겠지만 어쩌면 한계는 장애가 아니라 다른 세상으로 나가는 문일지도 모른다는 근거 없는 낙관과 역설을 믿어보기로 했다. 의도는 그럴듯한데 결과는 턱없이 부족할 수도 있다. 아니면 그 역의 상황이 벌어질 수도 있다. 어쨌든 우리는 문학이 문학 자체로 성립된다거나 문학도 시장에서 독자들에게 선택되어야 가치가 있는 거라는 입장과 거리를 두고 있다. 최근의 젊은 시인들이 그렇게 따르고 또 무던히도 닮기를 열망하는 김수영 자신도 "시인의 스승은 현실이다"라고 갈파했지만, 그게 현실의 재현을 지지하는 발언이 아니었다 해서 '현실'에 실린 무게중심을 무시하는 것은 결국 그의 외양만 받아들이는 결과만 야기하지 않는다고 누가 장담할 수 있겠는가.

우리는 발화의 방법을 복수화시키고 필자들의 다양한 정념을 담아내기 위해 강연과 토론 그리고 원고 집필 등을 병행했다. 우리의 작업이 새로운 지평을 열었다고는 말하지 않겠다. 우리는 '새로움'에 대해서 무척 신중한 입장을 가지고 있으며 어디까지나 문학의 새로움은 삶의 새로움에서 시작된다고 믿고 있기 때문이다. 어찌 되었든 이제 바깥 세상에 우리의 심사숙고를 내보내게 되었다. 이게 밖으로 나가서 무엇이 될지, 누구를 만날지, 어떤 다른 사건을 발생시킬지 우리는 알지 못한다. 그것은 다른 우연의 세계에 속하기에 그렇다. 끝으로 지금껏 많은 보탬을 준 문학평론가 고영직과 이명원, 작가회의 사무처의 두 듬직한 일꾼 박혜영 사무차장과 이태영 간사에게 깊은 고마움을 전한다. 원고만 달랑 던져주었는데 훌륭한 책으로 엮어 주신 동녘출판사의 이정미 님에게도, 그리고 이 책에 물질적 외형을 부여해준 인쇄 · 제본 노동자에게도 깊게 허리를 숙인다. 어찌 고마움을 표할 인연이 이들뿐일까마는 이들이 없었다면 우리의 고민은 다만 사사로운 자리에서 입에 잠깐 오르내리다 언제인지도 모르게 사라져버릴 에피소드에 지나지 않았을 것이다.

2011년 봄에서 여름으로 넘어가는 바람 속에서

한국작가회의 자유실천위원회

김종철

격월간 〈녹색평론〉 발행·편집인으로 저서 《시와 역사적 상상력》, 《시적 인간과 생태적 인간》, 《비판적 상상력을 위하여》, 《땅의 옹호》와 역서 《경제성장이 안되면 우리는 풍요롭지 못할 것인가》, 《正義의 길로 비틀거리며 가다》 등이 있다.

대지로
회귀하는
문학

제가 오늘 일본소설 한 권을 가지고 왔는데, 이 소설을 중심으로 얘기를 좀 해볼까 합니다. 우리나라에서는 《슬픈 미나마타》라고 번역되어 나온 이 작품의 원래 제목은 '고해정토苦海淨土'예요. 이시무레 미치코石牟礼道子라는 작가가 쓴 소설입니다. 참 좋은 작품인데, 우리나라에서 얼마나 읽히고 있는지 모르겠어요. 제가 보기에는 이 작가야말로 '새로운 작가'라는 말을 들을 자격이 있어요.

근대의 일본문단에는 나쓰메 소세키를 비롯해 기라성 같은 작가들이 많이 배출되었죠. 그런데 모두 일류 대학 출신의 엘리트 작가들이에요. 한국문학의 경우도 대학 출신 작가들이 적지 않지만, 일본의 근대문학은 거의 대학 출신, 그것도 소위 명문 대학 출신들에 의해 주도돼왔어요. 이것은 근대 일본문학의 큰 특징이 아닌가 싶어요. 그래서 알게 모르게 지식인 중심의 이야기, 엘리트 특유의 세계 인식이나 자의식이 지배하는 문학이 주류를 형성해왔다고 할 수 있어요. 나쓰메 소세키는 말할 것도 없고, 이름 있는 작가들이 거의 대부분 그렇다고 할 수 있습니다. 여기 비하면 이른바 '사소설이냐 아니냐' 하는 구별은 부차적인 거예요. 거의 모든 작가들이 극히 엘리트적인 언어와 서구화된 논리, 이성적인 언어로 세상을 보고, 인간 경험을 보는 공통적인 성향을 드러냅니다. 반서구적인 논리를 펼 때도 마찬가집니다. 전통적 일본정신의 부활을 외치면서 할복자살한 미시마 유키오三島由紀夫가 죽을 때 군국주의 프러시아 장교복 차림이었다는 것은 매우 의미심장한 대목입니다. 미시마는 천황주의자이자 굉장히 서구화된 엘리트였습니다.

일본문학의 이런 경향은 지금도 본질적으로 달라지지 않은 것으로 생각됩니다. 가령 우리나라에도 잘 알려진 평론가 가라타니 고진柄谷行人이 높이 평가하는 나카가미 겐지中上健次나 재일조선인 작가들은 예외인 듯하지만, 따져보면 그들도 결국은 엘리트 작가예요. 좀 더 주변부의 소외된 삶을 충실히 반영하려는 비판정신이 돋보인다고 할 수 있지만, 그 비판 정신 역시 엘리트의 언어와 논리를 토대로 하고 있는 게 분명하다고 할 수 있으니까요.

물론, 엘리트 문학이라고 해서 중요하지 않다는 얘기는 아닙니다. 그것은 역사적으로 중요한 역할을 해왔다고 봐야지요. 문제는 이게 시효가 끝났다는 거예요. 사실 일본이 1960~1970년대를 거치며 고도경제성장을 이룩한 이후 나쓰메 소세키의 계보를 이어받은 엘리트 작가들의 임무는 사실상 끝났다고 보는 게 타당합니다. 고도경제성장으로 소비주의 문화가 만연한 상황에서 현실적으로 엘리트 작가들의 진지한 작품이 설 자리가 없다는 단순한 얘기가 아닙니다. 이제는 돌이킬 수 없이 고도산업사회가 된 상황에서 근대 초기 비판적 지성의 문제의식은 어떻게 보면 시대착오적 인 것일 수도 있습니다. 현대사의 큰 역설 가운데 하나는 서구화·산업화를 죽을힘을 다해서 성취해낸 순간, 그 결과가 바로 수습하기 어려운 재앙이라 는 사실입니다. 이것은 엄청난 충격일 수 있는데, 어쩌면 서구에 대한 열등 감을 심하게 앓아온 동아시아 사회가 특히 그렇다고 할 수 있습니다.

문학이 제 구실을 하자면 이런 역설을 직시해야 합니다. 물론 쉬운 일이 아니죠. 근대문학의 오랜 습성이라는 게 있으니까요. 우리가 문학이라고 생각해왔고, 문학이라고 배워왔던 모든 것이 사실은 근대주의 논리에 충 실한 사고방식을 근저에 깔고 있는 것입니다. '근대문학의 종언'이라는 테 제는 오히려 이런 맥락에서 진지하게 논의될 필요가 있을 거예요.

하여간 이런 상황에서 예외라고 생각되는 작가가 있습니다. 그게 바로 이시무레 미치코예요. 나쓰메 소세키가 일본 근대의 엘리트 문학을 대표 하는 작가라고 한다면, 이시무레는 그 근대의 의미를 근원적으로 묻는 작 가이고, 그런 의미에서 고도성장 이후의 대표적인 작가가 아닌가 합니다. 가라타니 고진이 '근대문학의 종언'을 말했을 때, 그는 사실상 문학다운 문학은 이제 끝났다고 보았습니다. 아마 그가 이시무레의 존재를 알아보 고, 그 문학의 역사적·문명사적 의의를 간파할 시각을 가지고 있었더라 면 생각이 좀 달라졌을지도 모릅니다.

저는 이시무레의 작품을 다 읽지는 못했어요. 일본어 실력이 짧아서요. 현대 일본어로 쓰기는 하지만, 기층민의 언어로 소설을 쓰는 작가의 작품 을 이해하기는 매우 힘듭니다. 대략 분위기와 느낌으로 짐작하는 정도입 니다. 제가 대학에서 영문학 공부한답시고 한 게 그런 식이었어요. 대충

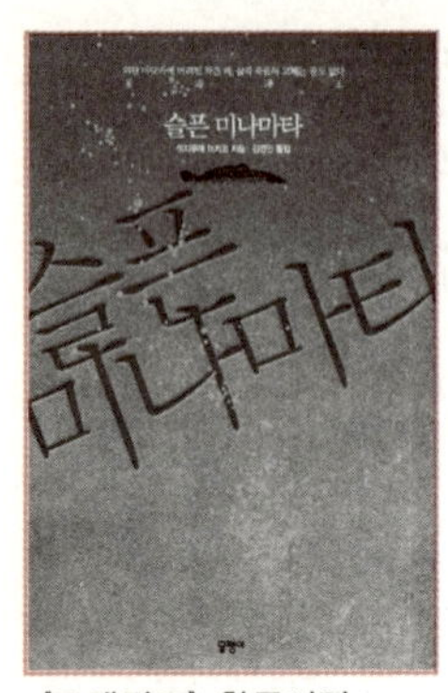

《고해정토》 한국어판.
달팽이 출판사 제공.

대충 읽었어요. 순전히 글자로만 배운 외국어를 어떻게 다 알 수 있겠어요. 하층민의 구어 같은 건 정말 파악하기 어렵죠. 그렇지만 기분이 통하면 알아볼 수 있어요.

현재 이시무레의 작품은 몇 편이 서양말로 번역돼 있습니다. 서양인들 중에도 관심을 가진 사람이 꽤 있어요. 그런데 그런 서양인은 말할 것도 없고, 대부분의 일본 독자들도 사실은 별로 믿을 만한 독자들은 아니에요. 왜냐하면 그런 독자들은 대개 이시무레를 공해 문제에 민감한 작가 정도로 보고 있기가 쉽기 때문입니다. 실은 전혀 그렇게 보아서는 안 될 작가이거든요.

아까 이 소설의 제목이 원래 '고해정토'라고 말씀드렸죠. 한국의 요즘 젊은 세대가 한자를 거의 모르니까 출판사들이 책 제목에 한자 쓰기를 극도로 두려워합니다. 제 생각엔 한글 전용 정책의 후유증이 심각한 것 같아요. 왜 귀중한 한자 유산을 다 버리려고 하는지 알 수가 없어요. 한자를 옛날처럼 기본적인 것이라도 익히면 적어도 동아시아 사람들끼리는 필담으로나마 의사전달을 할 수 있을 텐데 말입니다. 동아시아의 이 귀중한 문화적 공통유산을 우리만 내버리는 것 같아서 정말 아쉬워요. 아까 얘기로 돌아가지요. 어쨌든 '고해정토'라고 한글로 써놓으면 무슨 말인지 모른단 말이에요. 그러니까 책을 출판하면서 '슬픈 미나마타'라고 이름을 고친 거 같아요. 그런데 이렇게 제목을 변경함으로써 이 작품이 갖고 있는 핵심적인 메시지를 완전히 놓쳐버렸어요. 이것은 공해 문제를 주제로 한 소설도, 환경보호를 얘기하는 소설도 아닙니다. 그것보다 훨씬 더 깊은 얘기를 담고 있는 작품입니다.

미나마타, 근대의 표상

물론 '슬픈 미나마타'라는 한국어판 제목에 드러나 있다시피, 이 소설은 '미나마타' 사건을 다루고 있습니다. 미나마타는 아시아뿐만 아니라 전 세계적으로도 떠들썩하게 알려진, 근대적 산업 활동으로 나타난 미증유의 재앙이었습니다. 굉장히 큰 충격과 센세이션을 일으킨 역사적인 사건이죠. 사실 기본적으로는 아직도 미해결인 상태로 진행 중인 사건이에요. 1950년대 말에 터져 나왔는데, 일본 규슈에 있는 구마모토熊本현 남단에 조그만 항구도시가 있습니다. 옛날에는 한가로운 어촌이었다고 합니다. 그곳이 미나마타예요. 미나마타水俣라고 할 때, '마타俣'에 해당하는 한자 표기는 아마 일본에서만 쓰는 것 같아요. 우리 옥편에는 안 나옵니다. 일본어로 '마타'라는 건 강줄기나 바다 물길이 갈라지는 곳을 뜻한다고 해요.

미나마타 사건은 대부분의 아시아 사람들이 대체 산업화가 뭔지, 산업 문명이 뭔지 채 실감도 하기 전에 터져 나온 가공할 만한 산업재해였습니다. 그 미나마타의 바다를 끼고 조업하고 있는 일본질소비료회사가 수십 년 동안 산업폐기물을 그 만灣으로 유출시켜왔던 거예요. 화학비료를 만드는 공정 중에 나오는 유기수은을 그냥 바다에 방류해왔던 거죠. 처음에는 몰랐지만, 그것이 점점 쌓여서 그 연안 바다에 사는 해양 생물들의 생체 속에 계속 축적되었고, 그걸 일상적으로 먹었던 어부들·주민들, 그리고 짐승들이 그 독성물질의 피해를 입게 된 겁니다. 처음에는 마을의 고양이들이 어느 날부터 갑자기 이상하게 몸을 비틀고 춤을 추면서 바닷물에 텀벙 빠져 자살을 하는 일들이 속출하더니, 드디어 사람들에게 언어장애가 생기고, 움직이지도 못하고, 중추신경이 마비되고 비참한 모습으로 죽어가는 그런 사태들이 벌어진 겁니다.

1956년에 비로소 그게 모두 유기수은 중독 증상이라는 사실이 밝혀졌지만, 이것을 질소비료회사와 일본 정부가 공식적으로 인정하기까지는 또 많은 세월이 걸렸습니다. 15년이 넘게 걸려 공식적인 인정을 받았지만, 이번에는 개개인들에 대한 배상 문제를 두고 지루하고 고통스러운 재판을 해야 했어요. 그게 실은 아직까지도 계속되고 있다고 합니다. 항상 이렇습니다. 병든 환자나 그 가족이 비료공장의 수은 때문에 그 병에 걸렸다는 것을 구체적으로 객관적으로 증명할 방법이 사실 없어요. 정황증거일 뿐이죠. 사람이 병에 걸리는 원인은 수없이 많아요. 같은 환경, 같은 조건 속에서 살아도 체질이 다르면 병에 안 걸릴 수도 있어요. 산업재해가 발생하면 기업주나 정부는 늘 이런 근본적인 약점을 파고들어서 오리발을 내미는 게 아주 상습화돼 있어요. 명백한 사실인데도 불구하고 직접적인 인과관계를 증명하기가 어려우니까 재판과 배상 문제가 한없이 질질 끄는 거예요.

국가와 기업은 오리발을 내미는 게 체질이에요. 뿌리 깊게 박혔어요. 어디서나 그래요. 이런 사건들이 세계 전역에 걸쳐서 지금도 흔하게 벌어지고 있어요. 늘 피해자들은 당하기만 하고, 당연히 받아야 할 보상을 받지도 못하고, 받더라도 너무나 늦게 그것도 쥐꼬리만 한 보상금을 받는 게 고작이에요. 산업 사회라는 시스템은 이렇게 늘 약자들을 희생시키지 않고는 단 한순간도 버티지 못하는 괴물입니다.

어쨌거나 미나마타 사건은 시기적으로도 선례가 없는 탓도 있고, 사진으로 보아도 그 환자들의 모습이 너무 비참해서 뉴스를 보는 사람들이 큰 충격을 받고, 세계 각지에서 저널리스트들이 몰려들어와 취재도 하고, 아주 저명한 사진작가들도 장기간 상주하면서 기록사진을 찍고 그랬습니다. 저도 학생 시절에 이 뉴스를 듣고, 사진도 보고 했던 기억이 납니다. 젊었을 적에 들어서 그런지 그 인상이 강하게 뇌리에 박혀서 지금도 산업재해라고 하면 이 미나마타부터 먼저 떠올라요.

일본질소비료공장이 창립된 것은 1901년이라고 합니다. 그 자회사가 예전 우리나라에 있었어요. 식민지 조선 땅에 있던 흥남질소비료회사예요. 노구치 준이라는 사람이 설립한 회사죠. 압록강을 막아서 물길을 바꾼 다음 댐을 세워 수력발전소까지 만든 게 바로 이 사람이에요. 어떻게 보면 아주 스케일이 컸던 사람이죠. 아마 당시에 물길 바꾸면서 별로 조사 같은 것도 안 하고 밀어붙였겠죠. 이명박 대통령의 대선배인 셈이죠.

그런 사람이 조선 땅에 또 질소비료공장이라는 거대 공장을 세웠어요. 그 공장의 정식 명칭은 조선질소비료주식회사로 돼 있어요. 그 공장은 1927년에 함경남도 함흥군 운전면 운남리 1번지에 자본금 1,000만 엔으로 설립되었습니다. 그곳은 원래 어촌이었다고 합니다. 조선 사람들이 살고 있었죠. 그런데 이 회사가 용지를 매수할 때 경찰관 입회 아래 이루어졌다고 합니다. 이게 무슨 말이겠어요?

이 작품 속에 나오는 얘긴데, 작가가 조사를 해보니 1937년에 일본질소비료공장에서 편찬한 회사 역사책이 있었어요. 그걸 뒤져보니까 그렇게 나와 있다는 거예요. 역사책이라는 것은 아주 거짓말은 못하잖아요. 왜곡하더라도 어느 정도 기초적인 사실은 적을 수밖에 없죠. '경찰관 입회하에 이루어졌다'라는 말은 결국 주민들의 저항을 많이 받았다는 뜻이죠. 당시 공장 부지가 들어서던 땅은 조선인 가옥 30호 정도가 있었고, 교통이 불편한 곳이었다고 합니다. 그러니 아마도 거의 자급자족하면서 살고 있었겠지요. 바다에서 고기 잡고, 땅에서 작물을 길러서 말이죠. 이시무레는 조선 사람들의 토지 매수에는 여간 복잡하고 성가신 문제들이 적지 않았을 것이라고 생각합니다. 당연한 얘기지요. 거의 틀림없이 공권력이라는 이름으로 폭력을 휘두르며 저항하는 주민들을 쫓아냈겠지요. 예전이나 지금이나 조금도 달라진 게 없어요.

그러니까 용산 참사의 역사는 뿌리가 깊어요. 국가와 결합한 자본가에 의한 토지 수용 때문에 풀뿌리 민중이 피눈물을 흘려야 하는 상황 말입니다. 그렇지만 주류 역사에서는 이런 문제가 늘 스쳐지나가는 에피소드에 불과해요. 민중의 입장에서 보면 이것은 생사가 걸린 문제인데도 그래요.

지금도 그런데 당시 식민지 상황에서, 함경도의 한 시골 마을에서 벌어진 이런 일이 무슨 큰 주목을 받을 수 있었겠어요? 그 당시 언론이라는 것도 제약이 많았을 것이고, 작가라고 해도 하루하루 살아가는 게 고달픈 시절이었으니까요. 세월이 많이 흐른 뒤라고 하더라도, 그래도 누군가가 그것을 기억하고, 그 의미를 다시 음미해본다는 게 중요하죠. 이 작가가 미나마타 사건을 다루는 도중에 식민지 조선 벽지의 민초가 겪었을 운명을 떠올려보는 것은 그게 본질적으로 미나마타 백성들의 운명과 하나도 다를 게 없다고 보기 때문입니다.

광독 사건과 다나카 쇼조

그런데 주목할 것은 이시무레의 이러한 근대문명 비판에는 중요한 사상적 배후가 있다는 사실입니다. 실제로 그걸 작품 속에서 작가 자신이 몇 번이나 언급하고 있어요. 아시는 분도 있겠지만, 일본이 근대국가 체제를 굳혀가던 지금부터 100년 전 러일전쟁 무렵에 아시오 구리광산足尾銅山 광독 사건鑛毒事件이라는 게 있었어요.

근대산업을 일으키고, 또 전쟁까지 해야 하는 상황에서 구리는 매우 요긴한 광물이었습니다. 다양한 용도로 쓰이지만, 무기를 만드는 데도 구리는 필수죠. 나중에 일본의 큰 재벌이 된 후루카와古河라는 사람이 당시 일본 정부의 허가를 받아 구리광산 채굴권을 독점적으로 확보합니다. 옛날부터 구리를 채굴하던 광산이었지만, 이제는 대규모 근대적 광산 시스템을 도입한 거죠. 그런데 구리가 독성이 굉장히 강한 물질이잖아요. 대량생산 체제가 갖추어지자 광산 아래 마을들에서 아우성이 일어납니다. 구리의 생산 과정에서 유출된 독성물질로 농작물이 말라 죽고, 병들고, 게다가 한 번씩 홍수가 나면 범람하는 물을 통해 그 광독이 인근 지역까지 퍼져서 광범위한 재해를 유발한 것입니다. 그런데 이런 재해도 당시 전쟁을 수행하고, 빠르게 산업 시스템을 건설하던 일본 전체의 분위기 속에서 쉽게 묻혔을 가능성이 큽니다. 그러나 그렇게 되지 않고 지금도 굉장히 중요한 역사적 사건으로 기억되고 있는데, 그것은 한 사람의 지독한 투쟁 덕분입니다.

다나카 쇼조田中正造라는 인물인데, 혹시 들어보셨어요? 일본 근대사상사에서 꼭 언급되는 인물인데, 굉장히 중요한 사람이에요. 요즘 동아시아 공동체에 관해서 얘기하는 사람들이 많은데, 그런 생각을 하는 사람들이라면 더욱더 깊이 공부해봐야 할 인물이라고 생각해요. 앞으로는 싫으나 좋으나 근대적 국민국가라는 틀을 넘어가야 할 것인데, 그러자면 민족이라는 테두리를 떠나서 정말로 존경할 만한 보편적인 가치를 위해 헌신한 인물들의 삶과 사상을 기억하는 일이 굉장히 중요해요.

다나카 쇼조는 국회의원까지 지낸 인물입니다. 초기에는 유학을 신봉하는 집안에서 유교적 윤리를 체득하고 성장한 사람입니다. 본래 성격이 불의를 참지 못하고, 의인적인 면모가 강했다고 그래요. 청년 시절에 이미 마을에서 관리들의 부당한 행패·부조리한 행정 같은 것을 보면 참지 못하고 저항하다가 옥살이도 몇 차례나 했어요. 그런데 옥살이를 하면서 기독교를 접했어요. 우연히 성서를 읽은 다음에, 읽고 또 읽고서는 크게 감복해 평생 두터운 기독교 신앙을 갖고 살았다고 합니다. 그러니까 유교와 기독교라는 두 개의 세계관이 한 인물 속에서 혼합된 셈이지요.

그런 양반이 아시오 광독 사건을 물고 늘어져요. 죽을 때까지 집요하게 물고 늘어집니다. 국회의원이 된 다음에 국회 활동 전부가 이 문제를 거론하고, 해결책을 강구하라고 정부에 요구하는 것으로 일관하고 있어요. 아까도 말했지만, 당시의 분위기에서 굉장한 용기를 필요로 하는 행동이었습니다. 어떻게 보면 전쟁을 그만두라는 얘기이고, 근대국가로 가는 길을 포기하라는 요구일 수도 있으니까요.

당시 일본 국회는 제국의회였어요. 주권이 국민에게 있다는 것을 인정하지 않고, 나라의 주인이 천황이라는 것을 천명하고 있는 제국헌법에 의거해 성립한 국회였습니다. 그러나 아무리 엉터리 헌법이라 하더라도, 헌법은 헌법이에요. 헌법이라는 이름을 듣자면 최소한의 합리성과 논리를 갖추고 있어야 하거든요. 다나카 쇼조는 바로 이런 헌법을 적극적으로 활용해야 한다고 생각했습니다. 왜냐하면 비록 주권은 천황에게 있다고 명시돼 있지만, 신민臣民들의 삶을 편하게 하고, 신민들의 생명권을 보장한다는 게 헌법의 요지란 말이에요. 그래서 그는 이 제국헌법의 논리에 근거해 물고 늘어져요. 그는 일본 국민이 모두 하루도 빠짐없이 헌법을 읽어야 한다고 주장하면서, 아시오 광독 사건은 백성을 사랑하시는 천황의 뜻에 어긋나는 것이다, 따라서 헌법 위반이다, 그러니 책임자를 처벌하고 구리 광산을 폐쇄해야 한다고 끊임없이 주장했습니다. 그런데 일본 정부는 도저히 이런 주장을 들어줄 수 없죠. 정치적인 영향력이 큰 광산 재벌의 경제적인 이해관계도 있지만, 군수물자를 조달하는 곳이었으니까요.

이른바 국익과 민익民益, 즉 국가의 권리와 민중의 권리 사이의 대립이 이 다나카 쇼조라는 한 인물을 통해서 극한적으로 드러난 셈이죠. 그러다가 결국 국회에서 자기 뜻이 통하지 않으니까 국회의원직을 내던져버려요. 그리고 곧장 광독 피해를 당하고 있는 마을 현장으로 들어갑니다. 정부에서는 이 사람이 하도 집요하게 문제를 제기하니까 편법을 써서 광산 아래 마을들을 국가에서 수용을 해 저류지貯留池를 만들려는 계획을 세웁니다. 그래서 거기에 광산의 독성물질을 가두어두겠다는 거지요. 그렇게 되면 결국 마을은 수몰을 면치 못합니다. 다나카 쇼조는 수몰 위기에 처한 마을로 직접 들어가 거기서 버티면서 마을을 철거하려는 당국에 맞서 싸워요. 그리고 최후까지 버티다가 결국 그 마을에서 생애를 마칩니다.

그런 투쟁 중에 중요한 사건이 있었는데, 1901년 12월 10일 육십이 된 나이에 천황한테 직소直訴를 했어요. 일본에는 아주 예전부터 직소라고 하는 관습이 있었다고 해요. 억울한 일을 당하거나 공의公義를 위해서 봉건 영주라든지 번주藩主 같은 통치자에게 중간 절차를 거치지 않고 직접 아뢰는 행동이지요. 이게 말처럼 쉬운 것은 아닙니다. 이것은 결국 통치자나 그의 참모들의 부당한 처사를 지적하는 일이기 때문에 간접적으로 통치자를 비판하는 행동이거든요. 그런데 직소를 듣고 그 내용이 합당한 경우에는 일을 바로 잡은 뒤에도, 통치자는 직소를 올린 사람을 사형에 처했다는 거예요. 그게 일본의 오래된 전통이었다고 합니다. 일종의 하극상이라고 간주한 거지요. 그런 전통을 다나카 쇼조가 모를 리 없지요. 아닌 게 아니라 나중에 밝혀진 거지만, 그는 직소를 결행하기 전날 가족 앞으로 유언장 비슷한 것을 작성해두었어요. 그러고는 마침 천황의 행차가 예정되어 있는 길에서 기다리고 있다가 천황의 수레가 다가오자 소리를 지르며 달려 나가 상소문을 들이밀었어요. 순식간에 경비병과 뒤엉켜 길바닥에 나뒹굴었어요. 이게 언론에도 보도되면서 세상이 발칵 뒤집혔죠. 천황도 물론 그 현장을 보았겠지요. 나중에 전직 국회의원인데다가 사사로운 행동도 아니라는 게 확실하니까 천황이 특별히 용서를 해서 처벌은 면했습니다. 그런데 그것은 나중 일이고, 원래 직소를 결심했을 때 그 자신은 죽음까지도 각오했던 거죠. 대단한 사람입니다.

글도 많이 남겼습니다. 전집이 수십 권에 이를 정도로 정리돼 나와 있습니다. 일본에서는 사실 우리가 보면 별것 아닌 인물들도 온갖 기록을 다 모아서 전집도 만들고, 사상가로 기리고 그러잖아요. 그러나 이 다나카 쇼조는 지금 읽어봐도 대단해요. 글에 힘이 넘쳐요. 대사상가라고 불러도 어색하지 않아요. 전문적인 문필가도 아니고, 책상에 정좌해서 글을 쓸 여유가 있는 생애를 보낸 사람도 아니지만, 투쟁의 현장에서 그때그때마다 기록하고, 매일매일 일기를 충실히 썼던 것 같아요.

그가 남긴 글을 보면 그는 이미 근대문명의 궁극적인 방향을 알고 있었던 것 같아요. 이대로 간다면 파국은 필연적이라고 생각했던 게 분명해요. 그리고 근대국가라는 것은 근본적으로 산업자본과 결합되어 민초들에게는 혹독한 폭력이 된다는 걸 알고 있었어요. 그래서 끊임없이 그는 그러한 재앙을 막기 위해서 일본 국민이 전부 매일 헌법을 읽고 자신의 권리를 주장할 줄 알아야 한다고 역설합니다. 그는 이미 그때 근대문명의 핵심적인 어둠을 꿰뚫고 있었어요. 그의 생각으로는 "참다운 문명은 산을 황폐하게 만들지 않고, 마을을 파괴하지 않고, 사람을 죽이지 않는 것"입니다. 그런데 "고래의 문명을 야만으로 돌리는" 근대문명은 실은 "허위장식이며, 사욕私慾이며, 노골적인 강도强盜"라는 것입니다. 인도의 간디보다도 몇 십 년이나 앞서서 이런 얘기를 했어요.

그러니까 이런 훌륭한 선각자가 있었기에 나중에라도 그 정신을 잇는 작가가 출현할 수 있는 것이지요.

민중의 역사와 기록

조금 다른 얘기지만, 누구랄 것 없이 우리는 기록들을 잘 안 해요. 아까 흥남질소비료공장 얘기를 했지만, 그런 사건이 우리 근현대 역사 속에 무수히 존재해왔을 거란 말이에요. 그렇지 않겠어요? 지금은 하도 많이 겪었으니까, 사람들이 그 의미를 어느 정도는 알고 있어요. 물론 운명처럼 받아들이는 사람들도 많지만, 하여튼 세상에서 흔히 말하는 발전이니 진보니 하는 게 구체적인 민중의 현실에서는 풀뿌리 공동체의 파괴로 나타난다는 것은 대개 알고 있거든요. 그런데 저 식민지 조선 시골 마을에 어느 날 난데없이 비료공장을 짓는다면서 조상 대대로 살던 땅에서 나가라고 하는 말을 들은 사람들의 심경은 어떠했겠어요? 그런 날벼락이 어디 있었겠어요? 그런데 우리는 그때 그런 상황에 처했던 사람들에 관한 생생한 기록이 없어요. 글 쓰는 사람들이라면 문학의 종언이다 뭐다 그런 데 신경 쓰지 말고, 우선 그런 얘기들을 기록하는 데 충실해야 하는 것 아니겠어요?

작가회의 회원들이 모인 자리니까 한 마디 하고 싶은 게 있어요. 지금은 한국작가회의라고 하지만, 원래는 '민족문학작가회의'라고 불렀잖아요. 그런데 명칭을 변경할 때에는 물론 그럴 만한 이유가 있었겠지요. 그렇지만 한 나라의 중요한 작가·시인·평론가들의 회의체라고 하는 단체가 자신의 명칭을 바꾸면서 투표를 해서 바꾼다는 게 말이 되는 얘긴지 모르겠어요. 저는 참석해본 적도 없고, 작가회의가 어떻게 돌아가는지도 모르지만, 그래도 명색이 문학인들의 조직이라면 역사적인 문장이 나와야 되지 않겠어요? 이 시점에서 왜 '민족문학'이라는 이름은 더 이상 적합하지 않다고 생각하는지, 당당한 문장으로 논쟁을 하는 게 옳지 그냥 손쉽게 투표라는 형식을 빌려 결정을 내린다는 것은 말이 안 되는 얘기라고 생각합니다. 적어도 문학인들이 할 행동은 아니라고 봐요. 우리는 역사적인 문헌을 남길 책임이 있는 사람들이라는 자각이 중요해요. 결과적으로 어떤 명칭이 되건 그건 중요하지 않다고 생각합니다. 우리들이 기록과 문건을 너무 등한시한다는 게 문제예요. 지금에 와서 왜 민족이라는 말이 어색하거나 부적합하다는 느낌이 드는지, 그 상황을 깊이 있게 점검하고 토의한다는 게 중요하잖아요.

바로 얼마 전에 문화예술위원회인가 하는 데서 작가회의에 대해서 말도 안 되는 답변을 요구했을 때도 그래요. 촛불집회 참석 여부를 문제삼아 지원금을 지급하겠다느니 말겠다느니 하는 행위는 물론 유치하고 가증스럽기 짝이 없지요. 그렇지만 이걸 그냥 욕이나 하고, 화를 내는 것으로 대응해서는 안 되잖아요. 품위 있는 글을 써야죠. 그래서 이 시점에서 이 나라의 양식 있는 사람들이 느끼는 절망감을 표현하고, 그것을 기록으로 남겨둬야죠. 시인은 시만 쓰고, 소설가는 소설만 써야 한다는 생각은 착각 중에서도 가장 어리석은 착각이에요. 좋은 시인·좋은 작가는 잡문을 쓰는 사람입니다. 노신魯迅을 보세요. 그의 글 거의 전부가 잡문이잖아요. 그 가운데 우수한 창작은 몇 편 안됩니다. 우리가 노신을 보면서 감탄하고 배우는 게 다 그의 '잡감문雜感文' 때문이에요. 이 잡감문이 아니었다면 노신이 중국의 혼돈과 어둠에 맞서서 그처럼 가열하게 싸우는 것은 불가능했을 겁니다.

기록이 없으면 결국 역사가 없는 민족인 거예요. 《조선왕족실록》 가지고 너무 좋아할 것 없어요. 중요한 것은 기록된 '민중의 역사'가 조금이라도 있느냐 하는 것입니다. 저는 5년 전에 학교에서 나와버렸지만, 영남대에 있는 제 동료들이 '민중생활사'라는 기획단을 조직해 몇 년간 학술진흥재단의 지원을 받아서 근현대의 우리나라 민초들이 어떻게 살아왔는지 그걸 재구성해보려고 노력해왔어요. 더 세월이 지나면 완전히 망실돼버리니까 지금 고령인 분들을 찾아다니면서 녹취를 한 거죠. 과거에 농사도 짓고, 장사도 하고, 이발사도 하고, 유랑극단을 따라다니기도 하고, 동대문에서 설렁탕을 팔기도 했던 사람들의 생애를 채록해보려는 작업이지요. 민중의 역사를 기억하는 방법은 그런 구술을 통한 역사일 수밖에 없으니까요. 그 녹음된 것을 풀어서 지금 책을 간행하고 있는데, 저도 조금 읽어봤어요. 재미는 있지만, 문제가 많아요. 구술사口述史라는 게 쉽지 않습니다. 제일 큰 문제는 고령자들의 기억이 부정확할 뿐만 아니라 자기 삶을 회상하면서 끊임없이 미화한다는 점이에요. 자기도 모르게 기억을 왜곡시키고 있어요. 그래서 진정한 민중생활사를 보기가 힘들어요.

그런 거 생각하면, 우리의 정신 문화라는 게 굉장히 빈곤하다고 말하지 않을 수 없어요. 우리가 진짜 부끄러워해야 할 게 그거죠. 우리가 여기까지 오는 데 엘리트들만 있었던 게 아니잖아요. 조선 시대 말기부터 식민지 시대에 이르기까지 제가 중요하게 생각하는 것은 이 땅에서 살았던 민초들의 구체적인 일상생활의 역사예요. 그 무렵의 우리나라 사정에 대해서는 당시 조선에 와서 생활했던 몇몇 선교사들의 기록이 고작이에요. 조선 사람의 손으로 기록된 것은 거의 없어요. 조선의 지식인들은 이런 것들을 논할 가치가 없다고 생각했겠죠. 지금도 우리는 무의식중에 그렇게 생각하고 있을지도 모릅니다. 그러다 보니까 우리는 '민중의 얼굴'을 잘 몰라요. 그러면 그걸로 끝나는 게 아닙니다. 그것은 지식인이 민중의 세계에 접근하기 어려워진다는 이야기일 뿐만 아니라, 민중이 스스로의 삶을 모르게 된다는 뜻이기도 합니다.

제가 《슬픈 미나마타》를 보면서 느끼는 게 그런 겁니다. 지금 우리나라에 정말 이시무레 미치코 같은 경력과 관심과 열정을 가진 작가가 있다고 합시다. 그가 밑바닥 민중의 삶과 내면을 이렇게 리얼하게 그릴 수 있겠느냐? 저는 불가능할 거라고 생각해요. 자료가 없어요. 지금 농촌이나 어촌에 가서 사람들 만나서 이야기해보세요. 이미 도시 사람 이상으로 도시화되어 있습니다. 텔레비전 같은 것 때문에 이제는 방언 쓰는 사람들도 드물어요. 그런데 왜 이런 기록들이 중요하냐 하면 근대적인 가치로는 이제 나아갈 길이 없기 때문입니다. 한때 포스트모더니즘이니 탈근대주의니 하며 학계와 지식 사회에서 요란하게 떠돌아다닌 것은 엘리트 지식인들 몇몇의 머릿속에서 나온 추상적인 논리일 뿐, 전혀 생명력이 없는 거예요.

요새는 이야기를 하는 사람도 별로 없잖아요. 중요한 것은 풀뿌리 포스트모더니즘이에요. 포스트모더니즘이라는 말도 필요 없어요. 원래 풀뿌리라는 삶 그 자체가 비근대적 가치세계 속에서 쭉 영위되어왔으니까요.

도道의 실현과 근대국가

이시무레 미치코는 이 비근대의 논리에 아마도 가장 철저한 작가가 아닌가 싶어요. 《슬픈 미나마타》는 단순한 반反공해 소설이 아니에요. 원래 이 작품은 소설 취급도 못 받았습니다. 이게 1969년에 처음 출판되었을 때, 일본의 주요 평론가들과 작가들은 이 작품을 논픽션으로 간주했습니다. 그때 무슨 문학상을 받았는데, 논픽션 부문의 수상작품으로 선정되었어요. 그렇게 기성문단의 오해를 살 만도 했습니다. 왜냐하면 아까 보았듯 이 흥남질소비료공장에 관한 회사 측 자료의 긴 인용이라든지, 미나마타병 환자들에 관한 병원의 진단 기록, 의사들의 증언 내용, 회사 측이나 당국자·정치가·언론의 이 문제에 관한 발언과 보도 내용 등을 사실 그대로 옮겨놓고 있는 부분이 꽤 많거든요.

그럼에도 이것은 어디까지나 소설입니다. 이 소설은 7개의 장으로 나누어져 있고, 각 장은 피해자 개개 인물에 관한 독립적인 에피소드로 구성되어 있지만, 전체적으로 이들 이야기를 꿰뚫고 있는 것은 '미나마타'의 문명사적·인류사적 의미에 관한 집요한 천착과 근원적인 질문이에요. 미나마타 사건으로 희생당한 사람들에는 남녀노소가 다 있고, 심지어 태아까지 감염되어 태어날 때부터 불구자로서 비참한 인생을 보내야 하는 사람들도 적지 않습니다. 작가는 이런 희생자들을 실제로 만나보고 개인마다 얽혀 있는 사연을 주의 깊게 듣고, 그것을 자신의 스타일로 풀어내는 그런 방법을 쓰고 있습니다. 사건의 시간적인 순서도 뒤바뀌기 일쑤고, 비현실적인 신화 · 꿈 이야기가 계속 나오면서 어느 것이 현실인지 몽환의 세계인지 잘 구별이 안 될 만큼 뒤섞여서 전달되고 그래요. 그런데 이런 기법은 결코 서양의 현대소설에서 배운 게 아닙니다. 그것은 작가 자신이 태어나 자란 땅의 민초들이 살아온 삶의 방식을 충실히 재현한 것이라고 할 수 있어요.

나중에 밝혀진 흥미로운 이야기지만, 이 작품을 보면 마치 작가가 희생자들을 일일이 만나서 꼼꼼히 취재한 것을 나중에 살을 붙여서 재구성한 게 아닌가 하는 인상을 받는데, 사실은 그렇지 않다는 거예요. 이 이야기를 하자면 작가의 출신 배경에 대해서 좀 더 심층적인 이해가 필요해요.

이시무레의 고향, 구마모토는 일본에서도 좀 특이한 곳이라고 할 수 있습니다. 메이지유신 이후 근대 자본주의 국가로 빠르게 돌진해가던 정치 · 문화의 주류에 대항해 본원적인 인간가치를 지키려 했던 이상주의적 사상가 · 실천가들의 근거지 중 하나였습니다. 예를 들어, 역사 교과서에서는 대표적인 정한론자征韓論者로 기록하고 있는 사이고 다카모리西鄉隆盛도 이 구마모토와 인연이 깊어요. 사이고 다카모리는 원래 사츠마번의 하급무사 출신으로, 메이지유신의 주역 중 한 사람이라는 것은 잘 알려진 사실입니다. 그런데 사츠마번은 지금의 가고시마 지방으로, 구마모토 지척에 있습니다. 사이고 다카모리가 나중에 메이지 신정부의 직책을 버리고 고향으로 물러나와 세이난 전쟁西南戰爭이라는 반정부 반란을 일으켰을 때도 구마모토는 그의 주요 거점이었고, 또 그가 최종적으로 패배를 당하고, 자결을 한 곳도 구마모토였습니다.

그런데 이 사이고 다카모리라는 인물이 참 흥미로운 사람이에요. 단순히 정한론자라고 가볍게 처리하고 넘어갈 수 있는 인물이 아니에요. 사실 요즘 일부에서는 그를 정한론이 아니라 오히려 견한론遣韓論을 주창한 사람으로 봐야 더 정확하다는 견해가 있어요. 당시는 조선과의 새로운 외교 관계 수립이 유신 정부의 최대 현안이었습니다. 그런데 조선 정부가 '천황'이라는 표현이 가당치 않다고 일본 쪽의 외교문서를 일절 받아들이지 않았거든요. 사실 일본이 조선을 집어삼키는 것은 나중의 일이고, 당시는 아직 새 국가의 틀을 잡는 데 경황이 없던 시기였습니다. 그때 기록을 보면 일본 정부에서는 조선과의 관계가 꽉 막혀 있는 게 굉장한 고민거리였던 것 같아요. 국가 체제가 근본적으로 변경돼 이걸 이웃나라에 통보를 해야겠는데, 이게 안 되니 심한 가슴앓이를 한 거죠.

물론 당시 막번幕藩 체제가 무너짐으로써 몰락한 사무라이들의 불만이 컸고, 이것을 해소하는 방법으로 조선 침략을 생각한 사람들도 있었습니다. 또 역사가들도 흔히 그렇게 썼습니다. 그러나 정한론이라는 것은 그때 갑자기 생긴 게 아니라 일본에서 오랜 역사를 가지고 있고, 또 몇몇 특정 인물에 국한된 논리도 아니었습니다. 그런데 자료를 좀 자세히 들여다보면, 적어도 사이고 다카모리는 우리가 정한론자라고 할 때 쉽게 연상하는 그런 호전적인 인물과는 거리가 먼 사람이었던 것 같아요. 오히려 그는 외교 문제는 어디까지나 평화적으로 다루어야 한다는 생각에 철저했던 게 아닌가 싶은 거죠. 그래서 정부의 최고 실권자인 자신이 직접 위험을 무릅쓰고 조선에 갔다 오겠다고 견한사遣韓使를 자청했던 거죠. 그런데 이게 당시 일본 최고 실력자들 사이의 권력 주도권 쟁탈이라는 복잡한 역학 관계 때문에 끝내 받아들여지지 않자, 사이고 다카모리는 사직하고 고향으로 돌아옵니다. 그리고 얼마 후, 메이지유신 10년째 되는 해에 사무라이들의 반란 지도자가 되었습니다.

여기서 더 자세히 언급할 수는 없지만, 중요한 것은 사이고 다카모리가 권력에 대한 개인적 야심 때문에 이 반란을 지도한 것은 아니라는 거예요. 세이난 전쟁 자체는 확실히 이른바 불평사족不平士族의 신체제에 대한 불만이 분출된 사건이라고 할 수 있습니다. 그러나 사이고 다카모리 자신은 이 전쟁을 사전에 면밀히 준비하거나 조직하지 않았습니다. 상황의 논리에 의해 거의 떠밀리다시피 해서 결국 반란의 지도자가 될 수밖에 없었던 거죠. 그러니까 처음부터 그는 이 전쟁에서 승리할 것이라고는 생각하지 않았어요. 패배할 것을 잘 알고 있으면서도 싸우지 않을 수 없는 상황, 이걸 자신의 운명으로 받아들인 거죠.

이런 행동은 얼른 이해하기 어려운 게 사실이에요. 한때는 구체제를 무너뜨리는 데에 앞장을 섰고, 그 결과 새로운 정부의 최고 실력자 지위까지 올랐던 사람입니다. 그런 그가 어느 날 홀연히 그 지위를 버리고 귀향해서는 자신이 세운 정부를 반대하는 전쟁을 일으킵니다. 게다가 그 전쟁은 아무 승산도 없는 전쟁입니다. 모순 덩어리죠. 왜 그랬을까요? 물론 그 인물 자신의 내면으로 들어가보지 않으면 잘 알 수가 없죠. 그러나 여러 가지 자료를 보면 어느 정도 짐작이 가능합니다. 우선 그는 시대의 추세로 볼 때 구체제의 붕괴는 필연적이라고 생각했고, 그래서 메이지유신을 성공시키기 위해서 온몸을 바쳤습니다. 하지만 그는 새로운 국가 체제가 단순히 서양식 물질문명을 모방하는 것이 아니라 어디까지나 '도'를 실현하기 위한 수단이 되어야 한다고 생각했습니다. 그에게는 유학의 민본주의 이

녀에 충실한 매우 양심적인 사무라이의 체취가 느껴져요. 그래서 자신의 희망과는 자꾸 멀어지는 현실 속에서 점점 낙담할 수밖에 없었던 게 아닌가 싶어요. 어떤 기록을 보면, 그는 자신의 동료들, 즉 새로운 정부의 권력자들이 개인적인 사치를 한다거나 도쿄 거리를 마차를 타고 거들먹거리고 지나가는 모습을 굉장히 역겨워했다고 합니다.

어떻게 보면, 사이고 다카모리라는 인물은 낭만적인 혹은 몽상가적인 기질이 농후한 사람이었다고 할 수 있어요. 그러니까 자신의 희망이나 이상과는 반대 방향으로 전개되는 현실의 정치, 즉 근대 자본주의 독재국가 체제로 굳어져 가고 있는 현실에서 심한 좌절감을 느낄 수밖에 없었던 거죠. 그 자신이 논리적으로 파악하지는 못했어도, 그는 이미 근대국가 형성의 가장 초기 단계에서 이 근대국가 체제의 근본적인 '어둠'을 본능적으로 간파하고 있었는지 모릅니다. 근대국가와 '도'는 본질적으로 양립 불가능한 것이라는 것을 통감했는지 모릅니다. 그러나 이미 시대의 대세를 막을 도리는 없죠. 거기에 근원적인 절망이 있었던 게 아닌가 싶어요.

사상의 원점

그러나 현실적으로는 패배할 수밖에 없음에도 불구하고, 인간 정신이라는 것은 그렇게 간단히 죽어버리는 게 아닙니다. 사이고 다카모리가 죽은 뒤에 이상 사회를 꿈꾸는 자들의 맥은 잠복된 형태로나마, 특히 구마모토 주변 일본의 서남 지방에서 꽤 지속되지 않았나 싶습니다. 제가 좋아하는 전후 일본 시인 중에 다니카와 간谷川雁이라는 사람이 있어요. 도쿄대학을 나온 소위 엘리트 지식인인데, 청년 시절에 폐결핵에 걸려서 고향인 구마모토로 돌아와요. 그러고는 서클촌이라는 문예 운동을 하고, 노동 운동에도 활발히 참여하면서 1960년대에 신좌익 운동이 한창일 때 젊은이들에게 굉장히 큰 영향을 끼칩니다. 그런데 그의 혁명사상의 핵심이 뭐냐 하면 동아시아적 농민공동체의 복원을 통한 사회주의 건설이었습니다. 통상적인 맑스주의의 입장과는 현격한 차이가 있죠. 그는 상부상조의 원리에 의한 협동과 자치의 공동체를 자신의 이상으로 삼고, 그것을 '원점'이라고 불렀습니다.

그때 그가 벌인 문예 운동에 참가했던 멤버 가운데 한 사람이 바로 이시무레 미치코였습니다. 이시무레는 본래 이렇다 할 학력도, 경력도 없는 여성이었어요. 예전에 실과實科학교라는 게 있었는데, 주로 가난한 집 자녀들이 다닌 학교였습니다. 그런 학교 출신으로 전쟁 말기에는 자기가 졸업한 학교에서 임시교사로 잠시 근무한 게 경력의 전부였어요. 그런데 어렸을 적부터 혼자서 단가短歌를 짓는 취미가 있었고, 그게 빌미가 되어 다니카와 간이 운영하는 문학교실 같은 데서 만났겠죠. 그러니까 별 볼 일 없는 시골 밑바닥 출신 아줌마가 당대 일본의 문제적인 시인을 만나서 문학과 사회에 대해 눈을 뜨게 된 셈이죠.

그런데 여기서 또 언급해야 할 사람이 있는데, 와타나베 교지渡邊京二라는 평론가입니다. 우리나라에서는 별로 알려져 있지 않은 이른바 재야의 지식인인데, 아주 중요한 이야기를 많이 하는 사람입니다. 그의 저서는 특히 전근대에서 근대로 이행하는 과정에서 일본 사회가 얻은 것과 잃은 것이 무엇인가를 추적하는 데 뛰어난 통찰을 보여줍니다. 아까 제가 사이고 다카모리에 관해 잘 알지도 못하면서 이런저런 얘기를 했는데, 그것도 실은 대개 이분의 책에서 본 것을 밑천으로 한 겁니다. 그런데 이분도 구마모토 사람이에요. 평생 지방에서 살면서 한 번도 대학이나 제도권 연구기관에 소속하지 않고, 독립적인 저술 활동과 시민강좌를 해온 평론가예요. 그런데 이분이 젊었을 적에 작은 잡지를 편집하고 있었는데, 그때 투고되어온 작품에서 이시무레의 천재성을 이미 알아보았다고 합니다. 그 인연으로 이시무레의 문학적 성장을 옆에서 쭉 지켜본 사람이니까 작가와 친밀한 사이가 되었죠. 그래서 《슬픈 미나마타》가 나온 뒤에 한번은 물어보았다고 합니다.

"당신 작품에 나오는 인물들이 굉장히 내밀한 부분까지 자신의 이야기를 하고 있는데, 당신이 취재 도중에 어떻게 그렇게 자세한 이야기를 들을 수 있었느냐?"

그러니까 처음엔 어물어물하더랍니다. 그러다가 결국 고백을 하는데, 그 환자들이 그렇게 말을 자세하게 이야기를 해준 게 아니라는 거예요. 사실, 아픈 사람들이 그렇게 구구절절 자상하게 이야기를 들려줄 형편은 아니지요. 작가 자신도 실은 기껏해야 작중 인물들을 한두 번씩밖에 만나지 못했고, 몇 마디 정도밖에 들을 수 없었다는 거예요. 그런데 이 소설에는 굉장히 자세하게 나옵니다. 여러 해 동안 같이 친숙한 생활을 해도 캐낼까 말까 한 내밀한 이야기들이 많이 나와요. 그런데 한두 번 어설프게 만나서는 절대로 들을 수 없는 이야기를 어떻게 썼느냐는 추궁에 대해서 작가는 이렇게 답합니다.

"내가 만난 그 환자나 가족이 마음속으로 생각하고 있는 것을 글로 옮기면, 그렇게 되는 걸요."

그러니까 작가는 외면적인 취재를 한 게 아니라 자신의 작품의 주인공

들이 될 사람들의 내면으로 들어갔고, 그 내면에서 그들과 마음이 완전히 일치했다는 뜻이죠. 다시 말해서, 그 환자들의 고통과 번뇌를 자신의 고통과 번뇌로 느꼈다는 거죠. 결국 무당이에요.

샤먼으로서의 비근대 작가

그러니까 작가는 한 사람의 무당으로서 글을 쓴 거예요. 이시무레는 무당이 될 만한 소질도 풍부한 사람이었습니다. 어릴 때 할머니와 함께 살았는데, 이 할머니가 거의 치매에 가까운 상태였다고 해요. 어린 소녀가 집안 어른들이 다 외면하고 돌보지 않는 할머니와 같이 지내면서 인간의 근원적인, 어떻게 해볼 도리가 없는 막막함이랄까, 절망적인 고통을 그냥 몸으로 깊이 내면화했던 것 같아요. 평론가 와타나베 교지는 《슬픈 미나마타》에 대해서 "이 작품은 이시무레 미치코의 사소설이며, 이것을 낳은 것은 그녀의 불행한 의식이다"라고 지적했습니다.

언젠가 와타나베는 작가 생활 초기에 이시무레의 집을 찾아가본 적이 있었습니다. 가난한 가정생활을 하는 주부에게 자신만의 서재 같은 게 있을 리 없죠. 한쪽 골방에 다다미 반 장 정도의 공간에 책을 쌓아둔 채, 그 옆에 조그마한 밥상을 하나 놓고 쭈그려 앉아 글을 쓰고 있더라는 겁니다. 창문이 있기는 한데, 워낙 비좁은 공간에 책과 물건들이 잔뜩 쌓여 있다 보니 대낮인데도 깜깜한 방이었다고 합니다. 식구들하고 격리될 수 있는 유일한 공간이 그 어둠의 공간이었던 거죠. 그 공간에서 이시무레는 신들린 듯이 글 쓰는 일에 열중해 있었습니다. 한 사람의 평범한 가정주부가 그렇게 글을 쓰지 않으면 안 될 만큼 크나큰 충동을 느끼고 있었던 것은 무엇 때문인가. '불행한 의식' 때문이에요.

행복한 인간은 글을 쓰지도 않고, 쓸 수도 없어요. 쓸 이유가 없죠. 요즘 우리 주변에 늙어서까지 치열하게 글을 쓰는 사람도 드물지만, 글이라고 발표되는 것을 봐도 다들 편하고 한가로운 얘기들이에요. 절실한 얘기들이 아니에요. 그러니 엄밀히 말해서 문학이 아니죠. 예전에는 고생들 했지만, 이제는 이만큼 살게 되었노라고, 다들 편하게 생각하고 사는 것 같아요. 4대강이 저렇게 죽어가고 있는데, 이른바 문단의 대가라는 분들이 아무 말이 없는 것을 보세요. 절망적인 기분이 없다는 증거예요.

아무튼 이시무레에게 있어서 '불행한 의식'은 어렸을 적부터 싹트고 자랐던 것 같아요. 정신이든 육체든 장애를 가지고 사는 사람들에 대한 본능적인 관심과 애정, 이런 게 할머니와 함께 고통스럽게 지낼 수밖에 없었던 소녀 시절의 체험에서 비롯된 거죠. 그랬기 때문에 미나마타의 희생자들을 그냥 지나치지 못하고, 끊임없이 그들에게 돌아가서 그들의 내면의 소리에 귀를 기울이고, 또 기울일 수밖에 없었던 것 같아요.

그런데 자신의 아저씨 · 아주머니 · 언니 · 동생 같은 사람들이 오염된 바다의 물고기를 먹고 모두 죽거나 평생 장애자가 되어 괴로움 속에 살 수밖에 없게 됐다고 해서 '이제 우리는 행복한 인생이 끝장났다'라는 식으로 접근해서는 단순한 사회 고발 문학밖에는 안됩니다. 반공해 소설밖에 안 되는 거죠. 그러나 이시무레는 환자들의 내면의 심층으로 들어갑니다. 사람이 견디기 어려운 고통이나 좌절을 경험하면 의식이 굉장히 날카로워집니다. 괴로움이 깊을수록 의식은 극한적인 한계까지 가닿기 마련이에요. 그런데 그 극한에서 오히려 사람은 굉장히 풍요로운 생명 감각에 도달

할 수도 있습니다. 한 사람의 작가이자, 무당으로서 이시무레가 자신의 작중인물들을 대변해서 전하고자 한 것은 결국 이 생명 감각, 생의 근원적인 행복과 풍요에 대한 믿을 수 없을 정도의 생생한 감각이라고 할 수 있습니다.

고해정토

미나마타병에 걸리기 전에 바다를 터전으로 해서 살았던 사람들은 늘 자연 속에서 지냈습니다. 비유가 아니라 실제로 그들의 일상은 물과 흙과 공기와의 끊임없는 직접적인 접촉 가운데서 영위되었던 거죠. 그러니까 도시인들로서는 상상하기 어려운 생명의 근원적인 감각이 살아 있습니다. 민초들의 삶을 묘사할 때, 계급적 모순이나 사회적 모순을 그려내는 것도 물론 중요하지요.

그러나 궁극적으로 그런 외면적인 접근만으로는 절대로 포착할 수 없는 핵심적인 차원이 있습니다. 이것은 도시 출신의 작가가 해낼 수 있는 게 아닙니다. 농촌 출신이라 하더라도 쉬운 게 아니에요. 예를 들어 농촌 현실이나 떠돌이 노동자의 삶에 관해 뛰어난 이해력을 보여준 이문구 같은 작가도 이런 차원까지는 도달하지 못했다고 할 수 있어요. 작가가 아무리 자상한 관심을 가지고 아무리 유연하게 접근한다 하더라도 늘 '흙' 속에 뿌리박고 살아가는 삶과의 생생하고 유기적인 접촉이 없는 한, 근원적인 생명 감각을 포착해내는 것은 불가능합니다.

그러나 이시무레는 타고난 무당입니다. 이 작가가 미나마타의 비극 가운데서 포착해낸 것은 이 살아 있는 생명 감각이 빚어내는 역설적인 상황입니다. 극한적인 절망과 고통 속에서 하루하루 생명을 연장해가고 있는 환자들을 통해서 말하자면 '고해정토'의 원리를 발견한 거죠. 즉, 지독한 절망과 고통이 도리어 축복이 되는 상황 말입니다. 이시무레는 치유 불가능한 병고의 고통과 절망의 한가운데에서 환자들이 오히려 여태까지 당연하게 여겨왔던 자신들의 삶에서 무한한 행복을 느끼는 과정을 묘사합니다. 몇 구절 인용해볼까요.

불교에서 말하는 것처럼 위만 안 보고 살면 더는 부족한 게 없지. 어부보다도 좋은 직업도 없지. 우리 같은 일자무식인 사람한테는 세상에서 이것만큼 좋은 일도 없을 거요. 우리 집에 딸린 밭이나 정원 같은 바다가 거 앞에 언제나 있고, 물고기들이 언제 나가봐도 있으니까.

밤이 되면 가장 생각나는 것은 역시 바다야. 바다가 제일 좋았어. 봄부터 여름이 되면 바닷속에도 온갖 꽃들이 만발하지. 우리 바다는 얼마나 아름다운지 몰라! 바닷속에도 명소라는 게 있어. 빙 한 바퀴 돌면 익숙해진 우리 코에도 여름이 시작될 무렵의 바다 향기가 풀풀 풍기거든. '회사' 냄새하고는 차원이 다르지.

도쿄 사는 사람들은 얼마나 불쌍해요. 평생 신선한 생선 맛도 모르고, 햇볕도 제대로 못 쬐고, 불쌍하게 살다가 늙어가겠네. 우리가 봐도 도쿄 사람들 정말 불쌍해. 도미도 청어도 물들여서 팔고 있다잖우. 그에 비하면 우리 어부들은 천하의 부러울 것 없는 생활 아닌가.

바닷내음 중에서도 봄색이 짙어진 파래가 물기 마른 바위 위에서 햇볕에 구워지는 냄새라니!

기록을 보면 미나마타의 어부들과 그 가족들은 곡물은 별로 안 먹었다고 합니다. 날생선과 감자, 그게 주식이었다고 해요. 그렇게 언제나 바다 생선을 물려 하지도 않고 먹던 사람들이었으니까 결국 수은중독에 걸리고 만 거죠. 환자들 가운데에는 자신이 생선을 먹은 일은 없어도, 이미 태아 때 감염되어 평생을 비참하게 살아야 하는 사람들도 적지 않다고 합니다. 그러나 어쨌든 비록 이제는 다만 기억 속에서일망정 바다를 의지해서 지내던 예전 생활에 대한 회상은 더할 수 없는 기쁨을 주는 게 사실이고, 이 기쁨으로 환자들의 고통은 견딜 만한 것이 되는지도 모릅니다.

물론 바다 생활이 다 즐거웠던 것은 아니겠지요. 또 이 소설에 묘사된 바다 생활이 대개 환자들의 기억 속 장면들로 구성돼 있기 때문에 그것들은 많은 경우 현실과 거리가 있을 것입니다. 현실적으로 바다 생활이란 심한 중노동을 수반하는 삶이라고 봐야겠지요. 그러나 농사짓고, 고기 잡는 일이 중노동이고 고통뿐이라면 그런 생활이 천년만년 계속되어왔을 리가 없습니다. 아마도 고통과 괴로움뿐이었다면 벌써 농경이나 어로漁撈는 끝이 났을 겁니다. 그러나 농사를 지어봐야 손해만 보게 되는 상황에서도 농촌을 떠나지 못하는 사람이 생각보다 훨씬 많습니다. 그리고 어쩔 수 없이 농사나 고기잡이 일을 접고 고향을 떠날 수밖에 없게 되면 대개의 농민이나 어부는 피눈물을 흘립니다. 왜 그럴까요. 결국 농민이나 어부의 노동과 생활에는 근대식 공장노동이나 도시의 월급쟁이들이 절대로 이해할 수 없는 차원이 존재한다는 얘깁니다.

　오늘날 한국 작가들 중에서 이런 차원을 주목해서 표현하는 사람이 있는지 모르겠어요. 그런데 실은 이게 인생에서 가장 중요한 차원이란 말이에요. 밑바닥 노동자나 농민의 의식과 삶을 대변한다는 작가라 할지라도 대개는 이념적 갈등이나 계급 문제를 중심으로 보는 이른바 좌파적 상상력을 넘어서지 못해요. 왜냐하면 엘리트적 사고 습관에 길들여진 작가가 정작 자연 속에서 자연의 일부로 살아가는 사람들의 정서와 의식의 내면을 알 턱이 없으니까요.

　미나마타의 어부들은 "옛날부터 도미는 임금님이 드시는 생선이라 했는데, 우리 어부들은 평생 맨날 도미 먹고 맨날 임금 생활하고 있다"고 말합니다. 그러면서 그들은 "비록 누더기 같은 옷이지만 찢어진 것은 기워 입고, 하늘이 먹여주신 것을 먹고, 조상을 섬기고, 신들을 받들고, 다른 사람 원망하지 않고, 남이 하는 일을 진심으로 축하해주면서" 살아왔다고 합니다. 이런 자족감과 평화로운 심성의 근원은 무엇일까요.

　말할 것도 없이, 바다에 대한 무한한 신뢰 때문이겠지요. 그들은 바다가 설마 죽을지도 모른다는 생각은 꿈에도 하지 않고 살아왔던 것입니다. 그리고 동시에 어촌 마을 삶의 공동체적 성격을 빼놓을 수 없습니다. 고기떼가 몰려온다는 소리가 들리면 어부들은 하던 일을 전부 멈추고 집에서 뛰쳐나와 어영차어영차 배를 타고 바다로 나가 함께 고기잡이를 합니다. 그런 식으로 살아왔는데, 언제부터인가 "고기떼가 온다!"며 동네방네 퍼지던 외침소리가 사라지고 적막한 마을이 돼버렸어요. 그러고는 '입원해봐야 대책이 없는' 병에 걸려, '평생 병신으로 살든가, 죽든가' 할 수밖에 없는 사람들로 폐허가 돼버린 거죠.

인간 정신의 쇠약

한 번 망가진 자연과 공동체는 회복이 거의 불가능합니다. 그런 과정에서 망실된 삶은 돈 몇 푼으로 보상할 수 있는 게 절대로 아닙니다. 이시무레에 의하면, 근대국가란 기본적으로 '기민棄民' 즉, 밑바닥 민중을 내팽개치는 정책을 일관되게 추구하는 체제입니다. '산업공해가 변방의 촌락을 정점으로 발생했다는 것은 자본주의 근대산업이 체질적으로 하층계급에 대한 모멸과 공동체 파괴를 심화시켜왔다'는 것을 단적으로 보여주는 현상입니다.

그러나 더 기막힌 것은 이 체제 밑에서 길들여진 사람들의 '비인간성'입니다. 미나마타의 비극 중에서 가장 기막힌 대목은 재해의 주범인 일본질소비료회사라는 대기업의 종업원들과 시민들의 반응입니다. 그들은 미나마타병이 큰 사회적 이슈가 됨에 따라 행여 회사의 입지가 흔들릴지 모른다는 불안 때문에 환자들과 그 가족, 친지들에 대하여 몹시 적대적인 태도를 취합니다. 시민들 사이에 '미나마타병 환자 111명과 미나마타 시민 5만 4,000명 중 어느 쪽이 더 중요한가'라는 냉혹한 논리가 '들불처럼' 확산되고, 시가 주최한 희생자들을 위한 위령제에도 이시무레 자신을 제외하고는 일반시민은 단 한 명도 참석하지 않습니다. 미나마타병이라는 현상이 결코 남의 일이 아니라 언젠가는 모든 사람의 피할 수 없는 운명이 될 수 있다는 논리도 이 지역 사회에서는 전혀 먹혀들지 않는 것입니다.

이런 '황량한 현실'은 결국 오늘날 '인간 정신이 극도로 쇠약해졌기' 때문이라고 작가는 어떤 대담에서 말하고 있습니다. 여기서 '인간 정신의 쇠약'이 구체적으로 어떤 것인지 생각해보기 위해서 이 소설에 나오는 장례

행렬의 한 대목을 인용해보죠.

내 고향인 이 지방에는 한 세대 전까지만 해도 (……) 명정 하나 세우지 못한 초라한 장례라도, 길 한가운데를 엄숙하게 행진하면 마부는 말을 멈추고, 자동차는 뒤로 물러서주었다. (……) 죽은 사람들 대부분은 살아 있는 동안 다소간 불행하지 않을 수는 없었지만, 일단 죽은 사람이 되면 숙연한 친애와 경의의 뜻이 담긴 장송의 예우를 받았던 것이다. (……) 그러나 지금 1965년 2월 7일, 미나마타병의 마흔 번째 사망자인 아라키 타츠오 씨의 장례 행렬은 굉음을 울리며 연달아 질주해가는 트럭에 길을 내주고 질척한 흙탕물을 뒤집어쓰면서 국도의 가장자리를 위태롭게 비틀비틀 숨죽이며 (……) 묘지를 향해 걸어가고 있었다.

그런데 다른 한편으로는 이 세상은 여전히 참으로 아름다운 곳입니다. 이런 역설이 참 기막혀요. 인간의 손으로 세계는 벼랑 끝으로 다가섰는데, 그리하여 목숨들은 도처에서 처참하게 죽어가거나 학대받고 있는데, 세상은 변함없이 그 근원적인 아름다움의 빛 속에 존재하고 있는 거예요. 이시무레가 미나마타병으로 거의 조금도 몸을 움직일 수 없게 된 어떤 환자를 찾아서 병원을 방문했을 때의 묘사입니다.

1959년 5월 하순, 뒤늦게나마 내가 처음으로 미나마타병 환자를 시민의 한 사람으로 병문안 갔던 것은 사카가미 유키가 있는 병실이었다. 창밖으로 보이는 곳곳에는 겹겹이 어지러운 아지랑이가 일렁이고 있었다. 진한 정기를 내뿜고 있는 신록의 산들과 정답게 굽이굽이 돌아 흐르는 미나마타강이며, 강변과 무르익기 직전의 보리밭, 아직 꽃대에 꽃을 달고 있는 푸른 콩밭, 이런 풍경을 건너다 볼 수 있는 이곳 2층 병동의 창이란 창에서는 일제히 아지랑이가 피어오르고, 5월의 미나마타는 꽃향기 가득한 계절이었다.

얼마나 아름다워요. 이 글을 읽으면서 저는 우리 고향 생각을 했어요. 물론 지금은 자취도 없이 사라진 고향의 풍경, 오로지 내 마음속에만 그리움으로 남아 있는 풍경이죠. 그 풍경 속에 오늘날 근대문명이라는 제단에 희생물로 바쳐진 약자들이 지금 크나큰 고통을 겪으며 꼼짝없이 누워 있는 것이죠.

강과 꽃과 인간 영혼

좋은 문학은 결국 삶에 대한 근본적인 긍정이라는 메시지를 담고 있습니다. 아무리 지독한 악마의 정신이 지배하고 있더라도 끝끝내 꺾여지지 않는 인간 정신이 있고, 아무리 할퀴고 짓밟아도 끝끝내 소멸될 수 없는 근원적인 기운이 있다는 것을 우리가 믿을 수 있게 하는 게 좋은 문학과 예술의 몫입니다.

지금 4대강이 파괴되는 것을 생각하면 너무 기가 막힙니다. 여러분도 현장에 한번 가보세요. 이제 우리는 강은 사라지고 거대한 수로만 존재하는 나라에서 살 각오를 해야 할 것입니다. 강은 없어지고 수로만 있게 될 것이라는 것이 얼마나 참혹한 얘기예요? 그러나 그것을 알아듣는 사람이 많지 않습니다. 그러나 문학을 하는 여러분은 그게 무슨 말인지 금방 이해하실 것으로 믿습니다. 강의 생태계가 파괴되고, 물이 오염되고, 농경지가 없어지고, 홍수 위험이 높아지는 등. 그런 것보다도 문학을 하는 사람으로서 가장 용인하기 어려운 것은 인간 정신에 대해 강이 끼쳐왔던 근원적인 의미가 소멸된다는 사실일 겁니다.

결국 '미나마타'와 다른 얘기가 아닙니다. 이제 우리는 강이 주는 시적인 아름다움을 알지 못한 채 황량하기 짝이 없는 인생을 살아가게 될 것입니다. 사실, 우리나라 산하山河만큼 정답고 아름다운 데가 어디 있어요? 지금 지율 스님은 강을 살릴 수만 있다면 강물에 뛰어들어서 자결이라도 하고 싶어 합니다. 지율 스님은 제가 만나본 사람 가운데서 최고의 '시인'이에요. 강에서 얻는 무슨 공리적인 이익을 생각해서가 아니라, 강 그 자체의 신비함이 자아내는 근원적인 아름다움에 굉장히 민감한 분이에요. 그래서 강이 저렇게 처참하게 훼손되고 있는 것을 못 견뎌하는 거예요. 작가 이시무레 미치코의 심정도 다르지 않을 거예요. 그가 자연을 묘사할 때의 어조와 문체를 보면 그걸 확연히 느낄 수 있습니다. 아직 꽃대를 달고 있는 푸른 콩밭, 물새가 유유히 날아오르는 강변 모래톱, 이런 것이 사라지면 인간다운 삶은 끝이에요.

이시무레는 근대라는 것 자체를 '원죄'라고 규정합니다. 하나도 틀린 얘기가 아니죠. 얼마 전에 어떤 책을 보니까 강에서 살아가는 물고기들이 그냥 단순히 때가 되어 산란하는 게 아니라고 해요. 어떤 물고기들은 꼭 진달래가 피는 것을 보고 산란을 한답니다. 물론 생리적으로 그 시기 봄철에 산란하도록 돼 있다는 뜻일 수도 있지만, 실은 좀 더 깊은 의미가 있다고 저는 생각해요. 물고기도 진달래가 피기를 기다리고, 진달래로 온 산천이 붉게 물들여지는 것을 보면서 환희를 느끼는 게 틀림없어요. 적어도 시인 · 작가 · 예술가라면 세상 만물이 이렇게 서로 연결되어 있으면서 교감하고 있다는 것을 예민하게 느껴야 합니다.

예전에 제가 번역한 글이 하나 있는데, 루이스 멈포드라는 문명비평가의 글이에요. 거기에 보면, 지구상의 장구한 생물진화 과정에서 파충류 다음에 포유동물이 등장하게 되는데, 이 포유동물이 나타남과 동시에 지구상에 꽃이 폭발적으로 출현했다는 설명이 있어요. 저는 이게 우연이 아니라고 봐요. 우리가 꽃을 보면 자연히 기쁨을 느끼고, 뭔가 생명이 고양되는 느낌을 갖는 게 일반적인데, 그것은 내가 가진 지식이나 지성 때문이 아니라 내 자신이 기본적으로 포유동물의 하나이기 때문이라는 얘기죠. 이 사실을 우리는 겸허히 받아들일 필요가 있어요. 그러니까 꽃을 없애고, 식물을 훼손하고, 나아가서 모든 생물의 기초적인 서식지인 습지와 강을 파괴한다는 것은 진화생물로서의 우리들 자신의 존속을 심히 위태롭게 하는 굉장히 어리석은 행위라는 거죠.

근대의 논리를 넘어가는 진정으로 새로운 문학을 꿈꾸는 시인·작가라면 결국 이러한 진화생물로서의 인간의 위상, 즉 만물이 근원적으로 연결되어 있다는 샤먼적 감각이 살아 있어야 하겠죠. 그렇게 되면 4대강의 파괴는 바로 인간다운 삶, 인간 영혼의 붕괴라는 것을 금방 이해하게 됩니다.

인간은 원래 비참한 현실 속에서 자신의 꿈을 현실화하려는 꿈을 간절히 꾸는 법입니다. 그런 의미에서 모든 진정한 문학은 몽상의 기록이자, 일종의 기도祈禱라고 할 수 있을지 모릅니다. 지금은 어디를 둘러보아도 희망이 보이지 않는 시대상황입니다. 이런 캄캄한 상황에서 문학이 무엇을 할 것인가, 얼른 답하기 어려운 질문입니다. 그러나 저는 《슬픈 미나마타》에서 중요한 암시를 얻을 수 있다고 생각합니다.

좋은 문학은 결국 삶에 대한 근본적인 긍정이라는 메시지를 담고 있습니다.
아무리 지독한 악마의 정신이 지배하고 있더라도 끝끝내 꺾여지지 않는
인간정신이 있고, 아무리 할퀴고 짓밟아도 끝끝내 소멸될 수 없는
근원적인 기운이 있다는 것을 우리가 믿을 수 있게 하는 게 좋은 문학과
예술의 몫입니다.

1 　문학의 고향

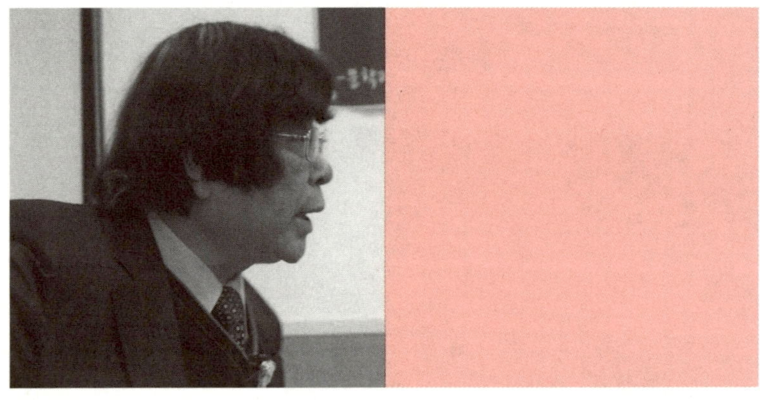

도정일

책읽는사회문화재단 이사장, 책읽는사회만들기국민운동 상임대표, 경희대학교 후마니타스칼리지 대학장, 경희대학교 영어학부 명예교수를 맡고 있다. 저서로 《다시, 민주주의를 말한다》, 《시장전체주의와 문명의 야만》, 《대담—인문학과 자연과학의 만남》, 《시인은 숲으로 가지 못한다》 등이 있고, 역서로 《동물농장》, 《문화산업론》 등이 있다.

고향을 돌아보라, 천사여!

인문학에 대한 오해들

강연 가서 사회자가 제 개인적인 이력이나 출간물을 소개할 때 보면 저도 모르는 내용들이 가끔 섞여 들어가 있을 때가 있습니다. 지금 사회자께서 제가 썼다는 《사유의 공간》을 언급하시면서 그건 자신도 본 적이 없다고 하셨는데 못 보신 게 당연합니다. 그런 책을 쓴 적이 없거든요. 누군가가 장난을 치기 위해서 그런 것인지는 잘 모르겠지만 인터넷상에 한 번 오르면 그 기록이 맹랑하게 떠돌아다니잖습니까. 그렇다고 그게 잘못됐으니 고치자 어쩌자 하면 상당한 노력과 집념이 필요한데 그게 귀찮아 내버려 둡니다. 가끔 제 소개를 할 때 보면 받은 적도 없는 상을 끄집어내기도 합니다.

반갑습니다. 자유실천문인협의회가 한국 사회에 탄생한 지 35년이 되었습니다. '자유'라는 말이 있어서라기보다는 문학의 가장 중요하고 핵심적인, 그리고 어떤 경우에도 포기할 수 없는 가치로서 자유라는 게 있는데 오늘 제가 할 얘기들에서도 이 자유가 중요하게 언급될 것입니다. 이것은 '자실위'에 대한 기억을 새롭게 하자는 의미도 있고 또 인문학이라고 하는 것, 문학을 포함해서 우리가 넓게 인문학이라고 부르는 학문·사유 습관·생활 습관·생활 태도·가치관에서 자유라고 하는 것이 얼마나 기본적인 것인가 하는 얘기를 여러분과 함께 나누고 싶었기 때문입니다.

인문학은 오늘날 이상하게도 대학에서는 사실상 죽은 학문 비슷하게 되어 있습니다. 인문학과 몇 개가 명맥을 유지하고 있지만 중앙대학교 사태에서도 보듯이 이른바 대학 총장들, 또 선진 대학을 자처하는 학교일수록 인문학을 우습게 압니다. 그래서 대학에서는 사실상 인문학에 대한 관심이 많이 고갈되어 있는데 이상하게도 학교 밖에서는 인문학이 마치 무슨 성공의 큰 열쇠라도 되는 양 인기를 끌고 있습니다. 이상한 현상입니다. 따져보면 크게 이상한 것은 아닐지 몰라도 한쪽에서 인문학의 전반적인 위축과 인문적 가치의 쇠락이 진행되고 있는 시대에 왜 사회적으로는 인문학에 대한 열기 같은 것이 일어나고 있을까요? 제가 보기에는 두 가지 측면이 있는 거 같습니다.

인문학 열풍을 일으킨 쪽 중 하나가 기업인데 사업을 하는 사람들이 인문학에 관심과 열기를 불어넣고 있습니다. 직접 보지는 못했지만 누군가 전하기를, 텔레비전에 어떤 유수 기업의 회장이라는 사람이 나와서 강연을 했는데 주제가 '어떻게 기업을 잘 경영할 것인가'였다고 합니다.

"회장님, 어떻게 하면 회사를 잘 경영할 수 있나요?"

질문도 이랬답니다. 그런데 이 사람 답변은 간단하게도 인문학을 하라는 거였답니다. 우리는 이른바 기업 최고 경영자들의 인문학에 대한 관심이 어디서부터 연유하는가 조금 알고 있습니다. 여러분도 짐작하고 계시겠지만, 그 하나는 아마도 이분들이 연륜도 생기고 세상도 살아보니까 회사 경영이라는 것이 사실은 인생 경영의 한 일부이기도 하다, 그래서 역시 중요한 것은 인간이구나, 이런 것을 뒤늦게 알게 되었을 겁니다. 또 이런 것이 있을 수 있습니다. 지금 기업을 책임지고 있는 경영자의 상당수는 불행했던 시대에 대학을 다녀서이겠지만 대학 재학 당시 인문학 교육이 성실하고 차분하게 진행되는 것을 경험하지 못했을 것입니다. 그래서 인문학 얘기만 들었지 공부도 못 해봤고 책도 못 읽으며 살다가 새삼 인문학이라는 것의 가치를 발견하게 되었을 수도 있습니다.

두 번째 측면은 제품을 만들어 판매하려다 보니까, 즉 기업을 잘 경영하려다 보니까 인간이라는 주제가 대두되었을 테고 이어서 어떻게 사람들을 잘 조직해 일을 하게 할 수 있을까 하는 관심, 그리고 또 어떻게 하면 소비자들에게 호소력 있는 물건을 만들어서 효과적으로 판매할 것인가 하는 관심도 작용했을 겁니다. 이런 현상은 우리에게만 나타나는 것이 아닙니다. 미국도 경영대학원의 주요 과목으로 서사학이라는 것이 떠오르고 있습니다. 이야기 이론 즉 서사론이죠. 요즘엔 신문·방송 할 것 없이 이야기가 중요하다, 콘텐츠가 중요하다고 난리잖아요. 사실 이런 말들이 회자된 지는 상당히 오래됐습니다. 서사의 중요성이 갑자기 이야기된 게 아니라는 말입니다. 예를 들어 문학교육의 기초는 서사교육이어야 한다는 주장은 옛날부터 있어왔고, 지금도 같은 생각인데, 이런 주장을 인문학 쪽에서 해왔습니다. 다만 이야기의 중요성이 기업을 경영하는 과정 속에서 증대한 것입니다. 그러나 어느 경우이든 간에 우리 사회에서 인문학에 대한 관심이 커지고 있음을 지금 목격하고 있다는 것만은 틀림없어 보이고, 인문학 관련 책들도 엄청나게 쏟아지고 있습니다. 인문학에 대해 본격적이면서 재미있는 게 가능한지는 저도 잘 모르겠습니다. 아주 대중적으로 재밌고 그러면서도 본격적인 뭔가가 있긴 있겠지만 제게 그것은 미스터리에 가깝습니다. 그래서 아직 그 방법을 못 찾고 있습니다. 게으르기도 해서 그럴 텐데요, 하여간 저도 그런 책을 집필해달라는 청탁을 몇 번 받았습니다. 그런데 아직까지 못 썼고 쓸 생각도 나지 않습니다.

제가 말씀드리려는 것의 요점은, 요즘 인문학에 대한 관심의 증대가 어떤 요인에 의한 것이든 간에 제가 보기엔 인문학에 대한 갑작스런 열기 못지않게 오해 또한 상당히 만연해 있다는 것입니다. 그것도 상당히 그렇습니다. 특히 경영을 잘하려면 인문학을 해야 한다는 어느 CEO의 말은, 본인을 만나서 직접 물어보지 못했기 때문에 실례가 될지 모르겠습니다만, 그 말을 듣는 청자들에게 인문학의 중요성이 도대체 어떻게 받아들여지고 있을까 우려스럽기까지 합니다. 인문학에 대해 상당한 오해들이 있는 게 제게는 확실해 보입니다. 세일즈맨의 판매 기술 중 제일 중요한 것이 이야기를 통해 잠재적 소비자를 현실적 소비자로 만드는 능력이라는 것은 지금 새삼스러운 게 아닙니다. 시장은, 장사라고 하는 것은 인류 사회가 시작된 순간부터 지금까지 계속되고 있는 일입니다. 이야기로 물건을 판다는 것은 장사꾼만 그런 것이 아니라 정치인도 마찬가지고, 또 여기에 결혼하신 분들도 계시고 결혼을 앞두고 있는 분들도 계시겠지만, 연애술의 기초도 이야기 아닌가요? 이야기로 자기를 표현합니다. 그런데 인문학의 이런 효용에 대한 관심은 그 자체로 나쁘다고 말할 수 없지만 인문학이 무엇을 해야 하는가 하는 문제에 있어서, 예를 들어 취직하고 사업하고 인간을 경영하는 데 도움이 된다는 실용적인 측면이 있다는 것 자체를 부인할 순 없지만, 그것보다 앞서 더 근본적인 것이 있다는 점을 알아야 합니다. 우리는 그점을 잊어버리면 안 됩니다. 이것을 아직은 우리 사회가 잘 파악하지 못하고 있어 보입니다. 그래서 그 부분을 제가 인문학에 대한 오해라고 말하는 겁니다.

인문학이라고 하면 많은 사람들이 일반적으로 교양을 떠올립니다. 인문학적 향기 어쩌고 하면서 말이지요. 여러분, 저는 인문 교양을 말하고 인문학적 향기 운운하는 사람과 만나서 이야기를 하다 보면 단 2초 이내에, 이 사람 좀 덜 떨어졌구나, 하는 판단이 섭니다. 물론 교양은 중요합니다. 교양이 없는 사람보다 있는 사람이 백배 낫죠. 그건 틀림없는 사실인데, 우리가 지적해야 할 것은 교양이라는 말이 오늘날 얼마나 타락했는가, 그 자체가 얼마나 썩어 문드러졌는가, 얼마나 문제적인 개념인가 하는 점입니다. 우리는 이것을 알아야 합니다. 오해를 피하기 위해서 하는 말인데요, 교양은 중요하며 우리가 교양인이 되는 건 바람직합니다. 그러나 인문학은 고급 교양을 추구하는 학문이라고 생각한다면 그것은 아주 잘못된 발상입니다. 이건 아주 적극적인 오해에 해당된다는 말을 드리고 싶습니다. 인문학이 높은 교양을 주고 또한 우리로 하여금 교양의 중요성을 알게 하는 부분은 틀림없이 있습니다. 그러나 교양이라는 말이 그 위력을 잃고 악취를 풍기게 된 역사는 제법 오래되었습니다. 20세기의 경우만 하더라도 나치 장교들이 얼마나 훌륭한 교양인들이었는지 아실 겁니다. 그들은 분명 예술과 문화와 철학, 그리고 역사에 대해서 상당한 인문학적 교양을 갖춘 사람들이었습니다. 그런데 그 인문학적인 교양에도 불구하고 그들은 인간백정이었습니다. 아우슈비츠에서 그렇게 많은 사람들을 죽이고, 인간을 모멸하고, 인간의 품위를 강등시키는 데 앞장섰던 사람들입니다. 우리는 그런 실례를 많은 책에서 읽어서 압니다. 아우슈비츠에서 사람들을 가스실에 쳐 넣던 나치 장교들이 집에 돌아오면 베토벤의 음악을 듣고, 훌륭한 미술 작품을 감상하고, 문학을 얘기했습니다. 이것이 바로 제가 말씀드리는 교양의 악취입니다. 인문학은 그런 악취 나는 교양을 추구하거나 고급 취향을 부추기는 학문도 아니고 또 그렇게 하는 것이 인문적 소양을 갖는 것이 아니라는 것을 저는 학생들에게 매일 말하다시피 했습니다. 대학에서도 많은 경우에 교수들조차 특히 인문학 교수들일수록 그런 소리를 더 많이 합니다. 맞는 말이긴 하지만 동시에 학생들에게 일정한 오해를 부추기기도 합니다. 그러니까 음악이나 미술·문학 같은 예술을 좀 알아야 인생이 풍요로워지고 자기 삶에서 향기가 날 거라고 말을 하는 게 삶을 장식하는 한 치장으로써 인문학을 말하고 있다는 것도 알아야 합니다. 그리고 이런 경우는 인문학을 정말로 잘못 얘기하는 경우에 해당합니다.

예를 들면 대학의 인문학 교육은 대개 대학 1~2학년 때의 교양과목으로 들어가 있습니다. 알다시피 대학의 교양과목이라는 것은 학생들에게는 들으나마나 한, 들어도 되고 안 들어도 되는 잉여의 분야, 즉 학점 따야 되니까 할 수 없이 듣게 되는 과목 정도로 인식되어 있는 게 현실입니다. 교양과목 안에 인문학이 편재되어 있으니까 인문학의 중요성에 대한 학생들의 인식도 굉장히 낮습니다. 우리도 다 기억하잖습니까. 대학 1~2학년 때 교양과목이라는 게 주로 무슨 입문 정도로 요약됩니다. 문학 입문, 미술의 이해 등. 그러니까 입문 아니면 이해·개론 이런 것들이 꼭 뒤에 따라붙습니다. 그런데 어떻게 됐습니까? 이것 때문에 대학 인문학 교육이 망하게 된 겁니다. 그리고 그렇게 교양과목을 이수한 학생들의 머릿속에 남아 있는 인문학에 대한 그림이 희미하기 짝이 없다는 말도 됩니다. 이렇게 함께 모여서 인문학 포럼을 한다, 문학과 인문학의 문제를 이야기한다고 할 때 우리는 큰 숙제 몇 가지를 가져야 합니다. 첫째는 인문학에 대한 오해를 가능하면 불식시켜야 하고 그다음으로는 인문학은 어떤 사회적인 과제를 가져야 하는가 하는 인식을 가지는 것, 이 두 가지라고 생각합니다. 두 번째 과제는 좀 천천히 풀어보겠습니다.

인문학의 고향 — 인간을 인간이게 하는 것은 무엇인가

오늘의 주제가 '문학과 인문학 — 시대에 맞서, 시대를 위하여'이고 구체적인 제목은 거창하게도 '고향을 돌아보라, 천사여' 이렇게 되어 있네요. '고향을 돌아보라, 천사여'라는 말은 제가 독창적으로 생각해낸 게 아니고 미국의 토마스 울프라는 작가가, 미국문학에서 평가가 좀 엇갈려 문학사에서는 별로 중요하게 다루지 않는 작가의 소설 제목입니다. 이 사람이 제목 하나는 기막히게 잘 다룹니다. 읽은 지 하도 오래돼서 내용도 잊어버렸습니다만, 저는 오늘 그 소설을 얘기하거나 그 소설에서 받았던 감동의 한 자락을 여러분에게 전달하려고 이런 제목을 붙인 것은 아닙니다. 고향이라는 말, 교양 못지않게 오늘날 고향이라는 말이 얼마나 위태로운 말이 돼 있습니까. 교양이라는 말이 냄새 나는 말이 돼 있다면 고향이라는 말은 오늘날 사람들이 의심하는 말, 좋지만 그렇게 고향을 얘기하다가는 자기 위신이 추락할 것만 같은 그런 어휘가 되어 있습니다. 특히 포스트모더니즘이 득세하고 난 얼마 동안 고향이라는 말은 적극적으로 기피되었습니다. 예를 들면 존재의 고향, 이런 말을 쓰면 인간 존재가 돌아가야 할 불변의 어떤 장소, 인간 존재의 본질을 규정하고 그 본질 혹은 그 존재의 기원이 있는 곳, 이런 식으로 고향이 곧잘 이해되기 때문에 포스트모던적인 철학이나 세계관의 관점에서 보면 고향이라는 말은 수상하고 의심스럽기 짝이 없는 용어일 뿐입니다.

특히 지금은 포스트모더니즘만이 아니고 탈구조주의나 해체론 같은 문학 이론 또는 철학적인 사유의 영향이 아직도 강하게 남아 있기 때문에, 사람들이 인문학의 주종 학문 중 하나라고 말하는 철학에서는 오늘날 본질이라는 말을 쓰면 곤란해집니다. 본질이란 것이 어디 있느냐는 항의를 받기 딱 좋습니다. 고향도 본질을 주창하는 본질주의와 연결이 되는 말이라 해서 적극적으로 기피되고 있습니다. 그러나 지금 우리는 고향이라는 말을 되찾아야 할 시간에 와 있습니다. 포스트모더니즘의 병적 사유방식을 극복해야 할 시점에 와 있는 것입니다. 제가 말씀드리는 고향은 나중에 천천히 해명해 드리겠습니다만, 본질주의로 돌아가자는 것도 아니고 인간 존재는 영구불변의, 인간이면 반드시 정초로 삼아야 할 그런 탄탄하고도 영원한 어떤 본향이 있다는 것을 주장하려는 것도 아닙니다. 그럼에도 우리는 오늘날 고향이라는 말을 다시 되찾아야 합니다. 물론 이 고향은 우리가 명절에 돌아가는 고향도 포함하지만 우리는 그것을 넘어서는 의미로 사용하고 있습니다. 제가 구태여 '고향을 돌아보라'라는 제목을 선택한 것은 오늘날 인문학은 말할 것도 없고 문학 자체가 인간에게 고향이란 것이 무엇인가, 인간이 고향을 말한다면 어떤 형태로 또 어떤 의미로 말할 수 있겠는가, 하는 물음을 생각하지 못하거나 생각할 용기를 잃어버리고 있기 때문입니다. 그만큼 문학하기가 어려운 시대이기도 하다는 뜻이 되겠습니다.

제가 고향이라는 말의 의미를 하나씩 하나씩 제 나름으로 전개해보겠습니다만, 첫 번째로 고향을 인문학과 관계 지어 말한다면 인문학의 기본 정신이 바로 인문학의 고향이라는 겁니다. 이러면 또 이제 비판이 있을 수 있습니다. 기본이나 본질이나 비슷한 얘기 아니냐, 인문학의 기본이라는 것이 무엇이냐. 모든 것을 의심하고 헐어내는 데 익숙해진 현대의 철학적 사유 습관에서 보면 기본이나 고향 같은 말을 쓰는 게 참 위태로운데, 그래도 우리는 써야 합니다. 인문학의 기본 정신은 그 기본을 우리가 어디서 찾고 무엇을 토대로 삼을 수 있겠는가 하는 것과 관계됩니다. 모든 학문은 출발점이 있습니다. 역사상 어떤 시점에서 특정 학문이 부흥하고 또 특정 사상이 발생하며 특정 사유 습관이 날개를 펴게 됩니다. 인문학도 마찬가집니다. 그렇게 출발한 학문·전통·문화, 이런 것들은 시간이 지나면서 그것의 중요성이나 의미가 퇴색하고 사람들에게 더 이상 호소력이 없게 될 때 죽는 것입니다. 그런데 무엇이 여전히 중요하다, 여전히 삶의 기본이다, 이렇게 느껴지거나 인식이 되면 그것은 오래도록 지속됩니다. 인문학의 주종 학문 분야들로서 우리가 흔히 '문사철'이라고 하는 문학·역사·철학을 곧잘 입에 올립니다.

저는 오늘 동양 쪽 얘기는 가급적 하지 않으려 합니다. 동양 쪽 얘기는 잘못하다간 전문가들에게 얻어맞기나 할 테니 제가 그래도 조금 안다고 생각하는 서양 전통에 기반해서 말씀을 드릴 것입니다. 서양에서 인문학의 출발 지점은 근대입니다. 르네상스 이후 15~16세기 즈음에 인문학이라는 말이 생깁니다. 그리고 어떤 학문 풍토 같은 것이 만들어집니다. 인문학이라는 말은 그 용어 자체만 보면 절대로 오래된 게 아닙니다. 한 400~500년 됐죠. 그런데 그 용어의 역사에 관계없이 인문학은 대단히 오래됐습니다. 특히 어떤 정신 상태 · 정신 습관 · 질문의 역사 같은 것을 인문학의 전통 속에 넣는다면 인문학은 굉장히 오래된 것입니다. 왜냐하면 인문학은 인간에 대한 질문이기 때문입니다. 인간에 대한 탐색과 모색, '인간이란 무엇인가'라는 질문의 부단한 추적이 인문학입니다. 여러분 인문학의 기본 질문이 뭔지 아시죠? 인문학 계열 학문 분과들이 참 많습니다. '문사철'만 있는 게 아니죠. 언어학 · 종교학 · 신학 또 예술사도 인문학에 포함될 수가 있습니다. 이 각각의 전문 분야들은 그 나름으로 자기 전공 영역에서 연구하고 공부해야 할 일들이 많이 있습니다. 그러나 무엇을 공부하든 간에 인문학이라는 전통 속에 있는 한 결코 포기할 수 없고 잊어버릴수 없는 것이 기본 질문입니다. 그런 의미에서의 기본입니다. 그러면 그기본 질문은 뭔가? 요약하면 딱 하납니다. '인간을 인간이게 하는 것은 무엇인가'라는 질문입니다. 이것도 이제 듣는 입장에 따라서는 좀 기분 나쁜말이 될 수도 있습니다. 예를 들면 이것을 고양이가 들었을 때 기분이 좋을까요? 얼룩말이 들었을 때, '인간 네가 뭔데? 뭐가 그렇게 잘나서?' 이렇게 말할 수 있단 말이지요. 이런 질문은 고양이나 얼룩말에게서 심지어 지렁이한테서까지도 제기될 수 있습니다. 지금 인문학은 미리 말씀드리지만 인간 중심주의가 아닙니다. 한때 인문학은 인간 중심주의의 함정 속에빠져 있었던 것이 사실입니다. 가장 중요한 존재, 이 세상에서 가장 뛰어난 존재로서 인간, 특히 서양에서는 이것을 한껏 밀어 올려서 진화의 사다리 꼭짓점에 인간을 올려두는 풍습이 있었죠. 그래서 예전에는 인간 중심주의니 인본주의니 하는 사상으로 전개되었던 것이 사실인데 현재 인문학은 그런 게 아닙니다. 지금 인문학은 인간을 중심에 놓고 사유하자는 정신 태도라고 보기 어려운 것이 '인간과 동물 사이에 어떤 가치의 위계 서열을 세우기 어렵다, 왜냐면 생명 현상으로서 따지자면 동일한 가치를 갖는 것이 인간과 동물이기 때문에 다른 어떤 동물보다도 인간이 제일 중요하다'는 생각은 인문학이 아니라는 것을 이미 터득했기 때문입니다. 현대 인문학은 인본사상이나 인간 중심주의를 훨씬 벗어나 있습니다. 그럼에도 인간을 인간이게 하는 것은 무엇인가? 인간이 갖고 있는 또는 인간이 자연에서 얻어서 발휘할 수 있는 여러 가지 능력과 특징들 중에서 인간을 인간이게 하는 것은 무엇인가. 여기서 말하는 특징이 뭐냐면 종적인 특성이죠. 고양이라면 고양이의 특징이 있고 인간이라면 인간의 특징이 있다고 말할 때의 특징. 그럴 때 이쪽 특징과 저쪽 특징 사이에 위계 서열을 세우는 것은 어렵지만 종적 특징은 있다고 말할 때의 특징입니다. 여하튼 '인간을 인간이게 하는 것은 무엇인가' 하는 질문은 포기할 수가 없는 인문학의 기본적인 질문입니다. 이 질문에 대한 답을 찾아가기 위해서 인문학이 필요합니다. 오늘날 인문학이 대학에서건 사회에서건 간에 인문학 전공자의 관심 영역에 머물지 않고, 모든 사람의 것으로 넓혀져야 하는 가장 중요한 이유는 인간에 대한 사유가 인문학자만의 몫이 아니기 때문입니다. 사람을 이해하고, 표현하고, 또 사람과 사람 사이나 사람과 자연 사이에 어떤 관계가 형성되는 것이 좋겠는가. 이런 걸 생각하는 게 꼭 인문학은 아닙니다. 마치 인문학이 대학에서 인문학을 전공하는 사람 또는 인문학을 공부하러 들어오는 학생들만의 관심사인 양 생각하면 절대로 안 됩니다. '인간이란 무엇인가. 인간을 인간이게 하는 것이 무엇인가' 하는 질문은 만인의 것입니다. 그러면 이 질문이 왜 만인의 것인가? 우리는 살면서 매일 그 질문과 만나야 하기 때문입니다. 그래서 이 기본 질문을 여러분들에게 하는 겁니다. 이 기본 질문 위에서 다수의 흥미로운 인문학적 질문들이 따라 나옵니다.

여러분도 다 아시는 것인데 참조하시라고 몇 가지만 소개하겠습니다. 기본 질문 위에서 새롭게 파생되는 질문 중 첫 번째가 '나는 왜 여기에 있는가?' 입니다. 어쭙잖게 영어로 말하면 'Why am I here?' 인데 제가 명색이 영문과 선생 아닙니까. 작가회의에 와서 영어로 나불대는 게 품위가 없긴 한데 말이죠. 여기서 잠깐 딴소리를 한마디 할까요. 지금 한국 사회는 여러 면에서 제정신을 잃고 있지만 아무 데서나 함부로 영어를 쓴다는 것도 제정신을 잃은 가장 현저한 증표 중 하나입니다. 작가회의의 무슨 포스터나 작가회의 공문서에 영어를 섞어 쓰는 게 있나 없나 제가 좀 체크해봐야겠습니다. 여기에는 안 보이네요. 아무튼 되는 영어 안 되는 영어 마구 씁니다. 지금 한국인을 사로잡고 있는 이 언어적 타락을 바로잡는 것이 작가들, 바로 여러분들이 하실 일 중 하나입니다. 언어의 타락은 곧 정신의 타락이고 문화의 타락입니다. 작가들이 절대로 용납하면 안 되는 부분 중 하나가 영어의 범람입니다. 옛날에 영어를 안다고 자랑하고 싶었던 사람들이, 예를 들면 엘리베이터를 영어로 써놓는다고요. 어떤 대학 총장이 그랬어요. 엘리베이터라고 한글로 쓰면 되지, 자기가 영어 좀 할 줄 안다고 영어로 써놓을 필요는 없다는 거죠. 오늘도 무슨 일이 있어서 간사들한테 메모를 하나 보냈는데 무슨 자료집 편집을 하면서 차례라고 쓰면 될 자리에 '콘텐츠'라고 써놓았더라고요. 이게 오늘날 한국 사회에 팽만해 있는 정신적인 질병입니다. 갈수록 교육 정책을 관장하는 교육부나 문화부 할 것 없이 정부 정책·기업체·지방자치단체 등에서 지금 되지도 않는 영어를 써대고 있어요.

나는 왜 여기에 있는가?

지금 말하려고 하는 '나는 왜 여기 있는가?'라는 질문은 우리가 모든 삶의 순간순간 스스로에게 던져봐야 하는 질문입니다. 기자는 기자대로 교사는 교사대로 시장은 시장대로 하루에 세 번 이상 자기 자신을 향해서 던져야 하는 질문, '나는 왜 여기에 있는가?' 이것도 제 얘기가 아닙니다. 9·11 사태가 났을 때 뉴욕 시장을 했던 줄리아니가 한 말입니다. 보수주의자인 줄리아니가 뉴욕 시장을 그만두고 대통령 후보 출마 준비를 할 때 쓴 책이 있습니다. 《지도력이란 무엇인가》 하는 지도자에 관한 책입니다. 그 사람이 시장을 할 때나 그 이전에 다른 공직 생활을 할 때도 늘 자기를 향해서 던진 질문이 있는데 그것이 '나는 왜 여기 있는가'였답니다. 옛날 공자도 그랬잖아요. 일일삼성一日三省이라고. 이 질문은 몇 가지 의미에서 우리를 성찰하게 합니다. 나는 왜 여기 있는가? 그 답변 중에 제일 보잘것없는 게 월급 받으려고 여기에 있다는 것입니다. 제일 형편없는 대답이지요. 설령 그게 사실이라 할지라도 그렇게 답변하면 인생이 초라해집니다. 그리고 자기가 왜 이곳에서 이런 일을 하고 있는가에 대한 자기 나름으로 의미를 부여할 수 없는 삶이라고 하면 굉장히 문제가 있는 삶이죠. 이것은 학생은 학생대로 대통령은 대통령대로 던져야 하는 질문입니다. 얼마 전에 우연히 케이블 방송에서 본 건데, 마이클 잭슨이 생시에 오프라 윈프리 인터뷰에 나왔습디다. 윈프리가 잭슨의 집에 찾아가서 이런저런 대화를 나누다가 잭슨에게 이런 질문을 던졌습니다. 사람들은 세상에 태어날 때 뭔가 이유와 목적을 가지고 태어나는 것 같다—사실 이것도 틀린 말이죠. 그렇죠? 사실은 틀린 말입니다—왜 세상에 태어났나 하는 이유와 무엇을 하려고 태어났나 하는 목적을 갖고 있는 것 같다, 이렇게 말합니다. '이유와 목적'은 틀림없이 틀린 말인데 인문학은 이 말이 틀린 말이라는 것을 점검하면서도 그 말들이 중요하다고 인정합니다. 철학적으로 따지자면 터무니없기까지 합니다. 여러분, 우리가 올 때 무슨 이유가 있어 왔을까요? 무슨 목적이 있어 우리가 이 세상에 출현했나요? 모릅니다. 그러나 우리는 무슨 이유가 있고 목적이 있다고 생각하고 싶어합니다. 생각하고 싶어하는 그 이유를 따지는 것이 인문학입니다. 윈프리는 잭슨을 향해서 '당신은 무슨 목적으로 이 지상에 와 있는 것 같습니까?' 이런 질문을 했어요. 다행히 마이클 잭슨은 철학자가 아니라서 목적이 어디 있겠습니까, 하는 대답은 안 했습니다. 대답하면 망하는 거죠. 잭슨답게 노래와 춤을 잘해서 사람들을 기쁘게 해주려는 것이 나의 목적이고 내가 이 세상에 존재하는 이유입니다, 이렇게 대답했습니다. 이렇게 자기 하는 일에 의미를 부여하고 자기의 존재 이유를 정당화하려고 하는 것은 인간의 기본적인 욕구입니다.

그러면 또 하나의 파생질문이 생깁니다. '내 삶의 의미는 무엇인가?' 저는 요즘 젊은 세대를 보면서 늘 하는 생각 중 하나가 이들이 다소 상대적으로 풍요의 시대에 태어나서 모든 것을 부모나 다른 사람이 해결해주는 삶을 산다는 것입니다. 그 다른 사람의 꼭대기에 국가가 있습니다. 한국의 민주주의가 큰 위기에 봉착해 있는 중요한 이유 중 하나가 국가에 대한 의존도가 너무 높아졌다는 사실에 있습니다. 모든 것을 국가가 해주는 것으로 되어 있고 또 해주는 것이 마땅하다고 말하고는 하지요. 실제로 가만히 보면 교육도 국가가 시키고, 아프면 국가가 치료해주고, 먹을 것도 국가가 주고, 노년이 되어도 국가가 보살펴줍니다. 물론 이것은 국가가 해야 할 하나의 영역임에는 틀림없겠지만 모든 것을 국가가 해준다면 그 국가 체제 속에 길든 시민은 할 일이 뭐가 있습니까. 그들의 관심영역은 딱 세 가지밖에 없습니다. 죄송합니다만, 섹스·소비·쇼핑입니다. 소비 속에는 다른 것도 많이 넣을 수 있을 겁니다. 스포츠도 들어가고, 대중문화도 들어가겠죠. 이 세 가지 외에는 관심 가질 일이 없습니다. 지금 젊은 세대를 '88만 원 세대'라고 하던데요, 기초 생활비도 안 되는 수입을 얻으려고 사회에 진출하면 삶의 쓴맛만 보게 돼 있습니다. 그럼에도 젊은 세대들을 사로잡고 있는 관심사항 중에서 근본적인 질문, 본질적인 질문은 휘발되고 없습니다. 큰 질문이 없는 것입니다. 큰 질문이란 게 별게 아니고요, 예를 들면 인간에 대한 생각, 나는 왜 여기에 있는가, 삶의 의미는 무엇인가, 바로 이런 것들이 큰 질문입니다. 아주 전형적인 인문학적인 질문이죠. 이러한 질문에는 해답이 마땅하게 없습니다. 그리고 이런 질문을 던져서 무슨 돈 한 푼 생깁니까? 10원도 안 생깁니다. 그러니까 이것은 실용주의 시대에 소용없는 질문, 값없는 질문으로 시궁창에 내던져지죠. 그런데 이런 본질적인 질문이 없으면 다른 모든 작은 질문들도 의미가 없어집니다. 나는 왜 여기 있는가. 내 삶의 의미는 무엇인가. 그래서 그런 근본적인 질문들을 생각해봐야 하는 겁니다. 미국에서도 큰 문제가 되는 게 삶의 의미를 학교에서 가르쳐주지 않는다는 겁니다. 그런데 이건 틀린 말입니다. 학교가 무슨 삶의 의미를 가르칩니까? 학교는 이런 질문이 있다는 걸 가르쳐줘야 합니다. 인간이라면 자기 삶의 의미는 무엇인가 하는 질문을 적어도 노망이 들어서 자기 이름을 까먹는 순간까지는 머릿속에 넣고 다녀야 한다는 것은 가르쳐줘야죠. 그런데 지금은 모든 교육 과정을 통틀어서 이런 질문을 던지지 않습니다.

여담 하나 하겠습니다. 제가 대학에 있을 때, 지금도 대학에 발을 조금 걸치고 있긴 하지만, 신입생 면접을 위해서 면접장에 가면 교무처에서 만들어준 질문항을 면접관에게 돌립니다. 그 질문 중에서 뽑아서 질문을 하게 돼 있습니다. 이게 못 할 노릇이지요. 하루에 면접 봐야 할 학생들이 한 200명쯤 되는데 똑같은 질문을 수백 번 되풀이해야 합니다. 그리고 그 질문도 재밌는 질문이냐, 그것도 아니거든요. 또 면접관이 던지는 질문은 거의 100퍼센트 아이들이 이미 예상하고 옵니다. 학원에서 이미 이런 질문 나오면 이렇게 대답하라, 코치를 받고 오는 거죠. 그래서 학생들에게 몇 개 물어보면 똑같은 대답이 천편일률적으로 나옵니다. 때로는 교무처에서 보내준 질문지를 무시하고 가끔 뚱딴지같은 질문을 했습니다. 한번은 학생들에게 이런 질문을 던졌습니다. 릴케의 시 〈두이노의 비가〉에 나오는 유명한 질문입니다. '어느 날 네가 골목에서 천사를 만났는데 그 천사가 너에게 물었다. 네가 인간으로서 천사인 나에게 자랑할 것이 있느냐? 있으면 하나만 얘기해봐라.' 이것이 릴케가 〈두이노의 비가〉에서 던진 유명한 질문의 하나입니다. '인간이여 네가 자랑할 것이 있느냐? 있거든 말해봐라.' 고등학교도 채 졸업하지 않은 아이들을 앉혀놓고 이 질문을 던집니다. '너 인간이지?' 하고 물으면 '예' 하고 대답합니다. 무슨 질문이 나올지 주눅이 들어서 목소리에는 힘이 빠져 있지만 최소한 자기가 고양이가 아니라는 것은 안다는 말입니다. 그 질문을 던지면 아이들은 혼비백

산하죠. 그 질문을 던지는 목적은 아이들에게서 아주 기막힌 답변이 나올 것을 기대해서가 아닙니다. 다만 그 질문에 어떻게 대처하는가. 또는 평소에 인간에 대해서 뭔가 생각한 기미라도, 100분의 1의 흔적만이라도 찾을 수 있겠는가 없겠는가, 책을 좀 읽은 게 보이는가 안 보이는가, 이런 것을 알아보기 위해서 던진 겁니다. 그러면 대부분이 질겁합니다. 한참 우물거리다가 여러 가지 답변이 나오는데 지금도 기억나는 몇 가지 답변 중 하나가 있습니다. 한 친구가 씩씩하게, 있습니다, 하고 대답해요. 강원도에서 왔는지 강원도 사투리를 씁디다. 강원도 친구들이 씩씩하잖아요. '뭐냐?' 그랬더니 전철에서 노인들이 타면 저는 꼭 자리를 양보합니다, 그래요. 거 참 자랑할 만한 거죠. 그런데 결국 말씀드린 것처럼 이런 질문을 던지는 목적은 사유의 흔적, 인간에 대해서 한 번이라도 뭔가 곰곰이 자기를 둘러보고 인간에 대해서 이런저런 책도 읽어보고 한 적이 있는가, 이걸 알아보기 위해서 그런 질문을 던졌던 것입니다.

타자와 나

인문학의 중요한 기본 질문에서 또 하나 중요한 게 있는데, 우리 잊지 맙시다. 타인은 누구인가? 나에게 남이란 무엇이고 누구인가? 우리가 이웃이라고 부르는 자는 누구인가? 어느 때 우리는 이웃이 되는가? 이런 질문입니다. 타자·이웃이라는 이 부분, 타인에 대한 질문도 전혀 교육 과정에 없습니다. 시민 교육의 일부분이기도 하고 인간 교육의 일부이기도 한 타자에 대한 교육이 없습니다. 이것도 한국 교육이 망한 이유 중의 하나입니다. 타자에 대한 사유, 타자에 대한 우리의 태도…… 이런 것들을 나라는 존재에 대한 생각 못지않게 중요하게 다루는 게 인문학입니다. 이것은 윤리학의 문제이기도 하고 사회학의 문제이기도 하고 종교의 문제이기도 하고 신학의 문제이기도 합니다. 이 질문에 레비나스가 길이 기억할 만한 말을 한 적이 있습니다. 다소 유대교 신비주의 전통에서 나온 발언이긴 하지만, '신이란 누구인가' 이런 질문을 던지고 답변하기를 '신이란 타자에 대한 우리의 윤리적 책임을 상기시키는 존재이다'라고 말했습니다.

그리고 덧붙여서 인간이 주체로서 태어나는 순간이 어느 땐가? 비판이론이나 마르크스 쪽의 이론에 의하면 이러이러하게 사회적 주체로서 인간이 재탄생하는 순간이 나오는데, 레비나스의 윤리적 관점에서 보면 그것은 내가 타자에 대한 나의 윤리적 책임을 인식하는 그 순간이라고 합니다. 타자와 관계 속에서 내가 나로서 선다는 관점입니다. 타자에 대한 우리의 윤리적 책임을 끝없이 환기하는 자, 그것이 신이다, 이 말입니다. 여러분 죄송합니다만, 하늘에 있는 우리의 존경하는 영감님이 그 신인지 아닌지 모르겠지만 타자에 대한 윤리적 책임을 부단히 환기하는 존재! 그 질문을 다르게 말하면 이렇습니다. 우리가 만약 그런 존재를 갖고 있지 않다면, 그런 존재를 상정하거나 그런 존재를 생각해보지 않는다면 바로 이 문제, 타자에 대한 우리의 윤리적 책임이라고 하는 것을 생각할 수 있겠는가? 이런 것도 레비나스의 사유 속에 들어가 있습니다.

또 하나의 파생 질문은 '우리는 무엇을 알 수 있는가'입니다. 그런데 자연과학과 인문학이 서로 공유하는 부분이 있으면서도 근본적으로 다른 몇 가지 지점 중 하나가 과학에서는 사실을 객관적으로 입증하고 획득하면 그것이 보편적 사실이 되어버리는데 인문학은, 사실을 중시하지 않아서가 아니라, 사실보다 그것의 의미에 더 무게를 둔다는 것입니다. 그래서 과학은 사실을, 인문학은 의미를 추구한다는 차이가 있습니다. 과학은 과학이 알 수 있는 것이 있고 인문학은 인문학이 알 수 있는 것이 있을 것입니다. 과학은 알 수 있는 것이 무엇인가가 상당히 뚜렷한 반면에 인문학은 우리가 알고 있다고 말하는 것, 우리가 알 수 있다라고 말할 수 있는 것이 참 제한되어 있는 듯이 보입니다. 그럼에도 인문학은 인문학의 경우에도 알 수 있는 것이 있고 알아야 할 것이 있다고 말합니다. 근데 그것이 뭐냐? 이런 질문을 던지죠. 이것도 인문학적인 소질문의 하나로 기억하는데, 칸트의 또 하나의 유명한 질문 중에서 '우리는 무엇을 할 수 있는가'가 있습니다. 무엇을 할 수 있고 무엇을 알 수 있는가? 안다고 해서 하는 거 아니죠. 안다는 것과 한다는 것과의 연결 관계도 찾아봐야 합니다. 칸트의 또 다른 질문이 있습니다. '무엇을 반드시 해야 하는가? 무엇을 우리는 꼭 해야 하는가?' 이런 것도 칸트가 이 질문을 제기해서라기보다는, 말씀드린 것처럼 인문학적 사유의 전통 속에서 생기는 질문들입니다. 그 인문학적 전통은 대단히 오래된 것입니다. 그것은 근대에 시작된 것이 아니라 이미 문명과 함께, 서양을 기준으로 더 구체적으로 따진다면 신화시대부터 철학시대를 거치고 근대를 거쳐 현대에 이르기까지 3,000년 가까운 사유의 전통을 가지고 있는 것이 인문학입니다.

과학은 사실을 추구하고 인문학은 의미를 추구한다고 했는데, 거기에 보태서 또 하나 양자 간의 차이점은 과학은 가치중립을 지향한다는 것입니다. 가치중립성, 그건 뭐 당연합니다. 예를 들면 사람에 따라서 강아지 좋아하는 사람이 있고 고양이 좋아하는 사람이 있습니다. '좋아한다'라는 것은 이미 가치가 부여된 거죠. 그런데 고양이를 연구하는 과학자는 고양이가 개보다 더 좋아서 고양이를 연구한다고 하면 안 되겠지요. 나는 개구리가 싫고 두꺼비가 좋다, 그래서 두꺼비를 연구한다, 이럴 수는 없잖아요. 이렇게 과학은 가치중립성을 표방해야 합니다. 하지만 이것도 거짓말입니다. 과학이 가치중립은 아닙니다. 그런데 적어도 그렇게 말하고 그렇게 행동합니다. 이게 과학적인 국민이 될 일종의 의무고 행동강령입니다. 그리고 목적에 대해서 질문하지 않습니다. 과학이 왜 목적이 없겠습니까. 그러나 내가 어떤 것을 달성하기 위해서 무엇을 하기 위해서 내가 이 연구를 한다고 하면 과학자는 과학자로서 의심받게 됩니다. 그래서 목적 같은 것을 두려고 하지 않습니다. 속으로는 목적을 갖고 있으면서 겉으로는 목적을 인정하지 않으려고 합니다. 그리고 의미를 따지지 않습니다. 의미는 과학의 영역이 아닙니다.

스티븐 와인버그라는 물리학자가 있습니다. 1979년 천체물리학으로 노벨 물리학상을 받은 사람인데 자기가 우주를 알면 알수록 우주는 인간에게 무의미하다고 말합니다. 이걸 자연이라는 말로 바꾸어보면, 우리가 자연을 알면 알수록 그 자연은 인간에 대해서 무의미하다는 거죠. 과학의 관점에서는 맞는 말입니다. 인문학은 이것이 맞는 말이라는 것을 절대로 부인하지 않습니다. 맞는 말인데 그 말만으로는 인간이 살 수 없다는 것을 아는 것이 또한 인문학입니다. 그 말이 맞다, 그런데 인간에 대해서 아무런 호의나 관심도 갖고 있지 않은, 또 인간 존재의 어떤 의미도 가치나 목적도 부여하지 않는 이 세계, 이 냉랭하고 냉정한 세계라고 하는 것을 상정하기 어려운 것이 인문학입니다. 그래서 인문학은 이 냉랭하고 무관심한 자연 세계 속에서 인간이 어떻게 인간의 세계를 만들어 의미를 부여하고, 어떤 가치를 찾고 목적을 만들어 넣는가에 대한 연구 방법이나 태도를 추구하지요. 그래서 궁극적으로 인문학의 모든 작업은 허무합니다. 우리는 그것을 부정할 수 없습니다. 왜냐면 궁극적으로 인간에 대한 의미를 최종적으로 부여할 존재는 하느님 말고는 없습니다. 그러나 그 하느님을 상정하지 못하는 사람들에게 그런 궁극적이고 최종적인 의미를 부여할 존재는 이 우주 어디에도 없다는 것이 1950~1960년대의 실존주의자들이 알게 된 진실이고, 그에 앞서서 니체가 알게 된 것이고 니체에 앞서서 근대 시인인 보들레르가 알았던 문제입니다. 그래서 많은 사람들이 허무주의에 빠져서 숱한 방황을 했는데 문학과 예술을 포함한 인문학이 이 세계에서 인간은 어디서 자기 존재의 의미를 찾을 것인가 하는 질문에 상당 부분 집착해왔습니다. 이것이 근대 인문학, 현대 인문학의 한 작업이 되었죠. 미리 또 말씀을 드리면 1960년대 구조주의 이후의 현대 인문학에서는 이 질문이 두 갈래로 추진됩니다. 하나는 인간은 상징 세계를 만들어서 의미를 끊임없이 부여한다, 그래서 인간은 의미생산자라고 하는 것이 구조주의 입장입니다. 그런데 이 의미가 정당한 것인가 아닌가 하는 질문은 포기해버립니다. 그거는 해답이 없는 거예요. 그 대신 인간이 의미를 만들어내는 그 행위 자체의 규칙성, 그 자체의 법칙, 그 자체의 구조는 있을 것이고 그것의 핵심을 파들어가는 것이 구조주의의 사유 방식입니다. 그런데 탈구조주의 해체론으로 오게 되면 의미론 자체가 날아가버리죠. 인간은 의미를 그 어디에서도 공급받지 못하는 존재로 추락해버리고 맙니다. 실존주의자들에게 가장 큰 딜레마가 그런 거였잖아요. 그들이 부조리라고 부른 것, 부조리하다는 것이 뭐냐면 의미 없는 냉랭한 세상에 태어나서 끊임없이 의미를 만들지 않으면 안 되는 존재라는 것인데, 얼마나 부조리합니까? 이게 실존주의자들이 본 인간의 운명입니다. 여러분 실존주의 철학만이 그랬나요. 《고도를 기다리며》의 사무엘 베케트 같은 극작가를 보세요. 의미를 한참 기다려요. 그런데 어디서 오나요? 안 오죠. 그런데도 한없이 기다립니다. 이런 번민들과 허무주의를 넘어서 여전히 의미의 중요성을 찾아야 하는 인간의 운명 때문에 많은 사람들이 신비주의로 가기도 하고 초월적 존재에 대한 사유를 그치지 않았습니다.

여러분, 심심할 때 한번 보세요. 근대 과학의 시대가 열려서 객관적으로 신의 존재를 입증하기 어려워진, 거의 불가능해져버린 시대에 어째서 기독교는 죽지 않고 여전히 살아 있는가? 밤에 서울 시내는 붉은 십자가가 넘칩니다. 리처드 도킨스 같은 생물학자는, '이 멍청이들아! 지금이 어느 시대인데 하느님 어쩌고저쩌고 하느냐'며 신의 존재를 말하는 사람들을 비웃습니다. 이건 문학의 항구적인 질문 중 하나입니다. 제가 갖고 있는 답변은 아주 시원찮은데, 이런 겁니다. 만약에 우리가 그 존재를 입증할 수 있는 게 신이라면 누가 그 신을 향해서 기도하겠는가? 이건 제가 내린 답변이 아니고 최근에 수녀 출신 작가가 쓴 《신의 오후》라는 책에 소개된 한 구절인데 문제의 핵심을 잘 짚어내고 있다고 생각합니다. 과학적 방법으로 신의 존재를 입증하려고 달려들지만 우리가 입증할 수 있는 신이라면 누가 그 신을 향해서 기도하겠습니까? 당연히 아무도 안 합니다. 그런데 중요한 것은 우리가 기도해야 할 어떤 대상, 기도하려는 인간의 열망과 욕구 그 필요성은 사라지지 않는다는 것입니다. 이것이 인간의 진실입니다. 인간이 대면해야 하는 존재의 항구한 조건 가운데 하나가 그것입니다. 문학은 신에 대한 질문을 끊임없이 던지면서도 또한 인간이 포기할 수 없는 자기 현실, 자기 존재를 규정하는 이 항구한 조건, 초월자 또는 영원성에 대한 갈구를 무시할 수가 없습니다.

아까 제가 인문학의 기본 정신 얘기를 하다가 뒤로 밀어놓은 주제입니다. 우리가 인문학의 기본 정신을 어디서 찾아서 이 시대에 그것을 숙고할 수 있을 것인가, 이런 문제와 관련이 됩니다. 저는 서양의 뿌리를 좀 들쳐봄으로써 그 해답을 얻을 수 있다고 생각합니다. 아시다시피 '문사철'을 인문학의 주종이라고 얘기하는데, 서양에서 인문학적 사유가 시작된 것은 그리스 시대, 동양에서는 중국, 중국만 얘기하면 인도가 서운해 할지 모르니까 인도, 이렇게 됩니다. 그리스 사유의 전통에서 보면 인문학적인 또는 인문적인 사유가 전개되었던 시기의 맨 처음이 신화시대입니다. 신화라고 하면 우리가 다 알잖아요. 신화는 오늘날 문학으로 분류되기도 합니다. 기원전 1500년 때부터 그리스 사회에서 이야기가 폭발적으로 증대했는데 이것이 기원전 800년 즈음에 호메로스 같은 신화 작가들에 의해서 문자로 정착되어 오늘날 우리가 그리스 신화라고 부르는 게 나타납니다. 어떤 의미에서 신화시대는 지금도 계속되고 있습니다. 이때의 신화가 갖고 있었던 최대의 질문, 관심사가 뭐였습니까? 연애박사 아프로디테, 남성 중심적인 제우스도 다 중요한 얘기인데 우리가 여기에서도 가장 핵심적인 사항을 찾자면 인문학 전통의 출발 지점에 서 있었던 신화의 기본 질문이 있습니다. 또는 그것이 수행하려고 했던 중요한 과제가 있습니다. 그것은 저항입니다. 무엇에 대한 저항인가? 인간의 운명이 신들의 손에서 좌지우지되고 그리스 신들의 손에―제우스에서부터 올림푸스 열두 신들 또는 기타 여러 잡신들의 손에―인간의 운명이 결정되는 세계에 대해서 또 그런 세계에 종속되어 살아야 하는 존재인 인간의 운명에 대해서 저항한 것입니다. 이건 우리가 이해할 수 있습니다. 그리스인들이 신격을 부여해서 신으로 만든 대다수가 인간이 설명할 수 없고 이해할 수 없는 자연의 현상이나 힘의 세계였습니다. 그래서 자연의 힘만이 아니라 인간의 심리적인 힘 등 모든 것들이 이해하기 어려운 모습으로 인간의 운명에 개입해 들어올 때, 그것을 그들은 신의 개입으로 보았고 인간이 그런 운명의 끊임없는 노리개가 되었다는 것을 알았습니다. 예를 들면 멀쩡한 사람이 사고를 일으켜서 죽어야 한다든가 선한 사람이 형벌을 받는다든가 하는, 기타 여러 가지의 설명할 수 없는 운명이 인간의 삶 속에 개입합니다. 그래서 인간이 하는 저항은 인간의 운명이 신들의 손에 장악되어 신들의 노리개처럼 되어 있는 것에 대한 저항입니다. 그중에 제일 큰 저항이 인간은 죽게 돼 있다는 유한성에 대한 저항입니다. 인간이 영원한 존재가 아니라 죽는 존재라는 것에 대한 저항이죠. 우리 사회에서도 그리스 신화가 많이 소개되고 가르치고 있는데, 신화를 얘기할 때 이 부분을 빼고 나면 신화 그거 배울 필요가 없는 겁니다. 프로메테우스가 뭐 어떻게 했다, 아프로디테가 어쨌다, 제우스가 어떻다, 그런 것은 이야기로서는 재미있지만 그 이야기의 밑바닥에 흐르는 기본 정신, 지금 제가 인문학의 정신이라고 부르는 것의 하나인 그 신화의 기본 정신이 무엇인가 하면 바로 저항입니다. 시시포스의 예를 보세요. 시시포스는 신화에서 도둑놈으로 나오고 사기꾼 거짓말쟁이로 치부됩니다. 근데 이 친구를 가만히 보면 주로 누구하고 싸우죠? 죽음의 신과 싸웁니다. 자기를 잡으러 온 죽음의 사자와 골목에서 맞닥뜨렸는데 누가 이기나 둘이 씨름을 합니다. 시시포스가 꾀도 많고 힘도 세서 죽음의 신을 거꾸러뜨리는 겁니다. 죽음의 신이 지고 나서 수명을 연장해줍니다. 그래서 몇 년 더 생명이 연장되는 거죠. 그리고 또 시시포스가 유명한 신들을 속여 넘긴 꾀가 있잖아요. 왜 신들을 속였는가? 신들을 속여서 자기의 생명을 연장시키려 했던 거죠. 그래서 그리스 신화에서는 거짓말이라는 것이 굉장히 중요한 테크닉입니다. 이게 무슨 테크닉인가. 잘못하면 이건 부도덕하고 비윤리적인 기술 같아 보이는데 우리는 사실 그 기본 정신이 유한성에 대한 인간의 저항에 있다는 것을 알 수 있습니다. 프로메테우스도 그렇습니다. 신화에 등장하는 많은 영웅들은 인간의 유한한 운명 그리고 인간이 신들의 노리개가 되어야 한다는 그 운명에 대한 저항을 담고 있습니다.

또 다른 주제―자유

이게 1974년의 한국으로 넘어와서 '자유실천문인협의회'라는 문학 단체의 명칭에 들어 있는 자유라는 주제와 불가분으로 연결되어 있습니다. 이 말씀을 왜 드리는가. 인문학의 전통 속에, 인문학의 기본 정신 속에는 저항이라는 것이 있다, 그리고 그 저항의 이면에는 자유라는 주제가 있다는 겁니다. 그러면 우리가 인문학의 주종이라고 부르는 문학만이 그러했던 가하면, 아닙니다. 역사를 보세요. 그리스에 역사가 탄생한 것 역시 그 시기이고 헤로도토스니 투키디데스니 하는 역사가들이 등장합니다. 헤로도토스가 역사를 기술하고 역사라고 하는 기록 행위를 시작하고 전개했을 때 그에게 있었던 기본적인 관심사는 무엇인가. 그것도 저항입니다. 무엇에 대한 저항인가. 야만성, 바바리즘barbarism에 대한 저항입니다. 물론 헤로도토스는 뛰어난 역사가였지만 동시에 그리스를 본위로 해서 그 주변 세계들을 이해했고, 그리스와 비非그리스 세력들의 갈등 · 투쟁 · 전쟁을 주로 기술했던 역사가이기 때문에 그리스 중심주의의 편향을 갖고 있는 것이 사실입니다. 그러나 지금 우리가 봐야 할 것은 헤로도토스가 무엇 때문에 역사를 기술했는가 하는 것입니다. 그가 보았을 때 야만이라 판단되었던 것들과 그리스적인 자유는 강하게 대비되었던 겁니다. 그래서 역사학의 출발점에도 역시 저항 정신이 깊이 개입되어 있습니다. 헤로도토스의 그리스 중심주의를 충분히 인정하는 동시에 역사의 출발점에 저항 정신이 있었다, 즉 야만성에 대한 저항이 있었다, 이렇게 보는 것이 맞을 겁니다. 이 사람이 왜 그리스 중심주의라고 욕을 먹는가 하면 그리스 말고는 다 야만이라 보았거든요. 특히 그리스를 못살게 굴었던 페르시아가 그의 눈에는 야만이었습니다. 그런데 그리스적인 정신의 관점에서 보든 아니든 간에 우리는 고대 페르시아의 전제주의 왕조가 그리스에서 피어난 자유 정신이나 인간의 독립성에 대한 가치에 견주어봤을 때 야만적이었다는 것을 부정할 수가 없습니다.

그다음으로 철학을 봅시다. 역시 서양 인문학의 출발점에는 철학이 있습니다. 문학·역사·철학, 소위 '문사철'이 대중적으로 불리게 된 것은 우연이 아닙니다. 신화로서의 역사가 출발했고 그다음 그 역사에 대한 기술이 출발했고 마침내 철학이 싹틉니다. 소크라테스에서 플라톤·아리스토텔레스에 이르기까지 철학이 무엇을 하려고 했는가. 역시 저항입니다. 무엇에 대한 저항? 허위에 대한 저항입니다. 즉 비진리에 대한 저항입니다. 진리라는 것이 있다, 그런데 이 진리를 알기 위해서는 우리가 비진리라는 것을 들춰내고 그것을 지적할 수 있어야 한다. 다시 말하면 허위와의 투쟁이 철학 정신의 핵심입니다. 오늘날 철학은 그 전통에서 한참 멀리 떨어져 있지요. 진실에 자기를 바치게 되는 대표적인 인간 활동이 있는데, 문학을 빼고 나면 그중의 하나가 철학이고 다른 하나가 언론, 즉 저널리즘입니다. 그런데 기막히게도 오늘날 철학과 언론은 진실에서 제일 많이 떨어져 있습니다. 그래서 지금 언론을 철학적으로 되새겨보고 철학과 언론, 진실과 언론의 관계를 생각해봐야 합니다. 플라톤을 지배한 평생의 관심사가 뭔지 우리 다 알잖아요. 정의입니다. 무엇이 정의인가. 정의란 것이 있는가. 우리는 정의란 것을 어떻게 확립할 수 있는가. 플라톤에게 있어서 정의는 진리와 별개의 것이 아니었습니다. 비정의 혹은 불의라고 불리는 것을 우리가 지적하고 들춰내지 않으면 정의를 세울 수가 없습니다. 플라톤의 경우에 정의가 아닌 것, 이것은 허위입니다. 정의가 아닌 것에 대한 저항이 플라톤 철학의 핵심 정신입니다. 그래서 문사철 전통의 출발점에서 보면 전부 저항이 기본 정신으로 들어가 있고 이 저항의 배후에는 자유라는 큰 주제가 깔려 있습니다. 허위로부터의 자유, 그것이 진실입니다. 야만성으로부터의 자유, 그것이 역사입니다. 운명의 횡포에 대한 저항, 그것이 문학입니다.

철학과 자유 부분을 빠르게 연결시키다 보니까 그 연결 관계가 선명치 않을지도 모르겠는데요, 소크라테스의 경우를 한번 보세요. 소크라테스에게 참 중요했던 것이 독립성입니다. 그는 인간은 어떤 것에 종속되거나 예속되어선 안 된다고 생각했습니다. 소크라테스는 신발도 신지 않았습니다. 기록에 의하면, 소크라테스는 눈 오는 겨울날에도 전장에 나갈 때도 맨발로 나갔다고 합니다. 동상도 안 걸린 모양이죠. 그래서 물었습니다.

"선생님은 왜 신발을 신지 않습니까?"

"신발을 신기 시작하면 내가 끊임없이 신발에 의존해야 되는데 인간이 제일 비참한 게 어느 때인지 아는가? 어떤 것에 종속되어서 그것에서 풀려나지 못할 때 그게 제일 비참한 거야."

이게 소크라테스의 얘기입니다. 소크라테스의 이 가르침은 나중에 마르크스한테 깊은 영향을 줍니다. 물건을 가지면 가질수록 우리가 그것에 종속된다는 것은 마르크스 혼자만의 통찰이 아닙니다. 이미 오랜 유래를 가지고 있지요. 또 다른 유명한 일화가 있죠. 소크라테스는 술 세 말을 마셔도 취하지 않았습니다. 이건 《향연》에 나오는 유명한 대목입니다. 심포지엄이라는 것이 다들 술 마시고 대화하고 토론하는 모임인데 심포지엄이 계속될 때도 그렇고 끝나고 나서도 계속 마십니다. 그런데 다른 젊은 친구들이 전부 술에 취해 나가떨어졌는데도 소크라테스만은 말술을 마셔도 취하지 않고 꼿꼿이 앉아 있었다고 합니다. 이건 아마 거짓말이었지 싶은데 잘 모르겠습니다. 그렇게 앉아 있었을 뿐만 아니라 동쪽에서 해가 뜨면 걸어 나갑니다. 신을 신지 않으니까 맨발이겠죠. 맨발로 걸어 나가서 떠오르는 태양을 향해 고개 숙이고 오랫동안 서 있었답니다. 소크라테스는 어떤 명상에 잠기면 2~3시간 동안 계속 그랬다고 합니다. 어떤 때는 반나절이 갈 때도 있었답니다. 지금 생각해보면 소크라테스의 정신이 아주 강해서 술을 밤새 마시고도 아침에 태양의 축복을 받으며 깊은 사유에 빠져들었다는 것일 수도 있고, 또 하나의 해석은 그가 서서 잠자는 기술 방식을 너무도 잘 터득하고 있었는지도 모르지요. 그래서 또 물었습니다.

"선생님은 어째서 술을 마시고도 취하지 않습니까?"

"내가 술의 노예가 될 수는 없지."

술을 좋아하시는 분들이 소크라테스를 흉내 낼 필요는 없습니다. 다만 중요한 것은 이 독립 정신입니다. 어떤 것에 종속되어서는 안 된다는 것이 철학의 기본 정신인 독립성, 곧 자유의 추구입니다.

서양 사람들은 고전 시대, 그러니까 그리스 시대로부터 물려받은 유산

중 가장 값진 게 자유라는 말을 곧잘 합니다. '인간을 인간이게 하는 것이 무엇인가'라는 질문에 대한 그리스적 답변이 자유를 추구하는 인간의 몸부림입니다. 이 생각은 우리가 인문학의 출발점에서 살펴볼 때 얼마든지 확인이 됩니다. 헤로도토스의 《역사》에 보면 올림픽에 관한 상당히 흥미로운 일화가 나와 있습니다. 페르시아 왕이 군대를 몰고 그리스를 치려고 접근하면서 미리 정찰부대를 띄워 정탐을 해오게 합니다.

"아테네 놈들 뭐하고 있는지 가서 보고 와라."

정찰부대가 돌아와서 보고하기를,

"이 자들이 지금 올림픽이라는 것을 하고 있는데요."

"올림픽이 뭐냐?"

"운동 경기입니다."

그래서 페르시아 왕이 묻습니다.

"운동 경기? 이기면 뭘 주더냐?"

이 말은 지금 우리 시대랑 비슷해요. 물질적 보상이 뭐냐 그거죠. 그랬더니 정찰대가 보고합니다.

"나무로 만든 관을 씌워줍디다."

월계관이죠. 페르시아 대왕이 픽 웃습니다.

"미친놈들."

죽어라고 뛰고 죽어라고 씨름하고 원반 던져서 일등을 해도 머리에 얻어 걸리는 것은 월계수로 만든 관이다 이거예요. 무슨 동전 한 닢도 아니고. 그래서 '미친놈들' 하며 일소에 부치고 진격을 명합니다. 이때 참모 중 한 사람이 간언하고 나섭니다.

"폐하, 이게 그럴 일이 아닙니다. 아테네 놈들은 돈을 노리고 황금을 얻기 위해서 올림픽을 하고 있는 것이 아니라 어떤 다른 것을 위해서 하고 있습니다."

"그 다른 것이 대체 뭐냐?"

"탁월성excellence입니다."

신하는 다시 이렇게 대답합니다.

"인간 개인들이 가지고 있는 자기의 가장 뛰어난 탁월성을 보여주기 위해서 저들은 죽자사자 뛰고 구르고 있는 겁니다. 아무 물질적 보상을 기대하지 않고 오로지 탁월성이라는 것을 위해서 저렇게 뛸 수 있는 자들이라면 쉽게 이길 수 없습니다."

이 신하가 계속해서 간합니다.

"돈을 바라고 하는 친구들이라면 돈 주고 매수를 해버리면 그만이겠죠. 그들은 돈이 목적이 아니라 다른 어떤 것이 목적이고 그것이 탁월성인 한 우리는 그들을 쉽게 이길 수 없습니다."

이렇게 충고를 하는데, 페르시아 왕은 간언을 무시하고 진격해서 아주 비참하게 패하고 맙니다. 이 탁월성이 그리스 철학에서 우리가 늘 만나는 아레테arete라고 하는 말의 번역어, 소위 인간의 뛰어난 능력입니다. 인간이 갖고 있는 가장 뛰어난 능력. 그리스인들의 인문학적 사유에서 인간을 인간이게 하는 것은 무엇인가. 인간이 갖고 있는 최고의 장점, 최고의 능력인 아레테를 발휘해 보이는 것입니다. 물론 그 답변만이 유일한 답변이라는 것은 아닙니다. 그러나 이것이 그들의 생각이었습니다. 또 이 최고의 능력을 미덕이라고도 번역하는데 아마 가장 좋은 번역은 탁월성일 겁니다. 이 아레테의 배후에는 뭐가 있습니까. 자유 정신이 있습니다. 인간의 뛰어난 능력을 가장 잘 발휘하기 위해서는 일단 자유가 있어야 합니다.

신분 제약이 있거나 성차별이 개입되면 아무것도 할 수가 없잖아요.

여러분, 그리스·로마에서 물려받은 자유라는 것이 바로 이런 뜻입니다. 이 자유를 구가하는 문화 속에서는 경쟁이라는 것이 문화적인 한 현상으로 나타나게 되는데, 이 경쟁도 고대 그리스·로마 문화의 특징이죠. 그런데 경쟁이라고 하는 것은 자유로운 상태에서 능력을 최고로 발휘하는 제도나 장치를 말합니다. 지금 한국에서 벌어지고 있는 경쟁과는 전혀 의미가 다릅니다. 현대 사회가 물려받게 된 경쟁이라는 개념의 출발점은 그리스이지만, 그리스적인 의미의 경쟁은 최고의 능력을 평등한 조건에서 자유롭게 발휘한다는 뜻입니다.

조금 더 이해를 돕기 위해서 말씀드리면, 그리스 신화에는 서로 맞겨루기 시합을 하는 이야기가 많이 등장하는데 그 경쟁 시합 중에서도 인간과 신이 경쟁하는 게 제일 많이 나옵니다. 인간과 인간의 경쟁도 있지만, 인간과 신이 맞붙기도 하지요. 신은 인간보다 우월해서 인간이 신을 따라잡을 수가 없습니다. 그러나 우월한 신과 경쟁해서 신을 떨게 했다고 하면 그것은 인간의 영광이 됩니다. 그래서 신과의 경쟁이 끊임없이 일어납니다. 물론 신화니까 그 경쟁에서 인간은 패퇴합니다. 그러나 졌다는 것이 중요한 것이 아닙니다. 맞붙어서 싸웠고 신들을 두렵게 했다, 이것이 그리스 정신이고 신화의 정신입니다. 그리고 신들을 두렵게 할 만큼 놀라운 능력을 인간은 발휘했다, 이것이 인간의 영광입니다. 이러한 정신들이 그리스 신화와 역사와 철학 속에서 형성되고, 근대로 이어졌던 겁니다.

진보 그리고 이상의 운명

제가 아까 말씀드린 인문학의 고향, 문학의 고향이라는 것을 생각할 때 잊지 말아야 할 두 개의 단어가 있다면 하나가 저항이고 하나가 자유일 것입니다. 이 자유실천위원회는 기막힌 작명입니다. 자유와 실천! 근대에 와서 인간이 자유로워졌다고 해서 정말 자유로워졌나요? 많은 속박과 제약이 있습니다. 인간이 역사를 마음대로 만들 수 있나요? 아닙니다. 현실의 힘은 너무도 막강합니다. 그래서 오늘날 한국 사회를 보면 진보가 패퇴했다, 진보가 주저앉았다, 진보가 희망을 잃었다, 오만 소리가 다 나오는데 흔히 진보의 위기라고 일컬어지는 시대에 진보를 자처하는 사람들이 늘 생각해야 할 것이 두 가지가 있습니다. 첫째, 보수와 비교했을 때 진보는 이상을 훨씬 더 많이 말합니다. 인간이 추구해야 할 것, 인간이 당연히 목적으로 설정해야 할 것, 그것도 자기 혼자만의 이기적인 목적이 아니라 사회 공동체, 이런 것을 더 많이 생각합니다. 그런데 한국 진보의 큰 병폐, 큰 약점이 뭐냐 하면 실망을 잘한다는 겁니다. 좀 졌다, 불리하다 싶으면 전부 고개를 떨어뜨리고 구석으로 숨습니다. 진보가 진보다운 때는 어느 때입니까? 진보적 이상이라고 하는 것은 반드시 실패를 전제한다라는 사실을 인식하는 것이 중요합니다. 이상은 실패하게 되어 있습니다. 그러므로 이상입니다. 그리고 흔히들 우리가 이상과 현실을 대비시키면서 이상은 좋은데 현실은 그렇지 않다 따위의 소리를 하잖아요. 현실은 어느 때 중요하고 어느 때 의미를 갖는가. 현실이 의미를 가질 때는 어떤 이상을 품고 있을 때입니다. 그러니까 이상이라고 하는 것은 머리에 가득 담고 강한 힘으로 그것을 밀어붙여서 실현할 수 있기 때문에 이상인 것이 아니라 뒤집어 생각하면 실현할 수 없기 때문에 이상이라고 생각해보자는 겁니다. 이상은 원래 실현될 수 없으니 주저앉자는 얘기가 아닙니다. 이상은 실현되지 않고 실현하기 어려운 것이나 그것이 어떤 한 순간에 조금씩 실현되는 때가 있습니다. 그리고 그 순간에 역사는 진보합니다. 그랬다가 주저앉거나 다시 후퇴하거나 해요. 그러면 다시 한 발짝 물러나고 이런 겁니다. 이것이 진보나 이상의 운명입니다.

보수적인 현실론에 진보나 이상이 제공해주는 중요한 게 있는데, 그게 뭐냐면 진보는 실패해도 진보의 아이디어와 이상은 반드시 보수적인 현실 속에 천천히 반영된다는 겁니다. 그리고 다시 사회를 바꾸는 힘이 되어 나타납니다. 마르크스의 이상, 사회 민주주의의 이상들이 그들의 당대에 다 실현되었습니까? 아닙니다. 몇 백 년씩 긴 세월을 두고 어떤 때는 진보의 손에서, 어떤 때는 보수주의의 손에서 실현되었습니다. 그러면서 역사가 조금씩 조금씩 앞으로 나아가는 겁니다. 도덕적 진보도 마찬가집니다. 이상과 현실, 진보와 보수 등의 관점에서 볼 때 인문학자가 다 이상주의자이고, 진보주의자인가? 천만의 말씀. 인문학자들 중에 보수주의자들이 얼마나 많은데요. 그것도 아주 냄새나는 보수주의자들이 엄청나게 많습니다. 그러나 아까 우리가 말한 인문학의 기본 정신이라는 것에서 보면 인문학은 불가피하게 이상주의적이고 진보적입니다. 이것이 인문학의 특징입니다. 그것을 망각하고 인문학이 교양을 주는 거라는 소리만 하고 있으면 그것은 인문학의 기본 정신을 망각하는 일이 되고 맙니다.

인 + 문학, 인간을 인간이게 하는 것

결론을 말해야겠습니다. 오늘날, 인문학은 백수의 학문이라는 따위의 말이 횡행하고 인문학자도 인문학의 중요성이나 인문학의 의미에 대해서 긍지를 잃어버리고 있습니다. 긍지를 상실한 큰 이유 중의 하나가 인문학이 그 사회적 책임을 망각했다는 데 있습니다. 한국 인문학이 그 부분에서 크게 망했다, 그걸 말씀드리고 싶습니다. 인문학 공부를 해서 사회에 진출했더니 취직이 잘 되더라, 돈벌이 되는 데 도움이 되더라 하는 것이 인문학의 사회적 책임이 아닙니다. 인문학에게도 역시 기본적인 책임이 있습니다. 첫째, 역사에 대한 책임입니다. 인문학은 이걸 망각하면 안 됩니다. 역사를 공부하든 문학이나 미술 · 철학을 하든 인문학은 역사에 대한 책임을 지고 있다는 걸 잊어버리면 안 됩니다. 그건 무슨 책임입니까? 역사가 야만에 빠지지 않도록, 실패와 좌절과 고통의 역사가 되지 않도록 잘못된 역사의 반복을 방지하는 일. 이것이 제가 말씀드리는 역사에 대한 인문학의 책임입니다.

지난 11월 9일은 베를린 장벽 붕괴 20주년이었습니다. 그날 베를린 시장이 나와서 연설을 하는 대목에 이런 것이 있었습니다.

"우리는 어두운 역사를 다시는 용납하지 않을 것입니다."

여기서 어두운 역사라고 부르는 것이 무엇입니까. 자기네들의 나치 과거입니다. 2차 대전을 일으켰던 나치의 역사, 나치의 만행입니다. 독일은 이제 어떤 일이 있어도 이런 잘못된 역사가 되풀이되는 것을 용납하지 않겠다, 이런 선언이거든요. 젊은 시장의 입에서 이런 소리가 나왔다는 것을 인문학자들은 반기고 주목해야 합니다. 왜냐, 문학이 지금까지 그 일을 해왔잖아요. 프리모 레비 보세요. 서경석 선생이 열심히 한국에 소개하기도 했지만 프리모 레비는 2차 대전 당시 아우슈비츠에 끌려가서 죽을 뻔했다가 살아 돌아온 사람입니다. 살아왔을 때 프리모 레비의 몸무게가 40킬로그램이 좀 넘었다 하잖습니까. 이 사람이 아우슈비츠를 뭐라고 규정했냐면, '이것은 야만의 체계다!'라고 했습니다. 왜 야만의 체계냐? 나치라는 것은 인간을 인간 이하의 수준으로 떨어뜨리기 위해서 고안된 체계이고 이 체계를 만든 자들은 그들 스스로가 야만의 포로라는 것이죠. 그런데 그것보다 더 비참한 것은 이 야만의 체계를 사람들에게 강요함으로써 인간이 인간 이하가 되지 않고서는 생존할 수 없는 그런 시스템을 아우슈비츠에 만들어놓았다는 겁니다. 이것을 그는 야만의 체계라고 불렀습니다. 이 사람이 과학자였기 때문에 나치는 그 쓰임새를 계산해 가스실로 바로 보내지 않고 계속 살려두었습니다. 그래서 수용소 시설도 점검하고 했는데, 어느 날 동료 한 사람과 배관을 점검하다가 수도꼭지를 하나 발견합니다. 그걸 트니까 물이 나오는 거예요. 마실 물이 없어서 고생하던 두 친구는 그 수도꼭지를 발견함으로 해서 환호작약합니다. 그런데 돌아와서 다른 수감자들한테 저기에 물이 있더라는 말을 못 합니다. 할 수가 없었습니다. 그래서 끝끝내 둘만 아는 비밀로 간직합니다. 그리고 필요할 때만 자기들끼리만 가서 물을 받아먹고 옵니다. 남들은 두 사람이 목도 안 마른가 하고 생각했겠지요. 그런데도 안 가르쳐줍니다. 이런 일들이 프리모 레비로 하여금 나중에 수용소에 관한 이야기를 쓸 때 그를 한없이 부끄럽게 합니다. 엄청난 수치, 인간으로서 도저히 견딜 수 없는 수치감에 빠지게 합니다. 그러면서 인간을 이렇게 부끄럽게 하고 수치의 밑바닥에 떨어뜨리게 하는 체제가 야만이 아니고 무엇인가. '이것이 인간인가?' 이게 프리모 레비가 던진 유명한 질문입니다. 만약에 이것이 인간이라면 이 인간을 우리가 옹호할 수 있겠는가? 왜냐면 그는 비인간을 인간에게서 수없이 보았기 때문입니다. 그래서 과학자였던 사람이 아우슈비츠 이후 인문학자가 되잖아요. 그리고 어떤 인문학자가 던진 질문보다 더 절절한 질문을 던집니다. 그게 아까 제가 말씀드린 '인간을 인간이게 하는 것은 무엇일까' 하는 질문입니다. 그는 인문학이 갖고 있는 오랜 기본 질문을 인문학을 공부해서가 아니라 그의 체험, 즉 나치와의 접촉을 통해서, 지옥의 세계에 빠져봄으로써 그 질문을 발견합니다. 그리고 그 질문을 평생 추적하고 기록합니다. 본래는 이렇게 인간이 처한 현실의 문제에 대해서 질문을 던지고 그 답을 찾아가는 여정이 인문학 아니겠습니까. 인문학의 자리에 문학을 넣어도 큰 차이가 없습니다. 당연히 그 질문을 발견하기 위해서는 자유에 대한 의지와 실천, 이 두 가지가 큰 동력임은 두말할 필요가 없습니다. 변변찮은 이야기를 오랫동안 들어주셔서 감사합니다.

문사철 전통의 출발점에서 보면 전부 저항이

기본 정신으로 들어가 있고

이 저항의 배후에는 자유라는 큰 주제가 깔려 있습니다.

허위로부터의 자유, 그것이 진실입니다.

야만성으로부터의 자유, 그것이 역사입니다.

운명의 횡포에 대한 저항, 그것이 문학입니다.

현기영

1975년 〈동아일보〉 신춘문예에 단편 〈아버지〉가 당선되어 문단에 나온 이래, 제주도 현대사의 비극과 자연 속 인간의 삶을 깊이 있게 성찰하는 성가작을 선보여왔다. 민족문학작가회의 이사장과 한국문화예술진흥원장을 역임했으며, 제5회 신동엽창작기금(1986)과 제5회 만해문학상(1990), 제2회 오영수문학상(1994), 제32회 한국일보문학상(1999) 등을 받았다. 소설집 〈순이 삼촌〉, 〈아스팔트〉, 〈마지막 테우리〉 등과 장편소설 〈변방에 우짖는 새〉, 〈바람 타는 섬〉, 〈지상에 숟가락 하나〉 등이 있다. 산문집으로는 〈젊은 대지를 위하여〉, 〈바다와 술잔〉 등이 있다.

저강도
파시즘

추운 날씨에 이렇게 와주셔서 감사합니다. 제가 오늘 여러분께 말씀 드릴
게 별 거 있겠습니까. 여러분들도 다 알고 있고 느끼고 있는 이런저런 생
각과 정서를 공유해보자는 정도입니다. 문학 강연회나 문학 심포지엄 같
은 데 가보면 작가들은 드물고 대학 문창과 교수들이 동원한 학생들로 좌
석을 채우곤 하는데, 하기는 저 자신부터 문학 강연 듣기를 싫어합니다.
작가란 그렇게 굉장히 독불장군 같은 존재죠, 여러분도 그렇죠? 맞지요?
그래요, 작가는 자신을 또 하나의 정부라고 생각하는 사람들입니다. 한
사람 한 사람이 독립적인 하나의 정부인 셈이죠. 그러나 그 정부가 독립적
인 것이 지나쳐 너무 고립돼버리면 큰일입니다. 독단과 독선의 문학적 쇼
비니즘에 빠지기 쉽지요. 제가 바로 그렇습니다. 그래서 저는 제 생각이
독단·독선인지 어떤지 이 자리에서 여러분의 의견을 묻고 싶습니다. 이

자리에서 저의 생각을 정리 안 된 상태로, 날것 그대로 제시해 여러분의 소중한 의견을 얻고자 합니다. 혼자서 궁리하다 막히면 벗들에게 조언을 구해야 하는 거죠. 우리는 모호했던 생각들이 글로 표현하는 과정에서 명료해지는 걸 경험하는데, 여러분들과 이렇게 대화를 나누는 과정에서도 모호하고 질서 없는 생각에 어떤 의미 부여가 발생할 듯합니다.

인민을 보호하지 않는 국가

용산 참사의 가장 큰 문제는, 여러분도 느끼셨겠지만, 그것이 인간 부재의 무지막지한 군사작전이었다는 사실입니다. 그러한 인권 탄압과 학살 현장을 목도하면서 우리는 국가는 과연 무엇인가, 또 정부란 무엇인가 하는 의문을 품지 않을 수가 없습니다. 톨스토이는 국가 자체가 폭력이라고 했어요. 물론 지금은 그가 살았던 차르 시대가 아닙니다. 그럼에도 국가 폭력은 민주화가 되었다는 지금도 사라지지 않고 있습니다. 용산 참사가 바로 그것을 증거하고 있지요. 제가 작년에 초대를 받아 오키나와에 가서 강연을 한 적이 있었는데요, 오키나와도 '4·3'과 마찬가지로 국가에 의한 민중 파괴가 자행된 곳입니다. 태평양 전쟁 말기에 발생한 일인데, 그곳에는 그때 희생당한 수십만 주민들을 위령하는 평화기념공원이 있습니다. 그 공원을 방문했을 때, 안내원이 한 말이 잊히지 않습니다.

"국가는 인민을 보호하지 않습니다."

4·3 사건을 소설로 작품화한 저로서는 그 말이 가슴에 절실하게 와 닿았습니다.

민주화 시대라고 하지만, 민중의 경제적 자유는 여전히 억압받고 있습니다. 기회균등·공정경쟁이 더 이상 존재하지 않습니다. 그런데도 노력만 하면 모두가 부자가 될 수 있는 것처럼 선전해대고 있습니다. 소수 기득권층의 이익을 극대화하는 것이 신자유주의의 본색이죠. 빈부의 양극화가 그 어느 때보다 심각합니다. 현 정권은 법치로 위장해서 법의 이름으로 노동조합의 활동이나 민중의 삶을 깨뜨리고 있습니다. 법이라는 게 가진 자의 도구일 뿐이라는 것을 요즘처럼 실감한 적도 없을 겁니다. 유전무죄 무전유죄인 거죠. 파시즘이 부활하고 있어요. 파시즘은 전체주의의 억압 정치를 일컫는 말로 인간 생명의 본질인 자유를 자신의 먹이로 삼습니다. 물론 지금에 나타난 파시즘은 과거와는 다른 저강도 파시즘이라고 할수 있겠죠. 더욱 강화된 정치와 기업의 유착은 빈곤층을 더욱 소외시키고 있고, 검찰과 경찰이 다시 억압 기구로 부활하고 있고, 인터넷 언론을 억압하고 지상파 방송을 정권의 나팔수로 만들어놓고 있습니다. 자유가 크게 위축되고 있습니다. 이 정권의 파시즘은 우리의 자연환경에까지 그 해악이 미쳐, 바야흐로 4대강이 크게 몸살을 앓고 있습니다. 태고 이래의 그 유구한 세월을 유장하게 흘러온 그 강들의 자유를 억압해 신음하도록 만들고 있습니다.

빈부의 양극화, 승자독식의 현상이 그 어느 때보다도 심각한 지금입니다. 모두 승자가 되기 위해서 내달리고 있습니다. 우리 모두 속도전·무한질주·무한경쟁의 소용돌이에 휘말려 있습니다. 이 속도전에서는 싹쓸이 고스톱판처럼 승자들이 모든 것을 독식해버립니다. 8 대 2의 사회가 바로 그런 사회입니다.

모국어로 상상하는 일

빈부를 갈라놓는 잣대 중에 하나가 영어 구사 능력입니다. 요즘 한국의 청소년·청년들은 영어 광풍 속에 갇힌 채 큰 고통을 받고 있습니다. 인간은 언제나 언어를 매개로 해서만 사유한다고 하죠. 한국인은 한국어를 통해서 사유하고 느끼죠. 그러므로, '영어를 배우기 위해선 영어로 느끼고 영어로 생각하라'고 명령한다는 것은 두개골 안에 이미 새겨져 있는 공동체의 많은 부분을 파괴하라는 말과 같습니다. 한 개인의 뇌리에 공동체가 들어 있고, 그 역사·문화가 들어 있고, 그리고 그 모든 것은 모국어 속에 응축되어 있습니다. 다시 말하면, 한 개인의 실체·정체성은 모국어에 의해 형성된 것이라 해도 과언이 아닐 것입니다. 그렇게 모국어에 의해 형성된 주체적 자아가 영어 습득 과정에서 심각한 도전을 받게 되는 것이죠. 우리는 영어를 배우는 데 최대 장애는 모국어라는 사실을 깨닫습니다. 모국어의 언어 구조를 깨뜨리지 않고는 영어를 습득할 수 없다는 모순을 수락해야 한다는 거죠. 그렇게 수많은 굴욕적 시행착오를 거쳐야만 유창한 영어를 구사할 수가 있는데, 그 과정에서 모국어가 형성한 자아(주체)가 영어가 만들어놓은 새로운 자아에 의해 크게 훼손당합니다.

지금 한국에서는 세계에서 그 유례를 찾아볼 수 없는, 엄청난 영어 붐이 일어나 있습니다. 모국어가 형성해놓은 주체적 자아가 크게 훼손되고 있죠. 전 국토·전 국민이 영어 쓰레기에 시달리고 있습니다. 문맹은 모국어 능력이 아니라 영어 능력에 의해 결정될 정도로 영어의 지위가 모국어보다 훨씬 높아졌습니다. 언어 속에 문화가 있기 때문에 한국 문화 역시 미국식 소비 향락 문화로 도배하다시피 되었습니다. 이런 현상은 붐이 아니라 재앙이라고 해야 할 것입니다. 모국어가 간직하고 있는 공동체의 내용, 즉 그 문화와 역사가 무시됩니다. 정체성의 혼란이 왔습니다.

세계화 시대에 영어의 중요성을 모르는 사람은 없습니다. 이제는 우리도 한국이라는 협소한 국가 틀을 벗어나 세계인으로서 보다 넓고 합리적인 시야를 확보할 필요가 있고, 국가 경쟁력을 키우기 위해서도 영어를 구사할 줄 아는 고급 인력자원이 필요합니다. 그러나 일본은 우리와 같은 광적인 영어 붐이 없어도 국가경쟁력이 세계 최고라는 점을 잊지 말아야 합니다. 지금 우리 국민은 영어의 포로로 전락해버렸습니다. 영어가 우리를 지배하는 상전이 된 것이죠. 토익 점수 900대를 넘지 못해 피가 마르고 머리가 빠지는 취업준비생들을 생각해보십시오. 영어 구사 능력 여하에 따라 빈부가 결정되고 계급이 결정되는 세상이 돼버렸어요. 왜냐하면 영어 공부에 쓰이는 그 엄청난 사교육비를 가난한 사람들은 감당할 수가 없기 때문이죠. 그러한 불평등의 상황에서 가난한 자녀들의 노력은 맨땅에 헤딩하는 격으로 승산이 없어 보입니다. 그래서 이 괴기하기 짝이 없는 영어 광풍 현상은 사회계층·계급을 영영 고착하기 위한 음모처럼 보이기도 합니다. 그래서 모두들 필사적으로 영어에 매달립니다. 모두 영어의 주술에 걸려 있고, 영어는 공포 그 자체입니다. 거기에 무슨 자유가 있고 인권이 있겠습니까. 자유가 있다면 타락할 자유만이 있을 뿐이고, 인간 본연의 모습 대신 도구적 인간 군상들만이 존재할 뿐입니다. 우리의 멍에·공포·강박관념, 심지어 신앙으로까지 변해버린 영어, 우리는 이것을 영어 파시즘이라고 불러야겠습니다. 이게 파시즘이 분명한데도 그 어디에도 반발의 목소리는 들리지 않습니다. 의문을 품으면서도 울며 겨자 먹기로 질질 끌려갑니다. 앞에서도 말했지만, 물론 어느 정도의 영어는 필요합니

다. 그러나 필요를 수백 배 능가한 이 엄청난 영어 과잉 현상은 이 사회가
정상적인 사회가 아님을 뜻합니다. 위험 사회가 분명하죠.

기업이라는 위험한 그림자

대기업의 경영 방식을 보면 파시즘, 바로 그 자체입니다. 대통령은 비난
할 수 있어도 사장은 비난할 수 없는 억압적 조직입니다. 구조조정의 공포
속에 밤늦도록 정신ㆍ육체의 노동력을 착취당해야 하는 저 수많은 직장
인들을 보십시오. '빨리, 빨리', 즉 속도가 기업의 슬로건이죠. 국제경쟁력
운운하면서, 달리는 말에 채찍질합니다. 무한질주이죠. 사생활이 없어요.
거기에 무슨 자유가 있고 인권이 있겠습니까. 인간이 정신적 가치는 무시
당한 채 오직 도구적 인간, '인적자원'으로만 존재하는 것입니다. 구조조
정은 기업 내부에서만 이루어지는 것이 아닙니다. 대학입시도, 대학 졸업
후의 취직 시험도 넓은 의미의 구조조정이죠. 기업의 인적자원일 뿐인 우
리 인간들은 먼저 대학입시에서 걸러지고, 다시 취업 시험에서 걸러진단
말입니다. 그렇게 승자독식의 구조조정은 이 사회 전반을 지배하고 있는
것입니다. 그래서 우리는 실패자ㆍ약자가 되지 않기 위해 뒤돌아볼 겨를
없이 앞만 보고 내달립니다. 만인이 만인에 대해 투쟁하고 경쟁하는 무한
질주의 사회입니다. 이러한 환경 속에서 실패자들은 물론, 직장을 가진
사람들도 구조조정의 위협에 시달려 늘 우울한 신경증을 앓게 됩니다.
OECD의 30개 나라들 중에 한국인의 자살률이 가장 높다고 합니다. 정신
적으로나 물질적으로나 한없이 왜소해져서 결혼마저 포기하는 젊은이들

도 적지 않습니다. 결혼은 미친 짓이 된 것이죠. 인간은 결혼을 통한 자기 증식이 인생의 최대 보람인데, 그것이 미친 짓이 되고 있습니다.

질주하는 소비자본주의

이러한 무한경쟁의 사회는 대학을 학문의 전당이 아니라, 취직 학원으로 만들고 있습니다. 여기에 우리들의 고민이 있습니다. 얼마 전에 고대생 김예슬 양은 '나는 대학을 자퇴한다. 아니 대학을 거부한다'고 하면서 대학을 떠났습니다. 저항 문화의 전통이 사라진 대학은 분노할 줄 모릅니다. 분노의 능력 상실이죠. 대학의 본래 모습인 지성적 풍토는 지금 실용주의를 내세운 기업과 정부의 연합군에 의해 무참히 공략당하고 있습니다. 지성이 밥 먹여주느냐는 것이죠. 사물과 사태에 대해 합리적 판단을 할 수 있는 지성의 능력이 철저히 무시당하고 있는 것입니다. 예술·인문 분야가 찬밥 신세가 되어 예산이 대폭 삭감돼버렸습니다. 이것이 바로 자신이 처한 처지인데도 교수들은 저항하기는커녕, 문제의 핵심이 무엇인지 알아듣게 설명할 줄도 모릅니다. 심지어 영어로 수업하라는 어처구니 없는 강요를 받아도, 그런 모욕이 없는데도 그저 유구무언일 따름입니다. 지성에 대한 이러한 박대는 결국 국민을 복종 잘하는 우중으로, 감언이설에 넘어가는 경박한 소비대중으로 만들어버릴 것입니다.

그렇습니다. 소비대중을 포로로 만들고 있는 이것이야말로 이 시대의 진정한 파시즘일 것입니다. 기업은 시민을 영혼 없는 단순한 상품소비자로 만들어버리려고 합니다. 소비자란 소비하지 않으면 상실감 혹은 박탈

감을 느끼도록 조종되는 사람이죠. 명령이 명령으로 느껴지지 않고, 강요가 강요로 느껴지지 않는 세련된 파시즘이죠. 그것은 달콤한 유혹의 교언영색으로 가장되어 있습니다. 그들은 언제나 우리에게 무언가를 팔려고 혀라도 베어 줄듯 감언이설로 유혹하는데, 그걸 구매하지 못하는 자는 더 이상 존재가치가 없는 왕따가 되도록 만들어버립니다. 승자독식의 구조조정에 시달리는 사람에게 향락의 유혹은 막힌 숨을 내쉴 숨통처럼 절대적일 수 있습니다. 그래서 우리는 여가 시간을 소비향락적 풍속에 몸과 마음을 맡깁니다. 무한질주의 무한경쟁과 새것만 좇아 앞으로 내달리는 소비향락 풍속에서 현재라는 시간은 찰나적인 것입니다. 현재는 빠른 속도로 과거가 돼버리고, 우리는 지나간 과거를 돌아볼 여유가 없습니다. 그래서 공동체의 과거인 역사도 잊혀지고, 인간의 정신적 가치는 무시되고 물질적·소비향락적 가치만 대서특필됩니다. 그래요, 이 사회의 주류 문화는 소비향락 문화가 돼버리고 말았습니다. 이러한 상황에서는 예술도 문학도 소비향락적 상품에 불과해서 예쁘고 경쾌한 것만이 잘 팔립니다. 지금의 대중은 무게가 나가는 건 싫어하고 경쾌한 것만 좇는 것이죠. 내용이 조금만 진지해도 지겹다고 혀를 내두릅니다. 영혼의 중추를 울리는 감동보다 말초의 감각을 더 좋아합니다. 그래서 주류 문화의 내용은 속속들이 엔터테인먼트와 포르노로 채워져 있습니다. 가치관이 전도되어, 예컨대 얼마 전 어느 일류대 동문회에서 악명 높은 파시스트인 어떤 예비역 대령을 올해의 자랑스러운 동문으로 선정해 상을 주는 것 따위 어처구니없는 일들이 생기기도 합니다. 사고의 능력을 상실했기 때문에 그런 일이 벌어지는 것입니다. '나는 소비한다, 고로 존재한다'를 본래의 명제 그대로 '나는 생각한다, 고로 존재한다'로 돌려놔야 하지 않겠습니까. 정신적 가치는 박대당하고, 물질적 가치·말초적 감각만 대서특필된 거기에는 인간 본연의 모습은 없습니다. 시민도 민중도 없고 다만 향락적 상품소비자만이 있을 뿐입니다. 이 가벼움을 이겨낼 자는 없습니다. 참을 수 없는 가벼움이지만, 그걸 참아내지 않으면 웃음거리밖에 안 되거든요. 우리는 현란한 엔터테인먼트에 실려 쾌속으로 달립니다. 그 쾌속만큼이나 빨리 과거는 잊혀집니다. '좋은 오래된 것보다 새것이 좋다'가 우리의 슬로건이 되었습니다.

그래요. 무한질주의 사회입니다. 구조조정의 희생물이 되지 않으려고 질주하고, 쉬지 않고 바뀌는 새 상품들을 좇아 내달립니다. 아니, 달려가는 것이 아니라 거대한 고래 아가리로 빨려 들어가는 것입니다. 대부분 사람들은 눈이 어두워 그 아가리를 보지 못하고, 그것을 본 사람들도, 의식이 있는 자도 속수무책으로 함께 빨려 들어갑니다. 쾌속으로 빨려 들어갑니다. 인간도, 인간의 창조물도, 역사도, 쓰레기도, 쓰레기 아닌 귀중한 것들도 남김 없이 빨려 들어갑니다. 모든 것은 급속도로 과거의 것이 되어 고래의 뱃속으로 빨려 들어갑니다. 빨려 들어가 결국엔 모두 똥이 되고 마는 것이죠. 그러니까 결론을 미리 말하면, 우리는 비록 고래 뱃속에 삼켜졌더라도, 3일 만에 그 아가리 밖으로 탈출해 자기 사명을 완수한 구약의 요나가 되어야 한다는 것입니다.

무한질주를 하는 우리의 등 뒤로 과거의 것들이 급속도로 미끄러지면서 잊히고 있습니다. 시시각각 우리 뒤로 버려지는 수많은 아름다움과 의미들을 생각해봅시다. 예컨대 슬픔의 의미를 생각해봅시다. 슬픔도 이제는 과거의 정서, 구닥다리 정서가 되어 버린 것 같습니다. 슬픔이 낯설어졌습니다. 장례식장에도 슬픔은 없습니다. 슬픔을 아는 자가 진짜 인간일 텐데, 우리는 더 이상 슬픔을 모릅니다. 가족과 함께 산골의 한 민박집으로 피서를 갔던 한 도시 소녀가 밤하늘에 가득한 별들을 보고 울었습니다. 그녀는 나중에 이렇게 말했습니다.

"별들을 보고 왠지 눈물이 났어요. 그냥 눈물이 났어요. 그냥 짠했어요."

가슴 뭉클한 그 감정이 낯설고 무섭기도 해서, 얼른 집안으로 도망쳤노라고 했습니다. 그녀는 자기가 왜 울었는지 까닭을 모릅니다. 아마도 밤하늘의 무수한 별빛들이 그 소녀의 존재의 근원에 깊숙이 가 닿았던 모양이죠. 그것은 존재의 슬픔이라고, 대자연 속 극히 작은 한 분자로서의 자신을 깨닫는 순간이라고, 자신의 순수한 영혼이 드러나는 순간입니다. 우리는 순수한 슬픔을 잊은 지 오래입니다. 김수환 추기경과 노무현 대통령이 서거했을 때, 우리가 느꼈던 슬픔도 그와 비슷한 정서일 것입니다. 늘 슬픔을 외면하고 살아왔던 우리에게 급습처럼 찾아온 그 슬픔은 얼마나 낯설게 느껴졌던가요. 두 분의 죽음을 보면서 '우리는, 인간 존재란 과연 무엇인가' 하는 근원적인 슬픔과 마주쳤던 것입니다. 슬픔을 아는 인간, 순수하게 눈물을 흘릴 줄 아는 인간이 참된 인간일 것입니다. 과거에는 존재했던 그 슬픔이 지금은 없습니다.

슬픔, 실종된 진실

이번에는 또 다른 슬픔에 대해서 말해봅시다. 역사적으로, 사회적으로 은폐되고, 해명되지 않는 큰 슬픔에 대해서 말해봅시다. 무한질주의 뒤로 과거가 급속도로 폐기됨으로써 과거의 영역에는 은폐되고 해명되지 않은 채 버려진 슬픔 · 원한 · 공포들로 가득합니다. 우리는 그 그늘의 역사를 외면해버립니다. 독자가 외면한다고 해서 문학도 그것을 외면해버립니다. 경박해진 사회 풍조 속에서 한국문학은 대흉년을 만나고 있습니다. 인문교양서를 많이 읽고 진지한 문학을 사랑하던 지난 1980년대와 같은 시절은 영영 가버렸을까요?

영화나 티브이 화면은 정신의 중추에 와 닿는 진지한 내용을 담기를 꺼립니다. 오직 엔터테인먼트만이 능사인 셈이죠. 전쟁을 다룬 영화도 오락물이기 때문에 그 내용 어디에도 전쟁의 진정한 참상은 드러나지 않습니다. 전쟁의 참상과 슬픔까지도 엔터테인먼트로 만들어버립니다. 우리는 그런 영화를 보면서, 슬프거나 두렵거나 괴롭기는커녕 전율적 쾌감만을 느끼도록 길들여져 있습니다. 전쟁 영화들은 실상 대신에 환상을 보여주는 것이죠. 그래서 우리는 엄청난 화염 · 폭발음과 피투성이 떼주검들에 공포나 고통을 느끼는 대신에, 웅장한 스펙터클이라고 감탄하고 용맹스런 미군에게 갈채를 보냅니다. 말하자면 전쟁 찬양 영화를 보고 있는 셈이죠. 그래요, 전쟁의 실상을 보여줄 수 있는 것은 영화가 아니라 문학입니다. 그런데도 그런 문학은 보기 드문 것이 현실입니다.

한국전쟁 전후, 국가폭력에 의해 학살당한 민간인 30만의 슬픔 · 원한이 있습니다. 경산 코발트 광산에도 대량학살의 수천 혼백이 깃들여 있다는 사실을 우리는 아주 최근에야 알았습니다. 민중을 보호해야 할 국가가 도리어 민중을 파괴한 그 사건들은 여전히 해명이 안 되고, 그 원한들은 해원이 안 된 채 버려져 있습니다. 그런데도 우리는 무심합니다. 앞에서 말했듯이, 우리에게 과거는 급속도로 망각되고 오직 현재만이 존재하기 때문이죠. 그 슬픔, 그 원한의 정서를 독자들이 싫어하기 때문에 작가들은 거기에 대해 글쓰기를 꺼려합니다. 종래의 문학은 슬픔을 다루더라도 독자가 견딜 수 있는 슬픔만을 다루어왔습니다. 그래서 비참한 떼주검과 피·비명·울음소리와 무서운 고통은 문학 속에서 발견하기 어려운 것이죠. 그러한 큰 슬픔에 대해서 이야기한다는 것은 일반 사람들에게 익숙한 일상의 도식을 거부하고 일상의 논리는 깨뜨리는 것이기 때문에 독자들이 불편해합니다. 젊은이들 중에는 자신의 아버지·할아버지 세대의 경험을 무시하면서, '그것들은 어디까지나 당신들의 슬픔이지 우리의 슬픔은 아니다'라고 말하고 싶어하는 사람들이 적지 않습니다. 그러나 아무리 그렇더라도 작가인 우리가, 그리고 젊은 지식인인 여러분이 공동체의 숨겨진 참혹한 경험들에 대해 발언하지 않는다면 그것은 명백한 직무유기일 것입니다. 지금의 아우슈비츠 수용소 입구에는 다음과 같은 경구가 쓰여 있습니다.

"아우슈비츠보다 더 무서운 것은 단 한 가지, 인류가 그것을 잊는 것이다."

불행한 과거를 망각하는 자는 개인이든 사회이든 간에 그 과거를 다시 반복할 운명이 된다는 것, 우리가 진정으로 평화를 바란다면 전쟁의 참상을 직시할 수 있어야 한다는 말입니다. '용서하되 잊지는 말자'는 유대인의 슬로건입니다. 그러나 지금 우리의 형편은 어떻습니까. '잊어버림으로써 용서하자' 혹은 '그냥 잊어버리자'는 식의 무기력에 빠져있지 않은지요.

그런데 그러한 참혹한 슬픔처럼 독자가 견디기 어려운 것도 아닌데, 어째서 군부독재 시절의 공포정치를 제대로 형상화해낸 문학작품이 없을까요? 이는 분명히 저를 포함한 작가들이 태만했기 때문이고, 국민이 무관심한 탓도 있죠. 훌륭한 문학으로 형상화되지 않은 사건이나 시대는 존재하지 않았던 것과 마찬가지입니다. 그 시대의 일상생활에 유독 가스처럼 스며들어 있던 그 무서운 공포에 대해서 지금은 작가도 시민도 모두 잊어버렸기 때문에 공포정치는 없었던 것이 되었고, 그래서 '오오 옛날이여!' 하고 그 시절을 찬양하면서 새로운 파시스트 집단이 떠오르고 있습니다.

루마니아 작가 헤르타 뮐러는 지난 시대에 독재자 차우세스쿠가 지배하던 암흑 사회를 형상화해냄으로써 작년도 노벨문학상 수상자가 되었음을 상기해볼 필요가 있습니다. 또 하나의 예로 남북전쟁 직전 흑인 노예의 비참한 삶을 비상한 열정으로 그려내 몇 해 전 노벨문학상 수상자가 된 미국 작가 토니 모리슨의 경우도 있습니다. 이렇게 과거는 구닥다리가 아니라 또 하나의 새로움입니다. 과거를 돌아봐야 하겠습니다. 아들과 손자는 아버지와 할아버지의 경험에서 지혜를 얻을 수 있습니다. 질이 나쁘더라도 무조건 새것이 좋다는 식의 새것 콤플렉스는 이제 버려야 합니다. 과거는 그냥 구닥다리가 아니라, 어떻게 보느냐에 따라 얼마든지 새로워질 수 있습니다. 현재 실종된 진실과 아름다움이 과거 속에 있습니다. 과거 속에 은폐된 국가폭력을 들어내 비판함으로써 역사의 전철을 경계할 수 있습니다.

역대 군부독재 정권과 극우파에 의해 부정당하고, 왜곡된 그 역사적 기억을 이제는 바로잡는 일은 이제 미체험 세대인 여러분의 몫이 되었습니다. 그것은 인정받지 못한 죽음들, 억울하게 죄악의 누명을 쓴 채 버려진 죽음들, 그 억울한 죽음들과 상처들을 망각과 무명의 어둠에서 불러내어 의미를 부여하고 진혼하는 일, 그리고 반세기에 걸친 공포정치를 기억함으로써 파시즘의 대두를 막는 일이 될 것입니다.

슬픔을 아는 인간, 순수하게 눈물을 흘릴 줄 아는 인간이 참된 인간일 것입니다.
과거에는 존재했던 그 슬픔이 지금은 없습니다.

2 문학의 생

염무웅

1964년 《경향신문》 신춘문예에 문학평론 당선, 1968년부터 계간 《창작과 비평》 편집에 참여했으며 이후 주간과 발행인을 역임했다. 현재 영남대 명예교수로 있다. 지은 책으로 《한국문학의 반성》, 《민중시대의 문학》, 《혼돈의 시대에 구상하는 문학의 논리》 등이 있다.

분단의 질곡을 벗어나기 위한 과거사 더듬기

4월을 기억하며

나 자신의 기억에서 이야기를 시작하려고 합니다. 1960년 4월 26일 이승만의 하야 성명 이후 학원은 다시 본래의 안정으로 돌아가는 듯했습니다. 물론 바깥세상은 조용할 날이 없었죠. 그러나 내가 다니는 학과의 분위기는 시국의 격동에 별로 흔들리지 않았습니다. 자랑할 얘긴지 부끄러워할 얘긴지 모르지만, 자유당 정권의 붕괴 직후부터 4년 가까이 우리는 데모 한 번 하지 않고 착실하게 수업을 받았어요. 아마 그 후 30년 이상 그런 일은 없었을 거예요.

어쩌면 그럴 수 있었던 것이 내가 외국문학 전공학과에 속해 있었기 때문인지도 모르겠습니다. 가령, 정치학과라든가 사회학과 같은 데 다니는 학생들은 학문의 성질상 국내의 현실 문제에 관심을 갖지 않을 수 없었을 테죠. 어떻든 당시 내게 대학은 지적 개방성이 넘치는 자유롭고 활기찬 공간이었을 뿐이었죠. 그것은 나로서는 난생 처음 맛보는 해방의 경험이었습니다.

생각해보면 4·19혁명 직후 2~3년간의 대학은 우리 세대에게는 유토피아의 영원한 원형이고 자유 개념의 살아 있는 모델이었습니다. 시골 소읍에서 고등학교를 다니던 시절에 이미 나는 《사상계》 애독자이고 함석헌 숭배자였죠. 그렇지만 그것은 책과 공상의 세계 속에서였고, 현실 속 나는 교복의 규율에 얽매여 반공 교육의 세례를 받은 보통의 소년일 뿐이었습니다. 그런데 4·19를 겪고 나자 이제 대학 캠퍼스 안에서 자유는 '원해야 겨우 가질 수 있는 어떤 것'에서 '누구에게나 맡겨진 어떤 것'이 되었습니다. 5·16쿠데타의 역습이 있었음에도 불구하고 1963년경까지 대학에는 그 나름 상아탑의 자유라 할 만한 것이 숨쉬고 있었어요.

그러나 거듭되는 얘기지만 내 주위의 이런 평온과 자유는 내가 속해 있던 문학써클의 이념적 제한성을 반영하는 현상이었을 것입니다. 현대 서구문학의 전위적 경향에 매료된 외국문학도들의 시야에 민족 현실이 당면한 심각성은 제대로 들어오지 않았던 것이죠. 그러니까 우리 외국문학도들이 먼 나라의 지적 유행에 정신을 팔고 있는 동안 사회의 심층에서는 오랫동안 국가권력의 폭압에 눌려 숨죽이고 있던 온갖 정치적 불만과 사회적 모순이 폭발을 향해 끓어오르고 있었습니다. 4·19혁명에 의해 공권력의 통제가 느슨해지자, 금기에 묶여 있던 '위험 사상'의 뚜껑이 열리고 각 분야에서 민족·민중 운동이 활기를 띠게 된 것은 당연한 일이었습니다. 그것은 1945년 해방 직후의 두어 해, 그리고 1987년 6월항쟁 이후의 서너 해에나 비견될 수 있는, 한국 근대사의 끝없는 먹구름 사이로 언뜻 보인 "티없이 맑은 영원永遠의 하늘"(신동엽, 〈누가 하늘을 보았다 하는가〉)에 해당하는 자유의 축제였습니다.

누구나 인정하듯이 4월혁명은 일차적으로는 이승만 체제의 거부라고 말할 수 있습니다. 이승만이 명색 독립운동가 출신이고 집권기간 내내 반공방일反共防日을 정책 구호로 삼았음에도 이승만 정권의 본질은 일본 대신 미국을 지배자로 하는 식민지 체제의 수정주의적 계승이었죠. 복잡한 설명할 필요 없이, 일제강점기에 탄압받은 인물은 이승만 치하에서도 탄압의 대상이 되고 일제강점기에 영화를 누리던 계층은 이승만 치하에서도 상층부를 구성하게 된 사실이 그 단적인 증거입니다. 따라서 혁명에 의해 열린 자유의 공간이 '민족'을 다시 역사의 동력으로 호출한 것은 당연한 일이었겠죠. 기록에 따르면 학생시위가 한창 진행 중이던 4월 21일에 벌써 민족 운동과 각급 사회 운동을 통일해 연결하려는 논의가 있었다고 하며, 이러한 움직임이 지역별·단체별로 꾸준히 계속되어 9월에는 마침내 '민족자주통일중앙협의회'(민자통)라는 통합조직을 결성하기에 이릅니다.

민자통은 유림의 최고 원로 김창숙金昌淑 선생을 대표로 내세운 통합적 민족 운동 조직을 자처했지만, 사실상의 주력부대는 사회대중당 등의 혁신 세력과 교원노조·출판노조 중심의 진보적 지식인들이었습니다. 민족주의와 사회주의는 일제강점기부터 지금까지 때로 협력하고 때로 대립하면서 복잡한 자체 분열을 거듭해온 이 나라 민족 운동의 양대 조류라 할 텐데, 나 같은 문외한이 함부로 말하기는 어렵지만, 식민지 잔재의 청산과 분단의 극복이라는 전형적인 민족 사업이야말로 어떤 이념보다 앞서는 최우선 과제라는 점에서 민자통의 출범은 획기적인 의의를 갖는 사건이었습니다. 그 자장磁場 안에서 1960년 11월 '서울대 민족통일연맹'이 결성되고 곧 여타의 대학들에 조직이 파급되어 학생 운동을 지휘하게 되었던 것입니다. 그들이 만든 구호 '가자 북으로, 오라 남으로, 만나자 판문점에서!'는 통일의 비원을 품고 사는 일반 국민들에게도 놀라운 선동성을 발휘했던 사실이 기억에 새롭기만 합니다.

이러한 사태 진전은 남한의 기득권 세력에게나 그 배후에 있는 패권국가 미국에게나 좌시할 수 없는 것이었습니다. 1960~1970년대에 전 세계적으로 수많은 군사쿠데타를 배후에서 기획하고 사주한 것이 미국임을 감안할 때 5·16의 발생이 미국과 무관하다고 보는 것은 순진한 발상입니다. 물론 쿠데타 당시 공식적인 위치에 있었던 미국 관리들이 박정희 등 일부 군부 세력의 반란 행위를 비난하는 발언을 한 것은 사실이에요. 그러나 그것은 우리가 충분히 경험해온 것처럼 유사한 경우에 미국 관리들이 늘 되풀이해온 외교적 둔사일 뿐이었습니다. 미국이 박정희 개인의 이념적 성향에 대해서 끝내 일말의 의혹을 품은 것도 사실인 것 같아요. 그렇기 때문에 박정희 정권은 좌경적 색채를 띤 혁신 정당들뿐만 아니라 온건한 성향의 사회·문화 단체 전반에 대해서도 무자비한 철퇴를 가함으로써 과잉반응을 보였는지도 모르죠. 예총이나 문협처럼 시종일관 정부 정책에 순응했던 단체들이 강제로 해산된 것은 5·16 정권의 본질에 비추어 하나의 희극에 해당한다고 할 수 있습니다.

한때 쿠데타 집단은 자신들의 정치이념을 '민족적 민주주의'라는 개념으로 포장한 적이 있는데 이 역시 가소로운 기만술책입니다. 민족적 민주주의의 개념에 합치되는 진정한 실체가 당시 대한민국에 있었다면 그 실체는 민주주의의 파괴자요, 민족이념의 배반자인 그들에게 마땅히 혁명의 철퇴를 내렸을 것입니다. 어떻든 민족 운동의 전위적 부분들이 5·16으로 커다란 타격을 받았음에 비하면, 문학 창작과 국사 연구 분야는 1960년대 이후 지속적인 작업을 통해 괄목할 만한 성취에 이르렀다고 생각됩니다. 이후 반세기 동안 민족문학의 이름으로 거두어진 거대한 성과들은 이제 그 자체가 계승해야 할 역사적 유산이 되었습니다.

우리 내부의 분단

알려진 대로 4월혁명은 이승만 정부의 부정선거에 대한 규탄에서 촉발되었습니다. 정부는 왜 부정선거를 감행했는가. 한마디로 말해 공정하게 선거를 치러서는 집권 연장이 불가능하다는 것을 정부가 알고 있었기 때문이죠. 그렇다면 이승만 정부는 왜 국민의 신망을 잃었는가. 역시 한마디로 말하면 이승만 정부 자체가 국제적 분단–냉전 체제의 산물로서, 그 체제의 요구를 한반도 내부에 집행하기 위해 주민을 억압하고 민족을 배신했기 때문입니다. 요컨대 문제의 근원은 분단에 있었습니다.

2차 대전의 종결과 더불어 미·소 양국 군대가 한반도 남북에 진주함으로써 분단 상황이 개시된 것은 우리 모두 알고 있는 사실이죠. 기록에 따르면 1945년 9월 2일 미국 전함 미주리호 위에서 일본은 항복문서에 서명을 했고, 같은 날 연합군 사령부는 미·소 양군에 의한 한반도 분할 점령 방침을 발표했습니다. 그러나 3·8선을 경계로 한 분단 결정은 종전 4일 전인 8월 11일, 후일의 국무장관인 딘 러스크를 포함한 몇몇 미군 대령들의 심야회의에서였다고 하며, "미군이 도착하기 전에 러시아는 한반도 전체를 차지할 수 있었음에도 미국의 3 · 8선 분단에 동의했다"고 합니다.[*]

그런데 우리가 잊지 말아야 할 사실은 분할 점령이 분단의 결정적 계기가 되기는 했지만, 그것이 분단 이외의 다른 모든 선택을 처음부터 배제했던 것은 아니라는 점입니다. 논리적으로나 실제적으로 미 · 소 양군의 한반도 점령은 한민족의 양분을 목표로 했던 것이 아니라, 그것은 2차 대전에서 미 · 소가 자신들의 적대국이던 일본의 영토를 접수하기 위한 것이었고, 그 시점에서 한반도는 그들에게 일본의 영토로 간주되었던 것이죠. 따라서 점령 초기에는 미국도, 소련도 한반도의 분할 점령을 세계대전의 종결 과정에 포함된 임시 경과 조치로 여겼음이 분명합니다. 그리고 카이로선언(1943년 11월)과 포츠담선언(1945년 7월)을 거쳐 모스코바 3상회의(1945년 12월)에 이르는 과정을 통해 표현되었듯이 한반도에 반쪽 국가라 하더라도 친미 정권을 세워야겠다는 목표가 적어도 1945년까지는 미국의 정책으로서 확립된 것이 아니었다는 것입니다. 미국보다는 오히려 소련이 1945년 9월 20일 최고사령관 스탈린의 이름으로 현지 점령군에게 보낸 비밀지령에서 밝혀지듯 "조선의 통일이라는 것은 생각하지 않고 자신이 점령한 지역에 친소 정부를 만들면 좋겠다고 생각"했다는 것입니다.[**]

어쨌든 3상회의의 결정은 1945년 연말부터 언론보도를 통해 서울에 알려지기 시작했습니다. 그런데 안타까운 점은 3상회의의 내용이 통일국가

---

[*] 《남한 북한》, 존 페퍼 지음, 정세채 옮김, 모색, 2005, 36쪽.
[**] 《북조선》, 와다 하루키, 남기정 · 서동만 옮김, 돌베개, 2002, 73쪽.

의 수립이라는 목표는 가려진 채 신탁통치라는 경과만 강조되어 알려지게 된 사실입니다. 그것은 물론 일부 언론의 악의적인 왜곡보도였습니다. 그리고 그 왜곡의 배후에는 통일자주국가의 수립을 두려워하는 친일파 등 분열주의자들의 음모가 있었고요. 아무튼 이 의도적인 왜곡보도를 계기로 국내의 정치 상황은 수많은 정치 분파들의 맹목적인 권력 투쟁 및 냉전 체제의 등장이라는 새로운 국제 정세의 전개와 맞물려 점차 분단의 고착을 향해 나아가고 말았습니다.

물론 지난 시대에 남과 북은 명시적으로건 묵시적으로건 자신들의 통일 의지를 포기한 적이 없습니다. 해방 후 오랜 망명과 항일 활동에서 돌아온 이승만과 김일성은 치밀한 정치 공작을 통해 각자의 지역에서 권력 장악에 성공했고, 분단 정부 수립 이후에는 각자 나름으로 통일의 소망을 달성하고자 노력했죠. 6·25전쟁은 그 심층적 원인과 상세한 경과에 관해 연구자들 간에 아직도 충분한 합의가 이루어지지 않은 전쟁이지만, 김일성 정권의 준비된 무력남침이 직접적 계기였던 것은 부인할 수 없습니다. 그러나 간과할 수 없는 점은 1950년 6월 25일 새벽 북한군의 결정적 공격 이전에도 남한군의 거듭된 도발과 이것으로 인한 남북 병사들 간의 치열한 교전이 있었다는 사실입니다.* 어쨌든 이 전쟁은 애초에 이승만과 김일성이 예상했던 것보다 훨씬 오랜 기간 지속되었고 또 그들이 각오했던 것보다 훨씬 더 심각한 인명 손상과 참혹한 국토 유린을 가져왔는데, 허다한 자료가 입증하는 것은 김일성뿐만 아니라 이승만도 이 전쟁을 통일 달성의 기회로 삼고자 했다는 점입니다.

* 《한국전쟁 : 38선 충돌과 전쟁의 형성》, 정병준, 돌베개, 2006 참조.

　물론 이렇게 되는 과정에서 분단에 저항하는 민족 내부의 광범한 투쟁이 전개된 것은 사실이에요. 실은 6·25전쟁 자체도 분단을 극복하려는 시도의 하나라고 할 수 있지만, 그 이전에도 민족의 진로를 둘러싼 다양한 형태의 모색이 진행되었다는 것을 우리는 알고 있습니다.

　사실상 1945년과 1950년 사이에 남쪽에서는 내전이 있었다. (……) 1950년까지 이승만 정부는 10만 명에 달하는 좌익 용의자들을 죽이고 또 10만 명의 인사들을 투옥했다.

—존 페퍼, 《남한 북한》, 40쪽

　이와 같은 서술은 수치의 정확성을 논외로 치더라도 이 시기 남한에서 전개된 통일 투쟁의 강도가 얼마나 강력한 것이었는지 말해줍니다. 요컨대 분단 체제의 탄생은 크고 작은 수많은 외부적·내부적 요인들, 심지어 우연적 요인들의 복합적인 상호작용 속에서 점진적으로 이루어진 것이니까요.

　1945년부터 1953년까지, 즉 미·소 양군의 분할 점령부터 분할된 남북에 별개의 단독 정부가 수립되고 참혹한 전쟁을 거쳐 분단 체제가 확립되기까지의 불행한 경로를 돌아볼 때, 나는 우리와 비슷한 처지에 있었던 유럽의 다른 나라들이 어떻게 용케 분단의 비극을, 또는 적어도 전쟁의 참화를 피할 수 있었던가에 생각이 미칩니다. 2차 대전의 종결과 더불어 중부 유럽에도 동아시아의 경우와 마찬가지로 미·소 양대 세력의 영향력이 첨예하게 대치하는 거대한 전선이 종단하게 되었습니다. 패전국가 독일이 분단된 것은 바로 그 종단선이 독일 영토 한가운데를 관통했기 때문입

니다. 최대의 전범국가 독일로서는 분단에 저항할 힘도 명분도 있을 리 없
었던 거죠.

　그런데 히틀러의 출신 국가이고 독일에 무력으로 병합되었던 오스트
리아는 어떻게 되었나요. 왕년의 제국 오스트리아 역시 독일과 마찬가지
로 전승국들에 의해 분할 점령되는 처지에 놓였습니다. 그러나 독일과 달
리 오스트리아는 보기에 따라서는 전쟁 피해국의 대열에도 낄 수 있었던
데다가 히틀러 강권정치의 악몽을 공유한 이 나라의 여러 정치 세력들이
정파적 이기주의를 극복하고 정치적 대타협을 이룩하는 데 성공했습니
다. 그리하여 오스트리아 국민들은 1955년 외국 군대의 철수로 완전한 주
권을 되찾기까지, 그리고 스스로의 결정에 의해 중립국가로 거듭나기까
지 4대 점령국에 의한 일종의 신탁통치를 감수하기로 결정함으로써 용케
분단을 피할 수 있었고요. 지난날 흔히 분단국가라는 점에서 독일과 한국
이 비교되고는 하지만 독일과 한국은 분단에 이르는 길이 전혀 달랐습니
다. 역사에 가정은 없는 법이지만, 만약 2차 대전의 결과가 연합국에 의한
일본 본토의 분할로 귀결되고 식민지 한국이 적당한 절차를 거쳐 중립적
통일국가로 독립되었다면, 독일과 일본 및 오스트리아와 한국은 그야말
로 각각 정확하게 대응을 이루는 두 쌍의 짝이 되었을 것입니다.

　물론 독일과 오스트리아의 관계는 우리의 경우와 본질적으로 다르죠.
오스트리아는 민족적으로나 언어적으로 독일의 당연한 구성원으로 간주
되어왔고 수백 년 동안 독일제국(신성로마제국)의 정치적 중심이었습니다.
다만 18~19세기가 경과하는 사이 프러시아(프로이센)와의 주도권 쟁탈전
에서 패배한 결과 비스마르크에 의한 통일근대국가의 출범에서 제외되었
을 뿐이죠. 그런 점에서 1938년 나치스의 오스트리아 병합은 한반도에 대

한 일제의 식민지 침탈과는 비교될 수 없는, 그 나름으로는 '대독일주의'의 뒤늦은 관철이라는 의미를 지닌다고도 할 수 있습니다. 이렇게 생각해본다면 독일적 정체성의 일부를 구성하는 오스트리아가 분단을 모면한 반면에, 치열한 항일 반식민지 해방투쟁의 전통을 가진 한반도가 오히려 분단의 수렁에 빠진 것은 이중적 의미에서 역사의 참극입니다.

유럽에서 냉전의 발톱이 할퀴고 지나가면서 핏자국을 남긴 또 다른 예를 들자면 그리스일 것입니다. 1820년대의 독립전쟁 이후 그러지 않아도 오랫동안 왕당파와 공화파 사이의 갈등과 정치적 혼돈이 거듭되던 이 나라에서 1941~1944년의 파시스트 점령 기간 동안 전개된 민족해방전선 중심의 대독항전은 좌파 공화주의 세력의 성장, 즉 우파의 쇠퇴를 가져왔습니다. 그런데 지리적으로 그리스는 독일과 오스트리아를 뚫고 내려온 냉전선 동쪽에 위치해 사회주의권의 일부가 될 가능성이 높았던 거죠. 다른 한편, 소련 대륙 세력의 남하와 미국 지중해 세력의 북상이 만나는 지점에 위치해 있어서 무력 충돌의 현장이 될 위험 또한 높았습니다. 과연 그리스는 1947~1949년 내전을 겪는데, 미국의 엄청난 지원에 힘입어 결국 우파의 승리로 마무리되었습니다. 그것은 10년 전 스페인 내전을 냉전 체제의 형성이라는 새로운 맥락 위에서 반복한 것이자 바로 이듬해 발발한 6·25전쟁의 예행연습과도 같은 것이었어요. 다만 그리스는 내부의 진통 요소를 후일의 과제로 남겨놓았을망정 분단의 비극은 피할 수 있었다는 점에서 우리와 구별됩니다.

한미동맹의 틀에 갇힌 평화

분단 현실, 즉 남북 간의 항상적인 대결 구조는 민주주의의 존립 기반을 언제든지 뒤흔들 수 있는 폭발력을 지니고 있습니다. 지난날의 KAL기 폭파 사건이나 금강산댐 소동과 마찬가지로 오늘의 천안함 사건이나 연평도 포격 사건은 원인이 무엇이고 경과가 어떠하든 결과적으로 민주주의를 왜곡하고 평화적 생존기반을 위협하는 것입니다. 그런 점에서 분단을 해소하기 위한 노력으로서 6·15남북정상회담과 그 성과물로 나온 공동선언을 다시 생각해볼 필요가 있는 거죠.

한마디로 6·15공동선언은 남북이 기존의 적대적 통일 정책을 포기하고 서로 다른 체제가 평화적으로 공존하는 과정을 통해 점진적으로 통일에 접근하기로 합의한 것이라고 이해할 수 있습니다. 다시 말하면 그것은 냉전 시대의 소위 적화통일론과 북진통일론 및 냉전 종식 직후의 흡수통일론(예를 들면 베트남식 통일이나 독일식 통일)이 모두 위험하고 비현실적인 발상임을 인정하고, 통일을 평화적이고 장기적인 미래의 과업으로 설정하는 데 남북 양자가 드디어 동의한 선언입니다. 어떤 의미에서 이것은 통일 개념에 대한 새로운 정의를 내린 선언이며 그것은 우리에게 발상의 일대 전환을 요구할 만큼 아주 낯선 것인 거죠. 냉전에 길들여진 우리의 관습적 사고는 서로 다른 이념과 체제로 운영되고 각기 독립 정부를 가진 별개의 정치 단위들이 각자 나름의 자기연속성을 어느 정도 유지한 채, 즉 심각하고 급격한 자기부정 없이 점진적 과정을 통해 하나의 단일한 국가적 정체성 안에 포괄될 수 있다는 새로운 통일 개념에 익숙하지 않은 것입니다.

그러나 오늘의 사태는 통일은 물론이고 6·15선언조차 입에 담는 것이 무색해진 상황입니다. 물론 따지고 보면 노무현 시대에도 새로운 통일 개념이 훼손되고 있었던 것이 사실인데, 예컨대 2004년 초 한미 국방관계자 회담에서는 용산 미군기지의 평택 이전에 합의해 이것을 강행하기 시작했고,* 2006년 한미 외무장관 회담에서는 주한미군의 전략적 유연성에 합의함으로써 한국이 한국 바깥의 군사적 상황에 연계될 수 있는 가능성을 열어놓았으며, 이어서 또 하나의 중대 안건 즉 한미자유무역협정(FTA)이 타결되었습니다. 이렇게 되면 지난 수십 년 동안 한국인의 운명을 규정해온 한미상호방위조약(1953년 10월 1일 체결, 1954년 11월 18일 발효) 체제, 즉 한미동맹체제는 21세기의 시대 상황에 맞게 더욱 정교하고 능동적인 장치들을 갖추게 되는 셈입니다.

따라서 김대중·노무현 정부의 대북 정책은 본질적으로는 한미동맹의 틀에서 벗어난 것이 아닌 거죠. 거슬러 올라가면 박정희 정부의 7·4남북공동성명(1972년)과 노태우 정부의 남북기본합의서(1991년)도 한미동맹을 전제로 그 한계 안에서 남북공존을 모색한 것이었습니다. 그러나 남북 간의 화해와 교류는 일단 발동이 걸리기만 하면 처음 시동을 걸었던 정부 당국자들의 계획대로, 일정한 강도에서 정해진 방향으로만 움직이는 것이 아닙니다. 과거의 예로 본다면 한반도의 남북 관계는 일단 불이 붙으면 일종의 자가동력에 의해 스스로 길을 찾아가는 경향이 있는 것 같습니다. 일찍이 4·19 직후의 통일 운동은 처음부터 정부가 설정한 테두리 바깥에서 출발한 것이었으므로 논외로 친다 하더라도, 7·4공동성명 이후 서울

* 〈주한미군 재배치와 평택 기지확장 문제〉, 《녹색평론》, 정욱식, 2006, 7~8월.

과 평양을 오가며 진행된 남북 적십자회담 때의 시민들의 열띤 호응이나 문익환·임수경의 이름과 함께 기억되는 1990년 전후의 고조된 통일 열기는 삽시간에 정부의 통제를 넘어섰고, 6·15선언 이후 전개된 남북 관계의 발전 역시 한미동맹 체제가 만들어놓은 법적·제도적·심리적 경계선을 건드리는 수위까지 나아갔다고 하지 않을 수 없습니다.

그런 점에서 한반도 대결 구도의 점진적 종식과 남북 관계의 전향적 발전을 내용으로 하는 6·15 체제의 출현은 당연히 이 지역 헤게모니 국가인 미국을 긴장시키고 새로운 정책과 전략을 수립하도록 촉구했을 것입니다. 물론 나는 그 점에 관해 막연한 짐작 이상의 구체적 논증을 수행할 능력이 없어요. 그런 점을 전제로 말해본다면, 예컨대 왜 초강대국 미국이 약소국 북한을 시종일관 코너에 몰아넣고 있는지 다음의 일화에서 암시받을 수 있을 것 같습니다. 그것은 한미 양국의 현안 문제들이 다양하게 거론되는 '서울-워싱턴 포럼'(한미포럼) 2006년 5월 1일의 첫 회의에서 행한 유명한 브루스 커밍스 교수의 발언이죠. 그는 그 자리에서 "부시 행정부는 북한의 정권 교체를 추진해왔다"고 주장하면서 "부시 행정부가 지난 2002년 한국의 대선 때 야당후보를 공개적으로 지지하는 등 노무현 대통령을 싫어했다"고 말했어요.* 그러나 같은 자리에서 전직 관료 출신 미국 인사들은 일제히 커밍스 교수의 견해를 부인하면서 "6자회담 미국 대표단은 북한 측에 북한을 공격하거나 북한의 정권 교체를 추진할 미국의 전략이 없음을 전달했다"고 반박했습니다.

다른 한편, 북한은 미사일 발사 후 이른바 선군先軍 발언을 통해 자기들

---

* 《프레시안》, 2006. 5. 2.

의 군사적 억지력이 미국의 침략 야욕을 분쇄하고 한반도의 안전을 보장하고 있으며, 따라서 남쪽 주민들도 선군정치의 덕을 보고 있다고 거듭 주장했죠. 그런가 하면, 북한의 《노동신문》은 연례적인 한미합동을 앞두고 논평을 내 "남조선이 미국과 함께 합동군사 연습에 참가하는 것은 조선반도의 정세를 전쟁의 문어귀로 몰아가는 용납 못할 반민족적 범죄"라고 규탄하면서 그것은 남북 관계에 파국적 결과를 가져올 것이라고 경고했습니다.* 이명박 정부 출범 이후 달라진 점이 있다면 미국의 노골적인 압박과 북한의 완강한 저항 사이에서 한국 정부가 점차 미국의 역할을 대신 떠맡게 된 것이라고 할 수 있겠죠.

어떻든 한국 사회의 좀 더 나은 발전을 위해서나 한반도 전체의 지속가능한 생존과 남북의 점진적인 통일사업을 위해서 한미동맹 체제가 그동안 어떤 역할을 해왔고 현재 어떤 역할을 하고 있는지 객관적이고 전문적인 연구와 논의가 필요합니다. 우선 나에게 떠오르는 한 가지 생각은 한미동맹이 단순히 미국 군사력의 한국 지배 내지 한국 안보지원이라는 차원만을 갖는 것이 아니라 오늘 한국 사회 자체의 근본적 성격에 깊이 연관되어 있다는 점이에요. 다시 말해 글로벌 자본주의라고 일컬어지는 오늘날 한국 사회에서 한미동맹은 단순히 외적 강제로서만 존재하는 것이 아니라 우리 자신의 내적 구성요소로 존재하는 것이 아닌가 여겨지는 것입니다. 한국 민주주의의 역사적 성격과 그것의 현재적 수준 또한 미국의 영향력에 긴밀히 연결되어 있다는 것이 내 생각이고요.

따라서 미국 대북압박 정책의 궁극적 목표를 옳게 읽는 것이 대단히 중

---

* 《한국일보》, 2006. 7. 31.

요합니다. 미국의 정치인들·정책 관료들·정치학자들 사이에서도 대북 정책의 목표를 둘러싸고 그것이 북한의 정권 교체regime change를 겨냥하는가, 체제 변형regime transformation을 추구하는가 아니면 단순히 북의 정책 변화를 끌어내기 위해서인가에 관해 내부 논란이 있어왔습니다. 전문가들조차 판단하기 쉽지 않은 문제에 대해 언급하는 것은 망발에 가까울지 모르지만, 아마 한 가지 확실한 것은 북한과 같이 유례를 찾기 어려운 독특한 국가 체제의 경우 정권 교체와 체제 변형이 실질적으로 구별되지 않으리라는 점입니다. 남한의 경우, 가령 4·19는 거의 체제 변화가 없는 정권 교체를 초래했고 6월항쟁은 정권 교체 없이 일정한 체제 변형을 가져왔다고 말할 수 있습니다. 반면에 북한의 경우, 정권과 체제가 일체화되어 있기 때문에 양자의 분리는 사실상 국가의 와해로 이어질 가능성이 높고, 따라서 북한 지도부로서는 체제 변형이든 정권 교체든 어떤 외부적 작용에 대해서도 목숨을 걸고, 즉 전쟁 발발을 불사하고서라도 저항하고자 할 것입니다. 반면에 21세기 초강대국으로 부상하고 있는 중국을 관리·제어하는 것이 대외 정책의 최고 과제인 미국으로서는 북한은 중국과의 연계 속에서 놓칠 수 없는 카드예요. 어쩌면 미국의 손아귀 속에는 북한의 국가 붕괴·정권 교체·체제 변형·정책 변화·현상 유지 등 여러 개의 옵션이 다 들어 있어서 중국 내지 동북아 정세의 조종을 위한 그때그때의 지렛대로 북한을 장기간 활용하는 것이야말로 미국이 진정 원하는 것일지 모릅니다. 이렇게 살펴볼 때 한반도의 휴전 체제는 적대적 대치 상태였던 냉전 시대보다 냉전 종식 후인 오늘의 대화 시대에 오히려 더 불안정해진 측면이 있고, 그런 만큼 민족의 미래에 드리워진 불확실성의 그늘을 제거할 우리의 책임은 더욱 무거워졌다고 할 수 있습니다.

스스로를 조롱하는 민주주의

2012년에는 두 차례의 중대한 정치 행사가 예정되어 있습니다. 총선과 대선이 그것인데, 아직은 피부에 닿을 만큼 선거바람이 분다고 할 수 없지만, 실상 정치인들의 촉각은 지금 온통 그곳으로 향하고 있다고 해도 과언이 아닐거예요. 세종시 파동에 이어 동남권 신공항 백지화, 국제과학 비즈니스벨트 분산배치설 등 감언이설로 표를 긁어모은 다음 뒷감당을 못하는 사태가 나라를 온통 난장판으로 만들어놓고 있으니 다가오는 선거정국은 이 난국을 더욱 어지럽게 헤집어 옥석을 가릴 수 없는 아노미로 끌고갈지 모를 일입니다.

돌이켜보면 내가 선거라는 정치 행사를 처음 경험한 것은 1960년에 치러진 7·29총선 때였어요. 4·19로 이승만 정권이 쓰러진 뒤 허정許政 과도 정부 아래에서 치러진 선거였죠. 자유당 시절의 관권선거·부정선거에 길든 국민들로서는 과분할 만큼 자유로운 선거였다고 기억됩니다. 혁명 직후의 흥분과 자부심에 들떠 있던 대학생들은 방학을 맞자마자 전국 각지로, 특히 농촌으로 내려가 조직적인 선거계몽 활동을 벌였는데 대학 초년생이었던 나도 거기에 자원을 했습니다. 마지막엔 두 사람이 한 조가 되어 며칠 동안 시골 마을을 돌아다니며 김매기가 한창인 농부들을 땡볕 아래 모아놓고, 지금 생각해보면 참 낯 뜨거운 일이지만, 올바르게 투표를 하자고 우쭐해서 연설을 했어요. 하지만 7·29총선은 4·19혁명의 목표를 현실 속에서 제도화하는 데 성공하지 못했습니다. 알다시피 선거 결과는 민주당을 중심으로 하는 부패한 정치 세력의 압도적 승리, 체제의 변화를 요구하는 혁신 세력의 참패로 나타났습니다. 한마디로 7·29총선은

4 · 19혁명에 대한 사실상의 반동을 의미하는 것이었죠. 다시 말하면 선거라는 민주주의의 형식이 민주주의의 본질을 배반한 것이었습니다.

선거는 미래를 선택하는 정치 행사입니다. 따라서 선거가 선거다워지려면 여러 국가적 현안들이 충분히 쟁점화되어 국민들의 자유로운 토론과 선택에 맡겨져야 하죠. 오늘날 우리가 부딪치고 있는 심각한 문제들이 한두 가지가 아니라는 것은 누구나 실감하고 있어요. 점점 심화되는 소득과 자산의 양극화! 이명박 정부가 출범하는 것을 계기로 우리는 이 나라의 소위 상류 지배계층이 그동안 무슨 짓을 하면서 어떻게 살아왔는지 다시 한 번 똑똑히 목격했습니다. 국회의원 출마자들이건 고위관료들이건 그들이 입버릇처럼 되뇌는 '경제 살리기'란 잘 들여다보면 서민들 경제 살리기가 아니라 오직 자신들의 경제 살찌우기가 아닌가 느껴집니다. 문제는 그럼에도 이런 사실이 선거의 쟁점으로 선명하게 부각되지 못하고 있다는 점입니다.

이명박 정부와 집권당은 한미동맹을 강화하고 북한에 끌려다니는 정책을 그만두겠다고 했습니다. 북한이든 미국이든 또 중국이든 일본이든 어느 나라에 일방적으로 끌려다녀서 안 된다는 것은 말할 필요가 없죠. 주권국가답게 당당한 자세로 임하는 것은 당연합니다. 그러나 남북 관계는 국가 간 관계의 측면도 있지만 동시에 민족내부적 관계라는 다른 측면도 있습니다. 물론 성급한 통일 정책이 비현실적이고 위선적이며 어떤 면에서는 위험하기까지 하다는 데는 쉽게 동의할 수 있어요. 반면에 냉전 시대의 적대 관계로 돌아가는 것도 마찬가지로 비현실적이고 위험하죠. 반세기에 걸친 대립과 단절을 청산하고 남북의 공존과 교류에 합의한 것이 역사적인 6 · 15선언이라 할 때, 이명박 정부 출범 이후 벌어지는 상황은 어렵게 이룩된 이 합의의 난폭한 파기라 할 만합니다. 이러한 이명박 정권의 대북 정책에 대해 국민들이 자유롭게 토론하고 투표를 통해 지지와 반대를 나타낼 수 있어야 하지 않을까요.

어처구니없는 것은 지난번 총선에서 4대강 사업 같은 중대안건을 선거 쟁점에서 제외하려는 선거관리위원회의 입장이에요. 치열한 정치 공방과 정책 토론이 합법적으로 허용되는, 허용된다기보다 권장되어야 할 공간이 다름 아닌 선거 무대입니다. 국가의 미래와 민족의 운명이 걸린 중대 사안을 정치권에서 제대로 쟁점화하지 못하기 때문에 대학교수들이 나서고 신부님·스님들이 나서는 것 아닌가요. 4대강 사업을 통해 이익을 챙기려는 해당 지역의 토호와 투기꾼들·건설업자들, 그리고 그 주변의 부패관료와 정치꾼들을 제외하면 대다수 국민들은 이 사업이 가져올 재앙을 막연하게나마 짐작하고 있습니다. 그럼에도 투표장에 나가는 것이 4대강 사업에 대한 찬성 또는 반대의 정치적 의사표시로 연결되지 못했던 것이 우리의 기형적인 정치 현실이고 낙후한 선거 문화인 거죠. 즉, 민주주의의 허구화인 거고요.

오늘의 젊은 세대들은 상상하기 어렵겠지만, 과거 1950년대의 이승만 독재 시절에는 선거 때마다 공공연한 관권 개입이 자행되었고, 심지어 대리투표나 환표換票 같은 노골적인 부정도 서슴없이 저질러졌습니다. 그러나 이것은 뒤집어보면 부정한 방법을 동원하지 않고서는 집권당이 승리를 확신할 수 없을 만큼 당시 국민들의 정치의식이 예각화되어 있었음을 반증한다고 볼 수 있죠. 앞서 4·19 직후의 총선 때 농촌에서 선거계몽 활동에 참가했었다고 얘기했지만, 그때 내가 김매는 농부들에게서 감지한 것은 기득권 지배 세력에 대한 불신과 야유였어요. 다만 그것이 오랜 세월

억압되어 왔을 뿐이고, 그래서 그들은 좀체 입을 열지 않았을 뿐인 거죠.

이제 지난날과 같은 관권선거가 자취를 감춘 것이 사실입니다. 그 점에서 우리의 민주주의는 적어도 형식적 차원에서는 크게 향상되었다고 말할 수 있어요. 그러나 국민들의 정치의식 수준이 반세기 전보다 더 발전했는가 묻는다면 나는 선뜻 그렇다고 대답하지 못하겠습니다. 권력화된 보수언론과 기회주의적 지식인들, 현세지향적 종교 집단과 투기적인 대자본들, 그리고 부패한 정치권력으로 이루어진 강고한 기득권 연합은 이 나라의 물질적 부를 독점하고 있을 뿐만 아니라 독점에 대한 국민들의 의식과 무의식을 사력을 다해 자신에게 유리한 이미지로 분식하고 있습니다. 그것도 민주주의의 이름으로! 그러므로 지금 이 나라에서 언론 자유는 그 자신의 기능을 통해 언론의 본질을 왜곡하고 있으며, 민주주의는 그 자신의 형식적 절차를 통해 바로 민주주의의 실체적 진실을 잠식하고 있습니다. 그 모든 것을 추동하는 힘의 원천은 돈이고 외세예요. 선거 놀음도 돈의 힘이 자기를 관철하는 축제의 하나가 되었고요. 오호라, 지금 우리는 역사의 밤하늘에 명멸하는 돈의 불꽃놀이를 보고 있습니다.

문학 위에 찍힌 역사의 발자욱

지도를 보면 알 수 있듯이 우리나라는 유럽에서 멀리 떨어져 있을 뿐만 아니라 일본열도가 앞을 가로막고 있어서, 이웃 중국이나 일본과 달리 유럽의 근대문명이 아주 늦게 도래했습니다. 임진왜란에 참전한 일본군 장수 가운데 천주교도가 있었다거나, 병자호란 때 청나라로 끌려간 소현세자가 북경에서 예수회 신부와 사귀고 서양 문물을 접했다는 일화는 우리가 이웃 중국이나 일본과는 비교할 수 없을 만큼 오랫동안 외부 세계에 더 닫혀 있었음을 말해주죠.

그러나 늦든 이르든, 총칼과 상품을 앞세운 서양 세력의 진출에 대해 심각한 위기감을 느낀 것은 동아시아 여러 나라가 다를 바 없었습니다. 특히 천하의 중심이라고 자처하던 중국이 아편전쟁(1840년)에 패배한 사건은 모든 아시아인에게 경천동지의 충격으로 다가왔을 것이고요. 따라서 이 미증유의 위기를 어떻게 극복할 것인가 하는 문제가 시대의 절박한 화두로 떠오른 것은 당연한 일인 거죠. 그런데 결과적으로 메이지유신(1867년) 이후 근대적 개혁에 성공한 일본은 강대국의 하나로 성장했고, 반대로 자기혁신에 실패한 봉건왕국 조선은 망하고 말았습니다. 그것이 바로 100년 전의 경술국치입니다.

부끄러운 역사에서 벗어나는 길은 부끄러움의 실체를 똑바로 보고 제대로 반성하는 데서 시작합니다. 그런 면에서 우리나라에 유난히 역사소설이 많았던 것은 지난날의 우리 삶 자체가 문학자들에게 다른 무엇보다 현실에 대한 역사적 반성을 요구했음을 반영한 거죠. 그러나 일제강점기에는 민족의 비극을 정면에서 다루는 작품은 쓰일 수 없었습니다. 식민지 체제의 본질을 건드리지 않고서는 당대의 현실을 온전하게 묘사할 수 없는 법인데, 따라서 당연히 제대로 된 작품은 태어나기 어려웠죠. 설사 그런 작품이 쓰여졌다 하더라도 검열로 발표될 수 없었을 테니까요.

그러나 일제 식민지 시기의 문학사를 돌아보면, 그런 악조건에도 불구하고 문학은 현실을 증언하고 체제에 저항하는 본연의 역할을 외면하지 않았음을 알 수 있습니다. 가령 염상섭은 비교적 보수적인 의식을 가진 작가였지만, 그의 장편소설 《삼대》(1930년)는 조·부·손으로 이어지는 가족사의 변천 과정을 매개로 개화기부터 식민지 초기에 이르는 현실 변화를 정면에서 다룸으로써 그 나름으로 당대 역사의 의미를 묻는 과제에 대응했습니다. 물론 이 작품은 그 시대 현실 변화의 중심에 놓인 경술국치 자체를 다루지는 않았어요. 그것은 결정적인 한계죠. 하지만 망국의 치욕을 원경으로 암시하는 것만으로도 문학은 어느 정도 제 몫을 다하는 것입니다.

알다시피 2010년은 경술국치 100주년이 되는 해이고 한국전쟁 60주년·4월혁명 50주년·광주민주화 운동 30주년이 되는 해였습니다. 그런가 하면 노동자의 권리를 외치며 전태일이 산화한 지 40주년, 분단 이후 최초로 남북 정상이 만나 공동선언을 발표한 지 10주년이 되는 해이기도 하고요. 우리 민족의 운명을 가늠하는 데 있어 어느 것 하나 소홀히 할 수 없는 중대한 사건들이었습니다. 그런데 이 사건들 사이에는 긴밀한 연관성이 있음을 알 수 있습니다. 봉건 체제의 내적 모순과 외세의 침략을 극복하고 스스로의 힘으로 근대화를 이룩하지 못했기 때문에 남의 식민지로 떨어진 것이며, 식민지에서의 해방을 자주적인 역량으로 달성하지 못했기 때문에 분단과 전쟁의 고난을 겪은 것입니다. 따라서 우리나라가 어떤 과정을 거쳐 일본 제국주의의 식민지로 전락했고, 그 과정에서 우리 민족이 어떻게 저항했는지를 탐구하는 것은 역사학자에게나 문학자에게 최대 과제라고 할 수 있습니다.

이러한 문제를 다룬 많은 문학작품 중에서 가장 대중적이면서도 높은 예술성에 이른 것으로 박경리의 대하소설 《토지》를 꼽을 수 있습니다. 1969년부터 1994년까지 26년에 걸쳐 집필된 이 초유의 대작에서 작가는 동학농민전쟁이 끝난 직후인 대한제국 성립기부터 한일합방과 일제강점기를 거쳐 태평양전쟁과 일제 패망에 이르는 역사를 거대한 서사시적 화폭 안에 담고 있죠. 그러나 이 작품은 역사의 문학화에 성공하고 있지만, 단순한 역사소설은 아닙니다. 물론 이 소설에서 동학농민전쟁·경술국치·3·1운동·만주사변·중일전쟁 같은 역사적 사건들은 작품의 흐름에 긴밀히 조응하는 불가결의 배경이 되지만, 이 소설이 정작 다루고자 한 것은 역사 자체가 아니라 그 역사가 서로 다른 개성을 지닌 수많은 개인들의 운명에 어떻게 개입하는가 하는 것입니다. 애절한 사랑과 비극적인 파멸, 불굴의 집념과 추악한 배신, 시대착오적인 완고함과 진지한 계몽주의적 열정 등 그 시대의 다양한 표정을 이처럼 풍부하게 형상화한 대하소설은 다시 나오기 어려울 거예요.

6·25전쟁의 성격과 본질에 관해서는 아직 토론이 끝나지 않았습니다. 새로운 각도에서 전쟁을 조명하는 연구서들이 거듭 나오고 있다는 사실이 이것을 입증하죠. 어떻든 전쟁의 참화는 너무 끔찍하고 그 영향은 너무 파괴적이어서, 60년의 세월이 지난 오늘도 우리는 전쟁의 현실적·이념적 그늘을 벗어나지 못하고 있다고 말할 수 있습니다. 그리고 그동안 쓰인 문학작품치고 직·간접적으로 6·25전쟁과 무관한 것은 없다고 말해도 좋습니다. 특히 청춘을 전쟁터에서 탕진한 세대들의 생생한 체험적 문학은 1950년대 문단에서 '전후문학'이란 명칭으로 불리기도 했죠. 손창섭·장용학·선우휘·오상원·송병수·서기원·하근찬·이호철·박완서·최인훈 등이 그들인데, 그중에서도 가령 등단 55년에 이른 이호철은 노년의 나이에도 불구하고 여전히 현역으로서 《남녘사람 북녘사람》·《이산타령 친족타령》 등의 역작을 발표하고 있습니다.

한국전쟁을 유소년 시절에 겪은 세대들, 즉 1940년대 출생자들에게 분단과 전쟁은 어쩌면 더욱 근본적이고 원초적인 체험일 수 있습니다. 어린 나이에 가장이 실종되고 집안이 파산해 참담한 곤궁에 내몰리는 것을 보아야 했던 악몽의 경험은 평생 그들의 무의식을 지배했을 것이기 때문이죠. 김승옥·이문구·현기영·김원일·황석영·조정래·이문열·김성동 등 많은 작가들은 문학적 성향이 다르고 이념적 편차가 뚜렷함에도 불구하고 어린 시절에 부딪혔던 동일한 운명과의 갈등을 각자의 방식으로 풀어 나가고 있습니다. 그런 관점에서 우리는 김원일의 《불의 제전》, 조정래의 《태백산맥》, 이문열의 《변경》 등을 통해 분단과 전쟁의 상처가 얼마나 깊고 넓은지 목격하며, 그것과 동시에 고통의 처참함을 이겨내기 위한 노력이 얼마나 진지하고 집요한지에 감동받습니다.

그러나 우리 현대사에서 민주주의의 발전은 많은 시련과 시행착오를 겪지 않으면 안 되었죠. 주지하듯이 군사 정권 아래에서 '조국 근대화'의 압축적 달성을 위해 시민의 자유와 노동자의 인권은 오랫동안 규제와 탄압을 받았고, 이것에 대한 민중들의 저항도 끊이지 않았어요. 조세희의 유명한 《난장이가 쏘아올린 작은 공》은 불평등한 사회구조 속에서 수난을 당하는 한 가족의 이야기를 섬세하고 예리하게 그려낸 연작소설로서, 오늘날에도 '난쏘공'이라는 약칭으로 독자들의 사랑을 받고 있습니다.

돌이켜보면 지난 한 세기 동안 우리는 많은 희생과 어려움을 치르면서도 끝내 희망의 끈을 놓지 않았습니다. 그 결과 일제 식민지에서 독립을 성취했고, 산업화와 민주화의 동시 달성이라는 신화를 이룩했어요. 그러나 잊지 말아야 할 역사의 교훈은 더 자유롭고 인간다운 사회를 향한 꿈을 소홀히 하는 순간 언제든지 새로운 암흑이 닥칠 수 있다는 엄중한 사실입

니다. 그것을 뼈아프게 가르치고 있는 것이 최근 현 정권 아래에서 자행되
고 있는 민주주의의 치명적 손상인 것이죠.

잊지 말아야 할 역사의 교훈은 더 자유롭고 인간다운 사회를 향한 꿈을
소홀히 하는 순간 언제든지 새로운 암흑이 닥칠 수 있다는 엄중한 사실입니다.
그것을 뼈아프게 가르치고 있는 것이 최근 현 정권 아래에서 자행되고 있는
민주주의의 치명적 손상인 것이죠.

조정환

1989년에 월간 《노동해방문학》 창간에 참여하면서 문학 운동의 주류였던 민족문학론에 맞서 '노동해방문학론'을 제창해 당시 문학 운동에 새로운 반향을 일으켰다. 엄혹하고 고통스러운 상황 속에서도 '이원영'이라는 필명으로 10여 권의 번역서를 펴내는 등 그의 연구와 사유 과정은 중단 없이 지속되었다. 현재 다중지성의 정원 대표 겸 상임강사, 도서출판 갈무리 공동대표로 활동하고 있다. 지은 책으로 《노동해방문학의 논리》, 《비물질노동과 다중》, 《카이로스의 문학》, 《민중이 사라진 시대의 문학》, 《레닌과 미래의 혁명》, 《플럭서스 예술혁명》 등이 있고 번역서로 《무엇을 할 것인가》, 《들뢰즈 맑스주의》, 《다중》 등이 있다.

광주항쟁 이후, 새로운 주체의 탄생

반갑습니다.

제가 오늘 발표하기로 한 주제는 새로운 주체의 탄생에 관한 것입니다. 민중·시민·다중의 개념과 이들 사이의 상호관계를 살펴보면서 새로운 주체의 탄생과 주체성의 역사적 이행을 살펴보려는 것입니다. 그런데 문학에 대해서도 이야기해주었으면 좋겠다는 전달을 받았습니다. 그래서 오늘은 문학을 포함해 크게 네 가지 주제로 이야기를 해볼까 합니다.

우선 2010년은 5월항쟁 30주년이 되는 해이기 때문에 지난 30년의 역사를 새로운 주체의 탄생이라는 관점에서 되짚어보면서 광주항쟁 당시 항쟁 주체들이 어떻게 구성되어 있었는지 그걸 다시 한 번 생각해보고 싶습니다. 이 문제에 대해서는 그동안 많은 이야기들이 있었지만 지금 와서 생각해보면 다르게 보고 다르게 분석될 지점들이 발견됩니다. 먼저 계엄군들이 항쟁 주체를 어떤 시각으로 보았는지 그리고 실질적으로 항쟁 주체는 어떻게 구성돼 있었는지, 이 두 가지를 첫 번째로 다루겠습니다. 그리고 두 번째는 1980년 5월 이후 2010년까지 약 30년간에 걸쳐서 광주항쟁 당시에 나타났던 그 주체들이 어떻게 재구성되었는지를 살펴보려고 합니다. 긴 시기이기 때문에 샅샅이 훑기는 힘들겠지만, 스케치하는 기분으로 커다란 흐름과 윤곽을 살펴보려 합니다.

그다음으로는 주체의 역사적 재구성 과정을 다루고자 합니다. 영어로 표현하자면 멀티튜드multitude, 이탈리아어로는 물티투도multitudo라고 표현되는 주체, 즉 다중이라는 주체성의 탄생을 두 번째로 이야기할 것입니다. 그 주체는 어떤 시간을 향유하고 어떤 공간에서 살아가는지에 대해서 짚어보려는 것입니다. 현실공간에서, 그리고 가상실효공간에서 다중이라는 주체가 살아가는 양식을 어느 정도라도 드러낼 수 있기를 바랍니다. 그렇게 된다면 민중이나 시민 개념과 구분되는 다중이 하나의 변별적인 역사적 주체성으로서 그 윤곽이 그려질 수 있을 것이기 때문입니다.

마지막으로 다중의 출현이라는 상황 속에서 문학의 사회적 위치가 어떻게 바뀌어가고 있는지를 살펴보려고 합니다. 20세기 예술 운동에서 커다란 쟁점을 구성했던 두 개의 주제, 즉 예술의 일상화와 삶의 예술화라는 두 개의 벡터가 어떻게 삶과 예술의 경계선을 허물면서 다른 현상들을 창출하는지를 살펴봄으로써 리얼리즘·모더니즘·민중문학·계급문학·민족문학 등으로 이야기해온 역사적 이념들에 어떤 변화가 필요한지 한번 이야기해보겠습니다.

항쟁의 주체

그러면 곧장 이야기를 시작하도록 하죠. 2010년은 광주민중항쟁 30년을 맞이함과 동시에 4 · 19혁명 50주년을 맞이하는 셈이 되는데, 커다란 사건들이 이제 한 세대를 지나왔지 않았나 하는 생각이 듭니다. 그래서 많은 사람들이 지난 30년을 회고하면서 뭔가 교훈을 끌어내려는 노력을 하고 있는 듯 보이는데, 제가 보기에 그것을 되짚을 만한 문제틀이 명확하게 나타나고 있지 않고 그대로 30년 · 50년 · 40년(전태일 분신), 이런 연대기적 접근으로 역사적 사건을 회고하는 막막함 속에 있다는 생각이 듭니다. 저는 지난 30년을 무엇보다도 자본주의의 신자유주의적 형태, 즉 신자유주의의 지배가 진행되어온 30년으로서 정식화할 필요가 있고 이렇게 하는 게 이후 시대를 내다볼 수 있는 하나의 관점을 제기해줄 거라고 생각합니다. 지난 30년 동안에 벌어진 아주 다채로운 사건들, 5월항쟁은 말할 것도 없고 1987년부터 1990년 5월까지 약 4년간에 거쳐 준혁명적인 상황들이 장기적으로 이어지다가 급격히 퇴조기를 맞습니다. 그 퇴조 국면에서 1995년에 민주노총이 태어났지만 기대와는 다르게 큰 힘을 발휘하지 못한 상태에서 1997년 IMF 위기를 맞게 되었습니다. 김대중 · 노무현 정부를 거쳐 2008년 이명박 정부에게 권력이 넘어간 후 근 1년여 가까이 촛불시위가 벌어진 과정, 그리고 전 세계적으로는 2008년 9월 16일 리먼브라더스 파산에 이은 금융 위기의 출현, 그리고 뒤이어 유럽 및 세계 전역을 휩쓴 경제 위기 등은, 지난 30년을 어떤 시각에서 바라봐야 할 것인가 하는 문제를 엄중하게 제기하는 사건들이라고 생각합니다.

제가 최근에 출간한 책은 《공통 도시》라는 제목을 달고 있습니다. 이 책에 저는 '광주 민중항쟁과 제헌권력'이라는 부제를 달았습니다. 이 책에서 저는 새로운 주체의 구성 과정과 신자유주의 30년의 역사가 어떻게 정교하게 맞물려 들어가고 있는지를 분석해보려고 했습니다. 이런 시각에서 1980년 5월을 회고해보면 지금까지와는 다른 그림이 나타납니다. 바로 그 1년 전인 1979년은 박정희 정권의 중화학 공업 정책이 실패하고 붕괴하는 해이지 않습니까? 박정희는 김재규의 총에 죽었지만 그전에 이미 계급통치 자체가 뿌리부터 뒤흔들리고 있었습니다. 1979년 전후의 사건들이 그것을 보여줍니다. 남부에서 부마항쟁이 일어났고 사북에서 광산 노동자들의 반란들이 치솟아 올랐고, YH 여성노동자들이 생존권을 요구하며 신민당사를 점거해 농성을 벌이는 아주 격동적인 시간이 5월항쟁 직전에 이어지고 있었습니다. 이 시기를 깊이 분석한 조지 카치아피카스 같은 사람은 부마항쟁의 촉발 계기가 사실상 신자유주의의 세계화와 맞물려 있다는 주장을 내놨었습니다.

당시 중화학 공업화의 핵심이 그 당시 군수산업을 육성하는 문제였으며 무기 생산의 자립화가 중화학 공업화의 주요 내용인데 전 세계적인 경제 위기가 1974년의 석유 위기와 맞물려 전개되면서 중화학 공업화를 하는 데는 너무 많은 자본이 요구되었습니다. 그래서 해외에서 상당히 큰 규모의 차관을 들여오지 않을 수 없었지만 여의치 않았습니다. 그러자 위기를 돌파하기 위해 군수공장을 겸하고 있는 사업장이 많은 마산·진주·창원 쪽에서 박정희 정부가 채택했던 게 정리해고였던 것이죠. 부산·마산·창원·진주를 잇는 남쪽 벨트의 여러 곳에서 정리해고가 이루어졌습니다. 정리해고라는 것이 1998년 이후 김대중 정부에서 이루어진 것 같지만, 실제 이때 정리해고가 본격적으로 실험되었다고 볼 수 있고 이때 해고

된 사람들의 분노와 불만이 축적되어 부마항쟁의 기폭제가 되었다는 것
입니다. 그리고 동쪽 벨트는 광산이 집중되어 있는 곳이지 않습니까? 소
설가 안재성 씨 같은 사람도 그쪽에서 광산노동을 했던 사람인데, 그가 그
려내고 있는 파업 과정도 영국에 신자유주의가 도입되고 광업을 재구조
화하는 과정에서 광부들이 반란을 일으키는 과정과 다르지 않습니다. 영
국 광산노동자들의 저항을 그린 영화가 국내에도 상영된 적이 있는데요,
우리나라에서도 거의 같은 시기에 광산노동자들에 대한 정리해고가 있었
고 에너지업인 광업의 위기가 다른 산업의 위기로 이어지면서 아래로부
터 항쟁이 불붙었던 시기가 바로 1979년 말이었습니다. 그게 급기야 수도
권에 영향을 미치게 되었던 것이지요. 특히 YH 사건을 경유하면서 서울
시내의 대학가들을 중심으로 시민들의 분노의 분위기가 대단히 고조되었
습니다. 이렇게 신자유주의적 재구조화 과정이 남한 사회에 미친 충격이
1979년에서 1980년에 걸친 시기의 기저에 깔려 있다면 5월 광주에서 발
생한 항쟁도 이런 시각에서 살펴볼 필요가 있다는 게 명확해지는 것 같습
니다. 의식적이라기보다는 신자유주의에 대한 본능적인 생존의 요구를
지켜내기 위한 자발적 항쟁이 광주 지역에서 일어났고, 신군부가 그 항쟁
의 전국화를 억제하기 위해서 광주를 계엄군으로 완전히 포위했던 것이
지요.

　주체 문제로 넘어가기 전에 그 당시 지배권력의 두 가지 흐름을 한번 생
각해볼 필요가 있다는 생각이 드는데요, 아래로부터의 항쟁 과정은 우리
가 알 수 있는 용어로는 제헌의 과정으로 볼 수 있겠습니다. 제헌이라는
용어가 생소하다면 생소할 수도 있는데, 이 용어는 17~18세기 근대 이행
기에 제3 신분이 수행한 역할을 서술하면서 시에예스가 맨 처음 사용했던

말입니다. 그것이 사후에 어떤 지배권력의 형태로 제정되어 가는가와는 상관없이 역사를 끊임없이 만들어 나가는 추동력은 제헌권력에서 나온다는 입장을 표현했던 것입니다. 시에예스는 부르주아지의 입장에 섰기 때문에 제3 신분이 그 당시 그런 성격의 권력을 표현한다고 봤었습니다. 우리는 흔히 대중들을 통제하거나 억압하는 방식으로 존재하는 제정권력만을 권력의 유일한 형태로 생각합니다. 그런데 실제로 제정권력은 제헌권력을 따릅니다. 제정권력은 스스로 헌법을 만들어내는 능력을 가지고 있지 않기 때문입니다. 헌법을 만드는 힘은 항상 아래로부터 나오고, 아래로부터의 위임이 없다면 헌법을 스스로 만들 수 없지요. 예컨대 1948년 제헌헌법 같은 경우도 민의를 수렴해내는 과정에서 국민이라고 불리는 하나의 사회집단을 형성하고 그로부터 권력을 위임받는 과정이 있은 연후에, 헌법을 논의하고 만들어내기 때문에 표면에서 보면 국회의원들이 헌법을 만들어내는 것 같지만 실제로는 바로 위임을 하는 수많은 사람들의 권력이 그것에 선행해 이미 전제되어 있다고 봐야 합니다. 이들에게서 위임을 받아 헌법을 만들어내는 권력을 우리는 제정권력이라고 부르지 제헌권력이라고 부르지 않습니다. 제헌권력은 헌법 제정의 구체적인 메커니즘에 들어가면 눈에 잘 띄지 않습니다. 특히 대의제가 완강하게 자리잡은 사회에서는 대의하는 사람들이 헌법을 제정하는 주체로 나타나기 때문에 '헌법은 저 사람들이 만드는 거야'라고 생각하지 그 권한을 위임해준 대중들이 헌법을 만드는 주체라는 사실은 잘 인식되지 않습니다. 그렇기 때문에 잘 보이지 않는 제헌권력을 통찰하고 인식하려는 노력은 매우 중요한 실천적·이론적 과제가 됩니다. 이러한 제헌권력의 개념을 가지고 이야기한다면 부마항쟁이나 사북에서의 투쟁들·5·18항쟁의 주체

들·YH 사건의 여성노동자들·투쟁에 나선 학생들이 바로 실질적인 제
헌의 힘이다, 우린 이렇게 말을 할 수 있을 것입니다. 제정된 권력은 그 권
력에게 적응하고 그들의 눈치를 보고 궁극적으로는 그들의 요구를 무시
할 수 없습니다.

우리가 흔히 헌법이라 부르는 것은 형식적 헌법formal constitution에 속하는
것입니다. 헌법은 크게 보면 물질적인 헌법과 실질적인 헌법 두 가지가 있
습니다. 이 둘 사이에는 항상 긴장 관계가 존재합니다. 전두환은 12·6사
태 이후에 12·12쿠데타를 일으키고 나서 호헌 선언을 했습니다. 그 당시
에 정승화를 비롯한 육군 내 수뇌부들의 지배적인 분위기는 개헌 입장이
었습니다. 이렇게 주류파가 개헌 입장이었는데 12·12로 인해서 신군부
호헌 세력이 주도하는 쪽으로 관계가 바뀌면서 김종필·김대중·김영삼
으로 대표되는 개헌파들이 일순간 고립되는 상황이 수개월 내에 연출된
것입니다. 계엄이라고 하는 통치방식이 호헌을 관철시키기 위한 무기이
자 수단으로서 이용되었던 것이라 생각할 수 있습니다.

전두환이 호헌을 권위주의적인 발전주의 체제를 지속해 나가기 위한
방편으로 사용했다고 생각하기 쉽습니다. 그런데 여기에 미묘한 변화가
있습니다. 전두환 정부는 박정희 말기의 산업 재구조화·노동자들의 정
리해고로 나타난 그 당대 자본의 요구를 받아 안아서 산업 재구조화에 박
차를 가합니다. 신산업화 정책이 그것입니다. 박정희 정부에서는 중화학
공업화라는 방식으로 그게 나타났었다면 전두환 정부의 경우에는 성숙
산업으로의 재편, 자동차를 중심으로 하는 재구조화, 생산에 대한 더 많
은 투자, 정보통신산업의 재편 등 릴레이식으로 바통을 이어주는 과정을
전개했습니다. 전두환 정부의 경제 정책은 여전히 정치적으로는 권위주

의였지만 경제적으로는 신자유주의적인 정책들을 강하게 도입했던 것입니다.

전두환은 1980년 5월 27일 새벽에 전남도청을 진압하기 이틀 전 미국 행정부와 협상을 해서 미국의 중요한 산업들 일부를 수입해주는 조건, 특히 도시철도 같은 것들을 수입해 들어오는 조건으로 진압을 암암리에 승인받았습니다. 미국 신문들은 진압이 있기 전인 이미 5월 25~26일에 이미 '한국은 경제 자유화 방향으로 나갈 것이다'라고 보도하고 있었습니다. 예전에는 자료가 공개되지 않아서 덮여 있었지만 최근에 그 자료가 공개되었지요. 경제에서 남한의 신자유주의적인 재편은 전두환 정부와 미국 사이의 일정한 합의 사항이었다는 것입니다. 그렇기 때문에 광주 민중들은 계엄을 철폐하고 구속된 김대중을 풀어주라며 싸웠지만, 실제로는 독재와 결합된 신자유주의에 대항해 싸운 것입니다. 역사에서는 알고 행하는 것보다도 알지 못한 채 행하는 게 훨씬 더 많다는 것을 우리는 사후에야 깨닫게 됩니다.

전 세계적으로 신자유주의라는 말이 처음 사용되는 건 1982년입니다. 광주항쟁보다 2년이나 지난 뒤에야 세계에서 신자유주의라는 말이 사용됩니다. 그전에는 공급중심경제라거나 통화주의라거나 이런 용어들로 불려졌었거든요. 광주민중항쟁을 투쟁의 내용에서 보면 신자유주의에 대한 초보적인 투쟁입니다. 그것은 영국·남미 등에서 일어난 저항들과 연속되는 것으로서 세계사적 동시성을 갖는 사건으로 이해할 필요가 있습니다. 물론 그때 나온 슬로건들, 〈투사일보〉를 비롯한 일련의 유인물들에서 나타나는 구호가 그것을 뒷받침해주지는 않습니다. 공통된 요구는 계엄 철폐·독재 타도·민주주의로서 형식민주주의에 대한 요구 투쟁으로 해석되어왔지만 지금에 와서는 그 슬로건들이 다른 시각에서 해석되어야 하지 않은가 생각합니다.

5·18은 호헌파 전두환의 일시적인 승리로 귀결되었고 개헌파는 대부분 구속되거나 사형을 선고받는 등 정치적인 부자유 상태로 내몰렸습니다. 1983~1984년에 유화국면이 오기 전까지 개헌파들의 발언력은 극히 취약했습니다. 5월항쟁에 대한 진상 규명을 요구하는 학생들의 시위가 간헐적으로 터져 나왔을 뿐입니다. 이처럼 개헌파의 노력이 모두 호헌파에 의해서 무력적으로 진압당하는 상황이 3~4년간 이어졌다고 볼 수 있습니다. 그런데 5월항쟁 당시의 세력 분포를 보게 되면, 5월 23일에 시민학생수습위원회가 만들어지는데 주로 대학교수와 학생들이 주요 구성원을 이루고 있습니다. 시민학생수습위원회의 주된 행보는 시민들의 항쟁이 막 치솟아 올라오고 있는 그런 상황에서 계엄군들의 과잉진압을 멈추게 하는 것이었고, 이것을 위해 자진해서 무기를 회수해 반환하자는 것으로 나타났습니다. 그 행보가 5월 25일까지 아주 빠르게 진행됩니다. 그 결과 당시 광주 시민들이 가지고 있던 무기들의 절반 이상이 불태워지거나 반납되었죠. 그런데 시민학생수습위원회 내에는 이러한 행보에 이의를 제기하는 항쟁파가 있었습니다. 우리가 이야기할 주체 재구성에 중요한 의미를 갖는 박남선이나 윤상원 같은 이가 그들입니다. 대체로 항쟁파는 이름 없는 사람들이었습니다. 윤상원은 사회활동가로 분류될 수 있겠지만 박남선 같은 경우는 골재 채취 차량 운전사였습니다. 그가 시민군에 대한 지휘를 맡았습니다. 나머지 사람들은 중국집에서 자장면을 배달하던 사람들, 고등학생들, 심지어는 매춘부들도 있었다고 합니다. 지방도시이니 작부라고 하는 게 더 나을지도 모르겠네요. 공장노동자들도 아니고 학생들

도 아닌 사람들, 요컨대 룸펜프롤레타리아에 가까웠던 사람들이 시민군의 주력부대였고, 사실상 5월 27일 진압 당시에 가장 많이 희생된 사람들이죠. 이 사람들의 정체가 뭐고 성격이 무엇인지를 분석하는 과제가 1987년 항쟁까지는 억압되었고 대체로 폭도라는 시각에서 크게 벗어나지 않았습니다. 1987년 항쟁의 성과가 직선제로 귀결되면서, 고립되었던 개헌파가 주도권을 되찾으면서 김영삼·김대중·노무현으로 이어지는 준개혁파 및 개혁파 정권의 연쇄 속에서 이 문제를 바라보는 시각은 아주 달라집니다. 호헌파적 시각에서 개헌파적 시각으로의 전환이 나타납니다. 이 전환에서 호헌파의 동태는 비판되지만 제헌파적 움직임은 무시됩니다. 예컨대 5·18 공식기록에서 보면 시민학생수습위원회의 내부의 항쟁파와 새로운 사회적 주체성이라고 말할 수 있는 사회집단들이 결합해 시민학생투쟁위원회가 만들어지는데 이 부분에 대한 것은 공식기록에는 나타나지도 않습니다. 자료를 주의 깊게 뒤져야 나오는데 역사 서술에서는 빠진다는 것이지요. 등장하더라도 이들은 문제가 있는, 그래서 비참한 죽음들을 가져온 그러한 경거망동의 표본이나 사례로써 나타납니다. 그럼에도 광주항쟁에 대한 많은 사람들의 기억이, 이 항쟁적이고 제헌적인 흐름이 폭력으로 중단된 5월 27일 새벽의 기억에 의해 지속되고 있다는 것은 아이러니 아니겠어요? 이처럼 공식기록과 역사적 사실 사이에 엄청난 괴리와 간극이 우리가 풀어야 할 숙제로 남아 있는데 지금 광주항쟁 기념은 광주 시민조차 외면하는 관제 국가 행사로 전락해버린 상태입니다.

제헌권력과 개헌파 사이의 관계에 대해 생각해볼까요. 제헌권력은 많은 경우에 개헌권력에 의해 대의됩니다. 5월항쟁 당시에 범개헌파인 시민학생수습위원회가 무기 반환을 밀고 나갈 때 이것을 보이콧하고 거부한 세력들이 개헌파 헤게모니로 넘어오지 않고 긴장이 높아지자 개헌파들은 뿔뿔이 흩어져 집으로 가버렸습니다. 사실상 개헌파는 정치적인 것의 생산을 중단하고 정치 세력으로서의 역할을 포기한 셈이라고 해도 과언이 아닐 것입니다. 제헌적인 경향만이 남아서 도청을 사수했다는 의미입니다. 이 부분은 제정권력의 폭압에 의해 죽임을 당함으로써 오히려 자신을 역사적으로 살려내는 방법, 요컨대 비극의 투쟁을 전개했습니다. 그렇다면 이렇게 말할 수 있을 겁니다. 그 죽음은 중동 지역에서 많이 채택되고 있는 자살폭파자하고 또 다른 형태로서 죽음을 통한 생명에 대한 증언이라고 말입니다. 사실 비극이라는 미학적 용어는 그 결말이 비참하다고 해서 붙여진 말이 절대 아닙니다. 고전 비극들의 결말은 얼핏 보면 결말 자체가 비참한 죽음으로 끝나지만 그 비참한 죽음이라고 하는 것이 끈질긴 생명력을 증언하기 위한 상징이자 징표로 사용될 때 비극의 고유한 힘을 갖게 되는 것이죠. 그냥 무의미한 죽음으로 끝나게 되는 것을 우리는 고전적 비극이라고 부르지 않습니다. 죽음이 생명을 증언할 때 참된 의미에서 비극이라고 명명할 수 있다면 광주의 5월 27일 새벽이 비극과 상통하는 바가 있지 않을까 생각합니다.

이때 당시에 나타났던 사람들을 일러 우리는 '민중'이라고 부르는데 민중이라는 용어가 한국에서는 사실상 두 개의 서로 다른 의미를 가진 것으로 사용되어왔습니다. 그중 하나를 생각해보면 전통에서 민중의 이미지를 가져오는 흐름입니다. 조선 중·후기 때 탈춤이라거나 판소리와 같은 공동체 문화 속에서 민중의 이미지를 가져오는 경우죠. 이게 19세기 후반에 갑오농민전쟁 또는 동학을 경유하고 일제강점기 때의 천도교를 거쳐 1960년대에서 1980년대에 판소리나 마당극으로 부활했는데, 이 흐름 속에 나타났던 공동체 문화 속의 민중이 있습니다. 이 흐름에서 민중이라는 것은 항시 존재하는 것입니다. 김지하 시인 같은 경우는 민중을 신명의 원천으로서 생명력을 담보하는 주체로 해석하는데, 그런 식으로 조선 후기의 농촌 공동체에서 죽 내려와 오늘날의 생명 운동으로까지 이어져가고 있는 공동체 민중이 있습니다. 1970년대에 박현채 선생이 가공해낸 민족경제론의 주체로서의 민중 같은 경우는 1980년대에 와서 마르크스주의와 결합되면서 PD·ND 계열에서 규정한 민중이 되었죠. 산업노동 계급의 헤게모니 아래에서 쁘띠부르주아지 계층들인 학생 지식인·농민, 그리고 룸펜프롤레타리아트까지 결속한 집단으로서의 민중 개념이 1980년대 중반에 공동체 민중과는 다른 개념적 틀로서 나타나게 된다는 의미입니다. 이 두 가닥의 민중 개념이 공존해왔는데 그게 민중이라는 한 단어에 유착되었습니다. 후자는 사실상 현실 사회주의에서 '인민'이라고 불렸던 것, 중국이나 북한에서 인민이라 지칭하는 말을 대체한 것이라고 봅니다. 인민 개념은 국민을 의미하는 피플people 개념과 유사한 것으로서 국민의 좌파적 해석이라고 볼 수 있을 것입니다. 그런데 공동체 민중은 그것과는 매우 다릅니다. 서구에서 우리의 민중이라는 단어를 번역할 때 적절한 단어를 못 찾아서 'Minjung'으로 표시하게 되는 것은 이런 연유 때문입니다. 그렇게 민중Minjung과 피플people로서의 민중 개념이 무구별적으로 공존했다는 것입니다.

다중의 의미

얼마 전에 대구의 어떤 학술대회에서 발표를 한 적이 있는데 그때 염무웅 선생님께서 "자네가 이야기한 다중이라는 게 우리가 옛날에 이야기했던 민중이랑 같은 것 같은데 굳이 새로운 말을 꼭 만들 필요가 있겠는가?"라고 말씀을 하시더군요. 선생님께서 염두에 두신 민중은 아마도 피플로서의 민중이라기보다 공동체 민중 개념에 더 접근하는 의미일 것이라고 짐작됩니다. '다중'이라는 말은 서구에서 만들어졌고 그것은 인민-민중의 한계를 규명하고 인민-민중에서 다중으로의 역사적 이행을 밝히기 위한 것입니다. 그런데 남한의 운동에서는 이미 인민-민중과 구별되는 다른 민중 개념이 있었고 그것이 다중과 여러 가지 점에서 접근하는 요소가 있었던 것으로 이해됩니다. 그렇다고 해서 공동체적 민중이 다중과 완전히 일치한다고 보지는 않습니다. 우리가 속한 새로운 상황이 새로운 개념의 창안을 요구하고 있기 때문입니다. 다중과 민중이 개념상에서 중복되는 요소를 갖는다 할지라도 이 둘을 동일시할 수 없다는 점은 광주항쟁에서도 확인됩니다. 광주에서 결사항전을 했던 사람들의 구성을 보면 농촌 공동체 민중으로 환원할 수 없습니다. 분명 농민들이 참여했지만 농민투쟁과는 상당히 달랐고 공장노동자들이 참여했지만 노동 계급의 헤게모니가 있었던 것은 아닙니다. 최정운 교수 같은 분은 광주에서 '절대 공동체'가 나타났다고 말합니다. 절대 공동체는 다양한 사회성원들의 절대적 협력 관계를 지칭한다고 해석할 수 있습니다. 예컨대 여성은 김밥을 말고 젊은 여성들은 마이크를 들고 광주 시내를 누비면서 선전 활동을 하고, 할아버지들은 도열한 계엄군인들 앞에 가서 너희는 자식도 없냐고 호통치고 트럭 운전사나 택시운전사는 경적을 울리면서 항의를 표현하고, 학생들은 총을 들고 진지를 지키는 식의 굉장히 다채로운 어떤 구성, 얼핏 보면 1919년 3·1운동과 유사한 상황들이 나타났었는데요, 이런 구성을 우리가 어떻게 사유하고 그런 구성이 나타나게 된 역사적 상황을 어떻게 조망할 것인가는 여전히 숙제로 남아 있다는 생각이 듭니다. 이런 상황에서 '그때 그 사람들이 다중이었소' 하고 말한다면 다중이라는 것을 너무 특수한 국면에다 적용하는 것이기 때문에 설득력이 떨어질 수 있겠는데 여하튼 역사는 우리에게 끊임없이 재구성되면서 갱신되는 주체성의 형상들을 사유하라는 과제를 남깁니다.

1987년에 이르러서 1980년에 지역적으로 봉쇄되었던 광주가 사실상 전국화되었다고 생각합니다. 동시다발 투쟁의 방식으로 전국화된 이 투쟁을 간략하게 살펴보겠습니다. 호헌파 전두환 정부는 자신들의 단독집권이 어렵다는 것을 느끼고 1986년부터 김영삼·김대중 씨와 공동 정부 구성을 위한 물밑 협의에 들어갔지만 정세가 격동 상황에 들어가지 않았습니까. 1985~1986년에는 구로 동맹 파업을 비롯해서 학생 운동이 재활성되었고 노조를 준비하는 선진노동자들의 조직들, 예컨대 민노추(민주노조추진위원회) 같은 것을 중심으로 노조건설 운동이 생겨나고 있었던 그런 상황에서 아래에서부터 제헌적인 새로운 정치 투쟁에 대한 요구들이 물질적으로 제기되고 있었습니다. 이런 상황에서 호헌파는 그것을 짓누르고 나서야 개헌파를 자기네들에게로 끌어들일 수 있었는데 바로 그것을 하기 위한 시도가 1986년 12월 대탄압이었다고 봅니다. 이탈리아의 경우에도 1979년 4월에 정부가 무려 3,000여 명을 구속하는 대탄압을 하는데요, 1986년 11~12월 사이에 운동권을 완전히 일망타진하고자 하는 계획을 세우고 그때 NL과 PD로 양분되어 있던 운동권의 핵심 부분을 검거하려 했던 것입니다. 건국대학교항쟁 때 헬리콥터까지 진압에 동원되었는데 그때 연행되어갔던 사람이 1,000명이 넘었던 것으로 기억하고 있습니다. 정말 전쟁을 방불케 하는 진압이었죠. 그리고 그해 12월 말에는 제헌의회 그룹을 검거했습니다. 저도 그때 감옥에 가게 되었는데 저는 감옥이 운동권들의 수용소이면서 동시에 급진적인 정치학교일 수 있다는 사실을 깨달았습니다. 그런 집중적인 탄압 과정에서 1987년 1월 14일 서울대 학생 박종철이 고문으로 죽게 되면서 정세가 반전되게 됩니다. 박종철 고문 치사에 항의해서 수많은 사람들이 결집했습니다. 그런 과정이 없었다면 개헌파는 아마 호헌파에게 끌려 들어가 하위 보조 세력이 되었을 가능성이 많습니다. 이 아래로부터의 움직임이 자기네들에게 불리하지 않다는 생각을 갖게 되면서 개헌파는 호헌파와의 협상을 거절했는데 그게 그해 3~4월경이고 급기야 4월 14일 전두환은 다시 호헌 조치로 돌아섰습니다. 이에 대한 절망감이 1987년 6월항쟁을 여는 도화선이 되었고 7~9월 투쟁으로 이어지는 장기적인 항쟁이 시작되고, 길게 보면 이후 약 4년여 동안 지속되는 격동의 시간들이 이어집니다. 그 결과는 호헌파가 약화되고 개헌파가 헤게모니를 쥐게 된 것인데, 물론 노태우가 집권을 했기 때문에 개헌파가 곧바로 집권 세력이 되진 못했지만, 그럼에도 노태우는 개헌파의 눈치를 살펴야 하는 방식으로 통치를 할 수밖에 없었습니다. 1990년의 3당 합당은 1차 보수대연합이지만 개헌파가 부분적으로는 권력에 접근한 것이며, 제2차 보수대연합이 이루어지는 1997년 12월에 개헌파는 단독으로 집권하고 호헌파를 종속시키게 됩니다. 그것은 김대중이 김종필과 연합해 대통령에 당선되면서 5·18 강제 진압의 책임자로서 구속되어 있던 전두환을 사면·석방해주는 것으로 나타납니다. 보수대연합이라고 부르기에는 연합의 크기가 크지는 않았지만 전두환 파와 김종필 파, 그리고 김대중 파 연합이 개헌파인 김대중의 헤게모니 아래에서 일정 정도 이루어졌던 시기라고 생각합니다. 이후에 모든 정세들은 개헌파 헤게모니가 2008년까지 지속된다는 것을 가리키고 있고, 이 과정에서 김영삼 정부에서 시작되었던 세계화 정책과 신자유주의화가 노골적으로 전개된다는 점은 아이러니라 하겠습니다. 박정희 정권 당시에는 국지적으로 남쪽 벨트에서 실험되었던 게 1993년 김영삼 정부에서 지배적인 정책으로 시동되고 김대중 정부에 들어서는 노사정 위원회를 매개로 노동 사회 내부에까지 신자유주의를 들이밀게 됩니다. 이것을 신자유주의의 본격화라고 부를 수 있는데 신자유주의적 정리해고가 1998년부터 사회 전체를 균열시키는 것으로 기억되는 것은 이 때문일 것입니다. 통신이라거나 지하철 등을 포함한 전 산업 영역에서 정리해고가 대대적으로 전개되고 이게 2009년 쌍용자동차 사태까지 이어집니다.

주체의 재구성이라는 측면에서 이 시간을 보게 되면 어떨까요? 아까 두 가지 흐름을 한 흐름 속에서 묶었던 민중 범주가 1990년대에는 민중 운동과 시민 운동으로 양분되는 것을 볼 수 있습니다. 민중 운동은 민주노총을 중심으로 한 노동자 중심의 사회 연대 움직임으로 나타나고, 시민 운동은 노동 계급의 도시 부문들, 사무직 서비스직 노동자들을 주축으로 하고 지식인과 학생층을 배경으로 합니다. 이 두 개의 흐름이 분화되면서 민중 운동 쪽보다는 오히려 시민 운동 쪽이 김대중 정부와 노무현 정부에 걸쳐 개헌파의 정치기반으로 기능을 해왔다고 볼 수 있는데 이즈음에는 개헌파가 우파와 좌파로 갈라진다고 할 수 있겠지요.

이러한 역사 정리는 사실상 다중 개념이 설 자리가 없도록 만드는 대단히 불편한 정리 방식이었다는 생각이 듭니다. 다시 생각해보면 노동 계급을 축으로 하는 부분들조차도 그 내적 구성이 급격히 달라져가고 있었습니다. 우리가 노동자의 전형으로 떠올렸던 블루칼라노동자는 1980년대만 하더라도 그 중핵 부분은 전노협으로 결집되었던 중세 영소 기업체의 노동자들이었습니다. 그런데 1987년 항쟁 과정에서 대기업 노조 연대회의를 축으로 하는 대기업 노조들이 주도권을 잡고 민주노총을 구축해 나가는 과정에서 전노협은 해산됩니다. 이 과정은 신자유주의적 재구조화 과정에서 노동 계급의 위치 · 역할 · 기능이 크게 달라진다는 것을 보여줍니다. 새로운 산업 부문들이 창출되고(가령 영화산업, 연예사업) 정보통신산업이 부상하고 학원산업들이라거나 교육산업 · 통신산업 등이 급속히 부상하지요. 이쪽에 종사하는 노동자들이 노동자성을 인정받으면서 전교조를 비롯한 사무전문직 노동 운동이 본격화됩니다. 이게 다 1990년대 때 일어났던 현상들이죠. 지식이라거나 소통이라거나 정보라거나 요컨대 비물질적인 성격의 노동을 수행하는 노동 활동이 부상하고 이것의 영향으로 고전적 산업 영역에서조차 노동자들의 활동 양식은 컴퓨터와 연결되어 그전과는 매우 달라졌습니다. 가령 자동차산업이라 하더라도 그 자동차를 제작하는 데 들어가는 재료비용이나 노동비용보다 미려한 혹은 차별성 있는 디자인을 만들어내기 위한 디자인 비용이나 마케팅 비용이 더 커집니다. 자동차산업이 미학화되고 자동차 생산이 예술 생산이 되는 거라 볼 수 있습니다. 그런 것은 핸드폰이나 오늘날 대부분의 상품 생산 영역에 적용될 수 있는 보편적 경향이라고 말할 수 있겠습니다. 그래서 구 산업 영역 자체도 비물질적인 노동의 영향을 받으면서 노동의 내용과 성격이 바뀌어 나가고 근력보다는 두뇌 사용이 늘어나고 생산보다 소비자 욕구 조사가 점점 중요시되기 시작합니다. 적시생산 체제라는 건 바로 소비자와 생산자 간의 긴밀한 연관 관계를 파악해내서 생산·유통·소비의 네트워크를 생산 그 자체의 단계부터 중요한 요소로 고려하는 그런 생산 방식입니다. 이런 게 나타나서 자본은 노동자들에게 끊임없이 지식인이 될 것을 요구하고, 예술가이면서 서비스맨이 될 것을 요구합니다. 이런 과정이 지난 약 20년 동안 진행되어옴으로써 노동 자체의 기본적인 질과 성격이 바뀌어왔습니다. 물리력을 기반으로 해 군사적인 공동체로 조직됐던 산업 주체와는 다른 방식의 조직화가 공장 자체, 기업 자체에서 수행되어왔고 그것이 이제 정치적 조직화에도 반영될 수밖에 없게 된 것입니다.

그러면 이제 이 정치적인 반영이라는 것이 어떤 의미를 갖는 것인가에 대해 검토해보도록 하겠습니다. 우리가 2008년에 촛불집회를 체험하게 되었는데, 그게 최초의 촛불집회는 아니었습니다. 2002년 말 미선·효순의 죽음을 애도하는 시위와 2003년의 반전 시위, 그리고 2004년 노무현 탄핵에 항의하는 시위 등에서 촛불집회가 있었으므로 촛불의 역사는 깁니다. 그러나 2008년의 촛불집회와 같이 대규모적이고 전국적인 규모는 처음이었다고 할 수 있습니다. 이때 사람들이 결집되고 움직이고 흩어졌다가 모이는 방식들을 생각해보면 전통적인 공장 운동에서 동원되는 수단들, 소통 방식들과는 아주 달랐지요. 1970~1980년대 같은 경우의 정파 운동에서는 유인물을 만들고 신문을 발행하기 위해서 심지어는 목숨까지 내걸어야 하는 상황 아니었습니까? 인터넷을 통해 그런 것이 일상적인 것이 되는 상황에서 촛불집회에서는 그전과는 달리 '아고라'를 중심으로 많은 의사소통과 토론이 이루어지고 전략과 전술이 유통됩니다. 실질적으로 인터넷 자체가 조직화의 핵심적 매개로 되어가는 그런 현상들을 목격하게 됩니다. 이것은 지난 20년간 이루어진 주체 재구성의 정치적인 반영이었다고 생각합니다. 이것은 제가 작년에 출간한 《미네르바의 촛불》이라는 책에서 자세하게 서술했던 내용이기도 합니다. 시민 운동에서는 사회활동가나 지식인들·학생 운동 출신들이 주축이 되었지만 실질적으로 시민이라고 부를 수 있는 동력을 확보해내지 못함으로써 2000년대에 들어와서 '시민 없는 시민 운동'이라는 자조적 평가를 스스로 하게 되지 않습니까? 탈계급성을 지향해갔지만 그것이 기반 없는 정치성을 내보임으로써 고대 그리스의 시민들이나 프랑스 68혁명 때의 새로운 사회 운동 주체가 형성된 양상으로 나아가지 못했습니다. 민중 운동에서도 1980년대의 민중과는 상이한 내적 분화가 나타났습니다. 사회 전체적으로 나타나는 주체 재구성의 과정을 과거에서 가져온 이미지를 가지고 판단하고 조직화하는 과정에서 정치적 분화가 진행된 것이지요. 그렇기 때문에 지난 약 20년간의 분화된 흐름들 내부에서 일어나고 있는 공통화의 흐름·분화를 넘어서 공통점을 찾아내고 그것들을 정치화하려는 노력을 살려 나가는 것이 그 어느 때보다도 중요한 과제로 지금 우리 앞에 던져져 있다고 생각합니다. 바로 이 작업을 해 나가기 위해서 필요한 것이 다중이라는 개념입니다.

경계를 넘는 공간에서 사는 다중

여기에서 세 번째 테마로 넘어가는 것이 좋겠습니다. 대체 우리가 다중이라고 부른다면 다중이라는 것은 어떤 시공간 속에서 살아나가는 주체일까요? 전통적인 시각으로 보면 다중은 괴물입니다. 아니면 유령이라 불리는 게 맞을지도 모르죠. 전통적인 계급좌표에는 위치를 잡기가 어렵기 때문입니다. 노동자들이 움직이는 시공간은 정해져 있습니다. 출근해서 퇴근할 때까지의 그 노동 시간으로 말입니다. 시민이라고 부르는 부분에서는 반대로 퇴근해서 출근하기 전까지 소비자로서의 시간이 중요할 것입니다. 그런데 다중이라 볼 수 있는 주체성은 이렇게 노동 시간과 여가 시간으로 분화된 두 개의 시간 가운데 어느 하나에 위치하는 게 아니고, 이두 개가 통합된 삶의 시간 속에 위치한 주체라고 말하고 싶습니다. 생산하는 주체로서 다중은 공장이나 기업체에서만 생산하는 게 아니고 지하철을 타고 가다가도 아이디어가 떠오르면 핸드폰에 메모를 해두고, 집에 가서 샤워를 하다가도 좋은 생각이 나면 부리나케 나와서 메모를 해두는 유레카적인 인간이라는 겁니다. 저도 개인적으로 간간이 그럽니다만 꿈결에 떠오른 생각을 메모해두곤 하는데 아마 시인이나 소설가들은 저보다훨씬 더 그럴 것입니다. 꿈이라는 시간들을 생산의 시간으로 포착하지 못한다면 작가가 되기 쉽지 않겠죠. 술에 취한 시간, 어떻게 보면 술에 취해야만 작품이 쏟아져 나오는 경우도 있는 것처럼 말입니다. 노동 계급으로서의 민중이라는 말이 지배적일 때는 맑은 정신에 술 취하지 않은 육체적주체를 의미 있는 주체로 생각했습니다. 포드주의랑 가장 부합하는 이데올로기는 청교도주의였습니다. 심지어는 안토니오 그람시도 청교도주의적인 특성을 노동자들이 가져야 할 덕목이라고 긍정적으로 설명을 하거든요. 미국이 바로 그런 식의 청교도주의를 1920년대에 포드 자동차공장에 도입했습니다. 지나치게 음주하지 말고 아침에 출근할 때는 건강한 몸으로 출근할 것을 끊임없이 노동자들에게 설교를 했고 이런 것들이 노동조합에 필요하다고 말을 했었죠. 요즘 이런 설교를 한다면 사람들이 얼마나 갑갑해할까요? 68혁명 당시에 많은 혁명적인 활동가들이 LSD 같은 것을 복용했는데요, 이게 새로운 삶의 가능성을 넓힌다고 봤기 때문이죠. 공장의 규율적인 삶은 삶이 아니다, 그건 삶을 너무나 소외시키고 찌그러뜨리고 보잘것없는 것으로 만들어버린다, 생존하는 것에 불과한 것이다, 이렇게 봤던 것이죠. 이게 우리가 바라는 삶과 무슨 상관이 있느냐 항의하면서 LSD를 복용하고 알코올을 많이 섭취했답니다. 소위 사육제 카니발과 같은 의식들이 부활하고 디오니소스 신화를 다시금 재생시키려고 하는 문화적인 노력이 나타납니다. 이것을 우리는 공장노동의 규율성에 대한 저항의 측면에서 이해할 수도 있습니다. 이러한 현상은 주체가 새롭게 재구성되어가는 과정에서 나타나는 것입니다. 다중은 꿈이라든가 여가 시간이나 소비 시간에서도 노동 시간에서와 똑같이 실질적으로 무언가 활동을 하고 있습니다. 자본가들은 이 시간에 이루어지는 활동들을 착취와 수탈의 근거로 삼습니다.

우리 시대에 지배적인 자본 형태는 산업자본·국가자본에서 금융자본으로 이행했습니다. 산업자본은 공장노동만을 착취할 수 있는 자본인데 금융자본은 공장노동은 물론이고 삶 전체를 착취할 수 있는 유연한 자본 형태입니다. 금융화의 결과로 삶의 시공간 전체가 노동의 시공간으로 편제되는 과정이 새로운 주체의 생산 시간으로 될 때, 바로 이 노동의 시공간은 우리가 말하는 삶의 시공간과 겹쳐지게 됩니다. 과거 공장노동은 삶의 시간에서 노동의 시간을 분리시켜서 이 시간을 착취하는 메커니즘이었습니다. 그런데 이렇게 분리되었던 것들이, 마치 '노동 시간=삶 시간'이라고 말해야 할 만큼 겹쳐지는 과정 속에 바로 다중이라고 하는 새로운 주체가 탄생하는 용광로가 있다는 말입니다. 그럼 다중이 움직이는 공간은 어떻게 될까요? 물질노동자들·공장노동자들의 활동공간은 인클로저enclosure에 의해 발생한 것으로 이해할 수 있습니다. 인클로저의 최초 형태는 농촌을 울타리 쳤지만 이 인클로저가 도시에서는 공단이라는 울타리 쳐진 노동자들의 집단 노동지구를 만들어내지 않았습니까? 그런데 이 강제수용소로서의 공단이라는 것이 지금은 점차 와해·해체되어가는 과정에 있습니다. 구로 지역에 있던 공단은 해체되고 와해되어 지금은 완전한 시장 공간으로 바뀌었습니다. 공장들이 지방으로 분산되거나 도시 속으로 들어와서 아파트형 공장으로 변화되어가고 있는 중이고요. 삶 속에 성처럼 떠 있던 인클로저된 공간들의 모습이 사라지고 서서히 우리 생활공간 속으로 잠수해 들어오는 과정이 나타나는데, 현실에서 우리가 경험하고 있는 다양한 공간의 재편 과정들을 메트로폴리스화라고 부를 수 있겠습니다. 메트로폴리스는 단지 '크다'는 규모 차원만을 지시하는 것은 아니고 교외·농촌·위성도시 등을 네트워킹화하면서 자신을 복합공간으로 재편해 나가는 공간 재구성 과정을 지칭합니다. 예를 들어서 서울 같은 경우는 수도권의 중심지입니다. 도쿄 같은 경우를 보면 서울과 수도권보다 훨씬 더 넓은 지대로 구성이 되어 있습니다. 옛날 도쿄와 지금의 도쿄는 규모·기능·영향력이 다르지 않습니까? 독일의 쾰른이라든가 미국의 뉴욕도 마찬가지겠지만 이러한 메트로폴리스들은 결코 고립된 섬이 아닙니다. 그것들은 대개 인근의 삶들을 전부 네트워크화했을 뿐만 아니라 이들 메트로폴리스들 사이에서도 네트워킹이 계속 이루어지고 있습니다. 인터넷망을 보면 대체로 메트로폴리스들의 연결망으로 이루어집니다.

메트로폴리스들의 연결망을 메갈로폴리스megalopolis라고 부르죠. 좀 더 상상력을 넓혀보면 사실상 전 지구가 하나의 메갈로폴리스로 바뀌었다고 볼 수 있습니다. 메트로폴리스와 메갈로폴리스에서 오늘날 영위되는 우리들의 삶은 과거 공장이라든가 농촌과 같이 지역적으로 고립된 국지적 영역에서 전개되는 것과 다릅니다. 우리의 삶은 전 지구적인 메갈로폴리스에 연결된 채 이루어진다는 겁니다.

최근에 스마트폰을 마련했습니다. 스마트폰을 사용하면 항구적으로 인터넷에 연결되어 있게 됩니다. 그러니까 객체로서 제 몸은 분리되어 있지만 이것을 통해서 수많은 사람들과 항시 잠시도 쉬지 않고 연결되어 있는 상태가 됩니다. 제가 시간도 빡빡하고 여기 오는 길도 잘 몰라서 택시를 탔습니다. 기사분이 중부여성발전센터 가자고 하니까 잘 모르시더라구요. 그래서 제가 스마트폰을 통해 전화번호를 알아낸 다음에 통화를 해서 주소를 물었습니다. 기사분께 그 주소를 말해주고 내비게이션에 찍어서 제시간에 찾아올 수 있었습니다. 블로깅도 집에서만 하는 것이 아니라 아무 장소에서나 생각날 때 글을 올릴 수 있습니다. 이 연결망의 규모는 광주·서울 등지로 국한할 수 없는 글로벌 연결망입니다. 스마트폰 속에 수많은 책들이 들어 있어서 그 책들을 언제든지 펼칠 수 있습니다. 자료를 찾으려고 도서관을 갈 필요성은 줄어들었습니다. 우리의 신체적 삶과 정신적 삶이 네트워킹된 시공간 속에서 진행된다고 하는 것을 눈여겨볼 필요가 있습니다. 전통적인 민중이나 시민이 사는 공간이 현실공간actual space이었다고 한다면, 지금 다중이 사는 공간은 현실공간뿐만 아니라 가상실효적인 공간virtual space, 인위적으로 만드는 가상공간이 아니고 사실상 이미 존재하던 것인데 기술을 통해서 우리한테 실질적인 것들로 구현

되는 실효공간입니다. 흔히 사이버스페이스라고 불리는 이 공간은 결코 비자연공간이 아니라고 생각합니다. 마르크스는 자연의 펼쳐진 책이 바로 산업이라고 했습니다. 공장이라는 공간도 곧 자연공간이라는 것이지요. 생물로서 사람의 인체도 그 내부를 보면 유전자라고 하는 가상정보체를 가지고 있지 않습니까? 유전자는 사실상 가상virtual 정보 체계입니다. 이렇게 자연적 생물 존재가 한편에서는 가상실재인 것처럼, 사이버스페이스라고 하는 것도 무기물의 조직체인 반도체와 연관되어 있습니다. 자연·인간·기계 사이의 경계는 우리가 생각하는 것처럼 뚜렷하지 않습니다. 다중은 바로 이 경계를 넘는 총체공간, 다시 말해 현실공간뿐만 아니라 가상실효적 공간 속에서 살아 나가는 존재라 생각합니다.

사회적 변화와 미학

마지막 주제로 넘어가지요. 우리가 지금까지 이야기한 다중이라는 개념과 그 실체가 문학에 대해 시사하는 바가 무엇이겠는가 하는 것입니다. 《카이로스의 문학》이라는 제목으로 몇 년 전에 출간한 평론집에서 이 문제를 다루었습니다. 여러 가지 이야기할 수 있겠지만 그중에 이 자리에 계신 분들이 관심을 가질 만한 한 가지에 대해서만 이야기해보고 싶습니다. 우리가 1980년대에는 리얼리즘이라는 말을 가지고 많이 사고를 했었죠. 《문학과지성》을 비롯한 일부 잡지들은 모더니즘을 주장을 하기도 했습니다. 모더니즘과 리얼리즘이라는 두 개의 미학적 담론이 경향적 차이를 나타내면서 문학적인 분파들이 생겨났습니다. 미학사를 회고해보면, 리얼리즘은 19세기에 탄생을 했고 모더니즘은 1930년대를 전후한 시기, 정확하게는 1917년 혁명 전후에 생겨납니다. 초기 리얼리즘이 관계 맺는 영역은 맨 처음에는 자연이었고 그다음은 사회 현실이었습니다. 20세기에 들어오면서 자연 현실과 사회 현실이라는 것이 19세기의 리얼리스트들이 생각한 것만큼 그렇게 물질적이지도 않고 그렇게 경직되지도 않은 그 무엇이라는 생각들이 나타나게 됩니다. 이것은 응당 그 당시의 산업 발전과 연결돼 있는 현상이지요. 인간이 산업혁명을 이루게 되는 최초의 에너지 형태는 증기 · 수증기였지 않습니까? 증기기관이 산업혁명의 핵심적인 동력이었는데, 증기는 물을 가열시켜서 기화된 에너지이지요. 20세기에 들어오면 전기 에너지가 나타나게 되는 것이고, 1968년을 전후한 시기에는 전자라고 하는 것이 발견됩니다. 백남준 같은 예술가는 20세기를 두 시대로 나눈다면, 앞 시대는 전기의 시대이고 후기는 전자의 시대라면서 전자의 시대에 걸맞은 예술양식을 창안했는데 그게 비디오 아트와 위성 아트였습니다. 이후 우리는 정보화의 거센 물결을 경험하고 있습니다. 이렇게 물질 자체가 전기화 · 전자화 · 정보화되어왔습니다. 물질의 유연성 flexibility, 우리 눈에 단단한 고체로 보이는 것이 사실은 엄청난 역동성을 갖고 있는 미립자이고, 더 깊이 들어가면 파동인지 미립자인지 알 수 없을 에너지의 부단한 움직임을 직시하게 되었을 때, 자연이나 사회를 바라보는 눈이 이런 걸 경험하기 이전의 사람들과는 달라질 수밖에 없을 것입니다. 테크놀로지의 이러한 발전은 우리로 하여금 리얼이라는 것이 무엇인가에 대한 질문을 하게 만드는 조건입니다.

두 번째는 사회의 변화가 미학에 미치는 영향입니다. 앞서 말씀 드린 것과 같은 사회 그 자체의 내적인 변화, 재구조화가 미학에 영향을 미칩니다. 20세기의 정치문화사를 생각해보면 1917년 혁명까지 혁명을 주도한 것은 유럽 사회의 선진노동자들입니다. 중세의 수공업자들이 매뉴팩처에 집결했을 때 이들은 반숙련 혹은 미숙련의 노동자들을 도제 방식으로 부리고 지도하는 지도자로 나타납니다. 이들 숙련노동자가 바로 마르크스가 공산주의자 선언을 통해 부각시켰던 그 선진노동자입니다. 공산주의자 동맹의 전신이 의인동맹인데 '의인'이라고 하는 것은 그 당시의 사회 속에서 차지하는 위치도 대단히 높고 지적으로도 가장 계발돼 있으며 조직적으로도 단결력이 높은 사람들임과 동시에 자기 작업에 대한 확신과 장인정신이 뛰어났던 사람들입니다. 이 장인적 노동자들이 19세기 말에서 20세기 초까지 나머지 노동자들에 대한 지도력을 발휘했습니다. 이 부분의 기본적인 이념은, 자본가들의 개입 없이 지도자의 지휘 아래에서 일사분란하게 노동자들이 단결해 노동을 수행하는 보편적 노동 사회입니다. 레닌이 잘 정식화한 사회주의 사회가 그런 사회입니다. '일하지 않은 자는 먹지도 말라!' 이것이 자본을 비판하는 선진노동자들의 중요한 이념적 근거였습니다. 《성경》에서 나타났던 이 이념이 종교적인 계율로서가 아니라 현실 사회의 조직 원리로 제시된 것이라고나 할까요? 그래서 사회주의야말로 수공업자로부터 매뉴팩처노동자 · 숙련노동자들에게 가장 걸맞은 하나의 사회 변혁 이념이었다고 생각할 수 있습니다. 이 사람들이 선택했던 조직 형태가 나라마다 조금씩 다르지만 커다란 일반성이 있습니다. 가장 먼저 선진노동자들이 단결하고 중 · 후진노동자들을 지휘할 수 있는 정치적 시스템으로서의 전위당을 만들고, 전위당이 노동조합 또는 평의회를 지도해서 자본가처럼 노동하지 않고 먹고사는 계급을 제거하는 사회가 되어야 한다고 생각했던 것이지요. 이렇게 구성된 변혁 운동의 주체가 바로 민중입니다. 그것은 위력적인 것이었습니다. 러시아 혁명 직후에 레닌·트로츠키·스탈린의 지휘 아래 중공업화를 통한 생산력 향상에 집중한 결과 1935년에 이르러서는 미국을 바짝 뒤쫓는 경제대국으로 불과 십수 년 만에 올라서지 않았습니까? 사회주의 체제가 경제 발전에서 얼마나 놀라운 위력을 발휘하는가는 소련에서 입증이 됐고 북한 같은 경우도 1960년대 말까지는 남한을 훨씬 빠르게 앞장섰던 경험이 있습니다. 이런 식으로 사회주의는 경제 발전에 있어서 그 위력을 역사 속에서 여러 번 입증했습니다. 그런데 서구 자본가들이 1917년 혁명에 깜짝 놀라면서 자신들의 설 자리가 없어지는 것을 우려해 반격을 했습니다. 백의군이라는 형태로 우선 군사적 반격을 가했죠. 그러나 더 중요한 것은 사회경제적인 방식의 반격, 즉 테일러주의·포드주의·케인즈주의 삼위일체를 통한 반격이었습니다. 이것은 공장에서 숙련의 권위를 사라지게 만드는 방법이었습니다. 숙련노동자가 설 자리, 선진노동자가 설 자리를 없애버리는 겁니다. 모든 숙련노동자들의 신체에 체화되어 있던 솜씨skill를 기계적 공정으로 바꿔내는 것이었고 그것을 위해 컨베이어 벨트가 만들어졌습니다. 임금도 생산성 상승에 맞춰 인상해주고 국가 수준에서 경제를 계획적으로 관리함으로써 공황을 회피해 나가려 합니다. 이 반격의 과정은 노동자들을 아주 평범한 단순 조립공으로 변질시키는 것이었습니다. 이렇게 되자 숙련이 없는 누구라도 하루 이틀이면 자기가 담당한 직무를 곧바로 배울 수 있게 되어 선진이니 중진이니 후진이니 하는 구획 자체가 무의미해져버리게 되고 직무 전환의 곤란이 사라지게 됩니다. 이것을 조금 학술적인 용어로 표현하면 전문노동자에서 대중노동자로의 전환 과정이라고 말할 수 있습니다.

이 대중노동자 시대에 노동자들 사이의 위계가 붕괴되는데 이것은 이후의 다중을 준비하는 하나의 과정입니다. 노동자들 내부에 동질성이 강화됩니다. 하지만 모두 비슷한 옷을 입고 모두 간단한 직무에 종사한다는 점에서 대중노동자는 오늘날의 다중과 완전히 다릅니다. 다중은 아주 특이한데 이 점에서는 오히려 대중노동자들보다는 숙련노동자와 유사성을 갖습니다. 전문성이라 하기에는 어려울지 모르겠지만 나름대로 질적 활동들에 종사합니다. 대중노동자의 탄생이 1920년대 후반에서 1930년대 사이인데, 이때 예술사 속에서 거대한 미학 논쟁이 일어납니다. 리얼리즘인가 모더니즘인가 하는 문제가 그것이지요. 이렇게 사회적 주체성이 재구성되는데 대체 전통적인 의미의 리얼리즘 방식으로 예술 창조가 가능한가 하는 것을 둘러싼 논쟁이 벌어지는 거지요. 루카치·브레히트·벤야민 같은 사람들이 이 논쟁의 축을 이뤘습니다. 저는 1980년대에 루카치안Lukácian으로 활동을 했습니다만 요즘은 루카치가 잘 읽히지 않습니다. 갑갑한 느낌을 받기 때문입니다. 루카치는 스탈린주의의 영향을 받은 사람 중에서는 매우 유연한 사람임에 불구하고 역시 규범적이고 고전적인 생각을 고수하고 있습니다. 그래서 루카치가 사고하는 그 미학적 작업 대상은 액츄얼한 것, 현실적인 시공간에 집중되어 있습니다. 바로 그것에 이의를 제기한 사람들이 넓게 보면 프랑크푸르트 학파 주변의 사람들이었어요. 브레히트 같은 경우는 프랑크푸르트 학파는 아니지만 역시 그들과 교류를 했던 사람이고, 오늘날 와서 재주목되고 있는 발터 벤야민 역시 프랑크푸르트 학파의 멤버는 아니지만 아도르노를 매개로 해서 프랑크푸르트 학파와 연결되어 있었습니다. 아도르노를 통해서 프랑크푸르트 학파의 기관지에 원고를 실어온 벤야민의 생각이 우리 시대를 설명하는 데

놀라운 위력을 발휘하고 있습니다. 《아케이드 프로젝트》라는 책이 출간된 지 2년 정도 됐습니까? 벤야민의 아케이드론은 오늘날 메트로폴리스를 이해하는 데 중요한 시각을 제공합니다. 산보자라는 개념도 오늘날 다중을 이해하는 데 큰 도움을 줍니다. 벤야민은 19세기 초의 파리를 그리지만 그것은 파시즘을 이해하기 위한 시도이기도 했습니다. 그는 도시라고 하는 공간에서 나타나는 현상 중에 제일 핵심적인 것을 판타스마고리아에서 찾는데, 판타스마고리아란 우리가 흔히 접하는 판타지라는 단어와 유사합니다. 판타지의 독일식 이름, 판타스마고리아는 환등상이라 불립니다. 어렸을 때 삼각형으로 된 유리를 색종이로 붙여가지고 보면 그 안에 이상한 형상들이 요란스럽게 나타나잖아요. 그게 판타스마고리아거든요. 이 환등상이라 불릴 수 있는 현상이 19세기 도시 파리에 나타났던 거지요. 1830년대, 부르주아 사회의 이행 시기에 파리가 환등상으로 보이고 사람들이 환등상에 사로잡혀 있는 상태에 있다고 보는 것이죠. 이렇게 환등상을 체험하는 삶들이 리얼한 걸 체험하는 방식은 그전의 시대와는 다르지 않겠습니까? 이것을 마르크스의 《자본론》 1장 4절의 물신주의와 연결시켜 설명을 해내는 책이 《아케이드 프로젝트》입니다. 파리를 우리로 치면 명동 정도될까요? 백화점이 집결되어 있는 명동에서 사람들이 어떻게 살고 어떤 생각을 할까, 뭘 느끼면서 살아가는지를 사유한 셈이죠. 아까 대중노동자라 부른 사람들의 소비공간이 1930년대에는 바로 아케이드였습니다. 자본가들은 숙련노동을 타파하기 위해서 대중노동자들에게 후한 임금보상을 주었죠. 공장의 생산성이 높아져 수익이 올라가면 임금노동자들에게도 그만큼 비례해 배분해주는 것이었습니다. 아마 한국의 1980년대 후반에 대기업체 노동자들이 급격한 임금상승을 겪는 것처럼

1930~1940년대 유럽의 노동자들도 급격한 임금상승을 경험하고 그래서 소비시간을 많이 갖게 됩니다. 일정시간 노동을 하고 나머지 시간을 소비에 바쳐야 생산된 상품의 가치가 실현될 수 있다는 것이 케인즈의 유효수효론이잖아요? 이러한 맥락에서 나오게 되는 공간 형태가 아케이드라는 거죠. 아케이드에서 쇼핑을 하는 도시민들, 즉 노동자들이 시장에서 소비하는 모습들은 전통적 리얼리즘의 주요한 주제가 되지 못했습니다. 생산과정에서의 적대를 그리는 것이 중요했지요. 그런데 벤야민은 소비 생활을 주의해서 살펴야 한다면서 거기서 어떤 일이 벌어지고 어떤 주체가 형성되는지를 봐야 한다고 말했던 겁니다. 이러한 시도들은 벤야민만이 아니라 프랑크푸르트 학파의 공통주제이기도 했습니다. 프랑크푸르트 학파는 문화산업이라는 말을 만들어냈습니다. 문화가 파시즘 아래에서 산업으로 등장되고 있다고 이야기한 것입니다. 문화는 1850년대 마르크스의 《정치경제학 비판 요강》에서 토대 위에 얹혀 있는 상부구조의 일부로 이해되었지만, 1930년대로 들어서면 중요하고 독자적인 산업 영역으로, 즉 하부구조로 나타납니다. 벤야민도 영화에 대해 굉장히 연구를 많이 하는데요, 영화산업과 더불어 미술관과 박물관들이 붐을 일으키기 시작하는 게 1930년대였습니다. 예전에는 산업화와는 아무 상관이 없던 예술 영역이 이제는 산업 영역으로 유입돼 들어오는 과정을 어떻게 설명할 것인가 하는 게 문제였습니다. 단도직입적으로 말하면, 전문노동자로부터 대중노동자로 이행하는 노동자의 소비자화 과정이 문화의 산업화 과정과 같이 간다는 것입니다. 이것을 예술의 측면에서 말하면 예술이 더 이상 환상을 간과할 수 없고 그것과 관계를 맺어야 한다는 것입니다. 판타스마고리아 즉 사람들이 환상에 빠져 있지 않다면 시장이라는 것이 욕망의 대상

으로 받아들여지지도 않을 테니, 그 욕망하는 사람들과 작가가 관계를 맺어야 한다고 보기 시작한 것입니다. 제가 아까 2번째, 3번째 테마에서 사이버스페이스는 자연공간의 팽창이고 제2의, 제3의 자연공간이라고 말씀드렸던 것처럼 환상이라 부르는 것도 우리가 자연공간과의 관계 속에서 사고할 필요가 있다는 것입니다. 그것을 리얼한 것에서 배제해버리는 방식으로는 문제가 풀릴 수 있는 게 아니라는 겁니다. 판타스마고리아라고 벤야민이 이름을 붙였지만, 제가 생각하기에는 판타스마고리아라는 개념 속에는 이미 버츄얼·가상성·잠재성에 대한 직관과 사유가 들어 있다고 봅니다. 시장 속에서 액츄얼한 것이 가상적인 것, 잠재적인 것과 얽혀서 포획되어 있는 방식이 판타스마고리아였고 물신이었던 것입니다. 이러한 개념적인 노력들은 프랑크푸르트 학파의 문화산업론에서만이 아니라 알튀세르주의자들에게서도 나타납니다. 알튀세르·발리바르·랑시에르로 이어지는 유럽의 마오주의적인 흐름들도 뭔가 변화가 있다는 것을 알아차렸습니다. 국가라고 하는 게 행정·입법·사법부 등으로 삼권 분리되어 사회의 상부에 떠 있는 형태로 존재하는 게 아니고 이데올로기적 기관의 형태로 사회 속으로 스며들어가고 있는 것이 아닌가, 이데올로기적 기구라는 것을 하나의 국가기관으로 봐야하지 않는가, 하고 생각하기에 이르렀고 이게 저 유명한 '이데올로기적 국가 장치'라고 하는 개념의 등장 맥락입니다.

알튀세르는 주체에 대한 탐구로까지 나아가지는 못했어요. 그랬지만 지배력 자체의 어떤 변화를 탐구할 필요성에 대해 지각했습니다. 주체의 변화에 대한 지각은 1950~1960년대의 상황주의자들에게도 나타납니다. 기 드보르·라울 바네겜 같은 사람들을 주목할 필요가 있습니다. 기 드보르는 《스펙타클의 사회》라는 책을 썼고 라울 바네겜은, 불과 얼마 전에 번역됐는데, 《일상생활의 혁명》이라는 책을 썼습니다. 이 두 사람은 상황주의자의 핵심적 이론가들입니다. 이 사람들이 프롤레타리아트가 달라지고 있다라고 하는 것을 통찰합니다. 프롤레타리아트가 혁명가가 아니라 구경꾼이 되고 있다고 이들은 말했습니다. 벤야민이 환등상을 바라보고 있는 산책자로 불렀던 주체, 즉 구경꾼의 개념이 상황주의자들에게서 훨씬 더 정교화된 형태로 나타납니다. 환등상으로서 아케이드를 경험하는 산책자들이나 대형 스크린에 펼쳐지는 할리우드 영화의 스펙타클에 감동하고 거기에 굴복하는 구경꾼 프롤레타리아트는, 레닌이나 루카치가 자신들의 이론적 주제로 삼았던 '계급의식을 가진 혁명적 프롤레타리아트'와 완전히 다르지 않습니까? 도시를 산책하고 있는 노동자나 스펙타클 앞에서 수동적으로 된 구경꾼 프롤레타리아트의 형상들은 루카치가 말한 귀속된 계급의식, 다시 말해 원래는 혁명적 계급의식을 타고 났고 일시적으로 사물화에 의해서 장애를 받지만 실천 과정 속에서 그것을 자기의 것으로 획득해낸다는 주장들이 해체되어가는 과정을 이론적으로 보여주는 것이 아닐까요?

그런데 1968년 혁명에서는 이 둘과 다른 주체가 나타납니다. 그것은 레닌이나 루카치가 말한 혁명적 프롤레타리아트도 아니었지만 벤야민이 말한 산책자나 기 드보르가 말한 구경꾼도 아닌 주체였습니다. 그것들이 뒤섞인 혼종된 형상이 나타났습니다. 68혁명의 주체들은 산책자나 구경꾼이면서 동시에 혁명적이었습니다. 어느 누구도 동성애자들이나 파리 대학의 학생들이, 그것도 선진대국에 속하는 프랑스에서, 이미 프랑크푸르트 학파 대부분이 더 이상 서구에는 혁명적 가능성이 없다고 말하던 바로 그 시기에 폭발해 전 지구를 뒤덮을 거라 상상이나 했겠습니까. 그런데 68 혁명은 소비자로 명명되었던 존재들, 구경꾼으로 명명되었던 바로 그 사람들, 혁명과 상관이 없다고 매도되었던 바로 그 사람들의 혁명이었습니다. 이러한 혁명이 어떻게 가능한가에 대한 사유는 지금도 현재 진행형이라고 생각합니다. 그때 사람들이 뭘 했는지에 대해서는 더 많은 분석이 필요하다고 생각합니다. 광주에서 무슨 일이 있었는지를 분석하는 문제도 우리에게는 현재 진행형입니다. 68혁명에서 나타났던 새로운 주체들에게 사회학자들은 너무 간단히 뉴 소셜 무브먼트, 새로운 사회 운동이고 뉴 소셜 서브젝트다, 새로운 사회적 주체다라는 이름을 붙였습니다. 새롭다고만 말을 했지 그 새로움이 뭔지에 대해서는 분석이 별로 진행되지 못했습니다. 그것에 대한 분석이 본격적으로 전개된 것은 1980년대부터입니다. 안토니오 네그리를 비롯한 이탈리아의 자율주의 학파들, 특히 비물질 노동 학파들은 이 문제를 푸는 데 지금까지 30여 년간에 걸쳐 집단적 노력을 기울이고 있습니다. 우리도 1980년 이후에 생성되고 있는 새로운 주체성을 규명하는 데 집단적 노력을 기울여야 한다고 생각합니다. 이 주체성의 등장이 예술체험과 예술창조에 미치는 영향을 규명해야 하고 예술의 새로운 가능조건에 대한 탐구가 이루어져야 한다고 생각합니다. 1930~1960년대까지 이어져온 서구의 다다이즘 전통이 있습니다. 다다이스트 전통 전에도 러시아 미래주의자들이 있었고 또 그 후에는 혁명적이고 전위적인 지식인들의 운동인 쉬르레알리즘이 있었습니다. 한국의 백남준도 속해 있었던 플럭서스 운동은 새로운 유형의 다다 운동입니다. 플럭서스는 글로벌한 운동으로 나타났었습니다. 다다이즘이나 쉬르레알리즘이 유럽을 기반으로 하는 운동이었다면 플럭서스는 전 세계적인 운동이었습

니다. 이런 운동들이 제기한 주요한 문제는 예술과 삶의 분리를 어떻게 극
복해낼 것인가 하는 것이었습니다. 예술이라는 장르 그 자체에 매몰되지
말고 어떻든 삶과 예술의 경계를 넘어서고자 하는 운동이었죠. 그래서 존
케이지나 백남준이나 요제프 보이스 같은 사람들은 음악가인지 미술가인
지 조각가인지 식별하기 어렵습니다. 어떤 사람은 미술로 출발해서 음악
으로 가고 어떤 사람은 음악으로 출발해서 미술로 가……. 백남준도 원
래는 음악가였지 않습니까?

이러한 운동들에서 경계 타파는 주요한 문제의식이었습니다. 미술가
들은 어떻게 캔버스를 넘어설 것인가 고민했지요. 백남준은 텔레비전 주
사선을 연구해서 컬러 텔레비전으로 영상복합장치를 스스로 만들어서 캔
버스 대신 브라운관 위에 이미지를 구현해내는 작업을 해냈죠. 음악가들
은 화음을 넘어서려는 운동을 펼쳤습니다. 잡음으로 치부된 소리를 음악
세계 속으로 끌고 들어오고자 했습니다. 바이올린을 켜다가 줄로 묶어서
도로에 질질 끌고 다닐 때 나는 소리를 음악화시키고, 피아노를 아름답게
연주하다가 넘어뜨리거나 도끼로 부술 때나오는 소리를 음악화시키는 그
런 식의 작업을 함으로써 화음의 경계를 넘어서려 했습니다. 이것은 예술
가들이 자기한테 주어진 인클로저와 경계를 뛰어 넘어서 사람들의 삶 속
으로 뛰어들려고 했는데 이것은 민중 속으로 뛰어들려는 몸부림으로서
일종의 나로드니즘에 해당하는 것이었습니다.[*]

---

[*] 《플럭서스 예술혁명》, 조정환 · 전선자 · 김진호 지음, 갈무리, 2011 참조.

예술이 되는 삶

제가 이제 마지막으로 드릴 말씀입니다. 다중이라고 하는 것은 공장노동자와도 다르고, 소비자로서의 시민하고도 다르면서 생산과 유통과 소비의 경계를 넘어서 움직이며 항상 지적·소통적·정보적·정동적·관계적 활동에 종사합니다. 그래서 다중은 매 시간 매 순간 예술가이기를 요구받고 있습니다. 다중은 매 시간을 예술가로서 사고하도록 강제당합니다. 공장에서는 예술가로서 생산하고 거리나 자기의 책상 앞에서도 예술가로서 사고해야 합니다. 이것의 성과는 물론 자본에게로 귀속되고 있지만 귀속되어지는 것은 가치입니다.

그래서 가치는 자본의 수중으로 집중되지만 사용가치는 유통을 통해 사람들의 삶으로 분배되지 않으면 안 됩니다. 자본가에게 귀속되는 것은 교환가치일 뿐이라는 의미입니다. 사용가치는 온전히 이 세상에 살아 있는 모든 사람들의 재부로 완전히 귀환됩니다. 이 과정에서 다중들의 활동은 이미 예술의 경계 밖에서, 전문 예술가의 벽 너머에서 전개됩니다. 다중은 여기에서 삶 자체를 예술로써 생각하고 느끼고 행위하는 주체이도록 단련됩니다. 다중의 예술가로서 단련 과정의 의미를 어떻게 파악하고 또 설명할 것인가가 다중의 시대에 우리에게 주어진 과제라고 생각합니다.

이때 예술과 삶은 중첩될 뿐 아니라 진정한 의미에서의 동어반복이 됩니다. 저는 그것을 《카이로스의 문학》에서 삶–예술, 삶–문학이라는 용어로 불렀습니다. 삶으로서의 예술과 예술로서의 삶이 어우러져 짜여졌음을 생각하고 규명하고 또 실행하는 일은 다중의 개념을 통해, 그리고 다중의 잠재력을 통해 가장 잘 이루어질 수 있으리라 생각합니다.

감사합니다.

68혁명은 소비자로 명명되었던 존재들, 구경꾼으로 명명되었던 바로 그 사람들,
혁명과 상관이 없다고 매도되었던 바로 그 사람들의 혁명이었습니다.
이러한 혁명이 어떻게 가능한가에 대한 사유는 지금도 현재 진행형이라고
생각합니다.

김상봉

'거리의 철학자'라 불리며 '학벌사회'라는 충격적인 문제를 제기했다. 저명한 칸트 연구자이며 현재 전남대 철학과 교수로 재직 중이다. 부산에서 출생해 대학에서 철학을 공부한 뒤 독일 마인츠대학에서 철학, 서양고전문헌학, 신학을 공부했다. 민예총 문예아카데미 교장 등을 역임했다.

그는 5·18민중항쟁, 학벌사회, 분단과 통일 등 한국 사회 고유의 역사적 맥락을 기반으로 주체성의 문제를 깊이 있게 탐구해왔다. 특히 함석헌을 중심으로 한국적 사상의 재해석을 통해 사회적 합의·실천하는 개인에 대해 우리가 미처 생각하지 못했던 지평을 열어왔다. 주요 저서로 〈자기의식과 존재사유〉, 〈호모 에티쿠스〉, 〈학벌사회〉 등이 있다.

주체의 자기분열

데카르트 이후 후설에 이르기까지 서양 철학의 자기의식 이론은 원칙적으로 데카르트적 사유의 지평에서 전개되어왔습니다. 그것은 다른 무엇보다 코기토의 자명성 및 자발성의 이념 위에 자리 잡고 있는 것입니다. 그러나 우리가 식민지 시대 한국 시인들의 시를 보면, 이런 자명성이 결코 보편적인 자기의식의 진리가 아니라는 것을 금세 알 수 있습니다. 모든 시는 하나의 세계를 개방합니다. 그 세계가 물리적 사물의 세계가 아니라 의미의 세계인 한 시가 개방하는 세계는 의식에 매개된 세계인 거죠. 게다가 서정시는 언제나 주체의 자기반성 위에 자리 잡고 있는 까닭에 서정시를 통해 개방되는 세계는 단순히 의식에 의해 매개된 세계가 아니라 반성적 자기의식에 의해 매개된 세계일 수밖에 없습니다. 그 시적 자아의 자기의식이야말로 그 속에서 시적 세계가 개방되는 선험론적 지평인 것입니다. 그리하여 우리는 마치 칸트가 주체의 세계 경험의 근저에 나의 자기의식을 그 경험 가능성의 선험론적 근거로서 상정했던 것처럼, 서정시를 통해 개방되는 세계 속에서 눈에 보이지 않는 시적 자아의 코기토를 그 세계의 선험론적 근거로서 드러낼 수 있습니다.

그런데 서정시가 본질적으로 주체의 자기반성에 존립하는 시문학의 형식인 까닭에 시인에 따라서는 시적 세계의 근저에 놓여 있는 선험론적 자기의식을 보이지 않는 전제로서 바탕에 두고 있을 뿐만 아니라, 아예 그 자체를 적극적인 시적 성찰 및 형상화의 대상으로 삼기까지 합니다. 다시 말해 자아 자체가 가장 치열한 시적 성찰의 대상이 되는 것이죠. 이런 현상은 식민지 시대 한국 시인들의 시에 두드러진 경향인데, 그것은 말할 것도 없이 이 시대가 가장 비극적인 자기상실의 시대였던 것과 무관하지 않을 것입니다. 자기를 잃어버렸다는 것이 자아에게 가장 큰 고통이 된 시대에 과연 내가 누구인가 하는 것이 서정시인에게 가장 절박한 시적 반성의 대상이 되었다는 것은 조금도 이상한 일이 아닙니다. 왜냐하면 서정시는 본질적으로 주체의 자기반성의 시적 표현이며, 주체는 오직 고통을 통해서만 자기에게 돌아오기 때문입니다. 이런 관심에 따라 식민지 시대 한국 시인들의 시를 읽으면, 우리는 그들의 시적 세계를 지배하는 자기의식의 진리가 데카르트에게서처럼 주체의 자명성이나 자유에 존립하는 것이 결코 아니었다는 것을 쉽게 알 수 있습니다.

아마도 식민지 시대 시인들 가운데 주체의 자기분열과 자기상실을 윤동주처럼 명백하게 자각하고 시적으로 형상화한 시인도 많지 않을 것입니다. 동요에 가까운 시들을 제외하면, 그의 시편 전반을 지배하는 가장 중요한 주제는 주체의 자기상실과 자기분열이에요. 윤동주의 시는 주체의 자기성찰의 기록인 거죠. 부정적으로 말하자면 그는 타인을 노래하지 않는다, 릴케를 애호했던 젊은 서정시인치고 기이하게도 단 한 편의 연애시도 쓴 적이 없다, 집요하게 오직 자기에게만 몰입한다는 것입니다. 이런 점에서 그는 식민지 시대 시적 자기의식의 한 전범을 보여주는 시인인 거예요. 그리고 그것은 분열의 자기의식인 거고요. 아마도 그의 모든 시 가운데 〈또 다른 고향〉은 주체의 내적 자기분열을 가장 또렷하게 표현한 시일 것입니다.

고향에 돌아온 날 밤에
내 백골이 따라와 한 방에 누웠다.

어둔 방은 우주로 통하고
하늘에선가 소리처럼 바람이 불어온다.

어둠 속에 곱게 풍화작용하는
백골을 들여다보며
눈물짓는 것이 내가 우는 것이냐
백골이 우는 것이냐
아름다운 혼이 우는 것이냐

지조 높은 개는

밤을 새워 어둠을 짖는다.

어둠을 짖는 개는
나를 쫓는 것일 게다.

가자 가자
쫓기우는 사람처럼 가자
백골 몰래
아름다운 또 다른 고향에 가자.

고향에 돌아왔다는 것은 주체가 자기에게 돌아왔다는 것을 뜻합니다. 데카르트였더라면 그렇게 주체가 자기에게 돌아와 발견한 것은 어떤 경우에도 파괴될 수 없는 자기동일성과 자기 자신의 존재였을 것입니다. 그러나 우리의 시인이 고향에 돌아와 만난 것은 자기가 아니라 제 백골이었습니다. 그 백골이 '내 백골'인 한 그것은 나와 무관한 타자가 아니라 자기 자신이죠. 하지만 그것은 부정된 자기, 주체의 능동성 다시 말해 생명을 빼앗긴 자기입니다. 그런즉 존재하지만 또한 존재하지 않는 자기, 다만 '풍화작용' 속에서 없음으로 소멸해가는 자기가 곧 '내 백골'인 것입니다. 이 불일치, 이 자기부정성으로부터 진리가 드러날 수는 없는 일이죠. 왜냐하면 진리는 일치에 존립하는 것이기 때문입니다. 그렇기 때문에 고향에 돌아온 주체는 명석 판명한 진리의 빛이 아니라 비진리의 어둠 속에 잠겨 있을 뿐입니다. 그런데 그 어둔 방이 우주로 통합니다. 비트겐슈타인이 말했듯이 모든 자아는 하나의 세계이므로 자아 속에서 세계가 열리는 것은 데카르트의 경우든 윤동주의 경우든 마찬가지입니다. 차이는 빛과 어둠에 있습니다. 데카르트의 자아가 명증적 진리의 빛으로 자기를 정립하고 그 빛 속에서 세계를 개방한다면, 윤동주의 자아는 빛이 사라진 어둔 방입니다. 그 방이 우주로 통하는 것은 어둠 때문이죠. 자아가 그렇듯이 '우주', 곧 세계 역시 빛이 아니라 그 어둠 속에서 꽃잎처럼 열리는 것입니다. 어둠이 아니었더라면 세계는 없었을 것입니다. 우리는 이것을 젊은 시인의 한갓 우발적인 감상이라 치부할 수는 없습니다. 윤동주보다 한 세대 윗사람이었던 다석 유영모는 이렇게 말했습니다.

광명 속에서는 하느님을 찾아볼 수 없습니다. 광명은 허영이요, 이 허영 속에서는 하느님을 찾을 수 없습니다. 흑암을 음미하는 가운데 하느님을 찾을 수 있습니다. 그래서 이 사람은 광명에서 신을 찾는다고 하는 것을 뒤집어서 흑암에서 신을 봅니다. (……) 참빛은 암흑과 가까운 것입니다. 우리가 쉽게 말하는 광명은 광명이 아닙니다.[*]

'하느님'은 '진리'를 뜻합니다. 진리는 허영 속에서는 결코 드러나지 않는 거죠. 그런데 진리가 단지 발견이요 보는 것에 존립한다고 믿었던 데카르트에게 진리는 빛 속에서만 개방됩니다. 빛이 없이는 아무것도 볼 수 없기 때문이에요. 그래서 데카르트는 자기 내면의 빛으로부터 영원한 빛인 신을 향해 나아갔습니다. 그리고 이것을 통해 세계를 빛 가운데서 개방하려 했습니다. 하지만 우리 시인에게서 나를 좁은 방으로부터 세계로 나아

---

[*] 《다석강의》, 다석학회 엮음, 현암사, 2006, 494쪽.

가게 하는 것은 빛이 아니라 어둠입니다. 하지만 그 어둠이란 무엇일까요? 일치가 아니라 거리가 비진리요, 그 비진리가 곧 어둠인 바 그 어두운 자기거리 속에서 세계는 개방됩니다. 이 거리는 나와 해골 사이에서 분열된 자기가 개방하는 슬픔의 거리입니다. 나는 오직 슬픔 속에서 나에게로 돌아가고 또한 슬픔 속에서 고립된 나를 넘어갑니다. 나의 어둠이 우주의 어둠으로 통하고 나의 슬픔이 세상의 슬픔과 하나 될 때 나는 그 슬픔의 어둠 속에서 고립된 나의 한계를 초월해 세계로 나아가는 것이죠.

슬픔의 어둠 속에서 열리는 세계, 이것은 전혀 다른 종류의 보편입니다. 그러나 그렇게 자기 속에서 세계를 여는 자아는 세계를 개방하기 위해 자기 속에서 분열을 감당하지 않으면 안됩니다.

어둠 속에 곱게 풍화작용하는

백골을 들여다보며

눈물짓는 것이 내가 우는 것이냐

백골이 우는 것이냐

아름다운 혼이 우는 것이냐

'백골을 들여다보며 눈물짓는 것', 이것이 시인의 자기의식입니다. '내가 아닌-나'라는 것, 그래서 슬퍼하는 것, 이것이 그의 자기의식인 거죠. 하지만 여기서 백골은 내 백골이니, '아닌-나'는 다시 나 자신입니다. 그래서 나도 백골도 나 자신이면서 또한 나 자신이 아닌 거죠. 왜냐하면 하나의 내가 둘일 수는 없기 때문입니다. 그리하여 정말 내가 나라면 나는 나도 아니고 백골도 아닌 또 다른 나일 것입니다. 그런 나는 모든 자기분열을 극복한 총체성의 이념으로 표상되는 나일 것이지만, 그것은 더 이상 몸을 갖지 못한 나, 눈물짓는 나도 아니고 백골도 아닌 나일 것이니, 여기 살아 있는 내가 아니라 다만 아름다운 혼일 뿐입니다. 그러니 그것을 가리켜 어찌 참된 나라고 할 수 있겠습니까. 그러므로 백골도 나도 아름다운 혼도 진정한 나일 수 없는 것이죠.

"지조 높은 개는 밤을 새워 어둠을 짖는다"에서 지조는 자기동일성이에요. 한결같이 자기를 지키는 것이야말로 지조인 거죠. 지조 높은 개는 또 다른 자아입니다. 그것은 자기동일성을 요구하는 자아, 자기분열을 거부하는 자아, 그래서 어둠에 안주하는 것을 허락하지 않는 자아입니다. 자기의식의 진리는 어둠이지만, 그 어둠을 부정하는 것 또한 어둠의 진리이기 때문이에요. 아니 정확하게 말하자면 자기의 부정 자체가 어둠입니다. 그것이 무엇이든 긍정을 낳는 것이 어둠일 수는 없습니다. 어둠은 자기를 부정할 수밖에 없는 상황 자체인 것이죠. 그래서 어둠 속에서 나는 나를 쫓는 것입니다. 누구도 나를 쫓는 사람 없건만, 마치 "쫓기우는 사람처럼" 시인은 갑니다. "백골 몰래 아름다운 또 다른 고향"을 찾아. 하지만 시인에게 마지막으로 안식할 수 있는 고향, 더 이상 떠나지 않아도 좋은 최종적 고향은 없습니다. 그는 고향을 잃어버렸습니다. 그렇기 때문에 하나의 고향은 끝없이 '또 다른 고향'으로 이어지지 않으면 안 되고, 시인은 참된 자기를 찾아가는 순례의 길을 끝내지 못합니다. 이런 사정을 윤동주는 〈길〉에서 이렇게 형상화합니다.

잃어버렸습니다.
무얼 어다다 잃었는지 몰라

두 손이 주머니를 더듬어

길에 나아갑니다.

돌과 돌과 돌이 끝없이 연달아

길은 돌담을 끼고 갑니다.

담은 쇠문을 굳게 닫아

길 위에 긴 그림자를 드리우고

길은 아침에서 저녁으로

저녁에서 아침으로 통했습니다.

돌담을 더듬어 눈물짓다

쳐다보면 하늘은 부끄럽게 푸릅니다.

풀 한 포기 없는 이 길을 걷는 것은

담 저쪽에 내가 남아 있는 까닭이고,

내가 사는 것은, 다만,

잃은 것을 찾는 까닭입니다.

마지막 두 연에서 보듯이 여기서 시인이 말하는 길은 자기의식의 길이
에요. 내가 "이 길을 걷는 것은 담 저 쪽에 내가 남아 있는 까닭"입니다. 담

저쪽에 있는 나 때문에 이 길은 시작되는 것이죠. 자기의식의 길은 의식이 자기를 찾아 자기에게 돌아가는 길, 곧 의식의 자기복귀의 길입니다. 데카르트의 경우라면, 그 길은 의식의 명증적인 자기 확인의 길인 것이죠. 물론 그 길이 언제나 평탄한 것만은 아닙니다. 데카르트 역시 그 과정을 생각해보면 고통스런 회의 끝에 자기를 발견했으며, 헤겔이 《정신현상학》에서 말했듯이 참된 자기를 찾아가는 길은 나에 대한 허상이 전복되는 과정이니 또한 좌절과 절망의 길이기도 합니다.[*]

하지만 그렇다고 해서 〈길〉에서 시인이 말하는 자기의식의 길을 데카르트나 헤겔의 길과 같다 말할 수는 없습니다. 저 철학자들에게서 자기의식은 자기에 대한 확신으로 발생합니다. 물론 헤겔에게서 보듯이 그 소박한 확신은 전복되죠. 하지만 헤겔에게서 그 전복은 더 높은 확신과 긍정을 위한 부정인 동시에 자기 형성의 과정이며 완성의 과정입니다. 하지만 시인에게서 자기의식은 단적으로 그것은 잃어버렸다는 의식, 자기상실의 의식이죠. 그러나 자기란 잃어버릴 수 있는 것이 아닙니다. 그런 까닭에 잃어버렸다 하면서도 무얼 어디다 잃었는지 모릅니다. 잃은 것이 자기이니 찾는 것도 오직 자기 속에서만 가능합니다. 그래서 시인은 잃은 것을 찾기 위해 먼저 두 손으로 제 주머니를 더듬습니다. 하지만 제 주머니 속에 자기가 있을 리 없죠. 자기는 물건이 아니기 때문입니다. 그러므로 상실의 자기의식은 필연적으로 자기를 초월해 외부를 지향하게 됩니다. 그 지향이 끝없이 자기를 찾아 나가는 길이 되고요. "돌과 돌이 끝없이 연달아 길은 돌담을 끼고 갑니다"는 그것을 표현하고 있습니다.

----

[*] 〈서문〉, 《정신현상학 1》, 게오르크 W. F. 헤겔 지음, 임석진 옮김, 한길사, 2005.

세계에서 소외된 자아

하지만 그 끝없는 길이 왜 하필 돌담길인가? 어쩌다가 시인은 이토록 치명적인 자기상실과 자기분열의 의식에 이르게 된 것인가? 이 점을 좀 더 분명히 하기 위해 우리는 윤동주의 시가 쓰인 연대를 거슬러 올라가 우리가 인용한 〈또 다른 고향〉이나 〈길〉에 이르기까지 그의 시 세계에 어떤 변화가 있었는지를 간단히 살펴볼 필요가 있습니다. 저 두 시는 모두 1941년 9월에 쓰인 것으로 알려져 있습니다. 그런데 그가 3년 전 썼던 〈새로운 길〉에서만 하더라도 시인이 말한 '나의 길'은 다만 '새로운 길'일 뿐이었습니다.

내를 건너서 숲으로
고개를 넘어서 마을로

어제도 가고 오늘도 갈
나의 길 새로운 길

민들레가 피고 까치가 날고
아가씨가 지나고 바람이 일고

나의 길은 언제나 새로운 길
오늘도…… 내일도……

내를 건너서 숲으로

고개를 넘어서 마을로

이 시에서 시인이 걷는 길은 "민들레가 피고 까치가 날고 아가씨가 지나고 바람이 일고" 하던 길일 뿐 막힌 돌담길은 아닙니다. 그 길은 "내를 건너서 숲으로 고개를 건너서 마을로" 끝없이 이어진 "새로운 길"이었던 것입니다. 이 점에서 〈새로운 길〉에서 표현된 '나의 길'에 대한 의식은 아직 소박한 대상의식의 단계를 표상합니다. 그것은 자아가 자기 자신과 대면하기 이전의 단계 곧, 의식의 자기복귀 이전의 대상의식의 단계를 표상하는 거죠. 그 길에서 만나는 것은 나 자신이 아니고, 내와 숲과 고개와 마을 그리고 민들레와 까치와 아가씨와 바람입니다. 요컨대 거기서 시인이 말한 나의 길은 자기의식의 길이 아니라 외부 세계의 대상에 몰입한 의식의 길이었던 것이죠.

그런 대상적 사물의 세계에는 막힌 담이 없습니다. 그것은 시간과 공간에 단절이 없는 것과 마찬가지입니다. 세계 내의 사물들은 다만 새로울 뿐 본질적인 단절을 보여주지는 않습니다. 그래서 길은 오늘에서 내일로 언제나 새로이 이어지는 연속적인 것입니다. 그래서 그 새로움은 근원적인 단절과는 다른 것이니 동시에 진부함이기도 합니다. 이 시의 첫 연과 마지막 연이 같다는 것은 그 진부함의 표현이었을 것입니다. "내를 건너서 숲으로 고개를 넘어서 마을로." 그 길에서 나는 수많은 새로운 것들을 보지만 결국 그 모든 것들은 다시 같은 것들의 반복인 거죠.

이런 그의 시에 근본적 전환이 일어나는 것은 〈새로운 길〉(1938년 5월 10일)보다 한 해 뒤에 씌어진 〈자화상〉(1939년 9월) 부터입니다.

산모퉁이를 돌아 논가 외딴 우물을 홀로 찾아가선 가만히 들여다봅니다.

우물 속에는 달이 밝고 구름이 흐르고 하늘이 펼치고 파아란 바람이 불고 가
을이 있습니다.

그리고 한 사나이가 있습니다.
어쩐지 그 사나이가 미워져 돌아갑니다.

돌아가다 생각하니 그 사나이가 가엾어집니다.
도로 가 들여다보니 사나이는 그대로 있습니다.

다시 그 사나이가 미워져 돌아갑니다.
돌아가다 생각하니 그 사나이가 그리워집니다.

우물 속에는 달이 밝고 구름이 흐르고 하늘이 펼치고 파아란 바람이 불고 가
을이 있고 추억처럼 사나이가 있습니다.

아마도 이 시는 윤동주의 시에서 결정적인 전환점을 표시하는 시일 것
입니다. 자화상은 의식의 자기복귀, 곧 자기의식의 시적 형상화예요. 그
런 의미에서 윤동주는 이 시를 통해 대상의식에서 벗어나 본격적인 자기
의식의 단계로 진입했다고 할 수 있습니다. 내를 건너서 숲으로 고개를 건
너서 마을로 새로운 길을 걷던 시인은 자기에 대한 그리움에 이끌려 '산모
퉁이를 돌아 논가 외딴 우물을 홀로 찾아가선 가만히 들여다'봅니다. 자기

와의 만남이 외딴 곳에서 이루어진다는 것, 그것은 세계로부터 소외된 자기의식의 은유입니다. '내를 건너서 숲으로 고개를 넘어서 마을로' 이어지던 길, 그 막힘없이 열려 있던 대상 세계 속에서 자아는 자기를 만나지 못합니다. 하지만 왜인가? 〈자화상〉과 같은 해, 같은 달에 쓰인 것으로 추정되는 〈산골 물〉은 시인이 세상으로 향하던 발걸음을 돌려 자기에게로 복귀하게 된 까닭이 무엇인지를 이렇게 말하고 있습니다.

괴로운 사람아 괴로운 사람아

옷자락 물결 속에서도

가슴속 깊이 돌돌 샘물이 흘러

이 밤을 더불어 말할 이 없도다.

거리의 소음과 노래부를 수 없도다.

그신 듯이 냇가에 앉았으니

사랑과 일을 거리에 맡기고

가만히 가만히

바다로 가자,

바다로 가자.

이 시는 시인이 세상을 떠나 자기에게 돌아온 까닭이 괴로움 때문이었음을 우리에게 말해줍니다. 아픔과 슬픔이 없다면 우리는 누구도 자기에게 돌아올 필요가 없었을 것입니다. 생각하면 윤동주는 '옷자락 물결 속에서도 가슴속 깊이 돌돌 샘물이' 흐를 정도로 처음부터 슬픔과 괴로움의 시인이었습니다. '괴로운 사람'의 가슴속에 흐르는 샘물은 눈물입니다. 그런즉 〈자화상〉에서 그가 찾은 외딴 우물은 눈물이 흘러 이룬 샘이었던 것입니다. 하지만 시인의 슬픔의 정체가 특이합니다. '누구와도 이 밤을 더불어 말할 수 없고 같이 노래 부를 수 없는 것', 이것이 괴로움의 정체입니다. 그것은 누구와도 밤의 고통을 나눌 수 없고, 낮의 기쁨에 참여할 수 없다는 말이 아닐까요. 슬픔과 기쁨을 나누는 것, 그것은 모든 참된 만남의 출발입니다. 그리고 그 만남 속에서 나는 참된 의미의 내가 되고 주체가 됩니다. 그것이 서로 주체성의 본질이죠. 시인이 세상길에서 좌절하는 까닭은 그 길에서 더불어 밤의 어둠을 괴로워하고 낮의 기쁨을 노래할 수 있는 너를 만나지 못했기 때문입니다. 네가 없는 세상에서 나 또한 내가 될 수 없는데, 이 만남의 좌절이 시인을 원치 않는 홀로 있음으로 떠미는 것이죠. 그래서 그는 사랑과 일을 거리에 맡기고 가만히 가만히 바다로 가자고 다짐합니다.

데카르트적 사고방식에서 보자면 이것은 매우 기이한 발상입니다. 데카르트가 자기에게 돌아온 것은 사물에 대한 인식의 동요 때문이었습니다. 그는 아무것도 확실다고 믿을 수 있는 인식이 없던 까닭에 자기에게 돌아온 것입니다. 그에 반해 윤동주는 사물 인식이 아니라 인격적 만남에 좌절해서 자기에게 돌아옵니다. 윤동주든 데카르트든 세상에서 아무런 저항 없이 자기를 실현할 수 있었더라면 굳이 자기의 방으로 퇴각하지 않았을 테죠. 이 점에서 둘 사이에 근본적인 차이가 있는 것은 아닙니다. 결정적인 차이는 좌절의 내용에 있죠. 사물을 인식한다는 것은 사물을 정신의 힘으로 규정한다는 것이요, 규정한다는 것은 지배한다는 것을 뜻합니다. 세계에 대한 주체의 지배권의 동요가 우리의 철학자를 자기에게 돌아오게 했던 결정적인 계기라면, 윤동주의 경우에는 사물적 인식이 아니라 인격적 만남의 좌절이 그를 자기에게로 돌아오게 만드는 계기였습니다.

그렇게 시인은 〈자화상〉에서 외딴 우물을 찾아옵니다. 여기서 바다로 가는 것이나 외딴 우물로 가는 것의 차이가 중요한 것은 아닙니다. 바다든 우물이든 번잡한 세상으로부터 외따로 떨어진 곳이라는 사실이 중요하죠. 하지만 여기서 시인이 세상으로부터 자기에게 복귀하더라도 자기의 집으로 돌아가지 못하고 외딴 우물을 찾았다는 것은 의미심장한 은유입니다. 외딴 곳은 중심이 아닌 곳, 소외된 곳이죠. 그곳은 자기의 집도 땅도 아닙니다. 자기에게 속한 곳이 아닌 거죠. 그곳은 다만 세상의 구석진 곳일 뿐이에요. 거기에 우물이 있습니다. 그리고 거기서 시인은 자기와 대면합니다. 생각하면 '내를 건너서 숲으로 고개를 넘어서 마을로' 아무리 '새로운 길'을 걷는다 하더라도 실은 세상 어디에도 자기에게 속한 곳은 없습니다. 그런 의미에서 시인이 '나의 길'을 가리켜 '새로운 길'이라 노래한 것은 또한 나의 길이 낯선 길이라는 뜻이기도 했을 것입니다. 세상은 '아닌-나'의 총체요, 그런 의미에서 자아에겐 언제나 새로운 곳이지만 동시에 낯선 곳이기도 합니다. 그는 세상의 중심이 아니라 바로 그 외따로 있음 속에서 비로소 자기와 만나게 되죠. 이 점에서 윤동주의 우물은 오비디우스가 전하는 나르시스의 샘과는 다릅니다.

맑은 샘이 있었다네, 눈부신 물결이 은빛으로 반짝이는.

목동도 산에서 풀을 뜯는 염소도

다른 어떤 가축도 그 샘을 건드린 적 없었지.

벌레 한 마리, 어떤 야생 짐승도 그 샘을 휘저은 적 없고

나뭇가지 하나 떨어진 적 없었다네.

물가에 자라난 잔디를 흐르는 물이 적시고

숲은 햇빛을 가려 그곳은 늘 선선했지.

소년은 사냥과 더위에 지쳐

아름다운 곳에 있는 샘을 찾아와 거기 엎드렸다네.*

　여기서 보듯 나르시스의 샘에서 강조되는 것은 모든 타자성을 배제한 순수함입니다. 샘이 누구에 의해서도 침범당하지 않았다는 것이야말로 첫 번째로 강조되는 나르시스적 샘의 특징이죠. 이것은 나르시스적 자기의식이 순수한 자기동일성을 본질로 갖는다는 것을 의미합니다. 나아가 마르지 않는 샘물로 메마를 일 없는 잔디와 한낮의 태양빛을 가려주는 숲은 결핍 없는 존재의 온전함을 의미합니다. 온전하고 순수한 곳이니 당연히 샘은 아름답습니다. 아름다움이란 존재의 완전성에 존립하는 것이기 때문이죠. 나르시스는 사냥에 지쳐 이곳으로 옵니다. 사냥한다는 것은 대상을 자기의 것으로 만드는 것입니다. 사냥하는 나르시스에게 본질적으로 세계는 자기에게 속한 것이죠. 반대로 자기의 샘은 누구에게도 속하지 않는 것으로서, 순수하게 오직 자기를 위해서만 존재하는 거고요.

----

* Ovidius, *Metamorphoses*, 3.405 아래.
　Fons erat inlimis, nitidis argenteus undis,
　quem neque pastores neque pastae monte capellae
　contigerant aliudve pecus, quem nulla volucris
　nec fera turbarat nec lapsus ab arbore ramus.
　Gramen erat circa, quod proximus umor alebat,
　silvaque sole locum passura tepescere nullo.
　Hic puer, et studio venandi lassus et aestu,
　procubuit faciemque loci fontemque secutus.

그러나 윤동주의 우물은 다만 외딴 곳에 있습니다. 시인은 세상에서 멀어져 외딴 우물로 옵니다. 그리고 '가만히' 들여다보죠. 이 조심스러움은 세계로부터 소외된 모든 자기의식에겐 너무도 자연스런 몸짓입니다. 그러고도 시인의 자아는 자기를 그 우물에서 그대로 대면하지 못합니다. 우물을 찾은 것은 자기를 만나기 위함이지만, 시인이 우물 속에서 먼저 보는 것은 자기가 아니라 달과 구름과 하늘과 파아란 바람 그리고 가을이죠. 자기반성의 거울 앞에서조차 시인은 자기와 또렷이 대면하지 못하고 대상세계인 자연을 먼저 보는 것입니다. 거기 아직 자기는 없습니다. 다만 한 사나이가 있을 뿐.

생각하면 나르시스도 샘에서 자기를 자기로 알아보지 못했습니다. 이것은 자기의식이 어떤 의미로든 자기거리의 의식이라는 것을 뜻합니다. 하지만 어떤 의미의 거리인가? 나르시스가 자기를 곧바로 알아보지 못한 까닭은 수면에 비친 자기의 아름다움, 곧 자기의 완전성 때문이었습니다. 그것은 라캉이 말했던 상상계의 자아입니다. 그가 어떤 대상에서도 본 적 없는 아름다움이야말로 자기를 알아보지 못하게 만든 까닭인 거죠. 하지만 윤동주의 자아는 다릅니다. 굳이 말로 표현하지 않아도 우물에 비친 사나이가 남루하다는 것을 우리는 잘 알고 있습니다. 왜냐하면 시인의 자아가 우물에서 "달이 밝고 구름이 흐르고 하늘이 펼치고 파아란 바람이 불고 가을이" 있는 것을 먼저 보았다는 것은 차라리 자연이 우물에 비친 사람보다 아름다웠음을 말하는 것이기 때문입니다. 청아하고 아름다운 자연에 비하면 사나이는 남루합니다. 그러므로 윤동주의 자아가 우물에서 발견하는 자기거리는 자아의 아름다움이 아니라 남루함에서 비롯되는 거리인 것입니다. 여기 나르시즘이 들어설 자리는 없습니다.

자기를 찾아 온 우물에서 낯선 사나이를 본 시인은 어쩐지 그 사나이가 미워져 돌아갑니다. 나르시스는 연못에 비친 자기를 보는 순간 매혹되었으나, 우리의 시인은 '아닌-나'로 마주 선 자기를 미워해 떠나버리죠. 그리하여 자기복귀의 길은 자기로부터 떠남과 이별의 길이 되고 맙니다. 하지만 그 사나이는 자기 자신이니 끝까지 미워할 수는 없는 일입니다. 돌아가다 생각하니 그 사나이가 가엾어진 시인은 다시 우물가로 돌아옵니다. 다시 오니 사나이는 그대로 있습니다. 시인의 자기의식은 이처럼 돌아옴이 떠남이요 떠남이 돌아옴입니다. 마찬가지로 자기에 대한 미움이 또한 자기에 대한 연민이요 사랑이죠. 시인의 자기의식 속에서는 이러한 분열과 그에 따른 운동이 시간의 본질입니다. 우물로 돌아온 시인은 다시 그 사나이가 미워져 돌아가는데, 이러한 복귀와 떠남의 진동은 마치 시계추와도 같이 시간을 추동합니다. 그렇게 자기는 복귀와 떠남 속에서 그리움이 되고 또 추억이 되는데, 아우구스티누스가 기억 속에서 시간의 본질을 발견했다면, 그리움과 추억이야말로 시인에게서는 시간의 본질인 것입니다.

하지만 왜 시인은 자기의 모습이 미웠던 것일까요? 그것은 남루함 때문입니다. 세상에서 소외되었다는 것이야말로 자기에 대한 미움의 근원인 것이니까요. 이를테면 〈무서운 시간〉을 보죠.

거 나를 부르는 것이 누구요,

가랑잎 이파리 푸르러 나오는 그늘인데,
나 아직 여기 호흡이 남아 있소.

한 번도 손들어 보지 못한 나를

손들어 표할 하늘도 없는 나를

어디에 내 한 몸 둘 하늘이 있어

나를 부르는 것이오.

일을 마치고 내 죽는 날 아침에는

서럽지도 않은 가랑잎이 떨어질텐데……

나를 부르지 마오.

여기서 자기의식은 자기를 부르는 것으로 나타납니다. 실은 이것이야말로 참된 자기의식이죠. 우리가 다른 곳에서도 말했듯이 자기를 보는 것이 아니라 듣는 것이야말로 참된 자기의식인 것입니다. 우리는 부름에 응답함 속에서 자기를 반성적으로 의식합니다. 하지만 시인은 응답 대신 되묻습니다. "거 나를 부르는 것이 누구요" 하는 되물음 속에서 '나'는 의식됩니다. 하지만 그것은 목적어로서 의식될 뿐이죠. 내가 주체가 되는 것은 나를 주어로서 정립할 때입니다. 그것은 내가 부름에 적극적으로 응답함으로써 일어납니다. 하지만 나는 부름에 적극적으로 대답할 수 없습니다. 시인이 '나 아직 여기 호흡이 남아 있다'고 대답할 때 '나'는 주어로서 발설되고 있으나, 그 주어는 행위의 주체가 아니라 호흡의 주체로서 철저히 비활동적인 단순한 현존을 표현할 뿐입니다. 그것은 가랑잎 이파리가 푸르러 나오는 자연에 수렴한 주체로서 아직 능동적 활동의 주체에는 한

참 미치지 못하는 것입니다.

　자아가 손을 들어 자기를 드러낼 때 비로소 주체가 될 수 있습니다. 하지만 시인은 나는 한 번도 나 여기 있노라 손들어보지 못하였다고 고백합니다. 왜일까요? 손들어 표할 하늘이 없기 때문입니다. 나는 나의 하늘, 나의 세계를 빼앗겨 어디도 내 한 몸 둘 하늘이 없는 것입니다. 내가 부름에 대답하지 못하는 까닭은 그것이에요. 하늘을 가지지 못했으니 나는 없는 것이나 마찬가지인 거죠. 나는 하나의 세계입니다. 하늘이에요. 하지만 내겐 더 이상 하늘이 없으니, 나는 세계를 빼앗긴 것입니다. 세계를 빼앗긴 나는 나를 빼앗긴 것과 같죠. 그래서 시인은 자리를 부르는 소리에 이렇게 대답합니다. "나를 부르지 마오." 이것이 시인의 자기의식입니다. 자기를 부르는 소리에 부르지 말라고 응답하는 것, 이 응답 아닌 응답이 자기를 부르는 것에 대한 응답인 거예요. 이처럼 마주 보면 미워해 떠나고, 자기를 부르면 부르지 말라고 대답하는 이 자기와의 불화는 나르시스적 자기애와 정확히 반대되는 것으로서 이 불화가 고착되면 결국 자기와의 이별과 자기상실에 이르게 됩니다. 이 분열과 상실의 자기의식은 뒤로 갈수록 첨예해져서 우리가 보았듯이 〈또 다른 고향〉 이후에는 확고하고도 명확한 자각으로 정립됩니다. 앞서 인용한 〈길〉에서 자기를 찾아가는 길이 막힌 돌담길일 수밖에 없는 까닭도 이 자기분열에 있습니다. 대상 세계로 향한 길은 내를 건너서 숲으로 고개를 건너서 마을로 열린 길이었으나, 자기를 찾아가는 길은 이제는 완강히 닫힌 길입니다. "담은 쇠문을 굳게 닫아 길 위에 긴 그림자를 드리우고" 있는데, 문을 통해 이쪽과 저쪽이 통하지 못하고 다만 길은 아침에서 저녁으로 저녁에서 아침으로 통할 뿐이죠. 길이 통해야 할 곳은 문인데, 문은 완강히 닫혀 있고 막힌 담길을 따라 시간이 "아침에서 저녁으로 저녁에서 아침으로" 오갈 뿐입니다. 그리하여 여기서도 시간은 분열을 통해 추동됩니다. 하지만 분열을 통해 추동되는 시간은 본질적으로 역설의 시간입니다. 가볍게 생각하면 아침에서 저녁으로 저녁에서 '다음 날' 아침으로 통하는 시간은 순리대로 흐르는 시간을 표시합니다. 그러나 시인이 여기서 어제와 오늘 그리고 오늘과 내일이라 말하지 않고 단순히 아침에서 저녁으로 저녁에서 아침으로 통했다고 표현한 것은 어떤 역설적인 울림을 줍니다. 이 표현에다 우리가 앞에서처럼 '다음 날'이란 말을 보충하지 않는다면, 아침에서 저녁으로 저녁에서 아침으로 길이 통한다는 말은 마치 "아침에서 저녁으로" 나아감이 "저녁에서 아침으로" 다시 돌아옴이라는 것처럼 들리기도 하기 때문입니다. 돌과 돌과 돌이 끝없이 연달아 길은 돌담을 끼고 간다지만, 담으로 막히고 문은 닫혀 있는 길에서 자기를 찾아 나아감은 곧 되돌아옴이요, 자기에게 되돌아옴은 다시 또 다른 자기를 찾아 나아가는 길일 수밖에 없습니다. 길의 끝없음은 곧 길의 막힘과 출구 없음이기도 하고요. 시인은 그 끝없는 길에 절망하여 돌담을 더듬어 눈물짓는데, 〈또 다른 고향〉에서 어둠 속에서 방이 우주로 통했듯이 여기서도 눈물 속에서 하늘은 열리고 지조와 같은 종족인 부끄러움 속에서 하늘은 눈부시게 푸릅니다. 이것은 만해가 "쏟아지는 눈물 속에서 당신을 보았습니다"라고 말하거나, 함석헌이 "눈에 눈물이 어리면, 그 '눈물의' 렌즈를 통해 하늘나라가 보인다"고* 말했던 것과 같은 경지로서, 눈물이 아니면 존재의 진리는 결코 우리에게 자기의 옷자락을 보이지 않는 것입니다. 내가 풀 한 포기 없는 이 길을 걷는 것

* 《뜻으로 본 한국역사》, 함석헌 지음, 한길사, 1993, 316쪽.

은 한편에서는 비참하지만, 다른 한 편에서는 그것이 또한 진리를 향한 순
례의 길이니 결코 멈출 수는 없는 길인 것이죠.

자아의 타자성

진리는 담 저쪽에 남아 있는 잃어버린 나입니다. 하지만 이 시에서 과연
자기를 잃어버렸다는 것이 무엇을 뜻하는지는 아직 명확하게 반성되지
않고 있습니다. 그런 의미에서 자기의식의 진리는 아직 감추어져 있죠.
그러나 이듬해 봄에 쓴 〈흰 그림자〉에서 시인은 자기분열과 자기상실에
대한 좀 더 깊은 시적 성찰을 보여줍니다.

　　황혼이 짙어지는 길모금에서
　　하루 종일 시들은 귀를 가만히 기울이면
　　땅검의 옮겨지는 발자취 소리,

　　발자취 소리를 들을 수 있도록
　　나는 총명했던가요.

　　이제 어리석게도 모든 것을 깨달은 다음
　　오래 마음 깊은 속에
　　괴로워하던 수많은 나를
　　하나, 둘, 제고장으로 돌려보내면

거리 모퉁이 어둠 속으로

소리 없이 사라지는 흰 그림자,

흰 그림자들

연연히 사랑하던 흰 그림자들,

내 모든 것을 돌려보낸 뒤

허전히 뒷골목을 돌아

황혼처럼 물드는 내 방으로 돌아오면

신념이 깊은 의젓한 양처럼

하루 종일 시름없이 풀 포기나 뜯자.

지금까지 시인은 자기를 잃어버린 것을 슬퍼하고 부끄러워하면서 잃어버린 자기를 찾아 헤매었으나, 과연 자기가 자기를 잃었다는 것, 또는 자기가 자기 자신과 분열 속에 있다는 것 그 자체가 무엇을 뜻하는지 묻지는 않았습니다. 그런 점에서 이전에 씌어진 시는 파괴된 자기동일성에서 비롯되는 고통의 반추와 함께 분열 없는 자아에 대한 소박한 동경을 보여주기는 하지만, 과연 자아의 자기분열이라는 사태 자체의 실상이 무엇인지, 내가 어째서 그런 자기분열 속에 빠지게 되었는지에 대한 반성적 성찰을 보여주지는 않는 것이죠. 그리하여 그의 시는 〈팔복〉에서처럼 극단화된 슬픔과 〈서시〉나 〈십자가〉에서 보듯 도덕적 결단 사이에서 동요합니다. 자아의 자기분열은 부정되고 지양되어야 할 비극적 현실입니다. 도덕적 결단이란 자기가 처한 그런 현실을 지양하고 초월하기 위해 현재의 자기를 기꺼이 부정하려는 의지의 표현입니다. 시인은 〈십자가〉에서 "괴로웠던 사나이, 행복한 예수 그리스도에게처럼 십자가가 허락된다면 모가지를 드리우고 꽃처럼 피어나는 피를 어두워 가는 하늘 밑에 조용히 흘리겠습니다"는 결단을 표현합니다. 이것은 자기를 잃어버린 부끄러움을 속죄하기 위해서는 기꺼이 자기를 부정하고 십자가를 지겠다는 도덕적 의지의 표현인 것입니다.

하지만 자기 자신의 죄가 무엇인지 모르면서 어떻게 자기의 죄를 속죄할 수 있겠습니까? 그것은 불가능한 일입니다. 그런데 시인은 사실은 자기의 죄가 무엇인지 아직 모릅니다. 자기를 잃어버렸다는 것이 부끄럽고 치욕스런 일인 것은 분명하지만, 과연 어떻게 내가 나를 잃어버리고 자기와 분열에 빠지게 되었는지를 알지 못하는 것입니다. 그렇기 때문에 기꺼이 십자가를 지겠다는 시인의 도덕적 결단은 방향도 표적도 없는 맹목적이고 공허한 결단으로 남을 수밖에 없습니다.

이런 점에서 〈흰 그림자〉는 시인의 시 세계에서 하나의 비약을 표시합니다. 왜냐하면 이 시에 와서 시인은 비로소 자아의 자기분열을 단순히 슬퍼하는 데 머물지 않고, 그 진상을 자체로서 성찰하고 있기 때문입니다. 다시 말해 여기서 시인은 자기분열이 필연적으로 수반하는 자기의 타자성을 그 자체로서 성찰하고 있는 것입니다. 그래서 우리는 이 시야말로 윤동주에게서 자기의식의 진리를 가장 심오하게 표현한 것이라 봐도 좋을 것입니다.

잃어버린 자기를 찾아 끝없는 길을 걷던 시인은 이 시에서 비로소 자기에게 돌아온 듯합니다. "땅검의 옮겨지는 발자취 소리"를 들었으니 말이죠. 그것은 세계 시간이 드리우는 발자취 소리인 동시에 자아의 발자취 소리이기도 합니다. 참된 자기의식은 자기를 보는 것이 아니라 듣는 것이니, 시인이 자기의 발자취 소리를 듣는다는 것은 자기를 듣는다는 것이요, 이것은 곧 자아가 자기에게 돌아왔음을 뜻하는 것일 테죠. 하지만 그것이 자기동일성의 확인은 아닙니다. 발자취 소리는 부름이라 할 수는 없으니 침묵의 소리일 뿐이죠. 그리하여 여기서도 진정한 자기동일성은 실현되지 않습니다. 하지만 그렇다고 해서 내가 나를 듣는 것이 단순한 환청일 수는 없으니, 자기동일성이 아니라 해서 자기가 완전히 부정되는 것도 아닙니다. 자기를 듣는 것이 안 듣는 것이고 안 듣는 것이 듣는 것이며, 자기를 아는 것이 모르는 것이요, 자기를 모르는 것이지만 또한 아는 것이죠. 결국 자기를 아는 총명함이 모르는 어리석음이요, 그 어리석음이 또한 자기를 깨닫는 것이기도 합니다.

그 깨달음은 자기의 타자성에 대한 깨달음, 다시 말해 자기의 '자기-아님'에 대한 깨달음입니다. 그것은 "자기가 연연히 사랑하던" 것이 실은 내가 아니라 '아닌-나'였다는 깨달음인 바, "오래 마음 깊은 속에 괴로워하던 수많은 나"란 다른 고장에서 온 수많은 '아닌-나'의 그림자에 지나지 않는 것입니다. 간신히 자기에 대한 사랑의 문턱에 이르렀는데, 자기가 연연히 사랑했던 것이 자기가 아니라 남이라는 것이야말로 시인에게서 나의 참모습이요 자기의식의 진리이니, 그 진리를 깨달을 때 나는 나를 붙잡는 것이지만, 그 순간 나는 또한 그림자로 흩어져버리고 맙니다. 그리하여 남아 있는 것은 아무것도 없으니, 깨달음이란 어리석음인 것이죠.

하지만 시인은 왜 그토록 오래 마음 깊은 속에 괴로워하던 수많은 나를 제 속에 품지 못하고 하나 둘 제고장으로 돌려보내야만 했을까요? 그것은 나는 '아닌-나'가 아니기 때문입니다. 윤동주는 '아닌-나'를 모두 나로부터 해방시켜 제 고장으로 돌려보낼 만큼 정직합니다. 그 결과 그는 '내 모든 것을 돌려보낼' 수밖에 없습니다. 그것이 시인의 지조였던 거죠. 하지만 이처럼 우리의 시인이 비타협적으로 자기동일성을 추구한 것을 두고 그가 변증법을 몰랐다고 비난할 수는 없습니다. '아닌-나' 속에서 나를 발견하고 나 속에서 '아닌-나'를 발견하는 것이 변증법이지만, 이런 교환이 가능했던 까닭은 동일성과 비동일성의 근저에 다시 보다 근원적인 동일성을 상정할 수 있었기 때문입니다. 간단히 말하자면, 변증법이란 오직 근원적인 자기동일성을 전제한 뒤에만 가능한 논리인 것이죠. 하지만 '아닌-나'가 나 속에서 뿌리를 두고 생겨난 것이 아니고, 제각기 다른 고장에서 온 것인 경우 그런 근원적 자기동일성을 상정하는 것은 불가능한 일입니다. 그리고 함석헌이 말했듯이 자아는 남편이 여섯인 사마리아 여인과 같은 곤경에 빠집니다.

나는 사마리아 여인입니다. 내 임이 다섯입니다. 고유종교, 유교, 불교, 장로교, 또 무교회교, 그러나 그 어느 것도 내 영혼의 주인일 수 없습니다.[*]

단순한 자기동일성의 의식이란 자아의 위치일 뿐 존재의 내용과 질량은 아직 아닙니다. 그런데 자아의 존재의 내용을 이룰 '내 모든 것'이 시인에게는 다른 고장에서 온 남의 것이었습니다. 나는 그 모든 것에 매혹되었고 연연히 사랑하였으며, 끝내 그 모든 것들을 '수많은 나'로서 내게 받아

---

[*] 《펜들힐의 명상》, 함석헌 지음, 한길사, 2009 참조.

들였으나, 그렇다고 해서 그 모든 '수많은 나'들이 오래 마음 깊은 속에 괴로워하던 것이었음을 부정할 수는 없습니다. 괴로움은 불화에서 옵니다. 수많은 '아닌-나'에게 매혹되어 그것을 수많은 나로 받아들인 정신, 곧 임신한 정신은 자기와 불화하게 되죠. 그것은 임신한 정신의 입덧인 것입니다. 이 정신의 동요를 진정시키기 위해서는 내가 오래 마음 깊은 속에 괴로워하던 수많은 나를 하나 둘 제고장으로 돌려보내는 수밖에 없습니다. 그렇게 내 모든 것을 돌려보낸 뒤에야 시인은 황혼처럼 물드는 내 방으로 돌아옵니다. 그것은 주체가 순수한 자기 자신으로 복귀하는 것이지만, 거기서 시인이 만나는 것은 순수한 자아가 아니라 풀포기나 뜯고 있는 한 마리 양¥입니다. 주체가, 자아가 양이라니…… 무의미하고 불가사의한 자기여, 자아는 이제 그렇게 한갓 은유로만 남는 것입니다.

윤동주는 이처럼 순수한 자기동일성 속의 자아를 찾아 헤매었으나 끝내 찾음을 통해서도 버림을 통해서도 그 자기에게 도달하지 못합니다. 그래서 우리의 시인에게서 자기의식의 진리는 자기에 대한 부끄러움과 그리움으로 남습니다.

나는 무엇인지 그리워

이 많은 별빛이 내린 언덕 위에

내 이름자를 써보고,

흙으로 덮어 버리었습니다.

딴은 밤을 새워 우는 벌레는

부끄러운 이름을 슬퍼하는 까닭입니다.

그러나 겨울이 지나고 나의 별에도 봄이 오면

무덤 위에 파란 잔디가 피어나듯이

내 이름자 묻힌 언덕 위에도

자랑처럼 풀이 무성할 게외다.

자기에 대한 나르시스적 긍지와 욕망이 아니라 잃어버린 자기에 대한 그리움과 부끄러움 사이에서 시인은 수척해갑니다. 봄이 오면 자랑처럼 풀이 무성하기를 꿈꾸지만, 그 희망은 또한 파란 잔디 피어난 무덤에 대한 불길한 예감이기도 합니다.

일본으로 떠난 뒤에 쓴 한두 편의 시에서 우리의 시인은 자기와의 오랜 불화를 애써 극복한 듯한 모습을 보이기도 합니다. "옛거리에 남은 나를 희망과 사랑처럼 그리워한다"(〈사랑스런 추억〉)고 고백할 때 그는 처음으로 '희망'을 입에 올립니다. 그리고 〈쉽게 씌어진 시〉의 마지막 두 연에서 "등불을 밝혀 어둠을 조금 내몰고, 시대처럼 올 아침을 기다리는 최후의 나, 나는 나에게 작은 손을 내밀어 눈물과 위안으로 잡는 최초의 악수"라고 노래할 때, 자기와의 화해에 도달한 것처럼 보이기도 합니다. 그러나 시인은 그렇게 자기와 화해한 자기의식의 진리가 무엇인지 우리에게 알려주지 못하고 후쿠오카 형무소에서 삶을 마감해야만 했죠. 그렇게 그의 시는 분열과 상실의 자기의식의 표현으로 남아 있습니다.

슬픔과 기쁨을 나누는 것, 그것은 모든 참된 만남의 출발입니다.
그리고 그 만남 속에서 나는 참된 의미의 내가 되고 주체가 됩니다.
그것이 서로 주체성의 본질이죠.

김진숙
민주노총 부산지역본부 지도위원으로 활동 중이고, 지은 책으로 〈소금꽃 나무〉가 있다.

한 여성
노동자의
삶

여러분들, 만나서 반갑습니다.

저는 18살 때 학교를 그만 두고 부산엘 갔었습니다. 공부도 싫고 돈도 없는데, 학교에서는 무단히 돈만 가져오라고 하더군요. 제가 〈님의 침묵〉이라는 시를 참 좋아했었어요. "님은 갔습니다 아아, 사랑하는 나의 님은 갔습니다 푸른 산빛을 깨치고 단풍나무 숲을 향하여 난 길을 걸어서 차마 떨치고 갔습니다" 하는 시 말입니다. 그게 시험 문제에 나왔었는데, '여기서 말하는 님은 무엇인가' 하는 게 문제였지요. 기억나기로는 1번이 조국, 2번이 애인, 3번이 가족, 4번이 친구였던 것 같습니다. 여러분은 답이 뭐라고 생각하십니까? 저는 답이 없다고 생각해서 일말의 의심도 없이 2번으로 썼습니다. 그게 제가 시험을 치면서 가장 확신했던 답이었어요. 근데 이게 틀렸다는 거예요. 조국이 답이라 하더라고요. 아니 첫 키스까지

했다는데, 누가 조국과 키스를 합니까? 그래서 선생님하고 막 싸웠어요. 저는 그걸 인정할 수가 없었죠. 그것 때문에 또 교장실엘 끌려가기까지 했고요. 그런데 나중에는 육성회비 제날짜에 안 낸 얘기를 막 하는 거예요. 그게 왜 조국인지만 설명해주면 되는데 말입니다. 결국 싸우다가 성질이 나서 학교에 있는 오토바이를 타고 가출을 해버렸습니다. 그런데 문제는 그 오토바이 주인이 교장선생님이었다는 거예요.

강화다리를 건너서 신나게 오토바이를 타고 갔는데, 저는 그때 오토바이가 기름으로 간다는 걸 처음 알았습니다. 화곡동 즈음인가 오니까 기름이 떨어진 거예요. 아무리 밟아도 오토바이가 안 가더라고요. 그래서 버리고 강화까지 걸어서 돌아왔습니다. 학교에서는 난리가 났지요. 이미 퇴학이 기정사실화돼 있더라고요. 원체 학교에 대한 믿음이 없어서 자퇴를 하려고 하긴 했지만요. 정작 본인인 저는 너무 기쁜데 저희 엄마는 우시더군요. 그래서 뒤도 안 돌아보고 집을 나와 부산으로 갔습니다. 그때 부산까지 가는 특급열차 요금이 2,600원이었는데 그걸 타고 가면 그날 밤은 기차 안에서 잘 수 있겠구나 했는데, 웬걸 밤 11시 10분에 부산 역에 똑 떨어뜨리는 것이었습니다. 그래서 할 수 없이 여인숙에서 자고 그 다음 날부터 공장에 나갔습니다. 남자들 와이셔츠 만들어서 수출하는 공장인데 1만 2,000명이 일하는 공장이었습니다. 그중에 1만 1,000명이 여자였지요. 삼천포·사천·밀양, 이쪽에서 온 13~14살짜리 소녀들인데 공장에선 아무도 나이를 제대로 얘기 안 해요. 다 높여서 부르고 때에 따라서 낮춰서 부르고 그러니까 고무줄 나이인 거죠. 보통 10살 위아래로 왔다 갔다 합니다. 그 아이들이 공장에 다니면서 초경을 맞는데 그게 뭔지를 모르는 겁니다. 교육을 받아봤어야 말이죠. 저도 살면서 유일하게 받았던 성교육은 남자하고 한방에 있을 때는 문을 좀 열어놓고 앉아 있어라 하는 게 성교육의 전부였던 시절이었어요. 그땐 구성애도 없을 때니까. 여자애들이 생리를 해 치마에 벌겋게 흘리고 다니면 조장이 "이놈 가시나, 이리 와봐" 해서는 화장실로 데려가 '기레빠시'로 대충 처리하고는 했어요.

그때는 곱빼기 철야를 한 달에 7번씩하고 그랬는데요, 곱빼기 철야는 자는 시간 없이 밥 먹는 시간 빼고 계속 일하는 거죠. 그땐 점심시간도 길어야 30분, 보통은 15분이었는데 제가 다녀본 공장 중에서는 한 시간짜리가 아무 데도 없었습니다. 곱빼기 철야를 7번씩하면 정신이 하나도 없어요. 그런 아이들을 데려다가 일을 시켜서 만든 나라가 바로 이 나라입니다. 그때는 공장마다 수출만이 살길이다 어쩐다 하면서 '수출 강국'이니 '수출 대국'이니 떠들던 시절이었습니다. 그때 저는 수출 역군이라는 거, 그거라도 내가 붙잡고 살아야 된다고 생각했습니다.

부산에 내려온 지 여섯 달 만에 고향인 강화를 갔어요. 고향에 갔더니 어른들, 특히 동네 아줌마들은 '진숙이가 도시에 가서 수돗물 먹더니 얼굴이 뽀얘졌네' 그러는 거예요. 그런데 그 말을 들으니 왜 그렇게 서러운지 눈물이 진짜 막 폭포처럼 쏟아지는 겁니다. 내가 왜 뽀얘졌는지를 차마 설명할 수가 없었어요. 아마 그래서 그랬을 겁니다. 그 공장에서 열 몇 살짜리 아이들이 노란 배추잎사귀처럼 시들어가는 거를 얘기할 수가 없었어요. 집에다 편지를 쓸 때도 '오늘도 내가 조장한테 칭찬받았다' 그런 얘기만 쓴 거거든요. 사실은 맨날 야단이나 맞으면서도. '우리 회사는 통근버스가 100대가 넘는다', '우리 회사에 오면 얼마나 큰지 기절한다', 이런 얘기들 말입니다. 사실 회사가 큰 거하고 저의 영광하고는 아무런 상관이 없잖습니까? 그러나 우리 같은 사람들에겐 영광이란 게 있을 턱이 없으니까 그런 거라도 써 먹는 거죠. 그때는 퇴근시간이 되면 사감들이 쫙 나와서 서 있었어요. 공장 바로 앞에 기숙사가 있었지요. 교통 정리하듯이 깃발을 들고서요. 그러니까 그냥 횡단보도랑 공장만 왔다갔다한 거죠. 그 아이들이 한창 크던 아이들인데 점심때 먹다 남은 공장밥을 기숙사 애들한테 다시 주는 거예요. 밥에서 단무지 씹다 남은 것도 나오고 비벼 먹던 밥도 그대로 나와요. 찬밥을 주는 거죠. 그것도 모자라서 못 먹는 애들도 있었어요.

기숙사에서는 한방에 20명이 넘게 자는데 맨 안쪽에 있는 애가 젤 고참입니다. 왜 맨 안쪽에서 고참이 자냐면 거기에 스팀이 있었거든요. 문 앞에는 초짜배기가 자고요. 그래봐야 겨울에 딱 1시간밖에 스팀이 안 나오지만 문 앞에는 신발장도 있고 세숫대야도 있고 물도 흥건하게 고여 있어서 굉장히 불편한 자리거든요. 새벽에는 아이들이 밤에 자다가 일어나 막 흐느껴 웁니다. 우는 소리에 깨보면 빈대들이 새카맣게 하얀 벽을 기어 올라가는 게 보입니다. 처음에 기숙사 방에 올라가서 보니까 군데군데 핏자국이 이만한 게 펑펑 군데군데 튀어 있어요. 그 아이들이 낮에는 공장에서 피를 빨리고 저녁에는 빈대들한테 피를 빨렸습니다. 밤 9시면 전기세 아낀다고 반장이나 실장이 불 끄라고 막 소리칩니다. 완장을 찬 사람들이 많았지요. 불을 끄고 20~30분 있다 보면 어김없이 나는 소리가 있었는데 군용담요를 뒤집어쓰고 100원짜리 옥수수빵을 뜯느라 내는 소리인데 그것을 뜯는데 10분이 걸려요. 봉지 뜯는 소리가 남들한테 들킬까봐 조심조심하느라고 말이지요. 그걸 먹으려면 침 넘어가는 소리도 안 나야 하고 씹는 소리도 안 나야 되잖아요. 근데 소등하고 나면 진짜 조용하거든요. 그 소리를 아이들이 다 듣고 있었을 거예요. 나도 듣고 있었으니까. 그걸 또 다

못 먹어요. 먹던 걸 또 조심스럽게 봉지를 여며서 치워놔요. 그 다음 날 밤 되면 그 소리가 또 들려요. 빵 봉지 여는 소리가.

그때는 노동조합이 있다는 것도 몰랐고 법으로 보장된 권리가 있다는 것도 몰랐습니다. 우리 부서가 생산3부였는데 인원이 600명이었습니다. 한 라인에 13명이었는데, 소매 카우스 다는 거부터 앞판에 단춧구멍 다는 거, 맨 앞에 라벨 다는 아이까지 그게 한 공정에 속해 있었어요. 그래야 옷 한 벌이 나오는 거죠. 근데 라벨 다는 애는 고졸이래서 일당으로 10원을 더 주더라고요. 왜 그러냐고 물었더니 라벨은 영어로 돼 있으니까 그렇대요. 이게 한 바이어에서 나온 라벨이라 거의 비슷하거든요. 영어에 대해 아는 게 없으면 헷갈리니까 그런다는 겁니다. 그때는 사무실이 공장 한가운데 성처럼 솟아 있어서 거기에 올라가 서보면 저기 재단방까지 사방이 다 보입니다. 온종일 사무실에서 마이크 잡고 하는 말이라는 게, '열셋째 줄 누구 껌 씹지 마', '열 몇째 줄 누구 씨부리지 마', 그런 소리뿐입니다. 그때는 열 몇 살짜리 아이들이 전부 조용필 노래만 나오면 그냥 뒤집어졌어요. 그런 것에서만 낙을 알고 살았지 아무 희망이 없었거든요. 기숙사에서는 소등하고 나면 10시 넘어서야 야간학교 다니는 애들이 돌아왔습니다. 야간학교 다니는 아이들 중에 서울대학교 입학하고 이런 아이들이 하나씩 나오고 그런다니까요. 그럼 우린 찌질이가 되는 거죠. 쟤는 서울대 가는데 너희들은 뭐냐고. 학교 다니는 애들이 숙제를 할 때는 옥상으로 올라가야 합니다. 방에는 불을 다 껐으니까요.

학생 라인은 따로 있어요. 그 애들은 일찍 간다고 일당이 30원 쌉니다. 수당도 빠질 뿐더러 일당도 빠지는 거예요. 그러고도 학교에 다녔어요. 고등학교 졸업장이라도 얻으면 이제 검사도 되고 라벨 다이도 되고 그랬으니까요. 그런데 문제는 야간학교를 졸업해도 졸업장이 없다는 겁니다. 인가가 안 난 학교들이었던 거죠. 그걸 졸업할 때 돼야 압니다. 우리나라 노동자들이 그렇게 살았습니다.

전 지금도 참 잊혀지지 않는 게 있습니다. 월급날이 되면 600명의 노동자가 월급을 받으려고 도장 들고 서 있습니다. 관리자들은 다 남자들인데 주임·공정 담당·계장·반장·조장, 전부 다 말입니다. 그들이 돈을 주면서 아이들 몸을 만지고 그랬어요. 그땐 그런 일에 대해서 저항해야 된다는 생각을, 하아, 저도 못 하고 살았어요. 전 지금도 한 번씩 자취방이나 기숙사에 누워 있으면 내가 하루에 5끼를 먹는 것도 아니고 그렇다고 많이 먹는 것도 아닌데 왜 이렇게 먹고사는 게 힘드냐, 그런 생각이 듭니다. 저는 대학 가면 인생 풀릴 줄 알았어요. 대학 나온 계장들이 우리한테 소리치고 욕하고 때리고 그러니까 말입니다. 근데 공장에서는 도무지 대학을 못 가겠더라고요.

해운대서 아이스크림 장사도 해본 적이 있는데 쭈쭈바가 아니고 쭈쪼바, 브라보콘이 아니고 부러바콘 이런 걸 팔았어요. 포장지는 똑같은데 먹으면 혓바닥이 새빨개지는 거 있잖아요. 닦아도 안 지워지는 거. 그런 것을 팔고 다니다가 가방공장엘 갔습니다. 여러분들 쓰시는 수첩이나 핸드폰 케이스 이런 게 전부 화공약품 처리한 인조가죽입니다. 가방공장에는 가공부가 있는데 가공부에 있는 아이들이 톨루엔이나 시너를 막 물처럼 조몰락거립니다. 그런데 거기서 일하는 아이들이 생리를 안 하는 거예요. 우리가 그때 얼마나 무식했냐 하면 반장한테 옥수수식빵 사다 주고 그러면서 가공과에 보내달라고 부탁하기도 했습니다. 거기 가면 생리 안 하니까 좋은 줄 알고. 그게 유기용제에 의한 산업재해라는 얘기를 아무도 안

해줬어요. 얼마 전에 태국의 여성노동자들이 와서 유기용제 때문에 말들이 있었는데, 지금에 와서야 그게 노동자들의 권리로 얘기되고 인권으로 얘기되고 그러지만 그땐 아무도 그런 것을 알려주는 사람이 없었어요. 한 번씩 그때 애들은 지금쯤 어떻게 살까 이런 생각이 들어요. 한 아이를 서면에서 만난 적이 있는데 노점상을 하고 있더라고요. 결혼했다가 애가 없어서 이혼했대요. 제가 매일 서면 가서 집회하고 그러니까 나중엔 욕하더라고요. 내일은 오지 말라고, 집회하면 장사 안 된다고. 그래도 갔어요. 가서는 걔를 피해다니고 그랬어요.

하여튼 공장을 여러 군데 옮겨 다니다가 조선소를 들어갔는데 그때 제게는 저를 지탱해줄 무언가가 절실했었습니다. 내가 살아 있다는 확신, 이른바 존재감을 채워줄 것이 말이지요. 그게 없으면 살 수가 없었어요. 공순이로 살면서 짓밟히고 두들겨 맞고, 어디 가서 하소연할 데도 없었으니까요. 시내버스 안내양을 할 때는요, 학생들이 등교할 때면 차 안이 지옥이 돼서 문을 닫지 못하고 버스가 출발합니다. 한번은 구포다리를 건너갈 때, 낙동강이 그때만 해도 시퍼랬거든요, 손님들이야 낙동강을 등지고 가지만 나는 엉덩이로 손님들을 밀어 넣은 채 낙동강을 내려다봤어요. 내 팔 하나에 수십 명이 매달려 있는데 이 무게를 언제까지 지탱하고 살아야 되나, 그냥 이걸 확 놓아버렸으면 좋겠다는 생각을 참 많이 했었어요. 그때가 19살이었습니다.

소설가 조정래 씨의 《한강》이라는 소설을 보면 주인공 명숙이도 안내양인데 검신을 하는 게 나와요. 안내양들이 버스 차비를 '삥땅'쳤다고 말입니다. 근데 삥땅을 아주 안 하지는 않죠. 왜 그러냐 하면 버스 기사들이 삥땅을 안 주면 일부러 손님을 떨어뜨린다니까요. 그때는 차 문 앞에서 난 사고는 100퍼센트 안내양 책임이었어요. 어쨌든지 간에 손님이 실수해서 떨어졌다 해도 그건 안내양이 일단 책임을 져야 해요. 그러니까 삥땅을 안 주면 그 안내양하고 안 탄다고 대놓고 그래요. 어떻게 할 수가 없이 짝 맞춰서 타게 되면 일부러 막 버스를 흔들어서 손님을 넘어뜨리는 거예요. 할매 하나 떨어뜨려서 제가 김해 경찰서를 2번 가서 조사를 받고 이랬다니까요. 근데 신기한 게 그 기사 아저씨가 얼마 전에 우리 민주노총 사무실에 왔어요. 노조 만들겠다고 말이죠. 그 아저씨는 절 잊었겠지만 그 아저씨 이름이 하도 희한해서 제가 30년을 넘게 기억하고 있거든요. 그 아저씨가 백발이 돼서 노조를 만들겠다고 우리 사무실에 왔더라고요.

저녁에 일을 마치고 나면 밤 12시 15분 막차가 들어오는데 그 시간까지 안내양들을 안 보내는 거예요. 열 몇 살짜리를 다 벗겨놓고 검신을 하는 거죠. 기사·배차주임·정비사까지 그 시간되면 검신하는 걸 보려고 사무실에 다 옵니다. 첫날 검신을 하는데 도대체 이게 뭔가 싶더라고요. 글쎄 남자들이 다 있는데 언니들이 스스럼없이 옷을 다 벗는 거예요. 공장 기숙사 있을 때만 하더라도 빤쓰 갈아입을 때 치마 입고 갈아입고 그랬는데, 안내양들은 남자들 왔다갔다하는데 그냥 다 벗고 그러는 겁니다. 뭐 저런 여자들이 다 있나 하는 생각이 들더군요. 그래서 옛날에는 안내양들을 걸레라고 막 부르고 그랬잖아요. 근데 그게 일상이었던 겁니다. 제가 막 고소하겠다고 그랬더니 경찰을 불러오래요. 그때는 경찰이 되게 무서웠는데, 제가 결백을 증명하는 방법은 둘 중에 하나밖에 없었어요. 경찰서를 가든지 옷을 벗든지. 제가 첫날은 막 버티다가 둘째 날은 저 자신하고 타협을 했어요. '언니들도 다 벗는데…… 나만 벗는 게 아닌데……' 이러면서 말이지요. 희한한 게 일주일쯤 되니까 그게 아무렇지도 않습디다.

심지어는 기사들이 앉아 일어서까지 시켜요. 항문으로도 토큰이 한 통은 들어간다는 겁니다. 근데 감방 가면 그 말이 영 뻥도 아닌 게 조폭들 항문에서 담배 한 보루가 줄줄 나와요. 앉아 일어서까지 막 시키는데 어쩔 수 없이 하게 되더군요. 전 그 기억이 너무너무 부끄러웠어요. 이런 일들이 영혼에 심한 상처를 입혔는데·말로 할 수 없으니깐 그게 꿈이었나 싶을 때도 있고, 19살짜리가 먹고사는 게 뭐라고 그런 짓을 스스럼없이 하면서 세상과 타협했나 싶기도 하고요.

제가 1990년도에 첫 징역을 살았어요. 거기서도 검신을 한다고 옷을 다 벗겼습니다. 앞에 앉은 사람을 다 벗겨놨더라고요. 우리는 노동 운동을 하다가 징역을 간 건데 말입니다. 그래서 책상에 올라가서 손에 닿는 유리창을 주먹으로 깨버렸어요. 지금도 여기 보면 흉터가 있어요. 유리가 박혀 피가 철철 났거든요. 그 이후에 구치소 유리창은 전부 아크릴로 바뀌었습니다. 그래서 검신을 안 했어요. 징역 가면 경찰에서 검찰로 넘어갈 때 몸만 가는 게 아니라 제 전과 기록·공소 기록·사진, 전부 다 같이 갑니다. 두 번째 징역 가니까 라면 박스로 3개가 되던데 그 위에다가 당구장 표시해놓고, 제 수번이 5504번이었는데, '5504번 절대 검신하지 말 것' 이래났더군요.

제가 이번에 한진중공업 정리해고 방침에 맞선 단식을 하면서 부산일보 기자와 인터뷰를 했는데 제 얘기를 듣더니만, "어떻게 그렇게 사셨어요?" 이래요. 그 말을 듣고 나니까 이런저런 생각이 많이 들더군요. 나는 왜 그렇게 살았을까? 근데 저는 이런 삶이 있다는 거 외에 다른 삶이 있다는 생각도 못 해봤던 거 같아요. 그걸 꿈꿔본 적도 없는 거죠. 가만히 생각해보니까 인간답게 사는 세상을 위한 이러이러한 것들은 다 과정이라는 생각도 듭니다. 막상 내가 꿈꾸는 세상이 어떤 건지에 대해서는 생각을 안 해봤던 것 같아요. 왜 그랬는지를 모르겠어요. 바빠서 그랬는지 어쨌는지.

그다음에 일하러 간 데가 한진중공업이었습니다. 한진중공업을 간 이유는 하나밖에 없었습니다. 그때 라디오 방송 중에 '여성살롱 임국희예요'라는 프로그램이 있었는데, 임국희라는 여자 말 진짜 잘했잖아요. 그 프로그램에서 조선소에서 용접하는 아줌마들이 어버이날 게스트로 초청이 된 거예요. 임국희가 막 칭찬을 하더라고요. '여성 여러분들 참 대단하십니다' 하면서 말입니다. 그 방송을 듣고 용접이 하고 싶어졌습니다. 저의 자존감을 채워줄 수 있는 게 필요했거든요. 중 되려고 절에도 가본 적이 있었는데 중이 되려면 또 고등학교 졸업장이 있어야 된다고 하더군요. 돈도 30만 원 갖고 오라 하고 말입니다. 그 돈이 계 받는 데 필요하대요. 그래 돈도 없고 해서 결국은 중도 못 됐어요. 그나마 제가 지닌 조건을 따져봤을 때 그나마 뽀대나게 살고 싶은 유일한 길이 용접인 거 같았습니다. 그래서 두말없이 조선소에 갔습니다. 조선소 직업훈련소에서 훈련받은 것으로 자격증을 따서 용접공이 되었습니다. 저는 제 삶이 드디어 훌륭해지는 줄 알았어요. 자격증도 생겼으니 전문 직종 같잖아요. 거기다가 여자가 용접공이 되니까 금방 인터뷰도 하러 오고 그랬어요. 그땐 막 튕기고 그랬죠. 그럼 2번 올 줄 알았는데 안 오더라고요.

첫날 현장에 배치를 받았는데 '화이바'도 새거지, 파란 작업복도 새거지, 다 새것으로 주었어요. 그런데 그걸로 1년을 입어야 합니다. 금빛으로 '안전제일'이라 새겨진 안전화에 작업복 바지를 말아 넣으면 정말 뽀대납니다. 그때는 다들 각진 거, 요즘 말로 에지 있는 거 되게 좋아했지요. 그렇게 현장엘 갔더니 사람들이 다 나만 쳐다보는 거 같았어요. 근데 아저씨 3명이 저를 불러서는 화이바도 빼앗고 작업복도 빼앗고 안전화도 빼앗았습니다. 그러고 나선 자기네들 거, 거지같은 걸 주더라고요. '너는 어차피 오늘 일하면 내일부터 안 나올 거다', 이러는 거예요. 그래도 계속 출근을 했더니 빼앗아 갔던 것을 다시 돌려주더군요.

배를 다 만들고 나면 진수식을 하면서 배 이름을 정합니다. 제가 입사하고 나서 6개월 만에 처음으로 진수식을 했는데 저는 그런 행사를 하면 저를 데리러올 줄 알았습니다. 그 배를 제가 만들었잖아요. 11시에 행사를 한다고 해서 10시 반부터 검댕 묻은 것도 침으로 지우고 꽃단장을 하고 기다렸어요. 11시쯤 되니까 웬걸 우리가 일하는 배에다가 뻘건 나일론 줄을 쳐놓고 못 나가게 하는 겁니다. 왜 그러느냐 물었더니 그런 행사를 하면 국회의원도 오고 교통부장관도 오고 경찰서장도 오고 농협지점장도 오고, 하여튼 할 일 없는 새끼들은 죄 온답니다. 땜쟁이들은 진짜로 거지새끼들이거든요. 그 높은 선상에서 용접을 하면 용접 불똥이 떨어집니다. 용접 안 해본 양반들은 땜쟁이들 체질이 특수해서 불똥 맞아도 안 뜨거운 줄 아는데 아주 뜨겁습니다. 불똥이 떨어져 옷 안으로 들어오는데 그렇다고 막 뛰면 그런 날은 목덜미부터 뒤꿈치까지 다 데는 거예요. 잘 때도 엎어져 자야 하고 단잠을 못 자요. 어느 날은 내가 막 뛰는 걸 보더니 옆에 있던 아저씨가 "야 뛰지 마라, 와 뛰노?" 이래요. 안 뛰고 가만히 있으니까 신기하게 그 자리만 폭 파이데요. '아, 이것이 생활의 지혜구나' 느꼈지요. 자기 살 타는 냄새에 부들부들 떨면서요. 그게 제 나이 21살 때였습니다. 그 옷에 불똥이 떨어지면 불이 붙잖아요. 제 몸에 불붙는 걸 모르는 놈도 있습니까? 그런데 땜쟁이들은요, 용접하다 용접봉 떼면 세상 끝나는 줄 알아요. 용접봉을 중간에 떼면 구멍이 뚫려가지고 배에 구멍이 나면 큰일 나지 않습니까. 제 몸에 불이 퍼렇게 붙어 있는데 끝까지 가는 거예요. 나중에 용접봉 다 타고 나면 그제야 용접 홀더를 집어던집니다. 용접 불똥이 닿은 작업복은 어떻게 되었겠습니까? 타서 구멍이 뚫린 데다가 테이프를 붙이고 떨어지면 또 붙이고 하다 보면 나중엔 멋있어져요. 갑옷같이 번쩍번쩍하니까. 테이프 색깔 가지고 사람을 구분하는 데가 조선소입니다.

그런 거지들이 장관들 왔는데 돌아다니면 회사 이미지가 안 좋아질까 봐 그런지 아예 나오지 못하게 하는 겁니다. 줄을 쳐놓고 자기들끼리 행사를 하는 거예요. 배가 높잖습니까. 높이만 100미터가 되는데 거기다가 단을 만들어서 거기에 선주 마누라가 올라갑니다. 그 여편네 그날 거기 올라간 거 보면 눈꼴셔서 못 봅니다. 그 배 자기 혼자 다 만든 거 같아요. 그럼 아저씨들이 용접봉 꼬다리 집어던지고 배 위에서 호루라기 불고 욕하고 난리가 나요. 그 큰 배에다가 오색 테이프를 칭칭 감아가지고 금도끼로—그게 진짜 금도끼예요. 현대중공업은 은도끼를 썼고 한진중공업은 금도끼를 썼습니다—테이프를 탁 치면 비둘기들이 화르륵 날아갑니다. 나는 비둘기들도 그렇게 살면 안 된다고 보는데요, 비둘기들이 날아오르고 나면 그 큰 배가 바깥에 착 미끄러져 들어가는데 그게 진수식입니다. 그게 멋있습니다. 물줄기가 양쪽으로 수십 미터를 솟구치고 배가 첫 고동소리를 '뿌웅' 하고 울리면서 바다로 미끄러져 들어가는데 그 고동소리가 울리니까 시끄럽던 아저씨들이 갑자기 조용해지더니 담배에 불을 붙여 철판에 올려놓습니다. 그리고 저한테 하시는 말씀이 "진숙아, 윤식이 나간다" 이래요. 배 만들 때 죽었던 노동자가 윤식이었습니다. 그때부터 고동소리가 들리면, '아! 저 배 만들 때 누가 죽었지', '누구 손가락이 잘렸지', 하는 생각이 제일 먼저 들었습니다. 그때는 5~6명이 죽어야 배 한 척이 나간다고 했었습니다.

저는 노동조합을 하면서 제일 처음 화가 났던 게 무엇이었냐면, 여름이면 감전 사고로 죽는 사람만 5~6명이 되는 거예요. 진짜 손톱 밑까지 땀띠가 나도록 일했습니다. 온몸이 귤껍질이에요. 저녁이 되면 자취방 올라가는 길에 가게에 들러 굵은 소금 한 되를 200원에 사서 온몸을 피가 나도록 벅벅 문질러야 그날 밤 잠을 잡니다. 땀띠 났는데 씻지 않으면 그 자리에 또 땀띠가 나서 진짜 귤껍질 같아집니다. 여름이면 옷을 더 껴입어야 해요. 옷이 젖으면 그대로 다 감전이 되니까. 조선소에는요, 철판 전체에 다 전기가 통하게 돼 있어요. 그래야 용접을 할 때 이른바 불꽃이 일어나는 거거든요. 감전 사고로 죽은 시신이 제일 처참했습니다. 혈관이 다 터져 죽어요. 사람 몸에서 막 연기가 나죠. 용접에 사용되는 전기의 전압이 2만 2,000볼트예요. 장마에는 철판에 디디기만 해도 온몸이 찌릿찌릿합니다. 안전화는 앞뒤가 쇠로 돼 있거든요. 저는 조선소에서 용접하는 사람은 감전사를 피할 수 없는 거라 생각했어요. 그냥 우리가 조심해야 한다고 생각했던 거죠. 죽은 사람들은 조심하지 않아서 죽었다고 생각했고 그렇게 교육을 받았거든요. 그런데 노동조합 활동을 하면서 어떤 책을 보니까 용접기에다가 전력방지기를 설치하면 사람이 감전이 안 되는 거라고 해요. 전력방지기 설치하는 게 고작 180만 원이었습니다. 그 돈이 아까워서 한여름에 5명, 6명이 죽어가는 것을 방치하고 있었던 거예요.

직원 5,000명 중에 아가씨는 저 하나밖에 없었는데요, 남과 다르게 사는 것 자체가 제 삶을 유일하게 지탱해주는 기둥이었습니다. 조선소 아저씨들이 여자 얘기하는 거 안 들어보셨죠? 진짜 리얼하고 적나라합니다.

그때는 총각들이 월급 받으면 여자 사러 완월동 가는 게 예사였고요, 일주일씩 출근 안 하는 게 예사였습니다. 저는 조선소 가서 제일 처음 받은 질문이 뭐였냐면, "내는 구멍이 아홉 개인데, 니는 몇 개고?" 이 질문이 제일 처음 받은 질문이었습니다. 건조 중인 배의 탱크에 들어가면요, 큰 배들은 외벽이 다 2겹입니다. 이중선체거든요. 이 철판들을 연결해야 할 것 아닙니까? 지탱을 하려면요. 그 사이가 탱크에요. 사방 1미터도 안 되는 공간입니다. 이런 탱크가 배 한 척에 수천 개입니다. 배를 이렇게 만들어야 외벽 한 곳에 구멍이 나더라도 타이타닉 꼴이 안 되는 겁니다. 그러면 외벽 한 곳에 구멍이 나도 탱크에만 물이 들어올 거 아닙니까? 큰 배는 절대 침몰하지 않게 돼 있습니다. 조선소 들어가서 저는 진짜 끔직한 죽음을 많이 봤어요. 한번은 크레인에 한 아저씨가 철판을 매놨는데요, 크레인 기사는 저 위에 있고 아저씨는 신호를 해서 그 철판을 빼고 올리고 하거든요. 크레인 기사가 올리라는 신호를 받고 철판을 빼는데 거기서 걸린 겁니다. 그런데 아저씨가 하필이면 철판에 기대고 있었어요. 튕긴 철판이 아저씨를 탁 치고 지나갔어요. 옆에 있던 사람들이 쫓아가서 바지를 벗겼는데 아랫도리가 하나도 없었습니다. 그때까지 그 아저씨가 눈을 뜨고 절 쳐다보고 있었어요. 그 눈빛이 어땠을 거 같습니까? 그 눈빛을 기억하는 사람의 이후 삶이 어땠을까요?

제일 끔직한 시신이 아까 말한 대로 감전 사고로 죽은 시신이고 제일 어이없는 죽음이 탱크 안에 들어갔다가 나올 길을 못 찾아서 죽은 경우입니다. 저녁 8시에 일을 마치고 나면 메인 스위치를 다 내려버려요. 한 사람이 입사하고 나서 얼마 되지 않아 길을 못 찾은 거예요. 그 다음 날 시신이 발견됐는데 더 깊이 들어간 채로 만신창이가 돼 있었습니다. 얼마나 밤새 살려고 거기서 헤매고 다녔으면……. 이런 데가 탱크였더랬습니다. 저도 자격증 따고 현장에 들어가서 처음 현장 배치 받으니까 이 탱크 안에 집어넣는 거예요. 탱크 안에 들어가면 나오지도 못합니다. 탱크에 처음 들어가서는, 철판이 포항제철에서 나올 때 홈이 파인 게 많은데 그걸 메우고 다녔습니다. 일주일을 탱크 안에서 그 짓을 하고 다니니까 밖으로 나와서 길을 걸어가는데 아스팔트 파인 것만 보여요. 사람하고 말할 때는 말은 안 들리고 오물오물하는 입을 보면서 저거 용접해야 하는데 하는 생각이 들고, 코를 벌름벌름 하면 저거 막아야 하는데 하는 생각밖에 안 들더라니깐요. 배 높이가 100미터니까 탱크를 한 번 내려가면 수십 미터 막장을 내려가는 것 같은 기분이 듭니다. 몇 번 탱크를 거쳐 백 몇 번 탱크까지 내려가는데, 여기는 환기도 안 될뿐더러 거기 있다가 나오면 마스크 썼던 데만 빼놓고―그때는 방진 마스크 이런 게 없어 비닐로 된 구멍 뚫어진 마스크를 썼는데―고양이처럼 마스크 쓴 자리 빼고 새카맣게 됩니다. 이만 빤짝빤짝해요. 그러니까 담배 시간이 되면 올라갔다가 다시 내려가는 한이 있더라도 그 가파른 데를 죽자사자 올라가는 거예요. 담배 시간이 되면 사다리 하나에 수백 명이 붙어 있습니다. 그런데 조선소 사다리는 전부 직각입니다. 처음에 입사해서 아저씨들이 거길 다 올라가니까 저도 따라 올라갔어요. 갑판에 딱 사람 하나 드나들 구멍이 있는데, 거기에 고개를 내밀어 보면 이게 빼도 박도 못한다는 말이 뭔지 알겠더라고요. 담배 시간에 먼저 올라간 아저씨들이 바다를 향해 쫙 서서 뭐하나 했더니 누구 오줌발이 멀리 나가냐 시합하고 있는 거예요. 그때는 노동자들이 목숨을 걸 일이 없었어요, 오줌발밖에는.

1986년도에 노조위원장 선거가 있었습니다. 그때는 노조위원장 선거도 전부 간선제였지요. 그때 한진중공업 대의원이 88명이었는데 88명이 모여서 위원장을 뽑는 거죠. 한진중공업이 부산에서 제일 큰 공장입니다. 그러니까 돈도 돼요. 위원장 임기 끝나고 나면 집이 3채나 생기고 당구장도 생기고 마누라도 새로 생긴다는데, 그게 뭐 아주 자연스러운 일이었습니다. 그래서 영도에서는 한진중공업 위원장 선거하면 개새끼도 돈 물고 다닌다고 했거든요. 국회의원 하느니 한진중공업 위원장 한다고 그랬어요. 박인상 씨가 한국노총 위원장 하다가 국회의원까지 했지 않습니까. 그 사람이 한진중공업 위원장 출신이에요. 그게 되는 자리니깐 박 터져요. 1980년대 그 당시에 위원장 출마하는데 1억씩 쓰고 그랬다니까요. 1억을 쓴다는 얘기는 그보다 더 많은 걸 빼낸다는 얘기 아닙니까? 뭐 정책을 가지고 이러는 게 아니라 기춘이파는 도고온천 가고 종래파는 부곡온천 가고 삼주파는 제주도 갔대요. 갔다 온 그 자리서 차떼기로 대의원들 실어가 투표를 하는 거예요. 3박 4일, 2박 3일 동안 여자들하고 놀다 와서 선거를 하는 거죠.

아저씨들이 평상시에는 아무도 노조 얘기를 안 했습니다. 그러더니 위원장 선거 때가 되니까 노조 얘기를 하기 시작하더라고요. 저보고는 "야, 진숙이 너는 처자식도 없으니까 니가 함 대의원 나가봐라" 그래요. 저는 그때 그 소리가 뭔지 몰랐어요. 그때만 해도 저는 되게 잘난 척했거든요. 제가 봐도 되게 재수 없었을 거예요. 조선소라는 진흙탕 구덩이에 살면서 니체를 끼고 다니고요, 김남주 말고 김남조 있잖아요, 그 사람 시를 줄줄 외우고 그랬어요. 아저씨들이 하는 얘기가 듣기 싫어서 문 앞에서 담배꽁초 주워 필터로 귓구멍 딱 막고 나만의 세계에 빠지고는 했지요. 그러니까 아저씨들한테 제가 얼마나 재수 없었겠어요. 그러고 살았으니 '니가 함 대의원 나가봐라' 그게 무슨 소린 줄 몰랐다고요. '아, 이제야 내가 인정받는 구나', 그런 생각만 했다니까요. 그래서, "여러분들의 뜻이 정 그러면 한번 해보겠습니다", 그 말 한마디 때문에 제가 이렇게 된 겁니다.

그렇게 대의원에 출마를 했더니 분위기가 이상해지는 거예요. 괜히 불러다가 "니 일요일에 뭐하노?" 묻는 거예요. "일요일 날 특근하죠" 했더니 "너 3주 전에 특근 안 나왔대. 그날 뭐했노?" 이런 거 물어보고, '교회 안 다니나?', '친한 친구가 누구고?' 이러면서 낯선 사람들의 이름을 막 대면서 아냐고 묻더군요. 그러고 나서 결론은 "니 대의원하지 마라" 이겁니다. 왜요, 그랬더니 "다 직장들이 대의원하는데, 니는 입사한 지 5년밖에 안 됐고, 뭐 그거 할라하노. 내가 니 키워 줄게" 이래요. 그런데 사람이 못 하게 하면 더 하고 싶고 그러더라고요. 왠지 해야 될 것 같았습니다. 그 아저씨들한테 한 이야기도 있고. 그래서 기어코 출마를 했어요. 후보 등록을 하니까 회사가 난리가 난 거예요. 낯선 사람들이 사진 찍어가고 그러는 거예요. 저는 그때만 하더라도 언론사에서 인터뷰하려고 그러는 줄 알았습니다. 한진중공업이 방위산업체라 천안함도 거기서 만들었어요. 천안함은 마산 공장에서 만들었는데, 그거 만들 때 마산 공장 대장이 김종필 씨 형인 김종락이었어요. 그래서 군함 특수선들은 전부 거기서 만들었습니다. 같은 방위산업체니까 군함도 만들고 대포도 만들고 그랬거든요. 우리는 보안 딱지 다 달고 다녔어요. 대의원에 출마하고 나서 덩치들이 사진 찍어가고 그랬는데, 나중에 알고 보니까 보안사 요원들이 상주를 하고 있었다는 거예요. 나한테 말을 안 하고 상주하니 내가 아나요.

아, 그전에 무슨 일이 있었냐면 그 회사가 생기고 처음으로 사장이 직접 특강을 한 적이 있었습니다. 특강의 제목이 뭐였냐면 '베트남 공산화의 진실'이었습니다. 그때는 변변하게 강당 같은 것도 없고 식당도 없었어요. 그 큰 공장 마당에다가 수천 명을 모아놓고 사장이 연단에서 연설을 하는 거예요. 직장이고 계장이고 저를 호위해서 맨 앞에 앉혀놓더라고요. 사장 첫마디가 뭐였냐면 "큰일 났다. 우리 회사에 도산 세력이 들어왔다" 이러는 거예요. 그때 저는 도산이 뭔지 몰랐습니다. 도산 세력이 들어오면 회사가 도산을 하는데, 김진숙이 도산 세력이다, 이러는 거예요. 그러더니 김진숙이는 지하에서 특수훈련을 받아서 6개월을 굶어도 안 죽는답니다. 제가 무슨 바퀴벌렙니까? 제가 그런 재주가 있다는 사실을 처음 알았어요. 그러면서 베트남이 공산화됐다는 이야기를 막 하더라고요. 저는 베트남에서 어떤 회사가 하루 동안 데모한 줄 알았습니다. 그게 베트남전인줄 알았다니까요. 그때 5·3사태하고 베트남전 이야기를 막 섞어서 했었으니까요. 그때 베트남전의 진실에 대해서 알고 있는 사람이 얼마나 있었겠습니까. 저는 그건 별로 쪽팔리지 않았어요. 그런데 베트남이 공산화되는데 김진숙이 결정적인 역할을 했다는 겁니다. 제가 그때 뭐라 그랬냐면, 베트남 사람들이 데모한 그날 내가 출근했는지 안 했는지 출근부를 뒤져봐라, 그랬지요. 저는 출근 하나는 진짜 자신 있었거든요. 일요일 날도 맨날 나갔으니까요. 그랬더니 회사에서 하는 소리가 진짜 핵심들은 현장에 직접 안 가고 뒤에서 배후조종한다고 그러더군요.

그런 분위기에서 출마를 하고 보니까 3명 뽑는데 6명이 등록을 했습니다. 세상에 한진중공업 생기고 나서 경선으로 대의원을 다 해봤습니다. 저도 5년 만에 투표라는 걸 처음 해봤습니다. 물론 제 이름을 썼지만요. 하, 그런데 제가 1등으로 당선이 됐어요. 저는 태어나서 진짜 1등은 처음 해봤습니다. 그런데 당선된 대의원들을 보니까 전부 완장들만 앉아 있는 거예요. 우리 부서에 저하고 김성태라는 사람 둘이 빼고는 전부 완장들이 었습니다. 다 직장들이 대의원이었던 거죠. 동아전과만 한 대의원대회 자료집이 있는데 나한텐 그걸 안 주더라고요. 왜 안 주냐고 그랬더니 인쇄는 87부밖에 안 했다는 거예요. 나중에 그걸 보니까 우리 아버지는 살아계신데 돌아가셨다고 해놨다가 그다음 페이지에는 또 살아서 환갑을 찾아 잡쉈대요. 엄마도 돌아가셨다가 살아났다가 집구석을 완전히 귀곡산장을 만들어놨습디다. 다른 조합원들도 초등학교 다니는 자식들을 다 결혼시켜놨어요. 노조에서, 그 경조비 몇 푼 떼먹으려고 그딴 짓을 한 겁니다. 그때는 노조가 죄들 그랬다니까요. 거기다가 부식비·쌀값까지 있어요. 저는 쌀밥을 먹어본 적이 없는데 말입니다. 조선소 다니면서 전부 몇 년씩 된 깡보리밥만 먹었는데 말입니다. 저는 훗날 징역 가서 감격했다니까요. 그렇게 하얀 보리밥을 처음 봐서요. 징역 가서 몸무게가 5킬로그램이나 늘어서 나왔습니다. 징역 가니까 진짜 편하더라고요. 세상 걱정 하나도 없고 빨래 걷을 걱정을 해, 장독대 덮을 걱정을 해.

회사 돈 받아 가지고 화이바며 안전화 구입하는 것도 노조가 다 했어요. 거기에는 엄청난 비리가 있었지요. 안전화도 신어보면요, 발가락 다치지 말라고 앞뒤가 쇠로 돼 있는데 이게 부딪히기만 해도 쇠가 우그러들어가지고 그것 때문에 발가락이 찢어지고 잘라지고 그랬어요. 안전화 파는 데 가서 물어보니까 5,000원이라는 거예요. 장부에 1만 원으로 되어 있는 데 말이지요. 도매로 사면 2,000~3,000원이면 산다는 이야기 아니에요? 거기에다가 조합원들이 다치면 노조에서 위로금을 2만 원씩 주게 되어 있더라고요. 근데 저는 그런 게 있는지도 몰랐어요. 다리가 철판에 깔려서 6개월 동안 병원에 입원해 있었는데 제 이름 옆에 도장은 6번 찍혀 있던데 그

전에 대의원 하던 놈들이 한 짓들입니다. 그놈들 찾아다니면서 돈 내놓으라고 그랬더니 이 새끼들이 출근을 안 하더라고요. 그래서 집으로 찾아갔죠. 그때는 개네들도 가난했어요. 임원들이나 부자였지, 대의원들은 단칸방에서 살았습니다. 그때는 노동자들이 다 그랬어요. 단칸방에서 애들하고 같이 사는데, 그놈이 밥 먹으면서 숟가락은 놔주더라고요. 그 집에서 같이 먹고 자면서 끼어 자는 짓을 일주일 동안 하고 나니까 그 집 딸내미가 내가 나타날 시간 되면 골목 끝에 지키고 섰다가 '온다' 하고 소리쳐요. 그러니 어떻게 해요. 그 집 앞에 돗자리를 폈지요. 지금처럼 은박지 돗자리도 아니고 대나무 돗자리를 펴고 가부좌를 틀고 앉았어요. 그때만 해도 노동자들은 작업복 입고 어딜 가는 걸 되게 쪽팔려했습니다. 그래서 평상복 입고 갔죠. 노동자들이 작업복을 당당히 입고 다니기 시작한 것은 1987년 대투쟁 이후였어요. 요즘 같으면 무슨 보고대회 같은 거 한번 하면 되잖아요. 그때는 그런 거 할 줄 모르니까, 대자보라는 걸 본 적이 없어서 달력을 찢어서 그 뒤에다가 '내 돈 내놔라, 이 도둑놈아' 이렇게 붙여놓고 앉아 있었어요. 그러다가 하루는 머리띠를 매면 멋있겠다는 생각이 드는 거예요. 그때는 머리띠 이런 거 없었어요. 집에 와서 머리띠 할 만한 걸 찾으니까 압박붕대가 나오더라고요. 땜쟁이네 집에 압박붕대는 다 있거든요. 언제 부러질지 모르니까. 압박붕대가 머리띠로는 환상이더라고요. 폭도 딱 맞지, 약간 조여 주는 느낌도 들지. 그리고 매직펜을 3가지 샀어요. 빨강·파랑·검정색. 그걸로 '단결' 딱 쓰고, 가운데 태극마크까지 그려주니까 독립투사 같고 얼마나 멋있었겠습니까. 이걸 매고 집에서부터 출발한 거예요. 그런데 회사를 가다가 아저씨들 몇 명을 만났는데도 아무도 멋있다는 말을 안 하더라고요. 머리에다가 압박붕대를 매고 가니까, '진숙이 이번에는 머리 다쳤나?' 이러는 거예요. 이래서 단결이 안 되나 싶어서 회사에 가서 유리창에 비춰보니까 압박붕대가 죽 늘어난 겁니다. 'ㄷ'은 여기 붙어 있고 'ㄹ'은 저기 붙어 있고. 그 다음 날은 딱 잘라서 매고 빨간 걸로 단결이라고 썼어요. 그런데 문득 서럽더라고요, 이걸 써줄 놈도 없네 싶어서. 빨간 걸로 쓰고 가니까 봐라, 진숙이 빨갱이니까 빨간 거 쓰고 왔다 그래요. 제가 해고되고 나서 출근 투쟁을 하러 갈 때는 경찰들과 70명이나 되는 어용노조 간부들이 저한테 그랬어요. '김일성이 막내딸 왔다. 김진숙이는 평양 김씨다. 김진숙이 집에서 김일성이 육성 녹음테이프가 발견이 됐는데 말투가 똑같다.' 처음 대의원에 당선이 돼 가지고 그놈 집에 한 달을 그러고 있으니까 그 돈을 주더라고요. 그때는 어용도 순진했어요. 사표 쓰고 퇴직금 받아서 그 돈을 준 겁니다. 오래 다닌 아저씨는 30만 원, 저는 12만 원 받았어요. 제가 기본급 13만 6,100원일 때였어요.

그 일이 있고 나서 한번은 배 위에서 누가 호루라기를 막 부는데, 호루라기 소리 들어보면 압니다, 그게 물건이 지나가니까 비키라는 소리인지 누굴 부르는 소리인지. 박자까지 붙여서 애절하게 부르길래 제가 쳐다보니까 그때서야 호루라기 소리가 멈추는 거예요. 저 배 위에서 쉰이 넘은 아저씨가 저를 보고 손을 흔들면서 하얗게 웃고 있었어요. 저는 그 아저씨하고 5년을 넘게 일했는데 그 아저씨가 웃는 걸 처음 봤어요. 그때부터 생각했던 게 노동자들이 저렇게 살면 참 좋겠다, 저렇게 웃으면서 출근하고 웃으면서 퇴근하면 참 좋겠다고 생각했어요. 그때부터 현장이 막 바뀌는 거예요. 그전에는 쉰이 넘은 아저씨들도 관리자들이 오면 실실 피했어요. 관리자에게 인사하는 사람들이 아무도 없었어요. '안전화 똑바로, 화이바 똑바로. 어이 김씨 와 단추 안 채웠노' 그랬죠. 관리자 새끼들은 불똥 떨어져서 단추가 없는 걸 알면서도 그랬다니까요. 조선소 아저씨들은 담배를 거꾸로 뜹습니다. 필터가 불똥 맞아서 다 타니까. 그런데 단추가 어떻게 남아나요. 알면서도 일부러 시비 거는 거죠. 관리자들 보면 실실 피해 다니던 사람들이 그 뒤부터는 관리자들이 저쪽에서 오면 일부러 잘 보이는 데 가서 헬멧을 삐딱하게 쓰고 있더라구요. 노동 운동은 대중 운동입니다. 대중들이 움직이기 시작한 것인데 한 사람의 힘도 이렇게 크구나, 저는 그때 처음 경험했어요. 참 신기한 경험이었지요. 저는 그 힘으로 지금까지 버티는 거 같아요.

하루는 일하고 있는데 나와보라길래 나갔더니 웬 떡대들이 시커먼 보자기를 덮어씌우고 양옆 겨드랑이를 꽉 끼어 자가용에 태우더군요. 어딘가에 도착했는지 '충성' 하는 구호 소리가 나요. 지하로 내려와 어떤 방에 끌려 들어갔는데 방 안이 온통 빨간색이었습니다. 벽도 빨갛고 천장도 빨갛고 욕조 변기 세면대가 다 빨갰어요. 칠성판이지요. 군복으로 갈아입히고 고무신을 신겨요. 그때 제 신발이, 현장에 같이 배치를 받은 이영애라는 친구가 자신은 도저히 못 하겠다고 해서 아버지 백으로 훈련소 사무직으로 가면서, 저 혼자 현장에서 일하게 돼서 미안해서 그랬는지 랜드로바 신발을 한 켤레 사줬었어요. 그걸 몇 년째 신고 다녔는데 벗겨진 그 신발을 보니까 왠지 가슴속에 찬바람이 휙 지나가는 느낌이 들었습니다. 저 신발을 내가 다시 신을 수 있을까, 하는 생각이 드는 거예요. 그러면서 걔네들이 하는 말이 '신발에서 피가 꿀쩍거리기 전에 나가자' 그러더라고요. 군복을 갈아입히면서 '알몸으로 작업하면 손맛은 좋은데 왜 군복을 갈아입혔는지 아나?' 이렇게 묻더라고요. 그걸 내가 아나요. 살점이 묻어난다고 그래요. 저는 그 와중에도 방 가운데 매달려 있는 벌건 밧줄이 뭔지 궁

금하더라고요. 며칠 만에 밧줄의 정체가 파악되었는데 발목을 묶어서 거꾸로 매달아놓는 물건이더만요. 풀려나고 보니까 제가 묶여 있던 자리 바닥에 피가 고여 있었어요. 처음에는 머리가 터진 줄 알았어요. 걔네들이 뵈는 데는 안 때리고 안 뵈는 데만 때리거든요. 피가 어디로 흘렀냐면 눈으로 흐른 거예요. 거꾸로 매달면 맨 아래 뚫려 있는 구멍이 눈이니까요. 며칠 있다가 조사하는데, 누구 아냐, 누구 아냐 그러면서 죄다 모르는 놈들 이름만 줄줄 물어요. 지금으로 치면 다 운동권들 이름인가 봐요. 난 진짜 아는 사람 하나도 없었거든요. 며칠 만에 군복을 벗기더라고요. 그런데 이게 안 벗겨지는 거예요. 거기다 안티프라민을 발라주면서 하는 얘기가 소고기를 갈아서 붙이면 피가 빨리 빠진데요. 먹을 소고기도 없는데.

어쨌든 거기서 살아서 나왔어요. 보자기를 씌워가지고 영도다리 아래 버리고 가더라고요. 살아서 나왔는데 미치겠더라고요. 형광등 끈만 보면 거기 같아요. 남자들은 다 그놈들로 보이고. 그런데 그놈들이 열흘 만에 또 왔어요. 두 번째 간 방은 노란 방이었습니다. 이번에는 어차피 두 번째 온 거니까 내 발로 못 나간다는 말이에요. 맞아 죽거나 간첩이 되거나 해야지. 애들이 며칠 동안 해도 안 되니까 조서에다가 뭐라고 썼냐면 자생적 공산주의자라고 썼어요. 어쨌든 간첩이 되는 것밖에 답이 없잖아요. 에이 씨, 이렇게 힘들게 죽느니 내 손으로 죽자. 진짜 장렬히 전사할 생각이었습니다. 그래서 군복 챙기는 사이에 달려가서 그 방 벽에 내 머리를 꽝 박았어요. 그런데 대공분실 벽은요, 방음 장치가 되어 있더라고요. 베니어판이 툭 떨어지는데 스티로폼이에요. 그다음부터는 화장실에 가도 문을 열어놓고 볼일을 보게 하는 거예요. 대공분실을 3번 갔습니다. 마지막 날은요, 걔네들이 책상에다가 돈을 올려놔요. 3,000만 원이래요. 1986년도에 24평 아파트가 1,600만 원 할 때, 자기들 말이 그 돈이면 아파트 두 채를 사고 세간도 산대요. 그 때는 만 원짜리도 컸어요. 거무티티한 그 돈 있잖아요. 그걸 쌓아났더라고요. 사표를 쓰면 그 돈을 준다는 거예요. 그리고 하는 말이, 내가 그 돈 받고 사표 쓰고 나가도 세상천지에 아무도 모른다는 거예요. 아파트가 눈앞에 막 떠오르고 컬러 티브이가 눈앞에 떠오르고 그래야 하는데 이게 무슨 팔자인가 봐요. 왜 그 순간에 배 위에서 손 흔들며 하얗게 웃던 아저씨가 떠오르냐고요. 그 말을 듣는 순간에 '아, 이 새끼들이 요구한 게 결국 이거였구나' 하는 생각이 드니까 본능적으로 피가 거꾸로 솟더라니까요. 내가 여기 앉아 있고 그놈들이 저기 앉아 있었는데, 그 책상을 확 뽑으면 돈하고 이놈들이 확 넘어가지 않겠어요. 그래서 책상을 뽑았는데, 대공분실 책상은 아예 안 뽑힙디다. 책상도 의자도 볼트로 다 고정시켜났더군요. 그래서 책상 위로 올라가서 그놈들 다 쥐어뜯었어요. 그랬더니 방성구(혁수종)라는 입에다 채우는 수갑이 있는데, 저들 말로는 '조디수갑'이라고 그럽니다. 그걸 혓바닥이 물려요. 며칠 동안 그걸 물고 있으면 혓바닥에 감각이 없어집니다. 그러고도 대공분실에서 살아남았어요.

저는 징역 살면서 사형제에 대해서 아주 심각한 고민을 했었습니다. 제가 쓴 《소금꽃 나무》에 보면 5010번 이야기가 나오는데요, 사실은 이야기를 다 못 썼어요. 감옥에는 사형수가 의외로 많았습니다. 유치원 교사인 26살짜리 여자가 사형수인 것도 봤습니다. 여자가 유치원 교사 생활하면서 6년인가 남자를 뒷바라지했는데 남자가 사법시험에 붙고 나서 고무신을 거꾸로 신은 겁니다. 그래서 처참하게 죽이고 사형수가 된 거지요.

제가 처음 징역 살기 얼마 전에 부산에서 진짜 유명했던, 조두순이나 김길태 사건만큼이나 유명했던 사건이 있었어요. 남편이 중동에 돈 벌러 간 사이에 여자가 바람이 났어요. 남편이 모래바람을 마시면서 2년 동안 열사의 땅에서 일을 하고 돌아왔는데 여자가 바람이 난 거예요. 남편이 부쳐온 돈은 이미 다 빼돌렸고요. 그것도 모자라서 남편한테 술 깨는 약이라면서 초콜릿에다가 청산가리를 묻혀서 줬습니다. 그런데 남편이 그걸 먹고도 바로 안 죽은 겁니다. 그때 바깥에 있던 정부가 들어와 일격을 가해 죽여버리고 그 길로 사체를 그냥 매장해버렸어요. 그런데 죽은 남자가 평소 지병이 있었는데 사우디에서 돌아와서도 연락이 안 되니까 시누이가 찾아 나섰다가 올케가 바람났다 소리를 들은 겁니다. 그래서 어찌어찌해서 사건의 전모가 밝혀졌습니다. 그 당시에 사람들이 앉았다 하면 모두 이 여자를 욕하고 그랬어요. 뉴스에도 다 나왔지요.

첫 징역 가는 날은 많이 쫄았습니다. 밤에 구치소로 넘어가는데 어떤 상황이 자신을 기다릴지 불안하지 않겠습니까. 보따리 이따만 한 것 들고 밤 8시에 구치소에 넘어갔는데 여자 죄수들이 자지도 않고 20명 남짓이 앉아 있는 거예요. 제가 구속된 게 신문에 났으니까 언제 넘어오는지 다 알고 있었나봐요. 보통 죄수들의 수번은 갈색인데 그중 빨간 수번이 눈에 띄었습니다. 5010번. 왠지 소름이 쫙 끼쳤죠. 이른바 공안사범들하고 살인범들만 빨간색이었습니다. 그때는 공안사범들이 살인범 취급을 당했지요. 수번 색깔 바꿔달라 싸우기도 했었는데 그때는 운동권들도 살인범에 대한 일종의 편견을 가지고 있었던 거죠. 살인범의 붉은색 수번이 싫었던 거예요. 빨간색 수번을 단 그 여자를 곁눈질로 쳐다봤더니 어디서 많이 본 얼굴이에요. 뉴스에서 맨날 본 여자가 내 방에 떡 앉아 있었던 겁니다. 이 여자가 나더러 "어서 오세요" 이러는 거예요. 징역에서 어서 오시라는 인사가 황당하잖아요. 이 여자가 진짜 나쁜 여자여서 담요나 빤스 같은 거는 자기 돈 내고 사 입어야 하는데, 면회 오는 사람도 없어 영치금이 10원도 없었습니다. 진짜 개털이지요. 저는 첫날 담요를 가져갔는데 밤이 되니까 이 여자가 제 담요 속으로 기어 들어오는 거예요. 이 여자에게는 24시간 수갑을 채워놓았는데 수갑을 찬 여자가, 그것도 사형을 언도받은 살인범이 제 담요 속으로 들어오는데 소름이 쫙 끼치는 거였습니다. 그래도 저는 만인이 평등한 세상을 꿈꾸다 징역 간 사람인데 나가라 하지도 못하고 미치겠는데 이 여자는 너무나도 안온하게 자는 거였습니다. 감방에는 24시간 불을 켜놓습니다. 어휴, 이 여자 새벽에 자는 걸 내려다보니까 눈 뜨고 자요. 여러분들 속눈썹에 문신하지 마세요. 나는 이 여자가 진짜 무서웠습니다. 교도관보다 이 여자가 더 무서웠어요. 왜 수갑을 채우느냐 물었더니 사형이 확정돼서 언제 자살을 시도할지 모른다는 겁니다. 그런데 제가 겪어본 사형수들은 절대 자살하지 않습니다. 5010번은 아무도 면회 오는 사람이 없으니까 자기 수번이 불릴 일이 없어요. 그런데 어떤 초짜배기 교도관이 부임하고 얼마 안 돼서 5100번을 불러야 하는데 5010번을 부른 겁니다. 그 순간에 이 여자가 내 등 뒤에 찰싹 달라붙어서 "진숙 씨 나 좀 살려줘!" 이러는 겁니다. 이 여자는 자기 수번 부르는 날이 사형 집행되는 날인 줄 안 거예요. 그때서야 늘 흔들리는 불안한 눈빛이 이해됐습니다. 거기다가 오후 4시가 되면 감방 문에 자물쇠 몇 겹이 잠깁니다. 그리고 그 다음 날 아침 9시까지 그 문이 열리는 법이 없지요. 새벽에 그 문이 열릴 때는 이감자가 있을 때에요. 이감자가 있는 날은 그 전날 미리 통보를 해 주는데 그날은 통보도 없이 이감자가 왔어요. 세상에! 자물쇠 열리는 소리를 아무도 못 들었는데 5010번 혼자 들었어요. 그렇게 예민해져 있어요.

거기다가 구두 소리가 집단으로 나니까 5010번이 비명을 지르더군요. 그 여자는 늘 그렇게 사는 거예요. 세상에 살아 있는 인간이 수갑 차고 밥 먹고, 수갑 차고 화장실 가는 거를 한번 상상해보세요. 그 여자 수갑 풀어달라고 싸운 거예요. 그런데 웃기는 게 뭐냐면 그 수갑 찬 손으로 스물 몇 명의 빨래를 다 합니다. 다 시킨 거지요. 그러면서도 논리는 있어요. 너무 나쁜 죄를 지었으니까 여기서 속죄를 해야 천당 간다는 거. 징역만큼 개털과 범털이 확실한 데가 없어요.

징역에서 싸우는 수단은 2가지밖에 없습니다. 철문을 하루 종일 차는 거하고 단식입니다. 그때만 하더라도 단식이 열흘을 넘기면 강제 급식을 했어요. 호스를 끼워 가지고서 말이지요. 단식도 마음대로 못하는 거죠. 그러다 징벌방을 갑니다. 징벌방은, 《녹슬은 해방구》를 보면 먹방 이야기가 나오는데, 바로 그 먹방이에요. 불이 없어요. 군용담요를 반 접으면 네 귀가 딱 맞습니다. 그 마루판 가운데를 뚫은 데가 변기에요. 그 좁은 방에선 변기를 피해서는 아무것도 할 수 없는 구조로 돼 있어요. 영화에 보면 감옥에서 쥐도 키우잖아요. 웃기는 게 감방에는 아무것도 없는데 비행기 빼고 다 만들어집니다. 수건의 실을 한 올 한 올 빼서 꼬아 리본을 만든 다음 그것을 쥐 목에 걸고 운동 시간에 데리고 나옵니다. 쥐들끼리 싸움시키려고요. 쥐 이름이 노태우고 하나는 전두환이고 그래요. '태우야', '두환아' 이러고 싸움 시키는 거 보면 진짜 웃겨요. 감방에서는 깡보리밥을 주는데 그 깡보리밥을 개털들이 하루 종일 찧습니다. 방아질을 하는 거예요. 어차피 할 일 없으니까. 그렇게 찧으면 쫀득쫀득해져요. 깡보리밥이 진짜 찰지거든요. 그걸로 떡을 만든 다음 100원씩 주고 카스테라 보름달빵을 사서 그 가루를 입혀요. 우리도 못 먹는 빵을 뺑기통 창틀에다가 얹어놓으면 쥐가 와서 먹어요. 나중엔 안 도망가요. 그렇게 길들이는 거죠. 쥐들이 어찌나 잘 먹었는지 기름이 좔좔 흘러서 쥐털이 밍크 같아요. 쥐 색출한다고 한 번씩 검방을 하는데 그러면 어디다 다 숨겨놨다가 다음 날 또 데리고 나오고 그럽니다.

징벌방에서는 양손과 발이 뒤로 묶여 사람이 말 그대로 통닭이 됩니다. 밥도 안 주고 죽을 주지요. 그렇게 뒤로 묶인 상태로 밥은 못 먹잖아요. 죽은 핥아 먹으라고 주는 겁니다. 아! 저도 인간인데 어떻게 이 상태로 죽을 핥아 먹겠습니까. 단식을 했어요. 혼자 '임을 위한 행진곡'을 부르면서. 줄줄 울면서 부른 제 생에 가장 결의에 찬 '임을 위한 행진곡'이었습니다. 그런데 밥 냄새보다 죽 냄새가 훨씬 유혹적이에요. 이 방에는 죽과 나 둘밖에 없습니다. 아무도 안 와요. 그리고 징벌방은 외따로 떨어져 있어요. 교도관의 발걸음 소리가 반가운 데가 거기입니다. 또 문이 이중 철문인데 안에서 아무리 고함을 질러도 밖으로 나가지 않습니다. 그 상황에서 죽이 나를 유혹하는데 거기서 또 스스로와 타협을 하죠. 한 번만 핥아 먹으면 모르겠지. 어차피 여긴 CCTV가 달려 있는 것도 아니고. 한 번을 핥았어요. 일단 한 번 핥으면 두 번을 핥게 되죠. 반을 처먹었더라고요. 아, 그런 데 가면 인간이 잔대가리만 많아지게 됩니다. 그렇게 묶인 상태에서 온몸을 움직여서 죽 그릇을 엎었습니다. 증거를 인멸하는 거죠. 그걸 아무도 모를 줄 알았는데, 그런데 쪽팔려요. 저만 아는 게 더 쪽팔립니다. 징벌을 받고 나면 다른 방으로 옮겨집니다. 그런데 세상에 5010번이 거기 또 와 있는 거예요. 교도관이, 이제 504번은 징벌방 가지 말라는 겁니다. 왜 그런가 했더니 5010번이 제가 갇혀 있었던 일주일 내내 제 이름을 부르면서 울었답니다. 참 그 말을 듣는 순간 그것보다 따뜻한 위안이 없었어요. 저는 그 상태였을 때 제일 힘들었던 게 뭐였냐면 죽는다는 사실보다 아무도 모른다는 사실이 그렇게 힘들 수가 없었어요. 그런데 그 처절한 외로움의 순간에 누군가 내 이름을 부르면서 울어줬다는 게, 그게 세상에 정말 극악무도한 사형수라도 상관없었어요. 5010번하고 다시 생활이 시작되었는데 일주일을 묶여 있다가 풀려나니까 몸이 안 움직였어요. 뼈마디 하나를 내 마음대로 움직일 수가 없었어요. 화장실도 못 갔지요. 5010번이 수갑 찬 자기 팔 안에다가 저를 끼워서 화장실을 데리고 가고, 다 닦아주고 그랬습니다. 일주일을 묶여 있으면요, 그냥 입은 채로 쌉니다. 그럴 수밖에 없어요. 저도 제 냄새가 역겨웠어요. 그게 다른 사람들과 같이 생활하는 공간이니까 견딜 수가 없는 거예요.

독일의 프리모 레비라는 사람이 아우슈비츠에서 겪은 일을 쓴 책이 있는데 프리모 레비가 속한 그룹이 인간이 굶은 상태에서 얼마나 오래 사는가 실험을 한 거죠. 이 사람이 속한 그룹은 처음 물을 한 컵 주다가 점점 줄입니다. 그러면 사람들이 나중에는 기갈이 나서 그냥 마시는 데 소비하게 되잖아요. 그런데 프리모 레비는 희한하게도 유일하게 그 그룹 중에서 물을 찍어서 닦습니다. 그 사람 혼자 살아남지 않습니까? 인간에게 존엄성이 생사를 가를 수도 있는데, 그 프리모 레비가 끝내는 자살을 합니다. '세상에는 괴물이 있다. 문제는 그 괴물의 존재를 인식하지 못하는 사람들이다'라는 말을 남기고 자살을 합니다. 어쨌든 저도 존엄성이 있는 인간인데 움직일 수가 없으니까 씻지도 못하겠고 시시각각 허물어지고 있었어요. 그때 5010번이 수갑 찬 손으로 제 더러운 몸을 그야말로 구석구석 다 닦아주면서 하는 말이,

"나는 죄라도 짓고 죽지만 진숙 씨는 이렇게 죽으면 어떻게 할래. 이제

부터 그러지 마.”

그러면서 눈물을 뚝뚝 흘리는데 그 엄청난 죄를 짓고 온 사람의 눈물이 따뜻했습니다. 그 좁은 공간에서 그 여자의 심장이 발발 떨리는 게 다 느껴졌어요. 저는 그걸 느끼면서 너무 고통스러웠습니다.

그러면서 5010번의 탄원서를 써주게 되었습니다. 그 과정에서 이 사람의 살아온 이야기를 들었지요. 아버지 돌아가신 후 엄마는 가출해서 작은집에 맡겨졌어요. 이 여자 목욕할 때 보면 땜통 자리가 머리에도 있고 등에도 있어요. 숙모가 11살짜리 아이를 부지깽이로 지진 거예요. 참다못해 가출해 식모살이를 하다가 성폭행을 당합니다. 그러곤 신발공장에 갔어요. 바람났던 5010번의 남자의 이름이 춘도 씨인데, 그 사람이 신발공장의 통근버스 기사였답니다. 아마 이 여자는 재판받을 때나 경찰에서 조사받을 때, 수백 번도 기자들한테 그 질문을 받았을 거예요. 그렇지만 단 한 번도 대답하지 못했던, 어리석은 질문을 제가 다시 했어요. 남편이 돌아와서 눈치를 챘으면 관계를 정리하지 왜 죽이기까지 했냐고요. 이 여자가 저한테 대답했어요.

“춘도 씨가 저한테 머리핀을 사줬답니다.”

그 여자가 태어나서 받아본 유일한 선물이었대요. 이 여자는 그게 사랑이었던 거예요. ‘짐승에게 사형을 언도하지만 막상 집행할 때는 인간을 죽이게 된다’라는 말이 있죠. 저는 이 여자를 두고 출감을 했어요. 출감을 하는데 저를 붙잡고 신신당부를 하는 거예요.

“진숙 씨, 나가면 우리 딸 선희 좀 찾아봐줘.”

딸내미 초등학교 졸업식 날 엄마가 아빠를 죽였어요. 그 사건으로 아이는 세상에 혼자 남겨진 겁니다. 그래서 수녀님하고 한 달을 헤맨 끝에 이 아이를 찾았어요. 밤에는 야간 학교 다니고 낮에는 해운대 분식집에서 서빙을 하고 있더군요. 그 아이를 찾아가지 말아야 했는데, 그 아이를 찾았어요. 잘난 척한다고 담임선생님까지 만나 선희 이야기를 했습니다. 선희를 도와달라고 말이지요. 저는 그게 선희를 돕는 길인 줄 알았어요. 담임선생님은 선희의 속사정을 모르고 있었는데 학자금이라도 면제해달라고, 그러면 애가 덜 고생스러울 거라 생각해서 했던 거지요. 첫날 분식집에서 선희가 일 마치기를 기다리고 있다가 따라가서 "선희야!" 하고 불렀더니 왜 그러냐고 해요. 엄마 때문에 왔다고 하니깐, 17살짜리가 어떻게 엄마라는 단어를 듣고 그런 표정을 떠올릴 수가 있는지, "나 엄마 없어요" 그러더라고요. 담임선생님도 만나서 선희를 도와달라 말을 해놓고 한 달쯤 후에 다시 찾아갔는데 선희는 아무 데도 없었습니다. 학교에도, 분식집에도, 자취방에도. 그 후론 찾을 수가 없었어요. 그리고 저는 너무나도 쉽게 선희를 잊어버렸습니다. 어디 가서 잘 살고 있겠지 생각했죠.

두 번째 징역을 갔을 때는 5010번은 살이 쪄서 이미 몰라보게 변했더군요. 그런데 제가 나가자마자 수갑을 다시 채워놔서 살이 찌면서 수갑이 살속에 들어가 있었어요. 쇳독이 어깨까지 올라와 있더군요. 그 손을 흔들며 저한테 하는 말이 선희가 왔다갔다고 하더라고요. 저는 면회를 왔다갔다는 말인 줄로 알고 너무 잘됐다고 했는데, 본드 불다가 징역 살고 나갔답니다. 선희는 제가 징역을 살 때 두 번째 징역을 또 왔어요. 이번에는 매춘이었습니다. 윤락방지법이라고, 그때는 성매매특별법이 아니어서 몸을 판 여자들만 처벌받았어요. 이미 매독으로 아랫도리가 다 헐어 있었어요. 그 아이가 세 번째 징역을 또 왔습니다. 결국 딸내미가 징역을 살 때 5010번에게 사형이 집행되었습니다. 김영삼 정권 말기에 23명 사형시킬

때입니다. 작가 공지영 씨의 《우리들의 행복한 시간》이라는 책에 보면 맨 마지막에 23명이 집행됐다는 얘기가 있습니다. 그중에 5010번 이명자, 그리고 그 사람을 유일하게 사랑했던 김춘도라는 사람이 함께 집행이 됐습니다. 저는 그 이야기를 듣고 너무 고통스러웠어요. 그 심장, 저를 붙잡고 발발 떨던 손, 느낌들이 생각났어요.

5010번은 욕심도 많았습니다. 형이 집행된 후에 보니까 갖은 데서 5010번의 짐이 나오는데 무슨 천년만년 징역을 살 거라고 샴푸·빤스·참기름 등 끝도 없이 물건이 나왔는데 그걸 다 버렸습니다. 그리고 저는 그 이후에 묻게 되었어요. '아무도 이 사람을 눈여겨본 적이 없는데, 누구에게 이 사람을 죽일 권리가 있는가.'

제가 이번에 한진중공업에서 어쨌든 구조조정을 막으려고 혼자 텐트 치고 50일 농성도 해보고 단식도 24일 해봤어요. 저도 밥 굶는 거 진짜 힘들어요. 다른 사람들은 3~4일 지나면 배 안 고프다던데 저는 어떻게 한결같이 배가 고픈지 아주 죽을 뻔했습니다. 그런데 지율 스님이 100일 넘어가고, 기륭전자가 96일을 단식하고 하니까 단식업계에서 24일은 쳐주지도 않는 거예요. 저는 진짜 배고픈 거 힘들어서 사실은 크레인에 올라가려고 그랬습니다. 그런데 크레인에는 올라갈 수가 없어요. 크레인이 하청 넘어갔더라니깐요. 한진중공업이 제가 다닐 때 조합원이 5,000명이었던 게 지금은 1,200명입니다. 비정규직이 3,500명이에요. 그 사람들이 다 잘렸어요. 제가 지금도 작년 11월 30일부터 계속 출근 투쟁을 하고 오늘도 하고 왔는데 지난겨울에 정규직이었다가 하청으로 갔던 분이 있어요. 연세가 60이 다 되신 분이 하루는 제게 와서는 또 나가라고 그런대요. 하청업체를 여섯 군데를 옮겨 다니고 이번에 7번째 해고되는 거랍니다. 해고

되는 게 돈이 되는지 사표 쓰는 게 돈이 되는지 저보고 계산을 해달라는 겁니다. 제가 이 아저씨한테 얘기했던 게, 언제까지 잘리기만 하면서 하청 전전하고 살 거냐고 했지요. 이번에는 당당하게 싸우다 해고되라고 말입니다. 그래도 돈 차이 별로 안 난다고 했어요. 그랬더니 이 아저씨가 무슨 필을 받았나 봐요. 알았다, 그러고는 주먹까지 쥐고 가셨는데 며칠 만에 만나게 되었습니다. 그동안 저를 슬슬 피해 다녔던 거예요. 사정을 들어보니까 결국 사표를 썼대요. 왜 그러냐 했더니, 사표 쓰니까 10만원 더 많더라 그러는 거예요. 이런 굴종이 일상이 되어 있는 사람들이 하청노동자들입니다.

제가 올해 51살입니다만, 저는 노동조합 운동을 한다고 반평생 넘게 이러고 살아왔어요. 너무너무 부끄러운 게 비정규직 문제입니다. 지금 정규직 노동조합 운동에서는 이걸 어떻게 할 수 없어요. 제가 민주노총 지도위원입니다만 민주노총 이거 못해요. 전 민주노총 욕먹는 거 다 이유 있다고 생각해요. 그리고 욕해야 합니다. 아니 며칠 전에도 현대자동차에 대의원들 수련회 한대서 가보니까 임금인상 요구안 설명을 2시간 하고 앉아 있더라니까요. 제가 하도 답답해서 그랬어요.

"올해 당신들 또 인금인상 할 거냐. 제발 최저임금 투쟁 좀 하고 비정규직 투쟁 좀 해라. 그러니까 맨날 철밥통이라고 욕먹잖느냐."

현대자동차나 한진중공업에서 파업하면 조중동보다 더 무서운 게 하청노동자들이라니까요. 노동자들은 이미 하나가 아니라 2개의 계급으로 엄연히 나뉘어 존재합니다. 이걸 어떻게 할지가 제 인생의 가장 큰 숙제예요. 우리가 만들어낸 거예요. 정규직 대기업 노동조합 운동이 만들어낸 꼬라지입니다. 어쨌든 이건 누군가가 얘기해야 하고 떠들어야 하고 작가들이 계속 얘기해줘야 합니다. 하여튼 듣든 안 듣든 말해야 합니다.

제가 여러분들에게 두서없이 긴 이야기를 했습니다. 제 얘기가 어떤 의미를 가질지는 잘 모르겠어요. 저는 여러분들이 동지라고 생각했고, 여러분들의 역할이 크시기 때문에 부산에서 여기까지 와서 긴 말씀 드렸습니다. 끝까지 들어주셔서 고맙습니다.

노동 운동은 대중 운동입니다. 대중들이 움직이기 시작한 것인데
한 사람의 힘도 이렇게 크구나, 저는 그때 처음 경험했어요.
참 신기한 경험이었지요. 저는 그 힘으로 지금까지 버티는 거 같아요.

김형수

1985년 《민중시 2》에 시로, 1996년 《문학동네》에 소설로 등단했으며, 1988년 《녹두꽃》을 창간하면서 비평 활동을 시작했다. 시집 《가끔씩 쉬었다 간다는 것》, 《빗방울에 관한 추억》, 장편소설 《나의 트로트 시대》, 소설집 《이발소에 두고 온 시》, 평론집 《반응할 것인가 저항할 것인가》, 그리고 《문익환 평전》 등이 있다.

I

악마의 맷돌 아래^{에서}
—우리 문학^의 미래

작가들은 쉽게 '자신의 조국은 언어'라고 말합니다. 하지만 언어가 죽어도 문학은 죽지 않습니다. 아프리카 작가들이 세계적인 명성을 얻는 동안에 그들의 모국어는 멸종의 위기를 겪고 있었습니다. '작가의 조국은 언어'라는 명제가 작가를 모국어의 수호자로 둔갑시키는 것을 받아들이려면 문학은 적어도 두 개의 질문에 답해야 합니다.

하나, 문학은 '문화의 일부'로서 '문화예술'일 수 있는가? '문화'가 정체성·소속감·관습·전통과 관련된 것이라면, '예술'은 장르라는 추상적 틀 위에 구축된 '범세계적 전문영역'의 성격을 띱니다. 세계의 많은 작가들은 자신의 문화에 동화됨으로써가 아니라 오히려 벗어남으로써 권위를 얻었습니다.

둘, 작가의 조국은 '언어'인가 '모국어'인가? 언어는 지상에 존재하는 모든 말을 가리키지만 모국어는 '어머니 품에서 자라면서 배운 바탕이 되는 말(=모어)'입니다. 재외 교포에게는 모국과 조국이 다르듯이 작가도 모국어를 숙명으로 삼지 않을 수 있습니다.

토착 언어를 삼키는 것은 전쟁이 아닙니다. 어떤 작가가 문학적 기념비를 쌓는 동안에도 그의 모어는 소리 없이 숨질 수 있습니다. 이때 문학은 모국어의 침략자일까요, 수호자일까요? 이 같은 일은 '국가 문화', '국가 언어'의 관계에서만 일어나는 것이 아니고 그 내부에서도 일어납니다.

한 언어의 죽음이 쓸쓸한 것은 그것이 문학에게조차 버려지는 고독을 수반하기 때문입니다.

죽은 말들의 고독

마침내 밀래미 어語는

2006년 10월 7일 동틀 무렵에 죽었다.

우리들 모국어의 마지막 달인

함평 각설이가 서거한 것이다.

빌어먹을!

이 슬픈 부족사의 부음을

천혜의 고아가 된 내가 전한다.

서울 어딘가에

이풍진 형님과 곱슬이가 살지만

추장이 떠나면 대지는

불 꺼진 극장처럼 깜깜해진다

이제 저장소도 없고,

기록 보관소도 잃게 된 말들

나의 시도 식민지가 될 것이다.

한숨도 그리움도 표준어로 번역하마.

— 김형수, 〈부음〉 전문

밀래미어가 어느 나라 말인지 묻는다면 부끄럽습니다. 졸작 장편 《나의 트로트 시대》(원제는 '나는 기억한다')가 발표된 것은 1996년이었습니다. 제목에 외래어가 있지만, 속표지의 헌사, "내 말의 고향 / 밀래미 장터에 바친다"가 증언하듯이 저는 이 소설을 모어를 기리기 위해서 썼습니다. 전라도 서해 변경의 장터를 무대로 그 땅 위의, 그 입술들 위의 낱말과 문장을 찾느라 각별한 언어 의지를 발동하던 기억이 새롭습니다.

밀래미에서는 이렇게 어려서 한때 불리다 말다 종국에는 없어지기 십상인 별명 하나도 한번 짐지면 죽을 때까지 벗어지지 않고 멍에가 되었다. 말主전부리가 얌전한 이가 한 사람도 없어서였다. 입방아가 제법 정갈하기로 소문난 우리 할머니도 그랬다. 이 역시 어렸을 적 일인데, 한번은 내게 옆집에 가서 접시

를 찾아오라고 해서 찾아다가,

"할매, 으디다 놔두께라우."

했더니 어처구니없다는 듯이 쳐다보면서

"들고 섰어라."

했다. 할아버지도 그랬다. 늦잠이 길다 싶으면 이제 그만 일어나거라 대신에

"잠산山에 뫼墓 썼냐?"

로 통했다. 그래서 장터의 돗자리전에 팔도의 혀들이 다 모여들지만 당할 임자
가 나오지 못했다. 당연한 결과로서 밀래미는 실로 많은 연예인들을 배출했는
데(밀래미 사람들은 무대에서 마이크만 잡으면 다 연예인으로 취급했다) 우리 아버지도
그런 사람 중의 하나였다. 바로 약장수였던 것이다.

─김형수, 《나의 트로트 시대》

일개 방언의 매혹에 집착하고자 한 것은 아니었습니다. 따옴표 안의 대
사를 빼면 사용된 낱말들도 모두 국어사전에서 표준어로 분류되는 것들
입니다. 전문을 다른 지역어로 바꿀 수도 있습니다. 그러나 저는 이 말뭉
치의 생명력을 타 언어로 완역할 수 있다고 보지 않습니다. 인용문의 "들
고 섰어라", "잠산에 뫼 썼냐?" 같은 대사들은 낱말의 혈통이 아니라 오히
려 언어의 성격에서 '문제성'을 드러냅니다. 언어가 단지 의사전달의 도구
라면 '접시를 어디에 둘까요?'는 '적당한 곳에 두어라'로 연결하면 되고,
늦잠에 대한 꾸지람은 '언제까지 잘 셈이냐?' 쯤이면 족합니다. 굳이 장난
이 끼어들어(보다시피 장난이 필요한 자리가 아닙니다) 개념적 의미망을 상회
하는 언어유희를 야기할 필요가 없다는 말입니다. 내가 이것을 두고 밀래
미어라고 명명한 이유는 낱말·토씨·억양 따위보다 어문 구조와 사유체

계, 소통 형식의 독자성 때문입니다.

문학을 예술이게 하는 강력한 힘은 언어의 유희성에 있습니다. 말이 '즐거움의 도구'가 될 수 없다면 시와 소설은 자신의 내용을 모두 2차 · 3차 장르들에게 양도하는 극문학으로 바뀔 게 틀림없습니다. 근대문학사의 짧지 않은 여정을 통해서 서사는 '신파'를 등지는 쪽으로 달려왔지만 소설의 언어들은 압도적으로 가벼움을 늘려왔습니다. 유머 · 위트 · 풍자는 최근 문학의 첫 번째 전리품에 속합니다. 그러나 유쾌한 웃음을 이데올로기로 섬기는 시대에도 그 절정이라 할 해학의 문학은 등장하지 않습니다. 판소리 문체의 미덕을 현대적 산문으로 계승할 수 있다는 가능성과 기대를 저는 밀래미어에 담고 싶었습니다.

또한 당시에는 '민주주의와 시장경제의 병행 발전'이라는 표현이 탈근대 · 탈냉전의 세상을 담을 내용물로 희구되고 있었습니다. 모국어가 상업적 거래의 기능, 말의 권력을 행사하는 정치의 기능에서 밀린다면 도태의 위험에 처할 것입니다. 고대 중국에서 사회적 열세를 말로 만회하거나 정치적 화를 언어로 모면하는 달인이 있다는 이야기를 읽은 적이 있거니와 셰익스피어도 영어의 자질을 높이고 푸시킨도 러시아어의 품격을 창조했다고 평가됩니다. 저는 '민주주의와 시장경제적 공간'을 시골 장터라는 무대를 통해서 보여주되 그곳의 언어로 그것이 장차 야기할 문제들까지 은유하고 싶었습니다.

그런 의도가 성공하지 못했음을 다시 확인하는 것은 뼈아픕니다. 실패는 당연히 반성을 낳습니다. 만일 《나의 트로트 시대》를 읽은 독자가 2004년에 출간한 《문익환 평전》을 읽는다면, 그리고 다시 〈부음〉을 읽는다면 제 기세가 한풀 꺾인 것을 발견할 것입니다. 그간 제 언어가 동시대와 호흡하지 못한 점, 시류에 밀리는 점을 뉘우치지 않을 수 없었습니다.

모국어의 달인들

언어에 대한 고민이 문학에서 의미를 얻는 길은 의지의 숭고함이 아니라 미학적 유효성에 있습니다. 작가가 모국어에 대한 사명감을 훌륭하게 발휘하려면, 가령 문장 하나가 두 페이지에 걸치는 만연체를 뜻이 혼동되거나 의미가 교란되지 않으면서도 읽는 재미를 누릴 수 있게 할 만큼의 능력이 필요합니다.

과거 우리 문학에도 수많은 '언어의 달인'들이 출현했습니다. 김병연(김삿갓)은 뜻글자인 한문으로 의성어·의태어를 자유로이 구사했고, 김소월은 근대의 여명기에 이미 훗날 김지하가 발견한 우리글의 축조적 한계를 넘는 모범을 구가했습니다. 산업화 이후에도 이문구·서정인 같은 고유의 문체미학이 등장하는데, 주목할 것은 우리말에 활력을 보태는 문제적 현상이 매번 표준어가 아닌 주변부 언어에서 발생한다는 것입니다.

방언은 강에 비하면 샛강 같은 것입니다. 서정주는 〈팔도 사투리의 묘미〉라는 에세이에서 경상도 말의 최대 강점을 "경어와 평교어平交語와 하대어 중에서 말맛이나 음이 다채영롱하게 잘 발전된 것은 평교어라고 보는데, 이것은 경상도에 있어서 유난히 그런 것 같다"면서 그 예를 〈밀양 아리랑〉의 "날 좀 보소"로 들고 있다. 또 전라북도 말에서 찾아 사치도 제법 부리던 농민층의 예술적 감각이 음악의 차원으로 승화되는 예를 평가한 적이 있습니다. 방언에 대해 소설가 전성태는 이렇게 말합니다.

방언의 상상력은 그 방언을 사용하는 공동체의 상상력이다. 방언으로 구축된 문장은 구어체에 가깝고 그 구어체가 이끄는 언어는 농경 사회의 상상력에 닿아 있다. 농경 사회의 상상력에서 발화한 언어들은 자연과의 오랜 교감에서 나온 비유와 은유로 풍성하다. 농투성이들이 사용하는 입말이 그렇고, 관용구가 그렇고, 속담이 또한 그러하다. 죽음이 죽음이지 않고 '돌아가심'이 되었을 때 그 언어가 앞뒤로 열리며 아득해지듯이 방언에는 참으로 유서 깊은 말들이 많다. 방언에는 그 말들을 사용하는 사람들의 오랜 체취와 정조가 묻어 있다. 오랜 시간의 퇴적 위에서 태어난 언어들이다.

—전성태, 〈방언의 상상력〉

여기서 느끼는 유일한 불만은 방언의 사회학을 포착한 눈길이 '농경문명적'이라는 진단으로 향후 전망을 닫는다는 점입니다. 평안도 사투리라는 김소월의 언어 현상에서 탁월한 대목은 바람의 움직임을 닮은 종결어미들이고, 그것은 충분히 유목민적이며, 과거형이 아니라 미래형일 수 있습니다. 저는 문제의 핵심을 경제사적 혹은 문명사적 전망보다 정치사적 전망에서 먼저 찾습니다. 토착 언어를 잃지 않으려는 문학을 독자들이 외면하는 상황은 '지배자의 용모를 기준'으로 삼는 '미의식'을 '자연의 용모'대로 복구하고자 노력하는 작가들의 좌표를 일거에 빼앗아버립니다.

태어나고 또 죽는 말들

오늘날 모국어에 대한 혼란의 상당 부분은 언어의 난개발과 그에 대한 문제의식의 착종에서 오는 것인지 모릅니다. 전근대와 탈근대의 자동차들이 동시에 몰려나와 뒤엉킨 베트남 거리처럼, 낡은 시대의 잔재를 청산하지 못한 모국어의 광장에도 문명의 첨단을 걷는 언어들이 어지럽게 섞입니다. 그래서 많은 이들이 인터넷 언어가 모국어를 파괴한다고 염려합니다. 네티즌들의 언어가 나쁜 가치관이나 비속한 발음, 난삽한 문자 변형을 동반하는 것은 사실이지만, 그렇다고 권위주의가 허물어지고 언어유희 영역이 커지며, 혼종성이 심화되는 것까지 모국어 파괴라 할 수는 없습니다.

> 지금 우리의 언어생활은 (……) 활자 인쇄술이 도입되며 인류의 언어가 한 번 크게 변화한 지 500여 년 만에 인터넷이라는 뉴미디어 도구의 등장으로 또 한 차례 지각 변동을 겪고 있는 것이다. (……) 현대 사회가 '인터넷을 활용한 지식기반 사회'라는 점을 감안한다면 언어 변화가 갖는 창의적 측면을 간과해서는 안 된다. 지식기반 사회에서는 지식의 양이 기하급수적으로 늘어나고 지식간의 연계와 창의적 활용이 점차 중요해진다.
> ─이정우, 〈젊은 층 사고변화의 결과란 관점에서 봐야〉, 《주간조선》, 제2074호

젊은 세대의 활발한 개입을 부정하는 방식으로 모국어의 환경이 좋아질 수는 없습니다. 그러한 고집이 자칫 우리말을 21세기의 삶에서 처지는 무능한 언어로 만들어간다면 모국어는 삶의 현장에서 배제되고 탈락되어 훨씬 더 심각한 파괴 상황에 직면하게 될지 모릅니다. 오히려 저는 그보다 심각한 결함을 기성세대의 행정언어·경제언어·학술언어·정치언어에서 봅니다. 해방 후 한반도에서 가장 많이 사용된 어휘에 속할 '빨갱이'

라는 낱말에 대해 한 작가는 이렇게 설파한 적이 있습니다.

불원한 장래에 사어死語 사전이 편찬된다면 빨갱이라는 말은 당연히 거기에 오를 것이요, 그 주석엔 가로되 1940년대의 남북조선에 볼셰비키, 맨셰비키는 물론 아나키스트, 사회민주당, 자유주의자, 일부의 크리스천, 일부의 불교도, 일부의 공맹교인, 일부의 천교도인 그리고 중등학교 이상의 학생들로서 단지 추잡한 것과 불의한 것을 싫어하고, 아름다운 것과 바르고 참된 것과 정의를 동경하고 추구하는 청소년들, 그 밖에도 xxx와 000당의 노선에 따르지 않는 모든 양심적이고 애국적인 사람들, 이런 사람들을 통틀어 빨갱이라고 불렀느니라.
— 채만식, 《도야지》

모국어 인구의 상당수가 동의하지 않으며, 그 자체로서도 정치적 위협과 폭력을 유발하는 반공동체 언어, 시대적 유효성이 만료된 지 한참씩 지난 이데올로기 언어들은 이상하리만치 오랜 수명을 누리고 있습니다.

악마의 맷돌

언어가 현대적이라고 해서 사고의 폭이 좁은, 존재의 숙명을 몰각한 무능한 언어가 옹호될 수는 없습니다. 인류는 하루가 멀다 하고 터지는 쓰나미·지진 등의 재앙을 통해서 우리의 삶이 대지 위에서 전개되고 있다는 사실을 망각하는 잘못에 대한 경종을 듣습니다. 그러면서 독자들은 '신자유주의'라는 '달리는 호랑이의 등' 위에 앉아서 문학을 읽습니다. 단지 현재하고만 맞서는 사람은 자신의 시야에서 과거와 미래를 소거시킵니다. 밀란 쿤데라는 소설 《느림》에서 이를 오토바이를 탄 사람에 은유합니다. 당장 눈앞에서 펼쳐지는 상황이 아닌 모든 것은 생각할 겨를도 없고 생각해서도 안 되는 상황에 놓인 사람.

도대체 무엇이 우리의 언어에서 대지를 빼앗아 가버렸습니까? 고교 시절에 "간다, 칠산 바다에"라고 쓴 적이 있는데, '칠산 바다'는 굴비로 유명한 영광 법성포 인근의 난바다입니다. 바다의 고유명이 소멸되기까지 얼마나 많은 일이 있었을까요? 생각해보면 《나의 트로트 시대》에서 〈부음〉에 이르는 10년 사이에 세기가 바뀌고 문명이 전환되었습니다.

경제인류학자 칼 폴라니는 공동체가 지닌 목가적 연결이 해체되고 있는 시장경제를 영국의 시인 윌리엄 블레이크의 말을 빌려 '악마의 맷돌'이라고 불렀습니다. 세계 시장경제의 출현은 20세기까지 '우주의 바다'에서 살던 약 40억 인구를 '문명의 어항' 속으로 흡수하였습니다. '6단계 이론'에 의하면 지구의 한 사람이 전혀 다른 곳의 한 사람과 연결되는데 5.5단계를 거칩니다. 뉴욕 월스트리트에서 비만과 싸우는 유한부인이 에티오피아에서 기아와 싸우는 소년을 아는데 다섯 단계를 거치면 여섯 단계째에 지인이 되는 것입니다. 그 사이에 넘어야 할 경계들, 산과 강과 바다와 벌판이 연결하는 인간과 인간의 여백을 가득 채운 목가적인 연결을 세계 시장경제는 분쇄시키고 있습니다. 그 목가적인 연결의 산물인 토착 언어들도 '글로벌 스텐다드'라는 악마의 맷돌이 가루처럼 빻아버립니다. 그 아래에서 난개발에 휘둘리는 방식으로는 언어 생태계의 복원은 요원할 수밖에 없습니다.

보다 크고 넓은 한국어의 탄생을 위하여

'정치는 생물'이라던 정치인이 있었습니다. 작가들은 '언어는 생물'이라고 말할 것입니다. 누군가 거대한 나무를 심어서 그늘을 드리우는 것이 아니라 꽃샘바람에도 숨이 꺼질 듯한 묘목들을 지키고 가꾸어서 아름드리로 자라야만 그늘을 누릴 수 있습니다.

여기서 두 개의 질문에게로 다시 돌아옵시다.

하나, 문학은 언제 문화예술이 될 것인가? 예술이 문화를 배반하지 않으려면 '세계시장'이라는 검은 손이 만든 지배자의 형식을 내려 먹일 것이 아니라 전라도의 자연이 낳은 형식, 경상도의 자연이 낳은 형식 따위들을 토대로 장르라는 '추상적 틀'이 세워지는 상향식 단계에 접어들어야 예술이 문화와 충돌하는 침략자가 되는 것을 바로잡을 수 있을 것입니다.

둘, 한국의 작가들에게 한국어는 조국인가?

한국문학은 한국어로 쓰인 문학을 총칭하지만 사실 한국어로 통하는 안락한 길은 어디에도 없습니다. 지상에서 1억의 인구가 사용한다는, 그래서 아무리 헐하게 잡아도 세계 10위권을 벗어나지 않는 세력을 가진 이 언어는 대부분의 서울 사람이 가지고 있는 한국어의 이러저러한 상像들만이 아니라, 그 반대편의 가치관에 의해 구축된 전혀 상이한 또 다른 상들의 복합체이기도 합니다. 우리와 외국인을 구별하는 문화적 동질성의 핵이면서도 사실은 후발 산업화 국가들에 의해 개발도상의 모델로 이야기되는 서울이나, 부시에 의해 악의 축이라 지목된 평양의 삶만이 아닌, 제3의 것들까지 포괄해야 하는 그 숱한 부산물들의 총체인 것입니다.

이렇게 서로 다른 한국어들 중에서 어떤 한국어로 세상을 이야기하느냐에 따라 공동체의 성격 · 역사 전개 · 꿈과 상처의 내용들은 판이하게 달라집니다. 지금 서울의 작가들에게 그러한 '온전성의 결여'에 대한 인식이 희박하다는 것은 놀라운 일입니다. 한국문학이 현실 세계의 복판을 노래하기보다 문명의 뒷골목에서 자폐적 문예주의에 사로잡히는 이유는 한국어가 인류의 보편적인 가치지향성을 구축하는 일에 사용되기보다 사상적으로 갇혀 있고, 현실 세계에 파편적으로 대응해온 관성 때문일 것입니다.

이제 지난 수십 년 동안 함부로 규정되었던 '우리 자신의 언어'에 대해서 좀 더 겸손하고 진지해지지 않으면 안 됩니다. 사실인즉, 우리의 모국어는 서울 사람들이 알고 있는 그런 하나만의 한국어여서는 안 될 것이고, 남과 북 · 해외 · 도서 변방으로 흩어져서 전혀 다른 얼굴을 갖게 된 복수의 한국어들이어야 할 것이며, 결국은 다시 하나의 정체성 아래 모일 수밖에 없는 단수의 한국어여야 할 것입니다. 당대 문학의 숙명적 과제로서 '모국어의 재영토화'가 필요하다는 것입니다.

주목할 것은 우리말에 활력을 보태는 문제적 현상이 매번 표준어가 아닌 주변부
언어에서 발생한다는 것입니다.

김해자

1998년 《내일을 여는 작가》로 작품활동을 시작했으며, 제8회 전태일문학상을 수상했다. 민족문학 작가회의 사무처장 부총장, 노동자 잡지 《삶이보이는창》 발행인, 노동문화복지법인 상임이사 등으로 활동했다. 2007년 현재 중앙대 예술대학원에서 시 창작을 강의하며, 장애인, 노동자, 사회 운동가들과 더불어 예술치료 프로그램을 진행하고 있다. 시집으로 《무화과는 없다》, 《축제》가 있다.

안에서 솟구쳐 올라오는 글

청개구리 한 마리가 굴참나무 살을 뚫고 나오고 있다

대가리로 힘껏 밀어올리고 있다

살이 뚫리고, 살갗이

봉분처럼 밀려올라오고 있다

아랫배에 잔뜩 힘을 주느라고

상판대기 볼따구니까지 등허리 빛이다

얼씨구!

한 마리가 아니다

굴참나무 갈참나무 졸참나무 상수리나무

참나무란 참나무 가지마다

빠끔한 데가 없다

찌구락 짜구락 뽀그락 대가리를 내밀고 있다

뚫린 데마다 청개구리 대가리다

굵고 단단한 참나무 속살마다

좀 실례,

동면하던 개구리가

겨우내 움츠렸던 뒷다리를 잔뜩 버티고서

으랏차차차 아랫배에 기를 모아서는

졸참나무 갈참나무 물오른 살갗을 밀어젖히고 있다

우격다짐으로 참나무 밖으로 몸뚱이를 밀어내고 있다

팽팽하다

그예는 한 마리가 몸통을 쑥 내밀고 툭툭 털며

크억, 끓는 가래를 모아서는

퉤,

조상 대대로의 목청을 뽑았다 하면

그 신호가 한순간에 해일이 되어서

그예 푸른 목청의 바다에 이놈의 산이 먹히고 말겠다

―〈굴참나무밭에 가서〉

최근 장철문 시인이 보내준 《무릎 위의 자작나무》를 읽으면서 잠시 동
안, 아주 행복했습니다. 시인은 봄날 굴참나무에 푸른 잎이 돋는 순간을
동면하던 푸른 개구리가 나무의 거칠고 단단한 살갗을 밀어 올리며, 밀어

젖히며 뚫고 나오는 모습으로 그려냈습니다. 붙박인 식물의 어둔 시간대를 생생하게 움직이는 동물의 형상과 역동적인 소리 및 촉각으로, 마침내 온 감각으로 전이되어 생의 약동과 함성으로 충일한 시를 여러 번 읽으며, 나는 이 시를 쓰는 동안 시인의 충만함과 기쁨에 동참했고 감염되었습니다. 시가 하도 좋아서 안경도 안 쓰고 한 문장 한 행 천천히 음미했습니다. 안경을 쓰면 너무 빨리 읽어버리게 될까 봐, 시인의 마음속을 천천히 따라가면서 말이지요. 아마도 시인은 이 시를 잉태하고 부화하고 마침내 세상에 '으랏차차' 함성을 지르며 밀어내는 순간, 어린아이처럼 충만했을 겁니다. 세상의 걱정 다 놓고 다 잊고 행복 속으로 진군했을 겁니다.

　하나의 글은 독특하고 그 자체로 타 존재와 구별되는 저마다의 사주와 운명을 가진 독립된 존재라고 생각합니다. 그렇다면 작가는 하나의 작품을 낳을 때마다 하나의 생명을 잉태하고 또 완전히 사멸시키는 파괴의 어머니일 것입니다. 어머니와 자식이 구별되지 않는. 그 창조의 순간에 그는 그 작품을 낳는 대상과 하나 되는 경험을 할 것입니다. 필생을 다하여 이르고자 하는, 완성하고 싶은, 안에서 솟구쳐 나오는 힘으로 다가가고 싶은 '쓰고 싶은 글'이었는데, 빚어진 대상으로서의 작품이 우리가 온전히 이루고 싶은 생명의 바다에 이른다면 그 작가는 이미 그 자체로 모든 걸 보상받은 행복한 사람이겠지요.

미안함과 자유 사이

숱한 금요일 중 어느 금요일, 한 미얀마 청년이 종각 역에서 전차에 뛰어들었습니다. 허리가 동강난 그의 주검 배후에는 못 이룰 사랑이니, 정신 질환이니 종교에 너무 심취했었으니 하는 추측이 무성했고 곧이어 가십 거리로 사라졌습니다. 수많은 여러 봄 중 하루, 의정부에서 싸이플 이슬 람이라는 26살 청년이 화상을 입은 지 2달 만에 세상을 떠났습니다. 컨테 이너 박스에서 사장 몰래 도둑잠 자다 배고픔을 참지 못해 라면을 끓여 먹 고 식후 연초를 위해 라이터를 켠 순간 가스가 폭발했던 것입니다. 한창 목련꽃잎 열리던 지난 봄 중 어느 하루, 가구공장에서 일하던 한 노동자가 한밤중에 홀로 죽었습니다. 한창 자다 새벽 4시경 가슴을 움켜쥐고 몇 번 비명을 지르다 허공에 내젓던 그의 손은 이내 떨어졌습니다. 젊다고 말하 기엔 너무 어린 18살, 그의 이름은 로만이었습니다. 부검 여부와 병원비 를 둘러싼 우여곡절 끝에 로만은 눈감은 지 사흘 만에 제가 태어난 땅 방 글라데시로 돌아갔습니다.

대체로 행복하지 않을 뿐더러 비참한 세계의 모습, 60일 넘게 단식을 하며 죽음을 걸고 싸우고 있는 노동자들이 저를 괴롭히고, 만리타국에서 죽어가는 어린 이주노동자들의 현실이 때로 제 심장을 누르는 맷돌입니 다. 엉클어져 사지를 옭아매는 질긴 낚싯줄입니다.

나는 대체 무엇일까요? 밖으로 표방할 수 있는, 저를 저이게 하는 건 아 주 단순하지만, 제안에서 이루어지는 걸 가만히 들여다보면 그렇지 않습 니다. 수많은 타자가 빼곡하게 들어찬 참 많은 나, 그것이 나라는 존재라 는 걸 수긍할 수밖에 없습니다. 사회적 존재로서의 저는 자주, 직접적으 로 저와 상관없어 보이는 고통스런 현실에 압박을 받습니다. 전세금에 밀 려 방을 구하러 다니는 후배에게도, 누나 보증을 서줘 빚 독촉에 시달리는 후배에게도 해줄 게 없어 미안합니다. 착하지만 가난하고 술에 쩔어 사는 오빠와 정신이 아픈 조카를 데리고 병원 문 두드리며 다니는 선하고 아름답지만 고독하고 박복한 후배에게도 미안합니다. 공통집합이자 교집합으로서 저의 일부에게 제가 짊어질 수도 나눠 가질 수도 없는 눈송이처럼 공중을 떠도는 무게 없는 고통들 때문에 더 미안하고 생각이 많아집니다. 제 안으로 들어가는 화살표와 시선은 이 공중의 눈보라 때문에 자주 끊깁니다. 배고프고 불행해 충동적으로 살인을 저질러 끌려가는 살인범도 제 영혼의 일부인 듯싶고, 내 죄인 듯싶고. 맙소사, 이 모든 걸 다 보고 느끼고 살아야 하는 게 삶이라니. 작가란 작자들은 치유 불가능한 과대망상 환자는 아닐 것인가!

하지만 불행히 그리고 다행히도 나라고 규정 지워진 울타리와 껍질 혹은 변하지도 더럽혀지지도 않는 무언가가 있어 저는 그것들 속에서도 자유롭습니다. 사회적 시스템이 공의 이름으로 약자에게 저지르는 죄악으로 인해 내장까지 그을린 채 참혹하게 죽은 자들을 위해 추도시를 쓰라는 전화를 받으면서도, 저는 작년에 심어놓은 쑥이 죽지 않고 다시 돋아나는 걸 바라봅니다. 쑥 옆에서 새로 돋아나는 이름 모를 잡풀이 물과 햇살만으로 푸른 잎을 돋우는 싱싱한 생명의 환희를 느낍니다. 세상 사물들을 이제 막 알아가기 시작하는 서너 살 아이가 이름도 모른 채 팔락거리는 나비와 형형색색의 아름다운 꽃을 넋을 잃고 바라보듯.

저를 둘러싼 죽음이, 슬픔이 그리고 나를 옥죄던 그 실타래가 강박과 긴장의 감옥을 부수고 솟구쳐 오르며 분노면 분노인 대로 연민이면 연민인 대로 제 결을 따라서 약동하는 동안 감옥은 이미 감옥이 아닙니다. 맷돌은 내려앉고 낚싯줄은 저절로 풀립니다. 이미 그 순간은 타자도 당위도 아닙니다. 고통에 진실로 응답하는 순간, 이미 감옥의 문은 부숴져 있습니다.

어쩌면 자유와 해방은 그런 것인지도 모르겠습니다.

　　땡볕에 눌러쓴 털모자의 땀 냄새가 지나가고

　　사탕수수 자루 이고 가는 여인의 부르튼 맨발이 지나가고

　　구루마 끌고 가는 회초리 같은 아이의 종아리가 지나가고

　　가슴에 면도칼 숨긴 아이들 희번덕거리는 눈이 지나가고

　　원 달러 원 달러 외치는 흙먼지 속 다물지 못하는 입이 지나가고

　　때 절은 스웨터 속 불룩하게 솟아오른 노숙의 담요가 지나가고

　　지뢰 속에 다리 묻은 주름진 아코디언 소리가 지나가고

　　마약과 매춘을 실어 나르는 부황 든 뺨이 지나가고

　　무기 실은 트럭이 지나가고 탱크가 지나가고 전쟁이 지나가고

　　내전이 지나가고 학살이 지나가고 혁명이 지나가고

　　팔 잘린 부처가 지나가고 목 없는 시바가 지나가고

　　불타는 한낮 목마른 마호멧이 지나가고

　　지나가고 지나가고 몽땅 휩쓸고 다 지나가고

　　아 어머니의 강, 메콩 강이 유유히 흘러가고

　　국경을 지우며 경계를 허물며 도도히 흘러가고

　　부겐벨리아 꽃 붉게붉게 피어나고

─〈아시아의 국경〉

엄연히 질 수 없는 짐까지도, 아니 실제로 짐을 덜어주지도 못하면서 마음속으로 지고 가는 과대망상과 물과 햇살·청정한 대기만으로도 행복해하는 이기적인 자유를 누리는 괴물 같은 게 인간이다, 라고 문득 생각합니

다. 그 괴물 같은 이중성을 양 가슴에 안고 살아가는 게 존재의 본성이며 그것에 가장 정직하게 다가서려는 자들이 작가요 시인이 아닐까요.

살아지는 삶과 저절로 써지는 글

저는 아직도 살아야만 하는 삶과 살아지는 삶이 일치하지 않습니다. 저는 아직 쓰고 싶은 글과 써야만 하는 글이 완전히 일치하지 않습니다. 행복한 사람도 행복한 문학도 아직 아닌 셈이지요. 제가 생각하는 문학이란, 자신의 깊은 내면과의 대화이자 타 존재와의 감응입니다. 두 축 어느 곳으로 기울어도 저에게는, 문학이라는 바퀴가 굴러가지 않더군요. 아직 남과 나의 간극이 커서 그러겠지요. 저를 위한 게 결국 세상을 위한 것이고 세상을 위한 것이 한 치 어긋남 없이 저를 위한 것이 되면, 쓰고 싶은 글과 써야만 하는 글이 행복하게 조우하겠지요. 그것이 가능할 때 문자가 저절로 행복한 탄성을 지르며 굳은살을 뚫고 나올 것입니다. 그 문자를 기다렸다는 듯 굳은살 바깥에서 기다리던 빛들이 대기가 풀벌레·새들이 즐거이 화답하고 공명하겠지요.

지난 시간 동안 저는 살아야만 하는, 써야만 하는 당위에서 자유롭지 못했습니다. 일종의 강박과 구속 속에서 산 부분이 적지 않았습니다. 그런 어두운 시간대를 통과하고 큰 병을 치르고 다시 살아서 세상과 대면하게 되니, 어느 순간 저도 모르게 그런 옥죄임이라든가 얽매임들이 많은 부분 사라지게 되었습니다. 요컨대, 제가 살아야만 했던 생이 제 운명이었단 생각이 든 게지요. 제가 살고 싶은, 제가 쓰고자 하는 지향이 제가 살았던 삶과 제 현재와 일상의 반영일 것이라는 생각에 이르렀습니다. 말하자면 아모르파티, 운명에의 사랑을 수긍하게 된 게지요.

며칠 전 치매 병동에서 할머니들과 그림놀이를 하는데 한 분이 사포종이에 노랗고 빨간 크레파스로 알 수 없는 추상화를 그렸습니다. 뭐냐 살짝 여쭈었더니 '나여 나 장옥금', 그러십니다. '아하 할머니 이름이구나' 했더니 '나는 아는데 글자는 몰러' 하며 자랑스럽게도 웃으십니다. 별과 꽃과 해로 당신 이름 석 자 환하게 그려낸 할머니의 상형문자를 보다 몇 년 전 운남성에서 본 나시족의 동파문자가 떠올랐습니다. 현존하는 유일한 상형문자라는 고산 지대 가난한 사람들의 문자는 유치원 아이들이 그린 것 같기도 하고 뭔가 간절한 주술이 담긴 동굴벽화도 같고 어찌 보면 심심미묘한 법문 같기도 했었지요.

날마다 그런 시를 쓰고 싶었습니다. 별을 지고 달을 업고 사람들이 둥그렇게 춤추는 그림글자들을 그리며 마음속에 별과 달과 사람을 천천히 새기고 팔을 높이 펼친 사람들 입에서 뽑아져 나오는 국수 몇 가닥 말 없는 돌덩이에 새겨 사람들이 함께 노래하는 세상을 그리고, 남자와 여자, 해와 달, 소와 밥 글자 결 고운 목판에 새겨 사람들이 밤낮으로 재미나게 일하며 배불리 먹고 행복하게 산다는 그런 동화 같은 시들을 쓰고 싶었습니다.

밤마다 그런 연서를 쓰고 싶었습니다. 오늘은 천지간에 눈이 옵니다. 세상에 하나뿐인 지구별을 생각하며 아주 천천히 하늘 글자를 그리고 눈시울 붉어져 붉은 대지를 그리고 하얀 눈 떠올리며 말개진 눈으로 천천히 눈을 그리고 세상에 단 하나뿐인 당신이 사무쳐 그조차 잊을 만치 천천히, 이 세상에서 할 일은 오로지

편지밖에 없다는 듯, 눈이 펼쳐 놓은 하얀 두루마기처럼 끝없는 대지의 불립문
자 속으로 한없이 들어가고 싶었습니다.

종일 하는 일 없이 가만히 앉아 있다 동파문자를 그려 보기로 했습니다. 산비둘
기 꼬리도 둥근데, 우리 둘이 잘 지내보자, 라고 생각하고 나서 산비둘기 둥근
꼬리를 그리기 시작했습니다. 꼬리 끝에 남자 여자가 서로 둥글게 손을 뻗치고
있는 그림글자를 쓰는 동안 나도 보름달처럼 둥글둥글해지고 당신과 나 사이
에도 어느새 환한 원광圓光이 다가와 조용히 감싸주는 저어기 저 머나먼 데 풍
경이 죽을 만치 천천히 꿈틀거리고 있습니다

—〈동파문자〉

소설가 윤후명은 〈새의 말을 듣다〉란 작품에서 "사랑하지 않으면 멸종
한다"고 합니다. 소멸하는 모든 것을 불러내는 것이 사랑의 능력이라고
합니다. '나도 모르게 온몸을 부르르 떨'면서도 실체를 알 수 없는 대책 없
는 요동 속에 거하는 것이 사랑의 증상이라고 합니다. 사랑은 어쩔 수 없
는 '내맡김'의 다른 이름이라고 합니다. 지적 자의식이나 인식욕으로 세
계를 진단하려 하지 않는 것, 살아 있는 존재 날것 그대로 그 자체로 교감
하는 것, 그것이 사랑이겠지요. 그렇게 세계와 공명하면 근대가 빼앗아버
린 충일을 다시 찾을 수 있을까요? 분석적 이성 속에 매몰되어버린 존재
의 '충일' 상태가 회복될 수 있을까요?

오늘 저는 사랑의 자리에, 시를 대입해봅니다. 합리와 객관과 설명 대
신 존재 자체와 만나는 것, 교감하는 것, 서로 깊이 들어가 부르르 떠는 것,
가슴속 깊은 곳에서 진동하는 그 에너지를 통해 합리적으로는 설명할 수

없는 내적 전율을 통해 내 존재가 울리는 것, 타 존재의 울음소리를 듣는 것, 결국은 시가 사랑의 다른 이름이군요. 글이란, 예술이란 대상과 연대되는 하나 됨의 찰나를 일컫는 거군요. 산다는 것, 만난다는 것, 함께 뭔가를 한다는 것, 그것 또한 연민과 사랑의 다른 이름에 지나지 않는군요.

미안함이 나와 세계를 구원하기를

엊그제 후배가 전화했습니다. 제가 존경하고 좋아하는 소설가입니다.

"언니 왜 이렇게 괴로워. 나만 그런 거야? 세상이 다 그런 거야?"

"……"

한밤중 뜬금없는 질문의 여운이 꽤 길었습니다. 요샌 생각이 많습니다. 한밤중 어둠속에서 가느다란 전홧줄 붙잡고 있는 후배처럼, 산 채로 묻힌 소·돼지처럼 어둠 속에 있을 때가 길어졌습니다. 지구에 발생하는 재앙 수준의 재난들과 인류라고 불리는 종을 뛰어넘는 숱한 죽음들 앞에서 우리는 어디로 가고 있는지 자문하게 됩니다. 인류는 진보하고 있는가? 우리 공동체는, 세계는, 나는, 우리들의 삶은 과연 어디로 가고 있는가? 진보란 게 대체 무엇인가? 진보와 진화란 게 꼭 커지고 물질적으로 거대해져야 하는가? 그렇다면 많이 진화한 개나리는 왜 그렇게 작고 진화가 덜 된 연꽃은 왜 그리 큰가? 우리는 진실로 행복한가? 우리는 서로가 조화롭고 아름다운 관계들을 맺어가고 있는가? 우리는 무엇을 해야 하는가? 나는 무엇을 할 수 있을 것인가?

허나, 자연스러운 길이 가장 쉽고 힘이 있다, 믿기로 합니다. 눈물이 있는 곳에 함께 눈물을 흘리고 닦아주는 것은 고귀한 일이나 눈물과 연민을 조직할 수는 없습니다. 오히려 조직하는 순간, 순수한 의미의 헌신은 그 빛을 바랠지도 모릅니다. 작품으로 자신과 세계의 영혼을 담아내는 것은 각자의 몫이겠지요. 그러나 어느 누구도 이 사회의 약한 구성원들이 당하는 일상적인 고통과 죽음에서 자유로울 수는 없을 것입니다.

쉬지 않고 일정하게 흐르는 사유와 연대와 실천이야말로 고귀하고 굳세다, 믿기로 합니다. 한 양동이의 물을 부어버리면 그 순간은 강력하지만 지속적인 목마름을 달랠 수 없습니다. 그 물을 아주 가늘게 흘려보내면 오랫동안 마르지 않고 길게 흘러가 언젠가는 대지를 적시고 수많은 생명들을 살릴 것입니다.

'한국작가회의'는 자유 실천의 정신 속에서 태동하고 변화·발전했습니다. 가난한 자의 눈물과 찢겨지고 억눌리고 고통 받는 자들의 피에 감응하는 작가 정신, 그것이 작가회의의 보이지 않는 혼이자 지렛대입니다. 자유 실천의 행동은 단순히 거리에 내거는 깃발이나 보란 듯이 열병하는 시위 대열이 아닙니다. 자기 양심에서 비롯되는 내면의 소리를 듣고 표현하는 모든 작가들 하나하나가 다 독립된 정부입니다. 그 내면의 소리가 세상의 신음과 일치할 때, 밀실의 심장이 거대한 광장의 울음소리와 만날 때, 우리는 더 자유롭게 됩니다. 비록 그 울음소리가 소수자의 목소리라 할지라도 그 소리는 멀리멀리 울려 퍼지고 서로의 나누어진 심장을 이어 줄 것입니다.

때로 그 소리를 모아내고 머리 맞대고 궁구하고 함께 아파해야겠습니다. 우리가 사는 공동체와 나라와 세계가 어떤 꼴로 나아가야 하는가, 함께 고민하고 공부해야겠습니다. 개인적 사회, 역사·지구·우주적 의미에서의 조화로운 삶, 더불어 행복할 수 있는 삶이 어떤 꼴일까, 생각을 공글리고 대화하고 배워야겠습니다. 서로의 작품을 깊이 읽어주고 공명하며 때로 만나고 때로 연대해야겠습니다. 진실로 함께 기쁨과 슬픔의 시간들을 공유해야겠습니다.

눈 덮여 흰빛뿐인, 문경 새재 넘었네

아래로 흐르는 것이 제 본연의 의무라는 듯,

맑은 살얼음 밑으로 고요히 흐르는 물소리

흰 옷자락들이 분분히 나려 대지를 덮고 길을 덮고

마른 나뭇가지와 푸른 솔잎을 덮어

무한히 흰 빛에 둘러쌓인 계곡 따라

생각도 말도 다 잊고 꿈결인 양 걸었네

다 갈아엎고 파고 들어낸다는데

버들치와 가재는 구호도 내걸 줄 몰랐네

몽땅 가르고 쌓고 막아 뱃길 낸다는데

오래 흘러온 물은 제 길이라 목청 높이지 않고

달래강은 찰랑찰랑 마애불 발목만 애무하듯 닦아 주는데

나는 저 말 못하는 것들에게 왜 이리 미안한가

'한반도 운하는 대재앙이다' 플래카드 따라가는

나는 왜 자꾸 고개가 떨궈지는가

제 것이라 주장할 법적 소유권도 등기도 없이

빼앗고 죽이고 갈아 뭉개도 선언문 한줄은커녕

아프다 말 한 마디 못하는 저 순한 산하 앞에서

나는 왜 자꾸 무릎이 꺾이는가

생명을 밟고 지나가고도 매번 뒤늦게 알아차리는

나는 왜 과오덩어리인 것만 같은가

푸른 천공을 받아 안은 물은 변함없이 제 길을 가는데

마애불은 돌아앉아 말이 없는데

-〈미안하다, 산하〉

오늘 저는 사랑의 자리에, 시를 대입해봅니다. 합리와 객관과 설명 대신
존재 자체와 만나는 것, 교감하는 것, 서로 깊이 들어가 부르르 떠는 것,
가슴속 깊은 곳에서 진동하는 그 에너지를 통해 합리적으로는 설명할 수 없는
내적 전율을 통해 내 존재가 울리는 것, 타 존재의 울음소리를 듣는 것,
결국은 시가 사랑의 다른 이름이군요.

윤수종

전남대학교 사회학과 교수로 오래전부터 아우토노미아 사상을 한국에 번역·소개해오고 있으며 자율 운동과 소수자 운동, 미시코뮌에 대해 연구해 나가고 있다. 지은 책으로는 《자유의 공간을 찾아서》, 《욕망과 혁명》, 《농촌사회제도연구》, 《농촌생산조직사례연구》 등이 있고, 번역서로는 《앎스를 넘어선 맑스》, 《분자혁명》, 《성혁명》, 《정치의 전복》, 《제국》, 《(가타리가 실천하는) 욕망과 혁명》, 《미시정치》 등이 있다.

소수자 되기

소수자 ― 표준화를 거부하는 사람들

저는 소수자를 굉장히 능동적으로 이야기하려고 했는데 강의안 표지는 반대로 되어 있네요.

10여 년 전 《진보평론》을 창간할 때 제가 〈마르크스주의 확장과 소수자 운동의 의의〉라는 글을 쓰면서 소수자라는 말을 마르크스주의 쪽에 들여오려고 했을 시절에는 소수자라는 말을 잘 안 쓰고 외국인노동자·동성애자 같은 부분 개념들을 주로 썼습니다. 그런데 언제부턴가 주체 개념을 이야기하다가 끝에 꼭 소수자를 붙이는 관습이 생기더라고요. 그래서 '아, 이제는 이게 주류 담론에 들어갔나 보구나, 이제는 내가 해서는 안 되겠구나' 하는 생각이 들었습니다. 저는 많은 사람들이 하는 주제는 피하려고 합니다.

그런데 흔히 통용되는 소수자 개념은, 이 강의를 만드신 분도 그런 생각이 없진 않으셨겠지만, 사회적 약자라거나 수적으로 적고 피지배 계급에 속하는 것 같거나 뭔가 수탈당한 존재 같다는 등의 의미들을 담고 있습니다. 저는 사실은 '소수자 운동이라는 걸 이제는 정말 다르게 생각해야 되겠다'는 생각을 하면서 소수자를 능동적으로 규정하려고 했습니다. 현실과 다르다는 얘기들을 많이 하시는데 그래도 저는 '소수자'는 약자나 패배자나 주변인보다는 (현실에서는 그럴지도 모르지만) 좀 더 능동적인 존재라고 규정하려고 합니다. 말하자면 주류에서 밀려나 있다고 해서 주류에 편입되려고 하는 존재가 아니라 '다른 식'으로 살아가려고 하는 측면에서 적극적일 수 있다고 생각하는 거죠. 사실은 소수자를 좀 도발적으로 '표준화를 거부하는 사람들'이라는 의미로 규정했습니다. 생각해보면 이게 말은 부드러운데 사실은 굉장히 강한 규정이거든요. 현실에서 우리가 소수자라고 말할 수 있는 사람들은 주변적marginal이거나 배제된 사람들인 경우가 많아서 보통 소수자를 규정할 때 예외 범주로 두었었죠.

운동과 관련해서 말씀드리면 마르크주의 같은 경우 노동자 계급을 말할 때 진짜 노동자라는, 학문적으로 말하면 생산적 노동자 개념에 자꾸 집착하다보니까 그 바깥의 소수자를 배제하게 되는 겁니다. 예를 들면 노동자 중에 기계 작업을 하거나 산업프롤레타리아트라고 말할 수 있는 공장에서 힘쓰면서 일하는 사람들도 있지만, 서비스나 아니면 요즘 많이 말하는 감정노동이니 뭐니 또는 행상을 한다던가 하는 사람들처럼 전형적인 노동자 계급에 속하지 않은 사람들도 있다는 겁니다. 진짜 노동자나 생산적 노동자를 자꾸 강조하다보니까 이러한 종류의 노동자들을 배제하는 겁니다. 마르크스주의도 노동자 계급 개념을 생산적 노동자 또는 진짜 노동자·핵심 노동자, 이런 것들로 끌고 가면서 노동자 내부에 적자嫡子나 진짜를 강조하게 되고 그렇지 않은 사람들을 배제하지는 않더라도 어쨌든 주변화시키는 그런 효과를 가져왔다는 거죠.

그런 효과에서 논쟁이 됐던 게 결국은 위로는 노동귀족 논쟁이고 아래로는 룸펜프롤레타리아트 논쟁이겠죠. 노동자지만 자본가에게 매수당해서 노동자 계급 전체를 위한다기보다는 자기 개인이나 자신이 속한 소수 층들을 위해서 자본가에게 협력하는 그런 사람들을 노동귀족이라고 규정하면서 비난하고 욕했던 역사가 있었습니다. 사실 그거보다 제 생각에 더 무서운 것은 노동자 계급 내부, 즉 밑에서 일어나는 문제라고 할 수 있습니다. 지금 식으로 말하면 비정규직 아니면 아예 직업 자체가 모호한 사람들 또는 그런 직업 범주에 들어오지 않는 주변화되거나 직장에서 밀려난 사람들(실업자들), 이런 사람들을 룸펜이라고 규정했을 때 이게 사실은 굉장히 도덕적인 함의까지 지니고 있지요. 실제 어떤 사람이 자신이 노동자 계급 안에서 룸펜이라고 생각했을 때 갖는 문제가 있어요. 자신을 주체로 생각하기보다는 주변적이고 쓸모없는 인간으로서 자책하게 되는 것이지요. 그래서 사실은 마르크스주의 역시 노동자 계급을 제창했으면서도 내부에서 다시 진짜 노동자를 찾다보니까 주변화되고 배제되는 노동자들을 만들어내게 되고, 결국은 그것이 당이라는 굉장히 위계화된 조직으로 간 것이었고, 노동자 계급을 위계조직으로 정리하는 하나의 방식이 아니었나 생각됩니다.

마르크스주의에서는 소수자라는 개념보다는 대개 노동자 계급에서 밀려난 사람들, 대체로 실업자라는 개념으로 생각했었습니다. 그래서 룸펜프롤레타리아트와 실업자 정도로 분류했고, 소수자라는 문제의식은 크게 갖지는 못했던 것 같습니다.

소수자 개념은 서구 선진국이나 미국 같은 나라에서 대개 '인종 문제'에서 출발을 합니다. 영어로는 '마이너리티'라고 하는데, 우리 같은 경우는 다인종이 아니기 때문에 이 소수자 개념이 빨리 들어올 수 없었습니다. 어쨌든 미국에서는 일단 소수자라고 하면은 인종적 소수자ethnic minority를 말합니다. 흑인African-American, 또는 아시아계·원주민-인디언·남미 쪽, 이런 식의 인종적 소수자를 일차적으로 생각하고 있습니다.

서구에서는 1968년 운동 이후에 소수자들이 좀 더 능동적인 주체로 등장하기 시작합니다. 그래서 저는 마르크스주의가 변신하는 데 있어서 주체 문제를 새롭게 제기한 흐름이 가장 큰 것이라고 보고, 68혁명이 바로 전통적인 노동자 계급에 기반한 사회 변화나 혁명에 대한 생각에서 그런 계급 개념으로는 파악할 수 없었던, 그러면서도 사회 자체를 바꾸고 자신의 주변까지 바꾸고 자신까지 바꾸려고 하는 새로운 흐름의 출발점이었다고 생각합니다. 68혁명을 계기로 소수자 정체성을 들고 나온 사람들은 사회 자체의 변화 속에서 주변과 자기 가족과 나까지 바꾸어 나가는 그런 과정들을 강조하게 되었습니다.

자신은 진정한 노동자라고 하면서도 나를 바꾸는 게 아니라 상대방이나 적만 바꾸려고 하는 게 기존의 노동 운동이나 좌파 운동이었습니다. 그동안 마르크스주의적인 운동이 노동자 계급은 진리를 담지한 사람들이고 미래를 담보한 사람들이라고 정의를 하고는 자기반성을 안 하는 겁니다. 자기반성보다 더 중요한 것은 노동자 계급 자체가 시대에 따라서 엄청나게 변해가고 있는데 자신을 너무 진리의 담지자라고 가정해버리고 믿어버렸기 때문에 현실을 따라가지 못했던 거죠. 그런데 그런 것을 깨우쳐준 측면이 제 생각에는 쉽게 말하면 주변인들의 반란, 좀 더 정리를 하자면 소수자들의 등장이 계급 운동과 소수자 운동을 대립시킨다던가 하기보다는 네그리 식으로 말하면 주체를 더 풍족하게 하는 측면을 지닌다고 생각합니다.

그런 전반적인 구도에서 소수자를 능동적으로 규정하려고 했습니다. 잠깐 여러분들에게 소개를 드리면,《다르게 사는 사람들—우리 사회의 소수자들 이야기》라는 책이 있습니다. 이 책은《진보평론》에 트랜스젠더·넝마주이·레즈비언·죄수 등 소수자들한테 글을 쓰게 하고 받은 글을 편집한 겁니다. 근데 이 책을 만들면서 아주 곤혹스러웠던 것은 소수자라고 하는 사람들이 보통 텍스트화해서 글을 쓴다는 것 자체가 아주 희귀한 일입니다. 그래서 당사자들이 쓰게 하기가 힘들었습니다. 이때 특히 외국인노동자들은 자기가 직접 글쓰기가 불가능하니까 김해성 목사님이 쓰시고, 어린이의 경우는 김주영 선생님이라고 어린이 운동하는 초등학교 선생님이 쓰셨어요. 그리고 다른 글들은 당사자가 썼는데 재밌는 것은 윤팔병 선생님에게 넝마주이에 대해 써달라 했더니 한 20장쯤 써주셨는데, 써온 원고를 보니까 종이가 다 다른 종이였어요. 종이를 주워가지고 한 것 같은데 감동이었죠. 어쨌든 이 텍스트화한다는 것 자체가 그때는 힘들었었어요.

그다음에 학자들이나 운동하는 당사자들한테 해당 소수자 운동을 좀 정리해주십시오, 해서 편집한 게《우리 시대의 소수자 운동》이라는 책입니다. 여기에는 성매매여성 운동·레즈비언 운동·이주노동자 운동·장애인 운동·양심에 따른 병역거부 운동·넝마주이 운동 등의 글이 실렸습니다. 어쨌든 여기서도 특징이라면 제가 책을 만들면서 느낀 건데, 운동에서도 남성 운동가에게 원고를 요구할 때와 여성 운동가에게 요구할 때 좀 다르게 나오더라는 겁니다. 장애인 인권에 관한 운동을 하는 어떤 남성 운동가한테 장애인 운동에 대한 글을 써달라고 했더니 당사자주의에 대해 써오신 거예요. 그때 그 문제가 한창 논의되었기는 한데 그걸 열변을 토하면서 써오신 거예요. 제가 요구한 것은 운동에 대한 것이었지 운동 이념에 대한 것이 아니었는데 말이죠. 그리고 성소수자 운동도 써달라고 부탁을 했더니 '친구사이'라는 남성 성소수자 모임에서 써준다고 그러더니, 바쁜건지 놀러 다니느라고 그러는지 연애를 하느라고 그러는지 안 써주는 거예요. 그런데 '끼리끼리'라는 여성 성소수자모임한테 부탁했더니 자기네가 모여 가지고 회의도 하면서 아주 멋진 글을 써오신 거예요. 그러다 보니까 소수자 운동에 관한 책인데 거의 여성들이 글을 쓴 책이 됐어요. 소수자 운동 안에도 현실 사회에서의 남녀나 또는 다른 위계나 차별이 다시 여러 가지로 들어가 있는 느낌을 받을 정도였어요. 그리고 거기 몇 개의 글들 가운데 제가 쓴 것(〈넝마공동체의 성격과 변화〉)이 있습니다.

이렇게 정리를 하다보니까 몇 가지 운동들을 통칭해서 소수자 운동이라고 하게 되는데, 각 운동들 경우는 그냥 각 운동별로 불리기를 원하는 거예요. 장애인 운동은 장애인 운동이라고 하는 걸 좋아하지, 소수자 운동이라고 하는 걸 싫어해요. 다시 말하면 각각의 운동이 독립성을 가지고 움직이는 걸 강조하지, 이걸 통칭해서 통일적으로 뭘 한다는 그런 발상을 탐탁지 않게 생각하는 거죠. 운동을 할 때 같이 연대해서 차별철폐, 이런 통합적인 운동으로 나아가긴 하지만 각기 다른 상을 가지고 있더라고요.

문제는 저처럼 개념을 갖고 정리를 하려는 입장에서는 당사자들이 정리를 해주면 제가 그걸 보고 포괄적인 얘기를 하려고 하는 정도라는 것입니다. 각각의 소수자 운동 자체를 파악하려면 제가 그 안으로 들어가야 되는데 들어가기가 아주 힘들어요. 제가 만약에 아주 유명한 분들처럼 텔레비전에 나오고 책에라도 사진이 나오잖아요, 그러면 진입하기가 아주 힘들어요. 일단 소수자들은 매체 세계에 떠 있는 사람들을 꺼려합니다. 사실은 그것이 책이나 어디에도 제 얼굴을 안 내미는 이유이기도 합니다. 그 안으로 들어가서 당사자로서 활동하는 사람들은 또 바쁘기도 합니다. 물론 지금은 많이 정리들을 합니다만, 대체로 운동에서 보면 성소수자 이외에는 소수자 운동하는 사람들이든 소수자 당사자들이든 학력이나 사회적 조건들이 굉장히 열악해요. 그러니까 그 안에서는 자기 정리를 하기가 그렇게 만만치가 않은 거죠. 옆에서 누가 도와주거나 학생 출신이나 이런 사람들이 들어가서 활동하면 그 사람들이 거의 책임지고 정리하는 그런 상황이죠. 그래서 저 같은 경우는 그 안으로 진입하기가 너무 힘들어서 포기하게 되고 소수자 운동 연구는 그만해야 되겠다는 생각까지 하게 되는데, 소수자 얘기가 뜨면서 학자 중에 누구를 시키려고 해도 없으니까 저한테 자꾸 글을 쓰도록 요구하는 거죠. 그렇게 해서 쓴 게 〈소수자와 교육〉, 〈인권과 소수자, 그리고 욕망의 정치〉, 〈성소수자 문학의 동향〉, 〈성소수자와 욕망의 정치〉 이렇게 네 부분입니다.

성소수자문학이라는 것에 대해서 쓴 것은 광주 쪽에서 나오는 잡지(《문학들》, 13호, 2008년 가을호)에 실렸는데요, 소수자문학과 관련된 몇 개 꼭지를 특집으로 하는데 저보고 갑자기 이걸 쓰라고 해서 쓰게 된 겁니다. 그리고 '해울출판사'라는 데서 주로 동성애문학 책을 내는데, 이거 읽느라고 아주 힘들었습니다. 그런데 저는 기존의 소설가들이나 이광수가 쓴 동성애 소설을 참고한 게 아니라, 스스로 동성애자이거나 트랜스젠더이거나 레즈비언·게이라는 걸 드러내고 종이책으로 쓴 작가들의 작품만 읽어보고 요약을 해놓은 겁니다. 전문적인 문학비평을 한 것은 아니고요. 이 사람들이 무엇을 어떻게 다루었다는 것을 얘기한 건데, 대체로 운동이 등장하면서 그 사람들이 등장하게 되고, 처음에는 커밍아웃에 대한 걸 상당량 쓰게 됩니다. 그게 형식적으로 전기까지는 아니고 주로 수기 형식으로 나오게 되고, 그러다가 이 사람들이 참지 못하고 인터넷에서 글쓰기를 합니다. 그리고 인터넷 모임들이 만들어지고, 거기서 좀 잘하거나 의욕이 있는 사람들 일부가 종이책으로도 내기 시작한 거죠. 그러나 2000년대 들어서면서는 '이북E-book'이라고 그러죠? 종이로 만들지 않고 인터넷에서 200원·300원·1000원으로 판매해서 독자들이 보는 건데, 그게 발전을 하고 그중에서 사람들의 호응이 좋았던 것들이 종이책으로 나오는 그런 형식이고요. 특이한 것은 게이나 트랜스젠더 소설들이 먼저 나오고, 레즈비언 소설들은 아주 최근에서야 뒤늦게 나온다는 것입니다. 그리고 더 특징적인 것은 게이 소설을 게이들이 보지 않는다는 거예요. 오히려 레즈비언들이 보고 즐거워하고, 또 레즈비언 소설도 레즈비언들이 좋아하는 게 아니라 이성애 중년 여성들이 좋아한다는 거예요. 야오이(여성들이 창작하고 여성들이 즐기는 남성 동성애물)도 꼭 자기 성정체성이 그 내용과 등장인물에 동일시되는 사람들이 보는 게 아니라 오히려 여중생들이나 다른 사람들이 주로 보듯이 말입니다. 그런 것들은 색다르게 분석을 해볼 필요가 있습니다. 어쨌든 성소수자들의 작품들이 어떤 주제를 다루고 어떤 형식으로 나아갔는지에 대한 얘기를 주로 했는데, 기본적으로 굉장히 낯선 측면들이 있습니다. 기존 소설가들이 동성애나 성소수자 등에 대해서 썼을 때

제가 몇 개 읽은 게 있습니다. 그중에 이금희 씨가 쓴 《황홀》이라는 소설을 읽었는데 굉장히 마음이 답답하더라고요. 제가 이걸 연구하면서 서구 사람들 것도 읽어봤는데, 토마스 만이라던가 앙드레 지드, 이런 사람들 것도 읽으면 아주 답답해지더라고요. 그런데 주네나 프루스트를 읽으면 확 열리는 듯한 느낌이 들어요. 그건 뭐냐 하면, 독자에게 커밍아웃 하는 걸 의식하고 자기를 절제하면서 쓴 거와 그런 것과 전혀 상관없이 그냥 나오는 대로 자신의 글쓰기를 한 게 확 다르더라고요. 기존의 소설가들이 동성애나 이런 문제를 다룰 때는 아무래도 그런 점이 조금 다르더라고요. 그리고 표현이나 독특한 말투라든지 몸짓 표현이라든지, 예를 들면 남성들끼리 모였는데 깔깔거린다는 말이 자주 나와요. 그게 처음에는 굉장히 낯선데 나중에는 금방 익숙해지죠. 또는 뭐랄까요, 호칭이 막 흔들리는 거예요. 남자끼린데도 언니라는 호칭들로 가니까요.

트랜스젠더 소설 중에 '김비'라는 유명한 작가가 있는데, 트랜스젠더 소설은 분노랄까 이런 게 제일 큽니다. 미리 말씀드리자면 사실은 성소수자 중에서 동성애보다도 트랜스젠더가 제일 문제가 됩니다. 또 동성애자 중에서도 남자인데 여자 같은 사람, 여자인데 남자 같은 사람이 문제가 되는 겁니다. 여자인데 아주 여성적인 레즈비언, 누가 뭐라 그러겠어요? 남자인데 아주 조폭같이 생기고 이런 게이가 있다, 누가 얼마나 크게 문제 삼겠어요? 그러니까 우리는 항상 성이 크로스돼서 반대쪽으로 갈 때만 쉽게 가시화되고, 양극적인 성(남성과 여성)의 관점에서 이상한 걸로 파악을 하고, 그 사람에게 낯선 시선을 던집니다. 그런데 문제는 트랜스젠더들은 5~6살 때부터 양극의 성을 횡단하는 모습을 드러낸다는 겁니다. 동성애 쪽은 그래도 그게 사춘기나 좀 늦게 드러나는 경향이 있는데, 트랜스젠더는 이미 초등학교 때부터 생물학적으로 남성인데 여성으로 드러나는 거죠. 그러니까 어떻게 되겠어요? 굉장히 쉽게 분리되고 배제되어서, 사실은 당사자로 봤을 때에는 트랜스젠더적인 성향을 가진 사람들 또는 외적으로 트랜스젠더적인 모습을 가진 사람들이 가장 크게 사회적 차별과 배제를 당한다고 합니다. 조사를 해보니까 그렇고 실제로도 그런 얘기가 있어요.

조금 다른 이야기가 될지도 모르겠습니디만, 저는 소수자 규정과 관련하여 철학적인 흐름을 구분해보기도 했습니다. 제가 스피노자·들뢰즈·가타리·니체를 공부하면서 철학을 다수노선과 소수노선으로 무자비하게 정비를 해봤습니다. 이건 철학자들한테 많이 욕을 먹는 건데, 저는 그것보다는 다수노선을 관념론적인 노선, 소수노선을 유물론적 노선, 이렇게 재정리하고 싶은 유혹이 있습니다. 어쨌든 어떤 사조를 정리할 때는 항상 너무 이원적으로 한다든가 다른 걸 배제하기 때문에 욕을 먹게 되어 있습니다. 다수노선–소수노선으로 구분하면서 제가 강조하고자 했던 것은 이성(이성중심적인 것)보다는 이성철학이 배제했던 것, 보통 광기라고도 하고 요즈음은 철학적으로는 욕망이라는 개념 또는 정서Affect·Affectus 개념입니다. 전에는 이런 흐름을 추구하던 분들은 철학에서는 생(의지)철학자로 불리기도 하였습니다. 칸트·헤겔로 이어지는 거대한 관념론적 주류철학이 봤을 때에는 신체를 따지고 욕망을 따지는 게 철학이 아닌 거지요. 근데 지금은 오히려 거꾸로 가는 경향이 상당히 강해지고 있죠. 그래서 이성과 변증법에 입각한 인식의 변증법에 집착하는 관념철학·인식철학보다는, 인간의 정서적인 움직임을 통해서 행동으로 나아가는 것을 어떻게 설명할 수 있는가, 그 속에서 철학적 개념들이 얼마나 유용한가 하는 질문에 대답하려는 쪽으로 갑니다. 제 느낌에는 스피노자 · 니체 · 베르그송 · 들뢰즈 이런 쪽에서, 즉 소수적 유물론이 득세하게 된다고 봅니다. 특히 마르크스주의도 자기변신을 하면서 그렇게 갔다고 봅니다. 제가 이런 얘기를 하는 것은 소수자를 약자나 배제자가 아니라 가장 창조적인 주체라는 식으로 끌고 가려는 의도에서입니다.

이제까지 소수자를 표준화를 거부한다는 측면에서 규정해봤습니다. 많은 사람들이 소수자 얘기를 할 때 여러 주체들을 죽 나열하다가 마지막에 소수자라는 말을 씁니다. 그야말로 마지막에 끼워넣기 식이죠. 소수자에 대한 어떤 상을 가진다기보다는 소수자들이 등장을 하니까, 장애인들이 소리를 지르니까, 소수자도 국회의원 자리를 하나 주고, 장애인도 국회의원에 넣어주자, 이런 식의 발상인 거죠. 그나마 이것도 운동의 결과이긴 하지만 저는 오히려 '모두 다 소수자다'라는 주장을 하는 겁니다. 그럴 때에는 소수자가 갖는, 개별자로서 축소할 수 없는 고유한 특성을 개인에게 강조하고, 그것이 다르다는 것 때문에 여러 가지로 차별받는 사람들이 생겨서 사회적 현상으로 소수자라는 사람들이 있을 수 있다는 거죠.

그러다 보니까 또 문제는 소수자라는 사람에 초점을 맞추기보다는 소수성(원래 소수자라는 말이 영어로 또는 불어로도 소수성minority입니다)에 초점을 맞춥니다. 구체적인 사람, 사람으로서의 소수자를 말하려는 게 아니라 소수성을 말하고자 하는 겁니다. 특정한 소수자를 확인하고 정체화하자는 것이 아니라 모두가 지닌 소수성을 문제로 삼으려는 것입니다. 예를 들면 제가 아주 표준적인 사람인 거 같지만 여러 가지 소수성을 가지고 있습니다. 저를 어떤 특정한 소수자라고 정체화해서 딱 하나로 규정할 수는 없지만, 제가 생물학적인 남성임에도 아주 여성적인 심성을 가지고 있을 수 있는 거지요. 그래서 마피아나 조폭 같은 사람을 만나면 저의 아주 여성적인 모습이 더 잘 드러날 수 있고, 물론 저보다 훨씬 더 부드러운 여성(혹은 남성)을 만나면 저의 남성성이 더 강하게 드러날 수 있다는 거죠. 바로 이걸 소수성이라는 문제로 삼아야지 소수자라고 해서, 다시 말하면 소수자 개념을 어떤 사람의 정체성으로 해서 그것을 그 사람에게 부여하고 고정화시키는 순간 이것은 위험해지는 거죠.

그래도 사람들이 소수자가 누구를 가리키는 거냐고 자꾸 대답하라고 얘기를 한단 말이죠. 그랬을 때에는 일단 나열을 하는 거죠. 그 나열된 사람들은 대부분 사회에서는 차별받고, 약자이고, 주변화된 사람들이기는 하죠. 그러나 그 속성으로 봤을 때에는 표준화된 속성에서 밀려나는 속성이라는 것이죠. 그래서 사실은 거꾸로 그 소수성을 드러내면서 강조하는 게 '소수자되기'가 되는 겁니다. 내가 동성애자가 되는 게 아니라, 내가 지니는 동성에 대한 다양한 느낌들을 훨씬 더 풍부하게 만들어가는 게 동성애자되기가 되는 거지요. 현실에 있는 소수자들의 소수자되기도 필요하지만, 오히려 다수자의 소수자되기가 필요한 거죠.

어쨌든 그런 의미에서 우리 시대는 소수자들의 시대가 되고 있다고 제가 과감하게 얘기를 했습니다. 전 지구화된 현대 사회를 보는 관점에서도 비슷하게 얘기를 하는데, 제가 《제국》이라는 책을 번역하면서 보니까 그 저자인 네그리와 하트(훨씬 이전에 가타리)는 전 세계가 하나로 통합되는 경향이 있다고 보았습니다. 특히 자본의 측면에서. 그러나 자본이라는 게 결국은 수많은 대중과 같이 짝을 이루어가는 것이지요. 제국이라는 거대한 지배 체제도 거기에 딸려 있는 사람들이 자신을 쳐다보고 같이 굴러가 주지 않으면 안 되는 거죠. 사실은 제국의 밑바탕에는 멀티튜드multitude,

즉 대중(조정환 선생님이 다중이라고 하여 쭉 설명을 하셨는데)이 있다는 것이지요. 그 대중은 그 거대한 형상(제국)이 모두에게 똑같이 요구하며 강요하는 것에 대해서 똑같이 반응하지 않는다는 거예요. 물론 어떤 트렌드가 있고, 어떤 바지가 유행이 되면 대부분 그런 걸 입고 하는 소비주의 측면에서 특히 그런 것이 있음에도 불구하고, 탈근대 시대에, 이 발전한 시대에 이미 사람들이 더 미세하게 충화되어 있어서 굉장히 다양한 반응을 보인다는 거죠. 그래서 표준화되고 싶어도 쉽게 표준화되지 않아요. 또 개인을 강조하는 경향 속에서 표준화되기를 거부하는 것 자체를 전처럼 무조건 억압해서 표준화를 시키려고 하는 게 아니라, 그걸 놔두면서 자본도 이제는 그럼 네가 얼마나 나에게 이득을 줄 수 있는가, 표준화되지 않음으로써 갖는 창의성은 무엇인가 를 따지려고 한다는 거예요. 차이를 관리하면서 경영해 나간다는 것이지요. 예를 들면 미국의 발달한 자본들은 상품을 만들 때 게이들을 위한 트렌드, 레즈비언들을 위한 트렌드를 생각한다는 거죠. 소수자적인 차이들을 예전처럼 뭉개고 압연해서 하나로만 하려는 게 아니라 그것을 약간씩 부각시키고 관리하면서 오히려 포괄적으로 빨아들이는 새로운 전법을 쓰고 있다는 거죠.

제국의 거대 자본 중에 발달한 자본들은 더 이상 무식하게 무슨 아파르트헤이트apartheid(인종차별)나 이런 성적·인종적 차별을 내세우지 않는다는 거예요. 그런 차별은 오히려 뒤로 싹 밀어내고, 능력 있는 사람 중심으로 한다고 해서 능력 위주로 사람을 뽑았는데 맨 꼭대기에 흑인이 있을 수도 있고 황인종이 있을 수도 있어요. 프로야구라는 것도 그렇죠? 메이저리그에는 박찬호가 가 있듯이, 우리나라에는 미국에서 조금 약한 선수들이 와서 한단 말이죠. 그건 완전히 능력 위주의 위계화시스템을 통해서 재조립을 하는 것인데, 문제는 인종적 차별이 없느냐는 것이죠. 그런 것 속에도 차별이 체계적으로 있다는 거예요. 그 메리트시스템을 표준화할 때 표준 메커니즘이 바로 '백인'적인 메리트시스템이라는 거죠. 그러니까 흑인은 흑인적인 특징을 강조해서는 거기에 들어갈 수 없는 거예요. 흑인이지만 백인보다 더 백인다운 태도와 사유를 해야지만 거기에 들어가는 거죠. 바로 그런 점에서 봤을 때 표준화되기가 예전보다도 더 힘든 거죠. 전에는 억지로라도 동일시했으면 되는데 이제는 어떻게 돼요? 내면에 온갖 부품들을 바꿔가야 되는 그런 표준화라는 겁니다. 그렇기 때문에 소수자들의 경우 억지로 안 바뀌는데 바꾸려고 하니까 굉장히 힘든 거죠. 그런 점에서 소수자들은 국가권력으로부터 배제되는 특징을 갖는다는 거죠. 그리고 대개 국가나 일반 사회나 제도의 감시 시선에서 잘 감지되지 않는 경향들이 있습니다. 이게 언더그라운드화된다던가 범법적이라던가, 이런 속성들로 쉽게 분류될 가능성도 높습니다. 다른 예를 들면, 지금은 훨씬 덜해졌지만(그래도 여전하다고 생각됩니다), 1980년대쯤에도 흑인들이 가다가 경찰이 호루라기를 불면 길 가던 흑인이 딱 돌아선답니다. 혹시 '내가 뭘 잘못했나?', '내가 범법자인가?' 하고 4분의 1(2퍼센트) 정도가 범법자적인 정체성을 갖고 있다고 합니다. 호루라기를 불었을 때 백인과 흑인의 표정이 다른 거죠. 백인은 '옆에 뭐가 터졌나?', '누가 무슨 짓을 하고 도망치나?' 하면서 주위를 살피는데, 흑인은 '내가 뭘 잘못 걸어찼나?' 하고 움츠러들면서 감시자를 향해 돌아선다는 거죠. 소수자들 쪽에서는 그런 미시적인 차별 메커니즘들이 내재화되면서 주체들 속에 아주 다르게 각인되는데, 그런 것 때문에 나름대로 또 표준화될 수 없다는 거죠. 더 특징적인 것은 능동적으로 표준화되기를 거부하는 사람들이 나타난다고 합니다. 그들은 현실에서는 약자이고 제도적인 보장이 굉장히 약하기 때문에 이 사람들이야말로 표준적인 인권 차원의 보호도 못 받는 경우가 많습니다. 그래서 소수자 문제는 아직도 인권 문제로 많이 제기됩니다.

저는 성급히 '욕망의 문제다'라고 치고 나갔지만 현실에서는 인권 운동 쪽도 많이 하고 있습니다. 특히 기가 막힌 일은, 한 10여 년 정도 운동을 해와서 우리나라 소수자 운동들이 상당히 발전하고 또 소수자에 대한 입법적인 차별은 없었기(구체적으로 명시되지 않았기) 때문에 운동을 하면서 입법은 대체로 금방 평등한 입법으로 만들어졌지요. 그런데 제 생각에는 소수자들이 차별 철폐니 이런 운동보다는 뭔가 자신들이 다르게 사는 운동을 펴 나가려고 하는 찰나에 MB 정부가 딱 들어섰단 말입니다. 그래서 이 운동들이 다시 옛날 운동들로 돌아갔어요. 정말 MB 정권이 운동까지 퇴보시켜요. 이게 정말로 끔찍한 일인데, 그래서 다시 5~6년 전에 했던 운동들을 다시 하는 거예요.

소수자 운동 — 인권과 정체성

어쨌든 소수자 운동에는 인권 문제가 여전히 남아 있다는 말입니다. 반대로 말하면 현재는 인권에 대한 문제제기는 소수자적인 관점에서 의미가 있는 것이지, 그냥 평균적인 보통의 인간에게는 사실은 큰 문제가 되지 않습니다. 왜냐하면 인권 문제는 굉장히 소극적인 문제제기이기 때문입니다. 그러니까 국가가 폭력적으로 국가에 소속된 개인을 억압할 때 인권 문제가 제기되는 겁니다. 예전엔 국가가 민간인을 죽였다, 뭐 이런 국가 폭력을 드러내면서 주로 인권을 얘기했었는데, 인권대통령인 김대중 대통령까지 나타나서 국가가 인권 개념을 포섭한 이후에는 사실은 그런 보편적인 인간이 권력에게 당하는 폭력 말고 보편적인 인간에 가려져 있던 하위 인간들의 문제가 남은 거죠. 그래서 소수자들의 인권은 지금도 여전히 상당한 의미가 있다는 겁니다. 예전처럼 국가 폭력에 대항하는 인권 개념보다는 오히려 인권의 개념 방향이 권력에 대한 것으로만 가는 게 아니라, 그것도 일부 있지만, 항상 옆으로 많이 갑니다. 더 이상 국가와 지배 체계만의 문제가 아니라 그 국가와 지배 체계의 습성과 관리 방식을 내재화한 주변 사람들과의 관계 문제가 중요하게 되는 거죠. 즉 소수자 운동 자체가 권력과의 싸움만이 아니라 사실은 더 중요하게는 자신의 주변과 자기와의 싸움이 문제가 됩니다. 그래서 제 생각에는 전통적인 좌파 운동보다 소수자 운동은 그런 의미에서 자신에 대한 반성을 할 수 있는, 주체 변화를 동반하는 운동이 될 수 있다는 점을 강조하고 싶습니다.

다시 소수자 운동에 대해 조금 더 말씀을 드리면, 한국의 소수자 운동을 얘기할 때는 서구의 68혁명을 예로 듭니다. 68혁명 이전까지는 공산당이 주도하고 노동자 계급에 입각해서 운동을 한다는 게 굉장히 강했는데, 68혁명을 통해서 아주 이질적인 주체들이 등장하면서 그 구도가 바뀝니다. 그 뒤로 나타난 색다른 운동들을 보통 사회학에서는 신사회 운동이라고 얘기합니다. 그런데 우리나라의 경우, 제 느낌에는 대체로 운동지형도에 가장 큰 변화를 일으켰던 것이 1987년이라고 봐요. 1987년의 노동자·농민 대투쟁을 계기로 해서 그 이전에 억압되었던 모든 담론들이 등장하기 시작하고, 좌우 얘기가 공공연히 나오기 시작합니다. 또 제가 농촌사회학을 가르치는데, 그 이전에는 농촌에서는 나는 누굴 좋아한다는 선호 표명을 할 수 없었습니다. 여당만 말할 수 있지 야당을 좋아한다고 하면 큰일 났는데, 1987년부터 누구를 좋아한다고 말할 수 있는 선호 담론이 시작됩니다. 그러니까 사회 전체가 완전히 바뀌게 되는 건데, 장기수들도 1987~1988년경부터 나오기 시작하잖아요. 그 이전에는 상상할 수 없었던 건데, 그런 지형도 변화가 있지요. 저는 소수자 운동도 1987년이 계기가 됐을 거라고 봅니다. 오히려 우리는 전통적인 운동(노동 운동·농민 운동·여성 운동·빈민 운동 등)이 워낙 눌려 있었기 때문에 1987년에서 10여 년 사이는 전통적인 운동이 제도화되면서 엄청난 힘을 얻어간 거 같아요. 그리고 이상하게도 타율적으로 IMF를 맞으면서 10여 년 사이에, 그동안의 성장 발전 담론, 뭐든지 하면 된다는 식의 담론, 우리가 당연시했던 제도들이 다 깨져갔습니다. 누구나 다 시집·장가 가야 된다고 생각을 했어요. 물론 작가 분들이나 독특한 분들이야 버텼지만 저희같이 평범한 사람들은 장가 안 가려면 '애를 하나 낳아 와라'라고 할 만큼 조폭적인 강압까지 받을 정도였는데, IMF 맞으면서 이 가족이라는 게 흔들리니까 결혼 메커니즘에 대한 사람들의 상이 달라지는 겁니다. 남자는 무조건 직장 얻어 돈 벌어와서 가족을 책임져야 된다는 상이 깨지고, 그러다 보니까 점진적인 소수자 운동이 아니라 사실은 밀려난 소수자들이 갑자기 생겨났습니다. 노숙자부터 시작해서 비정규직 문제 등이 IMF를 계기로 갑자기 확 나타나게 되었죠. 전체 세계 경제 구도와 맞물려 타율적으로 된 측면이 있지만, 정말 노숙자들 가운데 관이나 다른 쉼터에 의해서 보호되는 노숙자도 있지만, 제가 일부 연구했던 것처럼 청계천 변에 있는 삼일아파트를 점거해 살면서 '더불어사는집'이라는 이름 아래 집단적인 움직임도 보이고 딴 짓을 하려고 하는 흐름도 있단 말이죠. 그런 와중에 자율성을 주창하면서

'우리는 우리식대로 해보자'라는 굉장히 능동적인 움직임들이 조금씩 나타나기 시작했던 거죠.

사실은 그런 것들에 비해서 지식인들이 낄 수 있는 성소수자 운동 같은 경우 조금 먼저 담론화됩니다. 특히 대학생들이 1990년대 초반에 먼저 치고 나와서 담론화를 딱 해버려요. 오히려 운동이 지척거리면서 뒤에서 따라오는 경향이 있었죠. 어쨌든 소수자 운동에서는 정체성·커밍아웃·아웃팅 이런 얘기가 있죠. 이걸 가지고도 또 많은 얘기가 있습니다. 서동진 같은 사람은 '커밍아웃 안 한 주제에 말도 하지 말아라'라는, 그렇게 말은 안 하지만 굉장히 그걸 강박하는데, 많은 레즈비언들이 '야, 우리는 커밍아웃 했다가는 죽는데 너처럼 잘난 척하고 그게 통하냐?' 이러면서 반박을 한 적도 있다고 그래요. 그러니까 이 문제는 아주 예민한 문제여서 어떠한 한 가지 방식으로 딱 잘라 얘기를 할 수 없는 것이라고 봅니다.

제가 판단했을 때는 소수자 운동은 다른 대중 운동·노동자 운동이나 농민 운동처럼 많은 수의 사람이 참여하는 운동으로 진행되지는 않습니다. 오히려 몇 사람이 운동을 해도 직접 운동에 나서지 않은 그 아래 단위 보이지 않는 사람들이 변하는 겁니다. 전통적인 운동처럼 정말 적을 깨부수고 뭔가를 만들고 하는 눈에 보이는 그런 운동이 아니라, 소수자 운동의 가장 큰 특징은 더 많은 부분이 눈에 보이지 않는 운동으로 이뤄진다는 거죠. 다시 말하면 대학생들이 나와서 동성애 담론을 퍼트리고 '끼리끼리'나 이런 단체들이 운동을 하면서 매스컴에 나와서 논쟁을 벌이니까, 갑자기 게이바의 불들이 환하게 켜지는 거예요. 레즈바도 생기기 시작하구요. 일반인들도 쉽게 볼 수 있을 정도로. 전에는 깜깜해 가지고 일부러 찾아가도 어디인지 못 찾았어요. 근데 지금은 무지개 깃발까지 걸어놓고 있으니까 조금만 관심을 가지고 보면 찾을 수 있단 말이죠. 아무것도 아닌 것 같지만 인권 운동하는 친구들이 나타나면서 급속도로 그런 것들이 변하더라고요. 그런 운동이 있으니까 동성애자들을 가지고 등치고 하는 조폭들의 활동도 급속히 사라지는 거예요, 그걸 직접 고발하고 그래서 사라지기보다는.

실제로 장애인 운동이나 다른 소수자 운동들에서 운동하는 사람들은 몇 안 됩니다. 꼭 남미에서 게릴라 운동하는 거 같아요. 남미 게릴라 운동 몇 명 됩니까? 200~300명 가지고 운동을 하는데 그게 한 나라를 장악하고 그러거든요. 몇 천만 되는 우리나라로서는 너무 이상한 거죠. 200명이면 사실 어느 날 지나가다가 차가 지체되면 200명 금방 모이잖아요. 그런 의미에서 이 소수자 운동은 매스(대중·다수) 현상으로서의 운동 차원이 아니라 쟁점을 제기하고 소수가 그걸 퍼뜨리면서 쭉 갈 때, 그 하위 문화 속에 숨겨져 있던 사람들이 스스로를 끌어올리면서 활동을 자연스럽게 해 나가는 거거든요. 저는 실제로 운동이 이런 식으로 사람들의 실생활을 변화시키는 게 중요하다고 봅니다. 노동자 운동이 노동 운동을 격렬하게 했다고 해서 실제 노동자들의 생활이 변화하느냐, 그거 좀 따져봐야 되거든요. 그런 점에서 이 소수자 운동이 주체들의 변화를 동반하면서 가는 측면과 기존에는 항상 물밑에 있던 것들이 수면 위로 떠오르면서 전에는 몰랐던 것들을 사람들이 알게 되고, 관계 맺기를 다르게 해가는 그런 과정의 운동으로서 아주 중요하다고 생각합니다.

그러한 와중에 정체성이라는 문제가 있습니다. 문제는 정체성을 하나로 고정시키려고 하는 것이지요. 제가 만약에 동성애자로 규정되면 제가 하는 모든 것을 그런 식으로 규정하는 겁니다. 제가 어떤 때는 아주 사디스트같이 남을 괴롭히려고 하는 조폭적인 심성을 가지고 하는데도, '쟤 이상한 변태야'라고 하면서 사실은 그(동성애자) 규정으로 계속 환원을 시키려고 하는 겁니다. 제가 가지고 있는 정체성은 여러 가지가 있을 수 있는데 항상 동성애자라는 걸로 규정을 하는 겁니다. 정체성이란 게 그 사람의 캐릭터(성격), 또는 퍼스낼리티(인성) 전체를 규정하느냐 하는 문제가 있는데, 저는 대체로 안 그렇다는 거예요. 한 퍼스낼리티나 캐릭터는 다양한 아이덴티티(정체성)를 가질 수 있다는 거죠. 저는 그런 전략을 생각하고 있는데, 소수자 운동에서는 자신의 정체성을 강조하기 위해서 일부러 소수적인 정체성을 전면적인 정체성으로 강조하면서 드러낼 때가 있습니다. 그렇겠죠? 다른 사람들이 이성애 얘기를 할 때 '아, 우리는 동성애자다, 그런데 왜 날 그렇게 규정해'라고 하면서도, 그걸 자기 전면적인 정체성인 것처럼 끌고 나가면서 강조하려는 경향이 있고, 커밍아웃은 약간 이 트릭에 걸려 있다는 거죠. 그래서 커밍아웃이 능사는 아닌 것 같고 그걸 어떻게 조율해가면서 하느냐라는 게 오히려 더 중요하지 않을까 합니다. 그다음에 커밍아웃의 차원도 전혀 다른 일반 세계에 커밍아웃 하는 것과, 자신들의 동아리나 자신들의 서클에서 커밍아웃 하는 것은 전혀 다른 문제거든요. 커밍아웃이라고 하면 우리는 항상 일반인에게 터트리는 걸로만 생각을 하잖아요.

여하튼 정체성 문제는 하나의 정체성으로 고정시키거나 하나의 정체성을 그 사람의 성격 전체로 규정하는 게 아니라 유동적인 정체성으로, 복수적인 정체성으로 보고, 운동도 사실은 자신의 특성을 강조할 때에는 자신의 정체성을 강조해야 되지만, 이게 더 전진적으로 나가려면 그 정체성에 고정되어서는 안 된다는 거죠. 동성애 운동이 오히려 동성애 정체성을 고정시켜서는 안 된다는 거죠. 얼마든지 변할 수 있는 가능성을 두고 다른 정체성과의 상호작용 또는 이성애자들과의 상호작용이라는 쪽으로 넘어가야지, 자신의 정체성을 고집하면서 특권적이거나 고정된 것으로 가게 되면 항상 게토화될 위험이 있습니다. 그래서 소수자 운동의 가장 큰 난점은 게토화냐 아니면 상호작용을 하면서 점점 더 일반 세계 속에 소수성을 확산시키면서 같이 가느냐는 것이고, 운동 시점에 따라서도 굴곡이 있습니다.

이념 측면에서 보면, 소수자 운동은 마르크스주의처럼 무조건 옳다라는 이념은 없습니다. 대체로 어떤 정체성을 둘러싼 '우리'라는 일종의 집합의식이 있습니다. 이것은 이데올로기나 이념과 같이 강한 집합성은 아닌데도 정서적인 측면 내지는 생활방식이 약간 들어간 이념이죠. 특히 이념이라고 하면 제가 정리한 측면에서 소수자 운동은 나름대로 자율성이라는 걸 많이 생각합니다. 권력과 외부자로부터 피해받지 않으려고 하는 소극적인 측면에서 제기를 했던 것이죠. 물론 좀 더 적극적인 의미로 넘어갑니다. 그다음에 이념이라고 굳이 말할 수 있는 것은 당사자주의라는 게 있습니다. 당사자주의 대신에 최근에는 자기결정이라는 개념이 사용되고 있는데, 주로 여성 쪽에서 그 개념을 강조해왔습니다. 소수자와 관련해서 자기결정이나 자율성의 관점에 서서 인권이나 제도 측면에서 해소할 수 있는 문제가 많이 있습니다.

서구에서도 많은 경우 소수자들이 문제를 제기하고 권리를 요구하면 일반인들도 의외로 상당히 쉽게 동의를 합니다. 장애인들이 요구를 하면 일반인들도 동정 시선이든 어쨌든 동의를 한다는 겁니다. 그렇게 해서 법제화가 되면 운동의 동력이 떨어지는 거예요. 국가는 소수자 문제를 법제화로 대응해서 넘어가려는 점이 있죠. 운동도 당장은 이런 제도 개선 활동을 상당히 많이 합니다. 또 그렇게 해야지 힘이 납니다. 왜냐하면 조건 자체가 다수자들에게는 통상적인 것이 소수자들에게는 그렇지 않기 때문이죠. 예를 들면 중증장애인은 장애인 운동이 있기 전에는 1년에 4번 정도밖으로 나왔다고 합니다. 한 철에 한 번 정도 바깥에 나오는 거지요. 근데 장애인 운동이 활발해지고부터는 훨씬 달라졌어요. 요즘은 거리에도 유난히 장애인들이 많지요? 글쎄요. 여러분들이 너무 젊으니까 모르겠지만, 한 30년 전만 하더라도 장애인들이 전동차를 끌고 다닌다는 것은 생각도 할 수가 없었어요. 미국 같은 데 가서 보면 장애인들이 되게 많아요. 특히 공원이나 놀이동산, 이런 데 가보면 장애인들이 많아요. 일반인들은 10미터씩 줄을 서서 기다리다 들어가지만 그 사람들은 무조건 통과거든요. 성질이 급한 한국 사람이 갔을 때는 좀 짜증을 내기도 하죠. 왜냐면 거긴 혼자 들어가는 게 아니라 3~4명씩 붙어서 들어가요. 그런데 그쪽 사람들은 아무렇지 않게 받아들여요.

어쨌든 제도 개선이 필요한 거예요. 이게 청원 운동하는 거 같고 약간 개량적인 운동이라고 비난을 받지만, 저는 제도 개선을 해서라도 할 수 있고, 1년에 4번 밖으로 나오던 장애인이 매주 나오는 거면 이거는 해야 된다는 생각을 하는 거예요. 왜냐면 그만큼 생활조건 자체가 다른 거기 때문에 그걸 바꾸어 나가는데 국가의 다양한 제도를 활용할 필요가 있다는 거죠. 그런 제도 활용에 만족하고 그냥 머물 때 운동이 문제가 되는 거지요. 또 그렇게 하면서 그중에서 흡수되지 않는 소수자들을 게토화시켜버리는 게 국가의 전략입니다. 동성애 운동이 활발하게 되었던 미국 같은 경우에도 다 받아들인다고 하면서 그런 데를 게토화시켜서 잘 섞이지 않게 하위 문화로 만들어버리는 방책들을 쓰는 거죠. 물론 소수자 운동이 스스로 게토화되는 측면이 없지 않지요.

그래서 소수자 운동은 청원 운동과 비슷하기도 한데, 제도 개선 운동 같은 거에 말려들지 않고 그것을 얼마나 잘 활용하면서 실질적인 변화를 가져올 수 있게 하느냐 하는 것이 관건이죠. 그와 관련해 제도 개선 운동이지만 사실은 소수자만을 위한 운동이 아니라 전체를 위한 운동의 성격을 갖는 데서 소수자 운동의 의의를 찾을 수 있을 겁니다. 예를 들면 이동권 같은 경우는 표준적인 사람들(비장애인들)은 제기하기 힘들죠. 또 노인들도 제기하기가 힘들어요. 왜? 노인들은 '내가 늙었으니까 힘든가 보다'라고 생각해버리거든요. 그런데 장애인들은 그것을 곧바로 문제제기를 할 수 있거든요. 장애인들의 이동권 제기로 가장 혜택을 받는 사람들은 사실 노인들입니다. 그리고 여러분들도 술 먹고 그 다음 날 힘들 때는 많은 혜택을 받지요. 계단 오르는 것보다 경사로를 오르면 엄청 편하거든요. 저희도 학교에 경사로를 만들어놓으면 장애인들은 어쩌다 한 사람 있을까 말까 하고, 일반인들이 계단 대신 거기로 다 오르내립니다. 그러면 운동을 바꿔야죠. 계단 없애기 운동으로. 이동권이라는 것은 장애인에게서 출발했지만 비장애인의 실생활까지 바꾸어가는 운동으로 나아가는 거지요. 그런 의미에서 소수자 운동은 표준적인 차원에서 제기할 수 없는 쟁점들을 발굴할 수도 있는 거지요. 도우미 제도 같은 것들도 당연히 그런 겁니다. 지금은 중증장애인들이 도우미 제도를 쓰는데, 노인 도우미 역시 그 필요성에 공감하게 되는 겁니다.

소수자 운동―생체정치적 투쟁

제가 소수자 운동을 생체정치적 투쟁이라고 했는데, 사실은 이런 겁니다. 지금까지 운동은 항상 저 멀리 있는 국가권력, 나를 누르고 있는 것과 싸운다고 생각했습니다. 푸코도 이미 그런 걸 넘어서서 분석을 다양하게 전개했고, 권력도 저 위에 있는 게 아니라 우리 가까이에서 모세혈관처럼 퍼져 가지고 우리 신체까지 조율해가면서 들어와 있다고 얘기했습니다. 특히 소수자 문제 같은 경우는 국가에서 어느 정도 법제화하죠. '장애인을 차별하지 말아라'라고 국가에서는 법을 제정했어요. 그런데 예를 들어 아파트를 지을 때 10동 중에 귀퉁이 2동은 장애인 동을 지었어요(아파트 입구에 장애인동을 짓지는 않죠). 그리고 일반 동 쪽에 입구를 만들어놓고 장애인들이 그 입구를 드나드니까 입구 쪽 동에 사는 주민들이 장애인 동 쪽으로 따로 금을 긋고, 거기 울타리를 쳐서 장애인들을 입구와는 다른 통로로만 따로 다니게 했어요. 이런 일이 벌어지고 있는데, 안 그럴 거 같아요? 지금은 거의 대부분 고급 아파트일수록 그런 일들이 벌어지고 있어요(아예 장애인 동을 안 짓죠). 결국은 이게 국가와의 싸움이라는 측면보다는 국가의 마디들인 지방 자치단체들이나 마을 단위, 이웃이나 나하고 비슷한 사람들과의 싸움인 것이죠. 아주 미세한 차이인데 그거 자체를 용인하면 굉장히 불편해진다고 생각하죠. 뭐 불편한 측면은 있겠죠. 그런데 그런 걸 가지고 금 긋기 싸움들이 일어난다는 거죠. 사실은 쓰레기소각장 만드는 것도 그런 것들이 쟁점이 되지 않습니까? 이게 무슨 권력과의 싸움이라기보다는 왜 내 옆에 짓느냐? 이런 식의 싸움들인데, 소수자들과 관련해서는 그런 싸움들이 많습니다.

그리고 동시에 자신과의 싸움도 있는 거죠. 왜? 소수자 자신도 지배 체제 아래에서 지배적인 이데올로기들을 내재화해 지니고 있기 때문이죠. 그래서 이성애자의 호모포비아보다 동성애자의 호모포비아가 더 무서운 겁니다. 이성애자가 호모에게 굴욕을 주고 때리고 미워하는 거보다 동성애자 스스로가 가지고 있는 동성애자에 대한 비하가 더 무서워요. 알면서, 눈치를 채고 하니까 더 무서운 거지요. 그런데 그건 내재화되어 있는 거여서 내면적으로 자신은 동성애적 욕망이 있지만 머릿속에서 거부해야 된다는 강박 때문에 오히려 더 반동적으로 나올 수도 있다는 겁니다. 이게 사실은 굉장히 복잡합니다. 그래서 단순하게 해결되는 게 아니라 자신의 감정과 신체 반응을 다른 사람들의 감정 및 신체반응과 조율해가고, 가까운 이웃과의 관계 바꾸기 등을 해 나가는 생체정치적 투쟁이 필요하다는 거죠.

즉 생체정치적 투쟁이 뭐냐 하면, 같이 살면서 다양한 관계들을 하나하나 조율해 나가는 거죠. 난 동성애를 인정해, 난 장애인 당연히 옆에 같이 살아도 문제없어. 이런 말은 더 이상 필요 없습니다. 딱 실험을 해야 됩니다. 이 강의실에도 장애인이 한 사람 들어오면 전체 구도가 달라집니다. 근데 역설적으로 이런 것도 있어요. 제가 좀 야비한 표현을 하자면, 장애인 학생이 한 학급에 들어왔을 때 가장 나쁜 경우는 그 학생 중심으로 모든 게 돌아갈 땝니다. 학급 전체가 그 학생을 중심으로 움직이면 안 되잖아요. 그 학생도 하나의 요소이고 다른 사람들도 요소들로서 섞이는 어떤 방식이 필요한 거죠. 그런 것들은 상당히 훈련이 필요해요. 예를 들면 미국 같은 곳에서도 흑인이 별로 없는, 백인만 사는 동네 엘리베이터에 어느 흑인이 탔는데 백인 꼬마 애가 같이 탄 거예요. 타는 순간 꼬마가 그냥 울어버린 거예요. 그 꼬마에게는 전혀 인간이 아닌 까만 사람이, 사람 같은 데 자기가 생각하는 인간이 아닌 사람이 있는 거예요. 그걸 보고 우는 애 한테 교육도 분명히 필요하지만, 인식의 변화가, 실제적인 삶의 상호작용 속에서 신체화된 변화가 필요하죠. 책을 읽고 공부만 해가지고 되는 건 아니거든요. 우리들 사이에서도 보통 그래요. '네 동생이 장애인이면 어떡할래?', '네 동생이 성소수자면 어떡할래?' 이렇게 질문하는 방식을 취하는데, 그때는 약간 주춤거리게 되죠. 저는 그런 문제도 다 '네가 그러면' 이렇게 시작해야 된다고 봅니다. 왜? 우리들은 그런 소수성을 조금씩이라도 다 가지고 있는데, 이걸 자꾸 잘라내서 '나는 소수성이 없다'는 식으로 말해버리면 오히려 소수자되기에 가장 걸림돌이 되는 겁니다.

소수자를 인정하고 소수자와 상호작용을 잘하고 이런 걸 넘어서 내가 가지고 있는 소수성 자체를 인정하는 겁니다. 소수자나 소수적인 사람을 배제하려고 할 때에는 내가 가지고 있는 소수성도 배제하는 거니까요. 생체정치적 투쟁이라는 건 다시 말하면 어떤 삶의 문제로서 전제된 인식이 아니라 그런 삶 속에서 조절해가면서 그 조절을 통해서, 즉 삶의 실험을 통해서 새로운 관계 · 새로운 감성 · 새로운 부드러움을 만들어가는 겁니다. 우리나라 외국인노동자의 경우, 30년 전만 해도 외국인 하나 나타났다 하면 다들 난리도 아니었죠. 지금은? 그렇지 않잖아요. 안산에 있는 '국경 없는 마을'에 가면 우리(모두 단일민족 한국사람들 같았음)가 이상해요. 더 짙은 사람들이 많아요. 저는 약간 동조자가 되죠. 좀 검은 편이라 굉장히 동질적인 느낌을 가져요. 최근에 전남대에서도 5 · 18 관련 학술회의를 하는데 남미 같은 데서도 봉기에 참여했던 사람들이 오고 그랬어요. 제가 너무 검어 가지고 맨날 좀 어떻게 희게 해보려고 애쓰고 그랬는데 거기 온 남미 쪽 사람들은 다들 저보다 더 검은 거예요. 그러니까 기분이 좀 업되더라고요. 그러니까 저도 굉장히 흰색에 대한 애착·호감 같은 그런 게 있는 거예요. 그런데 제가 굉장히 하얀 사람들 앞에 가면 상당히 침울해져요. 미국에 갔더니 저한테 인도네시아 사람이냐고 그러더라고요. 그런 아주 미세한 것들이 사실은 집합성을 띠면 완전히 그림이 그려집니다. 하나하나의 개인을 인정한다, 또는 받아들인다는 것과 집합적으로 어울릴 수 있는 건 아주 다른 문제이지요.

좀 다른 예를 들어볼까요. 미국 같은 경우가 인종적인 문제가 특이한데, 제가 2004~2005년 조지아 주에 있었는데 거긴 흑인 운동이 있었던 데고 그 주의 주요 도시인 애틀랜타에 나가면 거리에는 거의 흑인들입니다. 아프리카에 온 것이죠. 어느 날 전철을 탔는데 저 말고는 다 흑인만 있는 거예요. 깜짝 놀라는 거지요. 그런데 거기 좀 괜찮은 레스토랑에 갔더니 백인만 있는 겁니다. 그런 게 아주 기가 막히게 나누어집니다. '헬렌 조지아'라고 독일의 마을을 옮겨놓은 관광촌이 있어요. 거기 갔더니 수만 명이 운집했는데 흑인은 한 10명 될까? 분명 섞이는 곳에서는 섞이는데 또 이상하게 나누어지는 데서는 아주 절묘하게 나뉘어져요. 학교에서도 학부모들 오라고 하는 게 되게 많아요. 저야 1년 동안 놀러갔으니까 열심히 갔는데 여러 종족이 있는데도 백인들만 나옵니다. 그런 것들을 흑인 운동에서는 제도적 차별·내재화된 차별이라는 얘기들을 많이 하는데 그 작동 메커니즘을 '아비투스' 개념으로 설명할 수도 있겠고, 여러 가지 설명을 할 수 있겠죠. 어쨌든 이게 아주 특이하게 내재적으로 제도화되어 어느 순간에 그림이 착착 그려지는 거죠. 법적으로는 다 평등한데 이상하게 어떤 제도 속에서, 어떤 그림 속에서 나누어지는데 바로 소수자 문제도 그런 문제라는 겁니다. 소수자들이 많이 모이는 거리에 가면 거의 그런 종류의 사람들만 있지만 소수자가 전투적인 노동 운동하는 사람들 사이에 가면 아주 티가 납니다. 행동거지가 다르고 말투가 다르고(물론 겉으로는 같은 척할 수도 있고 실제로도 같을 수도 있지요), 이런 걸로 찍히는 거지요. 그랬을 때 그걸 과연 어떻게 같이 조율해갈 수 있느냐가 문제가 되는 거죠.

연대 관념과 관련해서 보면, 전통적인 연대는 사실은 동맹이라는 개념이고, 좌파의 동맹 개념은 솔직히 헤게모니 개념이죠. 그리고 노동자 운동이 항상 주도해서 다른 운동을 끌어들여서 동맹을 맺는 거고, 레닌의 노농동맹도 그랬지만 노동자의 헤게모니 아래에서 농민이 사실은 손해를 보는 결합이라는 성격을 갖고 있는 겁니다. '농민 안에서 노동자성을 강화해서 그것과 결합한다'라는 건데 아직도 농민은 농민이거든요. 그리고 또 계급도식에 입각해서 부농은 무조건 잘라내고 빈농은 끌어당긴다고 했는데 그때 엄청난 생산력 손실을 가져오는 거죠. 어쨌든 그건 옛날 얘기지만 최근에도 이런 헤게모니론이 굉장히 강합니다. 저도 좌파 활동가들을 만나보면 아주 괴롭습니다. 좌파 활동가들은 무슨 얘기를 할 때도 꼭 자기가 이겨야 합니다. 그나마 저는 소수자 운동을 주장하니까 아예 아래라고 생각해서 밟으려고 들지는 않아요. 그런데 이게(소수자 운동) 여기저기서 얘기가 되니까 헤게모니 경쟁에 뛰어들었다고 생각하는지 '소수자 운동으로는 안 돼', 이런 식으로 내뱉기 시작합니다.

다른 나라들도 예를 들면, 항상 소수자 운동과 전통적인 좌파 운동의 결합 문제가 생깁니다. 제일 먼저 문제가 되는 것은 여성 운동이겠죠. 전체 운동의 흐름에서 봤을 때는 여성 운동이 소수자 운동이거든요. 제가 주로 관심을 갖고 있는 성적 소수자를 비롯한 이민자 등등 소수자는 말할 것도 없고요. 재미있는 건 역사상 마르크스주의가 여성 운동과 내재적으로 결합한 사례는 정말 찾기가 힘들다는 것입니다. 기존의 좌파 운동이 얼마나 헤게모니적인가 보여주는 증표라고 생각해요. 딱 까놓고 노동 운동이 정말 남자 여자가 똑같다라고 전제하고 시작한 경우는 없다니까요. 물론 녹색 운동이나 이런 것들은 다릅니다. 독일의 녹색당이 정말 혁신적인 이유는—나중에는 전형적인 정당 운동으로 갔지만—전체 구성에서는 여성이 30퍼센트이지만 모든 조직에서는 남녀 비율을 똑같이 했습니다. 그러니까 조직이 움직이는 방식이 분명히 다를 수 있는 것이죠. 만약에 그런 걸 안 하고 다른 식으로 대표화했으면 현실 조건에서는 대부분 남성들이 지배하는 식으로 가는 거죠.

특히 이태리에서 노동 운동과 여성 운동이 결합됐던 경우가 있습니다 (노조페미니즘). 노동 운동 안에서 여성들이 기존의 노조조직 방식과 활동 방식을 횡단하는 여성주의적 실천을 통해서 이루었던 것이죠. 기존 노조의 활동방식으로는 여성 문제를 부차적으로만 끌어들일 뿐이지요. 그리고 성소수자 문제가 노동 운동하고 항상 문제가 되는데, 노동 운동에서는 이럽니다. 그래 같이 하자, 얼마든지 지지한다. 그렇게 해서 같이 합니다. 그런데 항상 문제가 되는 것은 어떤 사안들을 결정할 때예요. '이거는 큰 문제이고 노동자 전체를 아우르는 것이기 때문에 일차적이다, 소수자의 문제는 이차적이니까 다음 번에 하자' 아니면 '전체(노동자) 문제를 먼저 결정해서 소수자 문제가 부차적으로라도 조금씩 개선될 수 있도록 하자'는 등 이렇게 해서 소수자 문제가 계속 지연되거나 배제되거나 공중에 떠 버리는 겁니다. 소수적인 문제를 끌어당겨서 그 쟁점을 확산시켜 나가려고 하는 게 아니라, 주요한 쟁점과 헤게모니적 쟁점을 들이밀면서 소수적인 쟁점들을 제압하는 것이지요. 여성 운동과 노동 운동이, 성소수자 운동과 노동 운동이 계속 결합하려 했다가 갈라서고 결합하려 했다가 갈라서는 게 바로 그런 이유 때문입니다. 그만큼 전통적인 마르크스주의 운동, 특히 노동 운동이 상당히 헤게모니적인 특징을 가지고 있다는 거죠.

지금도 좌파 운동을 했던 분들, '노동자의 힘' 이런 분들을 만나서 논의를 하면 꼭 이기려고 합니다. 술 먹고 취해서 이야기할 때에도 꼭 이기려고 즉 설득하려고 합니다. 그때 저는 '그래, 니 똥 굵다'라고 생각하면서 다른 것으로 화제를 돌리려고 합니다. 운동 이야기로 시작하지만 운동이라고 생각하지 않는 다른 쟁점들이나 화제들을 가지고 이야기를 바꾸어갑니다. 그런 분들은 이념(올바르다고 하는 자신의 입장)을 강조하고, 모든 걸 이념에 따라 먼저 생각해서 정돈한 다음에 행동을 하려고 하는 게 굉장히 강한데, 소수자 운동은 그런 점에서는 이념이 약하다보니까 정서적인 것과 자신의 명확한 상은 없지만 하고 싶은 것들을 해 나가면서 뭔가 새롭게 만들어 나가는 측면이 있는 겁니다. 그래서 저는 오히려 소수자 운동이 새로운 걸 만들어낼 수 있다고 보는 거예요. 정리되고 쌈박하게 알게 다른 사람들한테 설득할 수 있는 방식으로 운동을 한다면 솔직히 합리성이나 명쾌한 그런 것에서 어떻게 벗어나겠어요? 거기서 색다른 운동이 나오기가 쉽지 않다고 보는 거지요. 그런 측면에서 연대 방식이 그렇게 권력(헤게모니)적인 방식으로 갔을 때에는 문제가 있는데, 소수자 운동들 사이에서는 동맹보다는 느슨한 연대, 협의체 개념이 강합니다. 그런데 소수자 운동들도 결합·연대가 되어서 상당한 지위에 오르게 되면 대표화되거나 헤게모니화될 가능성도 없지는 않습니다. 재미있는 거는 소수자 운동 안에서도 이런 헤게모니화라던가 대표화라던가, 이런 일이 벌어져서 문제

가 되기도 합니다. 일부러 강조해서 예를 들자면 장애인 운동에서 어떤 분
이 굉장히 유명한 사람이 되어 가지고 장애인 운동, 하면 항상 그분이 떠
오르는 겁니다. 그래서 국가에서도 그 사람과 어떻게 파트너로서 노동 운
동에서 협상하듯이 해보려고 그러는 거죠. 구체적으로 예를 들면 장애인
운동에서는 박경석이라는 분을 또는 외국인노동자 운동에서는 김해성 목
사라는 분을—실명을 거론한다고 해서 그분들이 그렇다는 것이 아니라
하나의 예입니다—아주 대표적으로 매스컴에서 거론하거나 권력 측에
서 뭔가 정비해 나가려 할 때 협상 창구 또는 협상 상대로 삼게 되는 것이
죠. 장애인 운동이나 이주노동자 운동 안에서의 작동 메커니즘과는 달리
매체나 국가장치에 의해서 대표화되는 경우이지요. 그랬을 경우에 소수
자 운동 안에서 문제가 생기는 거예요. 위계화될 가능성이, 그러한 위험
이 항상 생긴다는 거죠.

그건 국가에 의해서 조장되기도 합니다. 성소수자 같은 경우도 그런 사
건이 한 번 있었어요. 병역거부를 하기도 한 친군데, 이 친구도 조금 분류
를 하자면 대학교 운동권 출신 쪽이었어요. 조금 더 잘나고 뭔가 정리하고
말도 잘하는 사람들이 항상 문제잖아요? 뭔가 밑의 운동은 적지만 위의
운동은 활발한 것처럼 보이려고, 그러면서 다른 사람들을 지도하려고 하
고, 가르쳐주려고 하는 생각을 가지게 되죠. 그러다 보니 이런 운동이 '다
함께'라는 기치 아래 정치 운동 조직과 결합을 해서, 소수자들끼리 협의
모임을 하는데 가서 막 연설을 하면서 가르치려고 나서는 겁니다. 또는 누
군가가 대표로서 활동하려고 해 밑에 사람들과 상관없이 대표 행세를 하
면서 다른 운동과 연대하고, 그러니까 밑에서 다시 뒤집고 재조직하고 이
런 사건이 있었어요. 소수자 운동이라고 해서 무조건 대표화가 안 되는 게

아니라, 소수자 운동 안에도 대표화하는 경향과 그렇지 않으려고 하는 경향이 함께 있는 거죠. 정치권력을 장악하려는 운동과는 다르지만 말입니다. 연대 문제는 대표화나 헤게모니화를 얼마나 최소화하면서 가느냐라는 구도 속에서 제기해야 하지 않을까 생각합니다.

소수자 운동—대안적인 실험들

제가 더 강조하려고 하는 것은 소수자 운동이 대안 운동의 성격을 굉장히 많이 가지고 있다는 거죠. 실제로 대안적인 실험들이 있습니다. 예를 들어 '성소수자 운동에서는 동성결혼 문제, 이게 대안이냐?'는 질문이 있는데, 저는 그것이 특별한 대안은 아니라고 생각해요. 그러나 대안적인 효과를 갖는 거죠. 남녀만 결혼해서 산다는 상을 바꾸는 거지, 결혼이라는 점에서는 굉장히 보수적인 방식입니다. 저는 결혼? 거부합니다. 그래서 이쪽에서도 결혼 개념보다는 커플 개념으로 주로 얘기합니다. 사실은 커플 상황 안에 들어가보면 아주 무섭습니다. 성소수자이지만 이성애적 결혼을 강조하는 경화된 커플화 개념을 가지고 있는 사람이 있고, 정반대 쪽에 있는 동성 관계만을 강조하고 한 번 맺어지면 평생 같이 애인 관계로 살아야 된다는 강박을 지닌 사람이 있고, 매일매일 애인을 바꾸는 사람이 있습니다. 극단이 있는 거죠. 근데 제가 생각하기에는 평생 같이 살아야 된다고 생각하는 사람들이 더 무섭더라고요. 그런 사람 앞에 가면 완전히 경직되어 가지고, 저의 엽색기계적인 어떤 심성이나 이런 거를 계속 감추고 정비해야 되더라고요. 이게 권력자 앞에 가서 뭘 정돈하고 감춰야 되는 거랑 진배없어요. 내부에서도 그런 작동 방식이 있습니다. 그래도 여하튼 현 상태에서는 이성 간의 결혼이 정형화되어 있으니까 동성결혼이라는 게 충격이 되는 거죠. 사람들에게 남자들끼리도, 여자들끼리도 같이 살 수 있다고 보여주는 하나의 상징이 되는 겁니다. 오히려 그거보다는 동성애자들이라고 할지라도 모자 또는 친구들, 나아가 일반적인 구조 삼각형(엄마·아빠·나)과 다른 사각형·오각형·공동체를 이루는 그런 가족 형태들을 만들어가는 것이 나타날 수 있다면 그게 대안 가족이겠죠.

그다음에 커뮤니티 문제인데, 우리나라는 IT강국이라 가상공간 커뮤니티는 굉장히 발달해 있습니다. 성소수자의 경우 지역(거리) 커뮤니티는 대개 술집 중심으로 발달해 있습니다. 많은 사람들, 특히 인권 운동을 했던 사람들이나 지식인 출신들은 이걸 비난해요. '술이나 먹고 소비문화에 젖은 게 무슨 커뮤니티냐.' 저는 정반대로 생각합니다. 거기서 제일 애정이 흐르고 욕정이 흐른다고 생각합니다. 그런 커뮤니티들 안에 무지개색 깃발이 날리면서 그 주변에 주거지가 만들어지고, 성소수자들이 사는 거리가 나타나겠죠. 우리는 아직 술집거리만 형성이 돼 있는 상태입니다.

장애인의 경우에는 이동권 같은 굉장히 멋진 권리 운동을 제기했지만, 최근에는 적극적인 걸로는 자립생활 운동이라는 게 대세입니다. 중증 장애인들이 집에서 나와 끼리끼리 사는 거죠. 그땐 현실적으로 생활도우미가 필요하잖아요. 그렇기 때문에 국가에 보조인서비스를 요구하는 식으로 가고 있죠. 지금 자립생활 운동은 아주 다양하게 전개되고 있습니다. 이건 전통적으로 장애인들을 집에 가둬뒀던 또는 시설에 뒀던 부모들이나 친척들도 좋아하죠.

그 다음에 성매매여성 운동 같은 경우는 2002년 성매매특별법(성매매를 할 경우 구매자와 판매자 둘 다 처벌해 성매매를 금지시킨 법률, 줄여서 '성특법')이 제정되면서 성매매가 금지되었음에도 불구하고, 성노동자 운동이 등장을 했다는 건 굉장히 놀랍죠. 성특법이 만들어진 걸 보면 우리나라도 여성 운동이 사실은 상당히 강했던 것이죠. 페미니즘이 여성의 성을 판매한다, 이건 말도 안 된다라고 강조하면서 성매매폐지 운동을 벌여왔죠. 이 운동이 도덕적으로 힘을 얻고 법으로 정비되었던 것인데, 그러고 나서 1년도 채 안 되어서 성매매 여성들이 직접 나서서 '나 노동잔데 왜 내 일거리 뺏냐'라고 하는 바람에 기존의 여성 운동이 쇼크를 먹었어요. 성노동자 운동은 지형도를 다르게 만들어온 측면이 있죠. 제 생각에 더 중요한 것은 이 성매매여성들이 성매매거리를 자율 관리하겠다고 나서고 있는 것입니다. 국가와 경찰에 간섭받지 않는 자율적인 공간을 만들어가겠다고 하는 것이지요. 또한 성매매거리 안에서 성매매여성들이 주체가 되어 아웃리치outreach 활동을 통해서 자신들의 동료들과 이웃을 변화시켜가는 운동에 나서고 있습니다. 성매매거리에서 나타나는 자신들과 동료들의 여러 가지 문제들을 스스로 해결해가면서, 이웃공동체의 삶을 다르게 만들어가는 운동을 하고 있는 것이지요.

이주노동자 운동의 경우 노조 형식의 조직화가 진전되고 있으며, 특히 이주노동자들의 주거공동체나 연결공동체가 만들어지고 있습니다. 물론 특정 국가와 연관된 이주노동자공동체만이 아니라 안산의 '국경 없는 마을'처럼 다양한 노동자들이 섞여 살아가는 공동체가 나타나기도 하죠.

그리고 제가 연구했던 '넝마공동체'의 성원들은 일찍부터 공동주거 형태를 만들어왔습니다. 또한 노숙인들의 점거공동체 '더불어사는집', 최근 젊은이들의 자유로운 주거공간으로 실험되고 있는 '빈집' 등은 다양한 소

수자들이 모여 살면서 공통적인 것을 실험하고 색다른 것들을 만들어 나
가고 있다고 볼 수 있습니다. 그 외에도 가출한 청소녀들이나 청소년들은
쉼터를 돌아다니기도 하지만, 자신들의 주거공동체를 만들고 자신들이
만든 규칙을 지켜가면서 부모에게 얽매이지 않은 삶을 살아가기도 합니
다. 물론 폭력과 성 문제와 생계 문제(도둑질) 등이 함께 얽혀 돌아가지만
말이죠.

　이렇게 소수자 운동은 대안 운동과 연결되어갑니다. 그런데 흔히 한국
에서 대안 운동이라고 하는 것은 대체로 소수자들과 별 관련 없이 진행되
어왔습니다. 생태적인 성향·약간 중간 계급적인 성향·자본주의의 모
진 것에 대해서는 반감을 갖고 교육적인 대안을 생각하면서 진행되는 것
이 일반적이죠. 그러다 보니 소수자를 적극적인 주체로 하는 대안 운동이
별로 없었는데, 이제 소수자 운동 안에서 대안 만들기를 시도하면서 섞일
가능성이 생길 수도 있을 것 같습니다.

욕망의 정치와 소수자되기

소수자 운동의 대안 운동으로의 전진과 관련하여 '욕망의 정치'에 대해 말
할 수 있을 것입니다. 전에는 소수자의 정치를 '정체성의 정치'라고 말했
습니다. 그러나 정체성이라는 것은 굉장히 위험한 논리인데, 즉 '우리는
숫자가 적은 집단이니까 우리를 인정해달라'라는 식의 인정논리로 가거
나, '우리의 것을 건들지 말라'는 식의 게토화의 위험을 지니고 있기 때문
입니다. 어쨌든 소수자들은 항상 게토화의 위험에 있습니다. 그러나 시대

가 달라지면서 최근의 양상은 예전 같은 게토화가 아닌 것으로 보입니다. 예전의 게토화는 알고 싶은 사람도 들어갈 수 없는 게토화였습니다. 즉 1970년대에 내가 여성동성애자 전용술집을 탐색하려고 한다면, 서울 명동에 가서 엄청난 추성趣性을 발휘해야만 찾아낼 수 있었죠. 그러나 지금은 내가 어디에 있든지 간에 인터넷 검색을 통해 그곳을 쉽게 찾을 수 있고 갈 수 있죠. 물론 남성은 출입금지입니다. 즉 게토화 문제에서 이제는 그 게토에 접촉하려는 사람을 막느냐 그렇지 않느냐 하는 문제가 핵심이 되었다고 볼 수 있습니다. 닫혀 있지만 원하는 사람들이 쉽게 찾는 게토? 이런 것을 게토라고 할 수 있습니까? 이렇게 되면 일반인들도 원하는 사람들은 찾아갈 수 있죠. 여기에서 게토는 열리게 됩니다. 게이바에 놀러 오는 다양한 일반인(남녀)들. 그러나 한국의 레즈바는 아직 남성을 받아들이지 않고 있죠. 미국의 바들에서는 게이와 레즈가 함께 어울립니다. 내부의 경계도 허무는 것이죠. 이처럼 나름대로의 경계 안에 있지만 다수자(비소수자)에게 닫힌 것이 아니라 열려 있는 것입니다. 또한 게토 지역의 경계선에서는 항상 다수성의 소수화가 이루어지고 있죠. 성소수자거리의 (일반)술집에서 성소수자들끼리 사용하는 은어들을 사용하는 것을 볼 수 있습니다.

게토화를 벗어나는 것은 닫힌 욕망에서 열린 욕망으로 나아가는 것이라고 할 수 있습니다. 여기서 욕망이라고 할 때는, 프로이트와 라이히가 말하는 신체에 붙박인 성충동뿐만 아니라 다양하고 사회적인 광범한 욕망(들뢰즈와 가타리)을 생각하게 됩니다. 그럼에도 성소수자에게 있어서는 성욕망이 일차적으로 다뤄지는데, 이것은 엄청난 오해입니다. 성소수자들의 행위가 일반인들이 생각하는 것처럼 성충동에 사로잡혀서 이루어지고 있는 것은 아닙니다. 물론 그런 사람이 일부 있을 수는 있죠. 그러나 그러한 현상은 어느 집단에게나 있는 것이지요. 문제는 성충동이 아니라 다양한 충동들을 비롯한 다양한 흐름, 즉 욕망이 전개되는 것이라고 보는 것이 옳은 것 같습니다.

소수자와 관련해 제기하는 욕망의 정치는, 욕망의 흐름을 다수자적 관점에서 제어하려고 하지 말고 흐르는 대로 놔두면서 소수자 당사자들이 스스로 관리하도록 하자는 것입니다. 즉 욕망의 정치는 정체성을 넘어서 '다른 것으로 되기'로 나아가자는 것입니다. 이때 이론적 근거를 이성이나 합리성보다는 욕망 개념을 끌고 들어와야 한다고 생각하는 것입니다. 소수자 운동하는 사람들 자체가 자신들의 욕망을 다수자적인 관점에서 제어하려고 하죠. 저는 다수자(표준)를 생각하지 말고 소수자의 관점에서 문제를 제기하는 시도만이 다른 것을 만들어갈 수 있다고 생각합니다. 그래야 지형을 넓혀갈 수 있을 것 아닙니까?

성소수자들은 다수자들에 의해 성충동에 사로잡혀 있는 사람들로 인식되는데, 스스로 이러한 시선을 내면화해 자신들의 내부구분을 만들어가기도 합니다. 항상 엽색기계를 작동시키며 성 관계를 한 뒤 곧바로 새로운 파트너를 찾아 나서는 또는 사우나나 찜질방에서 성 행위를 즐기는 '난잡한' 성소수자, 바에서 양복 입고 점잖게 연애하는 성소수자, 평생 같이 사는 부부(파트너십) 등 성소수자 안에는 이성애적인 구도보다도 더 미묘한 것으로 내부 갈라치기를 하면서 욕망을 표준화하든가 고정시키려는 경향도 있습니다.

소수자 내부로 들어가 보면 다수자에 비해서 내부 차이가 큽니다. 내부에서 표준화가 안 되는 경향이 있습니다. 다수자를 기준으로 하는 표준화되기를 거부하려고 하는 것을 넘어서서, 소수자들 내부에서의 차이들을 동일(통일)화하기가 어렵습니다. 장애인들의 경우 속성이 다른 장애를 가지고 있을 때 그들 간에는 비장애인들과의 사이에서보다 더 소통이 안 됩니다. 이러한 차이들을 오히려 긍정할 필요가 있습니다. 그런 긍정 위에서 소수자되기는 동일성을 지향하는, 표준화하는 방식과는 또 다른 방향으로 갈 수 있죠. 표준화하는 방식은 공통성을 끄집어내 동일화하자는 방향으로 나아가서 욕망 형식들을 단조화합니다. 이에 반해서, 소수화하는 방식은 차이를 더욱더 구분해내면서 점점 더 다른 것들 사이에 소통통로를 만들어 나감으로써 색다른 욕망 형식들을 발명할 수 있을 것입니다. 소수자 세계에서 분리와 차이들을 오히려 강조함으로써 다양한 표현과 다양한 욕망 형식들을 만들어낼 수 있고 소수자적인 움직임을 풍요로운 방향으로 나아가게 할 수 있을 것입니다.

결국 소수자 운동이나 소수자 문제에서 소수자되기가 중요합니다. 소수자 자체는 무엇입니까? 바로 색다른 욕망을 지니고 있다는 것이 가장 큰 특징인 것 같습니다. 표준화되지 않은 어떤 것들을 표현하고 싶어 하는 욕망이 있으며, 그래서 내가 동성애자가 되지 않더라도 동성애자되기를 할 수 있습니다. 다시 말해 소수자적인 속성들을 부정하지 않기 시작하면 다른 사람과의 접속 범위와 강도가 달라지는 것입니다. 동성애적 욕망이 나타날 때 그것을 남근주의적 전망 속에서 억압할 것이 아니라 자연스럽게 표현하고 색다른 관계를 만들어갈 수 있습니다. 물론 소수자 자체를 강조해 소수적 속성 자체를 특권화하는 것이 아니라, 소수적인 속성들을 흩뿌리는 것(분자화 과정 · 미분화 과정 · 미분적 특이화 과정에 착수하는 것)이 소수자되기라고 봅니다. 나의 정체성을 그렇게 만들고 확인하는 것이 아니라, 내가 장애인이라는 정체성을 가진 장애인이 되는 것이 아니라, 장애인이라는 속성들이 나에게서 나타날 때 자유롭게 표현할 수 있는 것이 소수자되기의 방법일 수 있습니다.

여성되기라고 할 때에도 남성들에게 생물학적으로 수술해서 여성이 되라는 것이 아니라, 여성처럼 행동하고 말하고 싶을 때 여성처럼 하라는 것입니다. 그래서 남성들의 여성되기, 권력을 지향하는 여성의 여성되기를 생각할 수 있는 것이죠. 여성적인 분자들을 흩뿌리고 다니라는 것입니다. 당연히 남성뿐만 아니라 여성의 여성되기도 필요하겠죠. 이러한 여성되기를 통해서 남성지배적 표현양식으로 단조화되는 구도를 깨고 다양한 표현양식들을 드러낼 수 있을 것입니다. 여성이 되라니까 불알 달린 사람이 어떻게 그리하느냐며 목에 힘주고 뻣뻣하게 굴다가는 결국 자신의 욕망 표현을 억압하는 결과가 될 것이라고 저주합니다. 여성되기는 바로 색다른 관계 맺기의 출발점이 될 수 있을 텐데 말입니다.

다른 예로 어린이되기라고 할 때에, 어른보고 어린이가 되라고 하는 것이 아닙니다. 어린이를 보고 '너 몇 살이니' 하고 질문하는데, 그때 대답하는 어린이는 '바보뎅이'라고 생각합니다. 저는 대답하지 않고 쳐다보며 '내가 어른들로부터 100번 질문을 받는데 99번 저런 질문을 하던데……' 라고 생각하면서 어른의 그 질문에 눈을 흘기는 어린이가 멋쟁이라고 생각합니다. 어린이를 당사자 주체로 생각하지 않고 마구 똑같은 질문을 해대는 어른들이 어린이에 맞추어 질문을 하기 시작해야 한다고 봅니다. 그것이 어린이되기의 시작 아닐까요? 또한 어린이가 엄마 등에 업혀 있으면 어른들은 흔히 '까꿍, 까꿍' 하면서 자신을 따라 하도록 요구하는데, 그에 따라 방글거리며 눈동자를 굴리는 아기도 있지만 울어버리는 아기도 있죠. 어린이되기란 바로 그러한 관계 맺기를 다르게 하자는 것입니다. 물론 관계 맺기에서 중심축을 당사자인 소수자에 두라는 것이 최대강령이죠. 어린이가 최대한 다양하게 자신을 표현할 수 있도록 말입니다. 어린이들이 하고 싶은 것을 마음대로 써보라고 하면 '어린이 혁명선언문'이 나온다고 합니다. 프랑스에서 어떤 라디오 프로그램이 초등학교 교문에서 공부를 끝내고 나오는 어린이들에게 하고 싶은 대로 말하라고 해 그것을 그대로 방송했다가 어른들의 당혹감을 불러일으켰다고 합니다. 어린이들은 여기저기서 말문이 막혀 있죠.

이주자의 경우도 마찬가지입니다. 다문화 운운하면서 한글을 가르치는 데만 집중하는 형국입니다. 몽골에서 온 사람들은 모아서 몽골어를 가르쳐야겠죠. 한국 사람과 결혼한 몽골 여성의 자녀들이 외할머니가 10년 만에 몽골에서 왔는데 전혀 소통하지 못하고 힘겨워하다가 헤어졌다는 이야기는 다문화 사회라는 캐치프레이즈의 내막을 잘 보여준다고 하겠습니다. 한글을 가르치는 것만큼 이주자의 출신지 언어를 파트너나 자녀들에게 가르치는 것이 진정한 이주자되기일 것입니다.

성소수자 당사자들의 운동은 이성애만 염두에 둔 다수자들의 성에 관한 통념을 바꿔놓을 수도 있습니다. 부모들도 자녀가 계속 결혼하기를 거부할 때 한 번쯤은 동성을 좋아하는 것 아닌가 물어볼 수 있을 것입니다. 후배들이 애정에 굶주리고 파트너를 필요로 할 때는, '여성이 필요하니, 남성이 필요하니?'라고 묻는 것이 동성애자되기의 시작일 것입니다. 소수자 당사자의 주체의 관점에 설 때 일상적인 과정에서 소수자되기가 가능하죠. 다수자화되는 것을 막을 수 있다는 것입니다. 노처녀에게 시집가라고 강박할 때, 그 노처녀가 집에서 엄마에게 '나 여자를 좋아해'라고 말한 순간부터 그 엄마는 고민하면서 소수자되기를 하기 시작합니다. 소수자와의 금을 긋지 않는 순간부터 일상 속에서 소수자되기가 가능하다고 봅니다. 스스로 변신하는 것이죠.

제가 이처럼 소수자되기를 강조하는 것은 좌파가 자본주의를 바꾸겠다고, 새로운 사회를 건설하겠다고 하면서 중심화되어 권력화되었고, 노동자를 생각할 때 진짜 노동자를 강조하면서 주변적인 노동자를 갈라치기했던 뼈저린 경험을 반성하는 것이기도 합니다. 결국 소수적인 것을 주변화시키거나 배제하는 방식은 권력화하는 방식이 아닌가 하고 반문하는 것입니다.

그렇게 가지 않으려면 소수적인 요소들을 끌어안아야 할 것입니다. 노조 안에서 정규직—비정규직 구도 아래 비정규직과 이야기하지 않고 노조 안에서 여성을 주변화시킨다면 노조는 약해져버립니다. 서구의 역사를 봐도 사회 전체가 풍요로워지려면, 표준화되고 권력화되는 지형으로 모든 사람이 동일화되는 방향으로 나아가서는 안 됩니다. 주변적인 소수적인 요소들을 포괄해 나가야 할 것입니다.

주변화된 다양한 소수자들의 자기주체성 찾기, 자기 정체성 확인과 더불어 그들 나름대로의 대안을, 새로운 자유의 공간을 만들어가는 방향을 새로운 사회로 나아가는 방향으로서 생각해볼 수 있겠죠. 저는 그것을 새로운 코뮤니즘이라고 말하고 싶습니다. 그와 더불어 운동 방향으로서 소수자 운동집단 자체의 운동뿐만 아니라 소수자를 포함한 모든 사람(다수자도 포함)의 소수자되기가 필요합니다.

물론 소수자되기는 다수자의 권력화를 깨려는 의도를 지니고 있죠. 집중화·초코드화하는 방향에 대항해 미분화·분자화하면서 욕망을 해방하는 방향으로 나아가는 방식일 수 있죠. 그 결과는 예를 들어 자본주의적 이윤추구양식에만 준거해 다양한 표현양식들을 압연하는 방식에 제동을 거는 것이 될 것입니다. 결국은 다양한 욕망 표현양식을 표출하도록 하자는 것입니다.

코뮤니즘이라고 할 때 다른 것을 때려 부수고 뭘 공동으로 하는 것이 아니라, 서로 다르게 가는데도 연결되면서 즐거워질(함께 갈) 수 있는 것을 생각합니다. 개별고유성(특이성)을 긍정하면서 어떻게 소통의 폭을 넓힐 수 있는가를 생각하려고 합니다. 코뮤니즘을 생각할 때, 전에는 동일하고 공통적인 방향에 즉 집단에 방점을 찍었다면, 지금은 개인에 즉 특이성 singularité에 더 방점을 찍게 됩니다. 욕망에 따라 특이화하는 방향, 표준화된 주체에서 벗어나 소수자되기가 필요합니다. 소수자 안의 소수자를 향해서 나아갈 필요가 있습니다.

전통적인 좌파 운동보다 소수자 운동은 그런 의미에서 자신에 대한 반성을 할 수
있는, 주체 변화를 동반하는 운동이 될 수 있다는 점을 강조하고 싶습니다.